Der Puppensammler

D1984302

Das Buch

Berlin, Ende des 19. Jahrhunderts: Die junge Cecilie träumt einen für Frauen schier aussichtslosen Traum. Sie möchte Medizin studieren. Dafür entflieht sie der Verlobung mit einem Adligen, läuft von zu Hause weg und landet schließlich im düsteren Leichenkeller der Berliner Morgue als Gehilfin des Gerichtsarztes Hektor von Thorwald. Die Frauenleiche, die diesmal vor ihm auf dem Seziertisch liegt, unterscheidet sich von den anderen Toten. Sie ist schön, wie eine Puppe geschminkt. Und es bleibt nicht die einzige Tote, die derart präpariert aufgefunden wird. Eine Suche nach dem Mörder beginnt, die Cecilie mit den Abgründen der menschlichen Seele und der adligen Gesellschaft, aber auch mit ihren eigenen Gefühlen konfrontiert.

Die Autorin

Mila Lippke, geboren 1972, studierte Theater-, Film- und Fernsehwissenschaften. Heute arbeitet sie als Fernsehautorin in Köln. *Der Puppensammler* ist der Auftakt einer Serie historischer Kriminalromane, die im Berlin der Jahrhundertwende angesiedelt sind.

Mila Lippke

Der Puppensammler

Historischer Kriminalroman

List Taschenbuch

Besuchen Sie uns im Internet:
www.list-taschenbuch.de

Mix
Produktgruppe aus vorbildlich bewirtschafteten
Wäldern und anderen kontrollierten Herkünften
www.fsc.org Zert.-Nr. GFA-COC-1223
© 1996 Forest Stewardship Council
FSC

Dieses Taschenbuch wurde auf FSC-zertifiziertem Papier gedruckt. FSC (Forest Stewardship Council) ist eine nichtstaatliche, gemeinnützige Organisation, die sich für eine ökologische und sozialverantwortliche Nutzung der Wälder einsetzt.

Ungekürzte Ausgabe im List Taschenbuch
List ist ein Verlag der Ullstein Buchverlage GmbH, Berlin
1. Auflage Juli 2008
© Ullstein Buchverlage GmbH, Berlin 2007 / List Grande
Umschlagkonzeption: RME Roland Eschlbeck und Kornelia Rumberg
Umschlaggestaltung: HildenDesign, München
Titelabbildung: Gemälde: © Cupid and Psyche,
François Edouard Picot / Louvre, Paris /
Peter Willi / The Bridgeman Art Library
Vignette: © Eigenarchiv HildenDesign
Satz: LVD GmbH, Berlin
Gesetzt aus der Bembo BQ
Papier: Munken Print von Arctic Paper Munkedals AB, Schweden
Druck und Bindearbeiten: CPI – Clausen & Bosse, Leck
Printed in Germany
ISBN 978-3-548-60824-2

Für Len und Martin

Und wir Frauen sitzen und sitzen von unserm siebzehnten Jahre ab und warten und warten und hoffen und harren in müßigem Brüten von einem Tage zum andern, ob denn der Mann noch nicht kommt, der uns genug liebt, um sich unserer Hilflosigkeit zu erbarmen … Und dazu die ganzen langen Tage … und die langsamen Stunden, jede mit ihren sechzig Minuten Zeit, immer darüber nachzudenken, dass man älter und mit jedem Jahre hoffnungsloser wird.

Fanny Lewald

Wär ich ein Jäger auf freier Flur,
Ein Stück von einem Soldaten,
Wär ich ein Mann doch zumindest nur,
So würd der Himmel mir raten.
Nun muss ich sitzen so fein und klar,
Gleich einem artigen Kinde,
Und darf nur heimlich lösen mein Haar,
Und lasse es flattern im Winde.

Annette von Droste-Hülshoff

Durch die Sprossenfenster schien die Sonne ins Zimmer, machte die umherwirbelnden Staubpartikel in der Luft sichtbar und fiel auf die nackte Frau auf dem Bett. Ihr Kopf war zur Seite gerutscht, die Arme lagen links und rechts abgewinkelt.

Die Nacktheit störte ihn. Ihm war danach, so viel wie möglich von der Haut zu verdecken. Er steckte ihre Füße durch die Beinöffnungen der Unterhose. Dann zog er sie ihr die Schenkel hoch, bis der Stoff die Scham verbarg. Zwischen seinen Fingern knisterte die Seide. Damit er die Hose auch am Rücken über die Hüfte ziehen konnte, musste er ihre Pobacken anheben. Als seine Handflächen die Haut berührten, durchfuhr ihn ein Zittern. Er ließ von der Frau ab und versuchte, seine Finger unter Kontrolle zu bekommen. Sein Blick wanderte über den entblößten Körper. Die Brüste waren klein und fest und würden in das Korsett passen, sobald er es über sich brachte, sie anzufassen.

Dann fielen ihm seine Handschuhe ein. Mit der Lederhülle gelang es ihm, der Frau das Korsett um den Bauch zu legen. Er drehte ihren Oberkörper zur Seite. Seine Finger mühten sich vergeblich, die Schnüre in die Ösen zu fädeln, daher streifte er die Schutzhülle wieder ab. Bei dem Gedanken an die fremde Haut, von der er jetzt nur durch wenige Schichten Stoff getrennt war, begann er zu schwitzen. Ein Tropfen fiel von seiner Stirn auf den Rücken der Frau und hinterließ einen Flecken auf der Seide. Für einen Augenblick war alles ruiniert, doch er beruhigte sich, der Fleck würde verschwinden.

Die Haut an Dekolleté, Armen, Waden und Füßen hob sich von der Reinheit der Wäsche ab. Einen Seidenstrumpf nach dem anderen rollte er die Beine hoch, befestigte sie mit Strumpfbändern an den Oberschenkeln. Nun folgte der Reifrock, den er ihr umständlich anzog. Ein Stahldraht blieb an einem der Seidenstrümpfe hängen und riss ein Loch hinein. Das ganze Bild war verdorben. Zum Glück fand sich noch ein Paar Strümpfe in der Kommode. Die Füße steckte er in Knopfstiefel aus weißem Leder mit Absatz. Das Kleid wollte er zunächst über ihre Beine nach oben streifen, doch der umgekehrte Weg stellte sich als der einfachere heraus. Mit den Armen hatte er Probleme; sie ließen sich nicht in die Ärmel hineinbiegen, und ihre Fingernägel verhedderten sich in den Rüschen der Bündchen. Vor Anspannung biss er sich auf die Zunge. Er schmeckte Blut.

Erneut drehte er sie um, damit er die Knopfreihe am Rücken schließen konnte. Mit den Knöpfen am Kragen mühte er sich lange ab. Noch fehlten die geklöppelten Handschuhe, in die er nun jeden Finger sorgfältig hineinsteckte. Endlich war der Körper perfekt. Nur das Gesicht mit den Pickeln, geplatzten Äderchen und Augenrändern störte. Mit einer Quaste verteilte er auf Wangen, Nase und Stirn transparenten Puder, der staubig roch und bröselte. Sorgsam war er darauf bedacht, das Weiß des Kleides nicht zu beschmutzen. Vom Nachttischchen nahm er einen Kamm, den er einen Moment lang in der Hand wog. Das Horn, aus dem er geschnitzt war, wies keinerlei Brüchigkeit auf, dafür hatte er es in den vergangenen Jahren regelmäßig eingeölt.

Seine Hand zitterte erneut, als er mit dem Kamm durch das lange blonde Haar der Frau fuhr, das er auf der Decke ausgebreitet hatte. Die Zinken teilten zunächst einzelne Strähnen voneinander ab, doch sobald sie hindurch waren, flossen die Strähnen wieder zusammen. Es war ein Teilen und ein Fließen. Er wiederholte die Bewegung. Der Kamm blieb hängen und riss einzelne

Haare heraus. Unbewusst zog er den Kopf zwischen die Schultern. Die Frau rührte sich nicht.

Allmählich erwärmte sich die Luft im Zimmer. Die Sonne war ein Stück gewandert und brachte das Frauenhaar zum Glänzen, so dass es dem Fell seines Hundes glich. Er legte die Hand darauf. Es schien ihm, als atmete es darunter.

Bis hierhin war alles wie in seiner Erinnerung. Gleich einer Braut sah die Frau aus. Züchtig bedeckt wie die umherstehenden Möbel mit den Hussen. Aus hellblauen Augen blickte sie ihn an. Die Pupillen trübte ein grünlicher Einstich. Als er sich über sie beugte, um seine Nase in das Fell zu vergraben, stieg ein Duft von ihr auf, den er sogleich erkannte. Es war der Geruch nach Verwesung.

1

Erst haben sie Leichen geöffnet, dann haben die Mediziner die Wöchnerinnen am Unterleib untersucht. Mit bloßen Händen«, sagte Cecilie, während Elsa ihr ein Stück Rehbraten auf den Teller legte.

»Wie ekelhaft.« Frau Geschwandter verzog das Gesicht. Baron zu Staufenfels räusperte sich in seine Serviette.

»Die Ansteckung!«, erklärte Cecilie. »Deswegen sind so viele der Frauen am Kindbettfieber gestorben.«

Sie nahm Gabel und Messer, deren silberne Schäfte die ineinander verschlungenen Initialen ihres Vaters zierten, MB für Malte Blum, in die Hände. Das Besteck erzeugte ein kreischendes Geräusch auf dem Porzellan, als sie die Kruste des Bratens abschnitt und auf den Goldrand schob.

»Darf ich?« Mit welken Fingern griff Frau Geschwandter nach dem Stück Fleisch und fütterte damit das Hündchen auf ihren Oberschenkeln.

»Lassen Sie es sich schmecken.« Die Bemerkung entschlüpfte Cecilie, bevor sie es verhindern konnte. Ungerührt tätschelte die Ehefrau des Wurstfabrikanten dem Hündchen den Rücken.

»Das war lecker, lecker. Nicht wahr, mein Püppi?« Seine kleine rosa Zunge leckte über ihre Lippen. Der Baron verschluckte sich. Cecilie ging dazu über, ausgiebig ihre Fingernägel zu betrachten.

»Eigentlich ist es ganz einfach, eine Ansteckung zu vermeiden«, fuhr sie fort, »aber darauf musste man erst mal kommen. Doktor Semmelweis hat entdeckt, dass man sich die Hände desinfizieren …« Ein Schmerz durchfuhr sie. Sie griff sich ans Knie. Ein Blick in das Gesicht ihrer Mutter sagte ihr, wer sie unter dem Tisch getreten hatte.

»Ich möchte dich bitten, diese Art von Konversation zu unterlassen«, tadelte die Mutter sie. »Du langweilst deine Tischnachbarn.«

Tatsächlich fand Cecilie das Thema, mit dem sie seit dem Hauptgang die Unterhaltung bestritt, durchaus passender als Frau Geschwandters Ausführungen über Püppis Verdauung während der Vorspeise.

»Erzähl doch lieber von diesem schönen Roman, den wir gerade lesen. Wie war gleich noch mal der Titel? *Gräfin Medusa*?«

»Lady Melusine«, korrigierte Cecilie.

»Die Stelle, an der ich momentan bin«, plapperte ihre Mutter los, »da geht dieses liebreizende Mädchen … ich meine nicht die Lady, die ist durchtrieben … das Mädchen kommt zu einer geheimnisvollen Tür und will sie öffnen, als …«

Genau diese Art von Lektüre interessierte Cecilie nicht im Geringsten. Lieber las sie Fachbücher über Medizin. Schon oft hatte sie sich darum bemüht, ihre Mutter davon zu überzeugen, wie wichtig medizinisches Wissen sei. Elisabeth Blum blieb bei ihrer Einstellung, dass ein Mädchen von guter Herkunft über Hauswirtschaft und Handarbeiten Bescheid wissen musste und sonst nichts.

Mit einem aufgesetzten Lächeln kam Cecilie ihren Pflichten nach.

»Verzeihen Sie mir meine Offenheit«, wandte sie sich an den Baron zu ihrer Rechten.

»Ihrem Geschlecht verzeihe ich alles, gnädiges Fräulein.« Seine Worte klangen wie einstudiert. Er machte einen gereizten Eindruck auf sie. »Es kann gar kein anbetungswürdigeres Wesen als die Frau geben. Wie sehr ich doch die Anmut und Schönheit des weiblichen Geschlechts bewundere.«

Baron zu Staufenfels' Kopfbehaarung war auffallend hell. Seine Wimpern und Augenbrauen wirkten beinahe weiß. Sie hätten ihm das Aussehen eines Albinos verliehen, wenn er nicht so gut durchblutet gewesen wäre. Von der geröteten Haut hob sich sein Schnurrbart deutlich ab.

»Ich sage immer, dem Mann gehört die Jagd, der Frau der Tanz.« Seine künstlich näselnde Stimme ging Cecilie auf die Nerven.

»Und was ist mit Diana, der Göttin der Jagd?« Cecilies Einwand wurde vom plötzlichen Hustenanfall ihrer Mutter übertönt.

»Der junge Graf von Weidburg bevorzugt das Frettieren, wobei die Kaninchen von Frettchen aus ihrem Bau getrieben werden, ich hingegen halte es mehr mit der Pirsch«, erklärte der Baron, völlig vereinnahmt von dem bevorzugten Gegenstand seiner Konversation, der Jagd. Die wenigen Male, die Cecilie ihn bislang getroffen hatte, waren die Gespräche sämtlich darum gekreist.

»Unbeschreiblich, das Gefühl, wenn man sich langsam und lautlos auf das Wild zubewegt«, fuhr er fort.

»Ein famoses Vergnügen«, pflichtete Herr Geschwandter bei. Er war ein Hüne von einem Mann, seine Frau hingegen ragte eher in die Breite. Beide machten einen trägen Eindruck. Nur ihr Hündchen war agil. Stetig wanderten seine schwarzen Augen über die Teller. Cecilie versuchte, ihn mit einer in Soße getunkten Kartoffel dazu zu bewegen, auf die mit Damast eingedeckte Tischplatte zu springen. Aufgeregt wackelte sein Stummelschwanz hin und her. Doch wann immer er die Pfoten aufsetzte und die Schnauze in Cecilies Richtung schnupperte, drückte ihn Frau Geschwandter auf ihren Schoß zurück.

Weil der Stahldraht der Turnüre ihr ins Hinterteil stach, verlagerte Cecilie ihr Gewicht. Durch den Reifrock, der den aufgebauschten Cul de Paris an ihrem unteren Rücken formte, gab sie sich zwar äußerst modisch, wie ihre Mutter immer wieder betonte, komfortabel aber war etwas anderes. Um das Volumen der Culs ging es auch in der Unterhaltung Frau Blums mit Bankiersgattin Goldstein, die just in Paris gewesen war. Die Modegeschäfte Berlins konnten mit den Warenhäusern der französischen Hauptstadt ihrer Ansicht nach in keiner Weise mithalten. Dort hatte sie den Atlasstoff und den Brüsseler Spitzenbesatz der elfenbeinfarbenen Bluse gekauft, die sie trug. Der Atlas war das Einzige, was ihr ein wenig Glanz bescherte. Ansonsten wirkte sie in dem durch Gaslicht erhellten Raum ebenso blass wie ihre Oberbekleidung. Vermutlich litt sie an Blutarmut. Ganz im Gegensatz zu ihrem Gatten, der sich im Stuhl zurückgelehnt hatte und mit kreisenden Bewegungen über den voluminösen Bauch strich. Seine Leidensmiene ließ auf Sodbrennen und Magendrücken schließen.

Beide Ehepaare waren gern gesehene Gäste im Hause Blum und sprachen ebenso häufig Einladungen zum Abendessen aus. Cecilie drückte sich davor, wann immer es ging. Sie sah nach draußen zum Tiergarten hin, wo es dunkel wurde. Ihr Gesicht spiegelte sich in der Scheibe, die ihre Konturen verwischte. Lange starrte sie durch sich selbst hindurch in das werdende Nichts, bis das Dienstmädchen Elsa die samtenen Vorhänge zuzog. Die Troddeln tanzten zu einer imaginären Musik, in deren Rhythmus Cecilie mit dem Fuß auf und ab wippte. Ihr Blick blieb an der violettfarbenen Tapete hängen, auf der sich zwischen Blumenranken Paradiesvögel tummelten, die mit ihren langen Schnäbeln Nektar aus Blütenkelchen saugten. Wie oft hatte sie schon auf genau diesem Stuhl gesessen, doch es war das erste Mal, dass ihr der winzige Schmetterling auffiel, der dem Flügelschlag eines Vogels gerade eben zu entkommen schien. Sie spürte eine Zärtlichkeit zu dem papiernen Insekt in sich aufsteigen und zugleich eine Sehnsucht nach seiner Freiheit, die sie erschreckte.

Das Klirren des Löffels, mit dem Cecilies Vater gegen ein Weinglas schlug, zog die Aufmerksamkeit aller auf ihn. Malte Blum hatte sich von seinem Stuhl erhoben und war bemüht, seinem Gesicht einen feierlichen Ausdruck zu verleihen. Elisabeth Blum unterbrach ihre Unterhaltung mit Frau Goldstein und auch die anderen schwiegen.

»Meine lieben Freunde. Der Anlass dieser auf speziellen Wunsch hin kleinen Feierlichkeit«, an der Stelle nickte der Vater dem Baron zu, »ist ein ausgesprochen erfolgreicher für unser Haus. Ich freue mich, Ihnen, die Sie meiner Familie so ans Herz gewachsen sind, die Verlobung Bernhard Baron zu Staufenfels' mit meiner Tochter Cecilie verkünden zu dürfen.«

Die Gäste applaudierten. Cecilie lächelte höflich. Ohne aufzustehen neigte der Baron den Kopf. Sie sah ihn von der Seite an. Nun war es offiziell, dass sie in Bälde zur Baronin würde. Obwohl es am Morgen brieflich allen Bekannten und Verwandten mitgeteilt worden war, begriff sie erst in diesem Moment, wie sich ihr Leben in Zukunft mit einem ihr beinahe völlig Fremden verweben würde.

»Gratulation!«, rief Herr Geschwandter über den Tisch. Cecilie errötete.

»Wie niedlich«, hörte sie Frau Goldstein ihrer Mutter zuflüstern. »Ihre Tochter freut sich aber sehr.«

Tatsächlich hatte Cecilie Panik ergriffen. Sogleich schalt sie sich für ihre Ängste kindisch und dumm. Die Verbindung mit dem acht Jahre älteren Baron ermöglichte ihr einen gesellschaftlichen Aufstieg, der sonst unerreichbar für sie wäre.

»Ich bin ausgesprochen stolz darauf«, fuhr ihr Vater fort, »von nun an familiär mit dem höchsten Kreis der Berliner Gesellschaft verbunden zu sein. Dies wird sich für beiderlei Parteien als vorteilhaft herausstellen.«

Er genoss diesen Augenblick sichtlich. Mit vorgeschobener

Brust stand der Vater da, den Rücken gestreckt. Nur die Serviette, die noch immer in seinem Kragen steckte, trübte den feierlichen Eindruck. Doch er ignorierte das Zupfen seiner Frau an seinem Frack und hob sein Glas.

»Baron zu Staufenfels, ich trinke auf die bald zu erntenden Früchte dieser glücklichen Verbindung.«

Die anderen prosteten ihm zu. Auch Cecilie hielt ihr Glas empor, dabei wandte sie sich dem Baron zu. Steif und mit unbewegter Miene saß er neben ihr und nahm die Glückwünsche entgegen, als ob es sich um Begrüßungsfloskeln handelte. Für seine Braut hatte er kein Lächeln, nicht einmal einen Blick übrig. Eigentlich wusste sie so gut wie nichts über ihn. Er hatte sie keinem seiner Bekannten, geschweige denn seiner Familie vorgestellt. Auf ihre Nachfragen hin hatte er bloß erzählt, dass sein älterer Bruder die Ländereien der Familie geerbt habe und von dort nicht abkömmlich sei. Sie schienen kein gutes Verhältnis zu haben. Weitere Einblicke in das Leben ihres Verlobten blieben ihr verwehrt. Wann immer sie sich ihre gemeinsame Zukunft auszumalen versuchte, waren die Bilder verschwommen.

Die Mutter klatschte in die Hände und trug Elsa auf, das Dessert zu servieren.

»Nichts Süßes für mich«, sagte der Baron. »Wenn ich stattdessen um eine Unterredung unter vier Augen bitten dürfte, Herr Blum.«

Cecilies Vater erhob sich und ging zusammen mit Baron zu Staufenfels in Richtung seines Arbeitszimmers. Cecilie konnte nur erahnen, was hinter der verschlossenen Tür geschah. Vermutlich forderte der Schwiegersohn in spe von seinem Schwiegervater Geld. Sie hatte die Heiratsannonce im *Berliner Tageblatt* gelesen, mit der ihr Vater sie angepriesen hatte. Von finanzieller Vergütung war dort die Rede gewesen. Wie ein Stück Fleisch, um dessen Preis auf dem Markt gefeilscht wurde, fühlte sich Cecilie. Zumindest eine Seite profitierte davon. Zum Abendessen war der

Baron in einer nagelneuen schwarz glänzenden Kutsche chauffiert worden. Für sie selbst sprang außer der Aussteuer, die in den Haushalt des Barons übergehen würde, nichts bei der Sache heraus. Sie konnte ihren Ärger darüber nicht gänzlich unterdrücken.

Das Dienstmädchen kam mit einer Schüssel aus Kristallglas herein, durch deren Facettenschliff es bräunlich schimmerte.

»Sie verwöhnen uns, meine Liebe«, piepste Frau Goldstein.

»Schokoladencreme?«, wollte Frau Geschwandter wissen. »Ich liebe Schokolade. Du auch, Püppi, nicht wahr?«

Aus den Augenwinkeln sah Cecilie, wie ein Schatten vom Schoß der Fabrikantengattin sprang und geradewegs zwischen die Beine des Mädchens huschte. Elsa geriet ins Stolpern. Weil sie mit beiden Händen die Schüssel festhielt, erlangte sie das Gleichgewicht nicht wieder, sondern fiel hin. Die Schüssel zersprang, die Schokolade spritzte. Braune Flecken verunstalteten die Tapete und das Kleid von Frau Geschwandter, die sich zu ihrem Hündchen heruntergebeugt hatte.

»Mein Gott, was ist passiert!«, schrie Frau Blum auf und stürzte zu ihr, um die Bescherung auf dem Kleid zu beseitigen. Ohne Sinn und Verstand tupfte sie mit ihrer Serviette darauf herum. Niemand schien sich um das Dienstmädchen auf dem Boden kümmern zu wollen. Um sie scharwenzelte nur das Hündchen, das sich über die großräumig verteilte Schokoladencreme hermachte. Also half Cecilie Elsa aufzustehen, dabei bemerkte sie die Schnittwunde an deren Hand. Sie setzte das Mädchen auf ihren frei gewordenen Stuhl. Um die Wunde besser untersuchen zu können, bettete sie den verletzten Arm auf die Tischplatte. Angesichts des hervorquellenden Blutes verspürte sie ein leichtes Unwohlsein. Die Glasscherben hatten die Haut sauber durchtrennt, nun klaffte sie auseinander. Als Cecilie die Wundränder näher in Augenschein nahm, hüpfte das Hündchen auf die Schenkel des Mädchens und schnupperte.

»Pfui, runter da«, schimpfte Cecilie, aber Püppi rollte sich in aller Seelenruhe zusammen. Die Wunde blutete stark, was gut war, weil sie dadurch gesäubert wurde, andererseits konnte der Blutverlust gefährlich werden. Ein Druckverband musste angelegt werden. Cecilie sah sich nach einem geeigneten Stück Stoff um. Ihre Serviette war von Wein und Bratensoße befleckt. Kurzerhand löste sie den venezianischen Reliefspitzenkragen ihrer Bluse, faltete ihn in der Mitte und drückte das Viereck auf die Wunde. Zur Verstärkung wickelte sie noch ihre Serviette herum und knotete sie fest zu.

In der Zwischenzeit hatte Frau Blum ihr Getue um die Fabrikantengattin beendet.

»Ungeschickte Göre. Zu nichts zu gebrauchen. Pack deine Sachen«, fuhr sie Elsa an. Das Mädchen erwachte aus seiner Starre und entzog Cecilie seinen Arm. Als sie aufstand, fiel das Hündchen von ihrem Schoß. Winselnd verzog es sich unter den Tisch.

»Mutter, würdest du vielleicht …« Cecilie hoffte, die Kündigung irgendwie ungeschehen machen zu können.

»Ich möchte nichts mehr davon hören.« Ihrer Mutter war deutlich anzumerken, dass ihr ein solcher Vorfall vor den Gästen peinlich war. Sie fing eine Plauderei an. Bereitwillig stiegen das Ehepaar Goldstein und Herr Geschwandter darauf ein, während seine Gattin unter den Tisch kroch, wo sie nach ihrem Püppi rief. Nur ihr ausladendes Hinterteil ragte noch hervor.

Elsa ging vor Cecilies Mutter auf die Knie. »Meine Eltern und meine Geschwister, sie brauchen das Geld. Wenn ich meine Stellung verliere …«

»Unerhört. Kein Benehmen!«

»Haben Sie doch Erbarmen, edle Frau!« Das Mädchen ergriff die Hand seiner Herrin und bedeckte sie mit Küssen.

»Lass mich!« Frau Blum wollte sie abschütteln, aber Elsa ließ nicht los.

»Das klären wir später«, nahm sich ihr Mann, der mit dem Baron ins Esszimmer zurückgekehrt war, der Sache an. »Nun räum die Bescherung auf, die du angerichtet hast«, wandte er sich dann an das Mädchen.

Sogleich begann Elsa, die Scherben vom Boden aufzusammeln.

»Sie ist verletzt«, sagte Cecilie. »Wir müssen einen Arzt rufen.«

»Erst bringt sie alles in Ordnung, danach kann sie in die Charité«, beschied ihr Vater und besann sich auf seine Gastgeberpflichten. »Ein Gläschen Sherry vielleicht?«

»Ja, gern. Gutes Personal ist heute nicht mehr leicht zu finden«, kommentierte Herr Goldstein.

»Daran sind nur diese Sozialisten schuld.« Mehrmals strich sich der Baron über den Schnurrbart.

»Vaterlandslose Gesellen«, pflichtete Cecilies Vater ihm bei, während er den Herren großzügig einschenkte. »Übelste Agitatoren. Eine wahre Pest. Ein Elend, dass sie bei der Reichstagswahl so viele Stimmen in Berlin einheimsen konnten.«

Auch Herr Geschwandter fiel in das Klagelied ein. »In meiner Fabrik wiegeln sie die Arbeiter auf. Wollen mehr Geld für weniger Arbeit. Hat man so etwas schon mal gehört?«

»Die reden den Leuten ein, das Paradies bestünde aus einer Gesellschaft ohne Klassen. Ohne Klassen. Dass ich nicht lache.« Prompt stieß der Baron ein Lachen aus, das an das Bellen eines Hundes erinnerte. »Als ob sich ein Korbflechter auf einer Stufe mit einem General befände. Schließlich hat es seinen Grund, warum nicht alle Menschen gleich geboren werden.«

Dann entschuldigte er sich, er habe eine dringende Verabredung. Mit einem Wink bedeutete Frau Blum Cecilie, ihn zur Tür zu begleiten.

Im Flur streifte der Baron seine Handschuhe über und ließ den Zylinder aufspringen, den Elsa ihm reichte. Er gab ihr kein Trinkgeld. Als das Mädchen in die Küche ging, war Cecilie mit ihm zum ersten Mal allein. Sie hatte den Eindruck, er konnte nicht schnell genug von ihr wegkommen. Mit der rechten Hand führte er die ihre an seinen Mund.

»Bis bald, meine Liebe. Leben Sie wohl.« Der Schnurrbart kitzelte den Rücken ihrer Hand. Sobald der Baron zur Tür hinaus war, rieb Cecilie sie an ihrem Rock ab.

Seine Finger griffen in das glitschige Fleisch des Herzens, das er zu der Leber, den Nieren und anderen Organen in die geöffnete Bauchhöhle zurücklegte. Die mit schwarzrotem Blut beschmierte Hand wischte er an der Schürze ab. Inzwischen reichte ihm sein Assistent Nadel und Faden. Im Licht der Gaslampe über dem Sektionstisch nähte Hektor von Thorwald mit groben Stichen die Leichenhaut wieder zusammen, anschließend durchtrennte er den Faden mit dem Skalpell.

»Nächste!« Hektor schickte seinen Assistenten Max Weimar in den Vorraum des Kellers, wo das Leichenmaterial lag, an dem er seine Erkenntnisse über den Tod vertiefte.

Er war für sein übergroßes Interesse an den Toten Berlins bekannt und wusste, dass man hinter seinem Rücken über seine Studien spottete, ihn gar den Besessenen nannte. Dennoch kam die Polizei mit den schwierigen Fällen, bei denen die Todesursache unnatürlich oder umstritten war, immer wieder zu ihm. Sein Ruf als Gerichtsarzt eilte ihm voraus.

Als er sich aufrichtete, knackte es. Seine Augen tränten von den schlechten Lichtverhältnissen. Immerhin sah man dank der Finsternis, die in den Ecken unter dem Tisch hockte, die vielen Blutspritzer nicht.

»'n Abend, Tiegler«, sagte Hektor, ohne den Kopf zu heben.

Der rasselnde Atem hatte den Kriminalbeamten verraten. Der korpulente Polizist war zusammen mit dem Richter und dem Wundarzt als Recognitionszeuge hinter Max Weimar eingetreten.

Wie kaum einer seiner Kollegen von der Kriminalpolizei kümmerte sich Kommissar Tiegler um die Ermordeten, die die Stadt in regelmäßigen Abständen ausspie. Mit den Leichen wandte sich der Polizist bevorzugt an Hektor. Diesem war es nur recht.

Seinen Schirm stellte der Kommissar zusammengeklappt an die Sezierbahre. Wasser perlte von dem Stoff ab und verflüssigte das getrocknete Blut auf dem Boden. Hektor und sein Assistent hoben den Leichnam, der in seinem Holzsarg seit ein paar Stunden darauf gewartet hatte, dass die Zeugen der Sektion im Leichenkeller eintrafen, auf den Metalltisch. Als Hektor das Tuch zurückschlug, stieg die süße Note des Todes auf und fügte dem durchdringenden Verwesungsgeruch des Kellers eine frische Komponente hinzu. Der Richter stieß einen zischenden Laut aus und wich zurück.

»Wie halten Sie das nur aus?« Seine Stimme drang durch das auf Mund und Nase gepresste Taschentuch.

»Was?« Hektor suchte Tieglers Blick. Dessen Mund wurde durch das Grinsen noch breiter, bis er zu seinen Blumenkohlohren reichte.

An den pestilenzartigen Gestank der Toten hatte Hektor sich längst gewöhnt. Im Keller roch er ihn gar nicht mehr. Nur wenn er am Ende des Tages aus dem dunklen Verlies nach oben stieg, bemerkte er, dass der Geruch des Todes in seinen Kleidern und Haaren hing.

»Ein Fischer hat ihn aus der Spree geholt. Schöner Fang. Können von Glück sagen, dass er ihn nicht gleich wieder zurückgeworfen, sondern die Polizei benachrichtigt hat. Kann nicht lange drin gelegen haben«, informierte Tiegler die Anwesenden. Hektor beugte sich über den Leichnam eines Mannes, wie er anhand der Genitalien erkennen konnte. An der Stelle, wo sich das Gesicht des Toten hätte befinden müssen, war nichts. Die Leiche hatte keinen Kopf. Hektor richtete seine Konzentration auf das, was vorhanden war. Der Tote war nicht aufgedunsen. Auch die charakteristische graugrüne Fäulnisfärbung bei Wasserleichen fehlte. Tieglers Schlussfolgerung, dass der Mann nicht lange im Fluss getrieben hatte, stimmte.

»Irgendwelche Vermisstenmeldungen?«, wollte Hektor wissen.

»Bislang nichts. Wahrscheinlich ist es irgendein Vagabund. Dann kräht kein Hahn danach, dass er verschwunden ist. Wird sicher in einem Armengrab landen. Kann ihm ja egal sein. Tot ist tot.«

Zwar hieß es immer, der Tod mache alle gleich, aber Hektor wusste, dass es nicht stimmte. Jede Leiche verriet etwas über die Umstände ihres Todes. Sie konnte bloß aus Knochen bestehen und er würde ihr immer noch ein Geheimnis entlocken können. Hier im Keller war sein Schattenreich, in dem er herrschte. Er sah dem Mann in die nicht vorhandenen Augen.

»Du wirst mir verraten, wer du bist und was mit dir geschehen ist.«

Vom Richter kam ein Hüsteln.

Eigentlich hätte Hektor die Untersuchung bei Tageslicht vornehmen sollen, wie es das preußische Regulativ vorschrieb, aber draußen war es längst dunkel. Zunächst nahm er die Leiche in Augenschein. Zentimeter für Zentimeter suchte er die Haut nach Verletzungen ab. Besonders den Teilen, die vom Hals übrig geblieben waren, widmete er seine Aufmerksamkeit.

»Die Todesart steht zumindest fest«, sagte der Richter, der sich in Hektors Keller jedes Mal so wenig wie nur möglich bewegte und den Blick auf das Allernotwendigste beschränkte, als sei er Orpheus in der Unterwelt. »Was für eine Schweinerei, jemanden zu köpfen.«

»Nicht sicher«, entgegnete Hektor.

»Einfach so wird er seinen Kopf wohl nicht verloren haben.« Der Richter lachte gekünstelt.

»Aber er ist nicht daran gestorben.«

»Woran sonst? Ich habe keine anderen Wunden gesehen.«

Hektor zeigte auf den Hals.

»Keine nach innen gestülpten Wundränder, kein koaguliertes Blut ...«

»Koa was?«

»Kein geronnenes Blut, keine Geschwulst, keine Entzündung.«

»Und? Was sagt uns das?«

»Dass der Mann tot war, als ihm der Hals abgeschlagen wurde.«

Der Kommissar trat näher. »Tatsächlich. Nichts. Warum sollte jemand so etwas tun?«

»Messer!« Der Assistent reichte Hektor das geforderte Werkzeug ohne ein Wort. Kein unnützes Geplänkel, wenn es um das Wesentliche ging. Schwätzer konnte der Gerichtsarzt bei der Arbeit nicht ausstehen. Die Bauchdecke, in die er schnitt, war ungemein fettreich. Sorgfältig betrachtete er die Lage und Farbe der Organe, dann machte er sich an die Untersuchung der Brusthöhle. Dort stellte er einen Querbruch der fünften und sechsten rechten Rippe sowie einen kompletten Längenriss an der Leber fest, die in zwei Hälften vor ihm lag.

Hektor arbeitete jetzt still und präzise. Die Schleimhäute der durchtrennten Luftröhre waren purpurrot und enthielten einige Tropfen flüssigen, nicht schaumigen Blutes. In einer Seite der Schilddrüse entdeckte er eine walnussgroße Verknöcherung, die eine Höhle umschloss, welche teils mit Knochenstücken, teils mit Speckpartikeln ausgefüllt war. Nach deren Untersuchung wandte er sich der Beinmuskulatur zu, an der er eine Auffälligkeit feststellte. Die Muskulatur des linken Beines war deutlich schwächer als die des rechten. Erst ganz zum Schluss nahm er Magen und Därme heraus. Der sich ausbreitende Gestank war nicht zu verhindern.

Nach Beendigung der Sektion überließ er es Max, die Leiche wieder mit den entnommenen Organen zu füllen. Sofort machte der Assistent sich an die Arbeit. Er war ein Glücksfall für Hektor, der faule, murrende Angestellte gewohnt war, mit denen er sich nun mal abgeben musste, weil kein Ersatz zu finden war. Hektor legte Max sein persönliches Sektionsbesteck zum Reinigen hin, band sich die Schürze ab und hängte sie an die Leine, an der die Kleidung der einzelnen Toten baumelte. Plötzlich in Bewegung gesetzt, zuckten die Schatten der Kleider in epileptischen Anfällen über die Wand.

»Ich werde hier wohl nicht mehr gebraucht«, verabschiedete sich der Richter und strebte zusammen mit dem Wundarzt dem Ausgang zu.

Hektor wandte sich an Tiegler. »Kommen Sie mit zu mir. Ich erkläre Ihnen beim Abendessen das Obduktionsergebnis«, schlug er dem Kommissar vor. »Außerdem habe ich heute bei der Versteigerung des Nachlasses eines Kollegen ein interessantes Objekt erworben, das ich Ihnen gerne zeigen würde.«

»Bedaure. Meine Frau wartet auf mich und schätzt es nicht, wenn das Fleisch zu lange im Ofen schmort. Macht mir sonst die Hölle heiß.« Tiegler fuhr sich über die polierte Glatze. »Ein andermal gerne. Sagen Sie mir, ob es irgendeine Wahrscheinlichkeit gibt, dass wir den Toten identifizieren?«

»Ist zumindest nicht unwahrscheinlich.«

»Es leben ja bloß über eine Million Menschen in Berlin und Umgebung«, scherzte der Kommissar.

»Suchen Sie nach einem zu Lebzeiten hinkenden, wohlhabenden Mann um die vierzig, fünfzig Jahre mit einem auffällig verdickten Hals in Folge einer Kropfgeschwulst«, riet Hektor dem Polizisten. »Er ist überfahren worden. Die Frage, ob Eigen- oder Fremdverschulden vorliegt, können wir uns sparen. Nach Eintritt des Todes hat man ihm den Kopf abgeschlagen. Vermutlich mit einer Axt. Ein Hieb. Anschließend wurde seine Leiche in die Spree geworfen.«

»Wie lange lag er im Wasser?«

»Dem Grad der Verwesung und den Temperaturen draußen nach zu urteilen maximal sieben Tage.«

»Einen geruhsamen Abend wünsche ich.« Tiegler griff nach seinem Schirm. »Sie hätten nicht noch einen Hinweis auf den Mörder?«

»Das ist Ihre Aufgabe«, erwiderte Hektor, dabei wusste er, dass er genau über diese Frage spekulieren würde, bis er eingeschlafen war. Am Waschbecken wusch er sich die Hände mit Karbol. Die Säure griff seine Haut an, die er in Streifen ablösen konnte. Stellenweise kam sogar das rohe Fleisch zum Vorschein. Aber auch damit wurde er den Tod nicht los. Der klebte nämlich bereits seit seinem achten Lebensjahr an ihm.

2

Es wird langsam Zeit für uns. Püppi braucht seinen Schlaf«, sagte Frau Geschwandter und gähnte mit weit geöffnetem Mund, der den Blick auf eine belegte Zunge und kariöse Zähne freigab.

»Hol meinen Mann«, befahl sie dem Dienstmädchen. Kurz darauf kam Herr Geschwandter mitsamt Herrn Goldstein und dem Gastgeber aus dem Rauchsalon, in den sie sich mit ihrem Sherry nach dem misslungenen Dessert zurückgezogen hatten.

»Ein wundervoller Tag für dich, nicht wahr, Kleines?« Frau Geschwandter ergriff mit ihren wulstigen Fingern Cecilies Hand. »Und der schönste deines Lebens wird bald kommen.«

Bei dieser Aussicht brachte Cecilie bloß ein knappes Lächeln zustande. Wenn der schönste Tag ihres Lebens ihre Hochzeit wäre, was sollte dann in den vielen, vielen Jahren danach geschehen?

Gemeinsam brachen die Ehepaare auf. Sofort begannen sie Höflichkeitsfloskeln auszutauschen, was Cecilie wie immer amüsierte. Frau Geschwandter versicherte, wie ausgesprochen nett die Einladung gewesen sei, und ihr Mann fügte hinzu, man müsse unbedingt bald wieder in seinem Haus dinieren. Herr und Frau Goldstein gaben beinahe denselben Wortlaut von sich, während Cecilies Eltern mehrfach wiederholten, wie dankbar sie für die Ehre seien, die jeweiligen Herrschaften bei sich empfangen haben zu dürfen. Den Vorfall mit dem Dienstmädchen erwähnte niemand. Stattdessen tätschelte man reihum Püppis kleinen Kopf.

Elsa half allen in die Mäntel und bekam dafür von Herrn Geschwandter und Herrn Goldstein jeweils eine Münze in die

Hand gedrückt, die sie knicksend in Empfang nahm. Dann hielt sie einen Schirm über Frau und Herrn Goldstein und begleitete sie nach draußen zu ihrer Kutsche. Cecilie sah an Elsas angespanntem Kiefer, dass sie Schmerzen hatte. Das Mädchen war nicht beim Arzt gewesen.

Aus dem Inneren des Hauses ertönte ein lang gezogener Schrei. Die kurzen Nackenhaare des Hundes stellten sich auf und er begann zu bellen. Cecilies Eltern lächelten derweil starr.

»Hat sich noch jemand verletzt?«, fragte Herr Geschwandter.

»Das ist nur die Katze«, behauptete Frau Blum. »Kommen Sie gut heim!«

So bemüht war sie, das Wurstfabrikantenpaar loszuwerden, dass sie nicht einmal mit Elsa schimpfte, die von draußen nass hereingekommen war und den französischen Teppich volltropfte. Die Eheleute Geschwandter gaben sich mit der Erklärung von Cecilies Mutter zufrieden. Aber es war keine Katze, die geschrien hatte. Es war Marianne, die im Dachgeschoss in ihrer Kammer hockte. Als Cecilie an ihre Schwester dachte, spürte sie ein Ziehen in der Brust.

»Was für ein gelungener Abend.« Frau Blum wirkte erleichtert, nachdem ihr Mann die Haustür abgeschlossen hatte. »Für die Hochzeit will Frau Goldstein Cecilie ihr Perlencollier zur Verfügung stellen.«

Ihr Blick streifte Elsa.

»Was stehst du hier herum? Räum gefälligst die Küche auf.«

»Ein Arzt muss sich ihre Verletzung ansehen«, insistierte Cecilie. »Ich kann eine Droschke zu Doktor Schmuhel schicken lassen.«

»Wer soll das bezahlen?«, wiegelte ihre Mutter ab und hielt ihren Mann zurück, der zu seinem Arbeitszimmer gehen wollte. »Frau Goldstein hat gesagt, dass Cecilie eine außerordentlich gute Partie macht.«

Zwar schien er nicht sonderlich interessiert, dennoch blieb er stehen.

»Eine gute Partie, in der Tat. Da zahlen sich die Investitionen endlich aus. Wir sollten auf eine baldige Heirat drängen, nachher überlegt es sich der Baron noch anders.«

Er hatte mit seiner Tochter spekuliert, wie er es an der Börse tat. Cecilie stieß der Gedanke ab, dass ihr Leben nicht mehr wert sein sollte als ein Stück Papier, dessen Preis von den Entwicklungen des Marktes abhing. Wieso fragte niemand, was sie wollte? Die Antwort gab sie sich selbst. Sie war nicht einmal wegen der Verlobung gefragt worden, und jetzt, wo alles längst feststand, würde es nicht anders sein.

»Können wir mit der Hochzeit nicht noch eine Weile warten?«, bat sie.

»Wozu? Du solltest endlich unter die Haube kommen. Schließlich bist du schon dreiundzwanzig. Deine Zeit als Debütantin liegt lange zurück«, beschied ihr Vater.

»Bitte! In zwei, drei Jahren kann ich doch immer noch heiraten.« Cecilie ergriff seine Hand. Er schüttelte sie ab.

»Du bist ein spätes Fräulein. Noch zwei, drei Jahre, und niemand wird dich mehr heiraten. Wer pflückt eine Blume, wenn sie verwelkt ist?«

»Denk an den Titel. Baronin zu Staufenfels.« Cecilies Mutter ließ sich den Namen auf der Zunge zergehen. »Welche Würde damit verbunden ist.«

»Ich liebe ihn nicht«, gestand Cecilie. »Nicht ein bisschen.«

»Unfug!«, sagte ihr Vater, und an seine Frau gewandt schalt er: »Das kommt alles von den Romanen, die du sie lesen lässt. Die Dinger verdrehen den Mädchen bloß die Köpfe.«

»Mein Kleines, glaub mir, in den besten Ehen kommt die Liebe erst mit der Zeit. Und du wärst eine so herzensgute Frau Mama«, schmeichelte ihre Mutter und tätschelte dabei Cecilies Wange.

»Lieber wäre ich Arzt«, entfuhr es ihr. Als sie es ausgesprochen hatte, schlug sie die Hand vor den Mund. Es war ein törichter Traum, den sie schon lange in sich trug. Zunächst war ein Interesse an medizinischen Vorgängen in ihr gewachsen, weil sie wissen wollte, wie es um Marianne stand. Daraus hatte sich der Traum entwickelt, Ärztin zu werden. Je mehr sie gelesen hatte, desto stärker wurde der Traum, bis er zum Wunsch geriet.

»Darauf hat die Welt gewartet, dass du den Menschen in den Hals und die Ohren schaust«, erwiderte ihre Mutter. »Kein Mann will ein neunmalkluges Weib zur Frau.«

»Da siehst du, was bei deiner Erziehung herauskommt!« Cecilies Vater sprach voller Wut. »Die eine Tochter ist verrückt und die andere nicht mehr weit davon entfernt. Sorg gefälligst dafür, dass sie sich fügt. Und zwar ein bisschen plötzlich, bevor das hier dem Baron zu Ohren kommt.«

»Die Ehe ist beschlossene Sache.« Mit schriller Stimme wandte sich Frau Blum an Cecilie. Die geplante Ehe war allein dem Willen ihrer Eltern entsprungen. Cecilie begriff nun, dass es ihr Leben war, das durch die Heirat in einem vorgegebenen Weg verlaufen würde. Alles war vorbestimmt. Man heiratete einen Mann, der der eigenen gesellschaftlichen Schicht entstammte. Wenn er wie der Baron einer höheren Gesellschaftsschicht angehörte, konnte man sich ausgesprochen glücklich schätzen. Cecilie wartete auf ein Glücksgefühl, doch es wollte sich einfach nicht einstellen.

»Ich möchte aber später heiraten«, sagte sie, denn es erschien ihr immer wichtiger, die beschlossene Heirat hinauszuschieben.

»Genug der Flausen! Es war ein Fehler, dich auf die höhere Töchterschule zu schicken«, schimpfte ihr Vater. »Ich habe deine Sperenzchen lange genug toleriert. Jetzt werden andere Saiten aufgezogen. Die Heirat findet dieses Jahr statt, und damit Schluss.«

Er drückte die Tür auf und setzte einen Fuß über die Schwelle.

»Was ist, wenn ich den Baron nicht heirate?« Ihre Eltern konnten sie doch nicht zwingen.

»Dann wirst du in die Dachkammer ziehen wie Marianne.« Der Vater rief nach dem Mädchen. »Elsa, meine Hausschuhe!«

»Ihr droht mir?«

»Wir zeigen dir deine Möglichkeiten auf. Nenn es, wie du willst.«

Cecilie blieb die Wahl zwischen zwei Übeln. Zwischen der Ehe mit einem Mann, der ihr gleichgültig gegenüberstand und für den sie nichts empfand, und der Gefangenschaft im Elternhaus. In beiden Fällen wäre sie lebendig begraben wie ihre Schwester.

Da ging die mittlere, schwere Eichentür auf; Lady Melusine Hereford im duftigen weißen Kleid betrat den kühlen Raum und augenblicklich war es, als sei das halbdunkle Gemach erleuchtet vom strahlenden Sonnenlicht.

Mit dem Finger fuhr Frau Lindemann Buchstabe für Buchstabe nach. Es dauerte, bis sie diese zu Wörtern zusammengeführt hatte, die Sinn ergaben, doch bei der Lektüre lohnte es sich. Auf den Roman hatte sie in der Leihbibliothek lange warten müssen, so begehrt war er in der Berliner Frauenwelt. Sie stellte sich vor, wie die Finger von etlichen feinen Fräuleins und angesehenen Damen dieselbe Seite berührt hatten, die sie nun umschlug. Mit der freien Hand griff sie in die Pralinenschachtel, die auf dem Sofa neben ihr lag. Ohne den Blick von den Zeilen zu nehmen, steckte sie sich ein Stück Schokolade in den Mund. Es war ihr kleines Vergnügen, nicht zu wissen, womit die Praline gefüllt war. Die Schokolade schmolz in ihrem Mund und vermischte sich mit dem warmen Speichel. Ein cremig-süßer und zugleich brennender Geschmack breitete sich auf ihrer Zunge aus. Eindeutig Kirschlikörfüllung, stellte sie fest, bevor sie sich wieder dem Roman von Gräfin Ballestrem zuwandte.

Ja, sie war schön, dämonisch schön!

Frau Lindemann seufzte vor Aufregung. Sie steckte sich die Kuppe ihres Zeigefingers in den Mund und zog mit den Zähnen an einem Hautfetzen. Von ihren Beinen stieg der Geruch nach Kampfer auf, mit dem sie sich gegen ihre Krampfadern eingerieben hatte. Das Sofa stand ganz nah am Kaminfeuer, ihre Beine waren auf eine Bank gebettet und sie hatte eine Wolldecke darüber gebreitet. Sie wackelte mit den Zehen. Dies war ihr Reich. Streng genommen war es der Frauensalon der Dame des Hauses. Die gab es aber nicht, was Frau Lindemann keineswegs bedauerte, und deshalb hatte Herr von Thorwald ihn ihr zur Verfügung gestellt. Der Hausherr selbst kam nie hierher und die Dienstboten ließ sie nicht hinein. Es sei denn, es musste sauber gemacht werden. Der Salon war ihr privater Rückzugsort, an dem sie sich heimisch fühlte. Nur die Tapete mit den Ornamenten in den Erdtönen hätte sie gerne gegen eine hellere mit Blumendekor getauscht. Dass keins von den Möbelstücken oder Bildern ihr gehörte, störte sie nicht. Was hatte sie schon von dem Besitz zweier wurmstichiger Stühle und eines wackeligen Tischs? Diese überließ sie ihrem Gatten genauso wie das gemeinsame Bett, an dessen Zweck sie gar nicht denken mochte. Schon schmeckte die Schokolade nur noch halb so gut. Sie richtete die Augen wieder auf die Buchstaben. Mit dem Zeigefinger fuhr sie unter den Wörtern entlang.

Die kleine zarte Gestalt Mary Roses, welche Frederik so oft mit einer Figur von Meißner Porzellan verglichen hatte, musste sich gewaltig gegen die schwere Eichentür stemmen, ehe die verrosteten Angeln nachgaben und sich kreischend nach innen drehten.

Ein Klingeln durchbrach die Stille im Salon. Frau Lindemann fuhr zusammen. Mit der Hand fegte sie die Konfektschachtel vom Sofa und die Pralinen purzelten über die Holzdielen. Kopfschüttelnd machte sie auf Seite siebenunddreißig ein Eselsohr und schlug das Buch zu. Über ihre Schreckhaftigkeit musste sie schmunzeln.

»Ich komm ja schon«, brummte sie, als es erneut klingelte. Es war ziemlich spät für einen Besuch, aber die Polizei rief den Herrn Doktor immer wieder zu nachtschlafender Zeit heraus. Ächzend drückte sie sich hoch und schlurfte in den Hausflur. Wieder klingelte es. Ungehalten öffnete Frau Lindemann die Tür.

»Ich will zu Doktor von Thorwald.« Vor ihr stand ein pitschnasser Junge.

»Um diese Uhrzeit? Wer bist du überhaupt?«

»Max Weimar. Doktor von Thorwalds Assistent.« Nicht einmal die Mütze nahm er ab. Eine Unverschämtheit, dass er nicht am Dienstboteneingang geklingelt hatte.

»Was kann ich dem Doktor ausrichten?«

»Ich muss ihn persönlich sprechen.«

»Das kann jeder behaupten.« Sie verschränkte die Arme vor der Brust. Von diesem Bürschchen würde sie sich nicht herumkommandieren lassen. Was glaubte er eigentlich, wer er war?

»Ich habe wichtige Neuigkeiten.« Er klang überzeugend.

Frau Lindemann wollte nicht dafür verantwortlich gemacht werden, sollte nachher ein wirklich dringendes Anliegen anstehen, deshalb ließ sie den Assistenten eintreten, bot ihm aber keinen Stuhl an.

»Sie warten hier!« Im Licht der Gaslampe sah sie, dass sich um seinen Mund und die Augen Falten kräuselten. Der erste Eindruck täuschte. Er war wohl doch nicht mehr so jung.

Langsam stieg sie die Treppe hoch und pausierte dabei öfter, als nötig gewesen wäre, nur um ihm einen Denkzettel zu verpassen. Dabei dachte sie sehnsüchtig an das Kaminfeuer, den Roman und die Schokoladenpralinen. Sie klopfte an die Tür zur Bibliothek, unter der Licht hindurchschimmerte. Weil sie keine

Antwort erhielt, klopfte sie noch einmal, bevor sie eintrat. Der Doktor war am Tisch eingeschlafen. Sein Kopf lag auf einem aufgeschlagenen Buch, der Mund stand offen. Die Lesebrille war ihm von der Nase gerutscht und er schnarchte leise. Wie er so dalag, glich er kaum mehr dem ernsten Mann, der er für gewöhnlich war. Frau Lindemann nahm eine Wolldecke, die zusammengefaltet über einer Stuhllehne hing, und breitete sie über Herrn von Thorwalds Rücken aus. Dabei bemerkte sie einen Spuckefaden, der auf die Buchseite gelaufen war. Genau auf etwas, was wie eine Landkarte aussah. Mit Mühe entzifferte sie die Schrift. »Südamerika« stand quer darüber geschrieben. Im Aschenbecher lag eine erloschene Zigarre.

Gerade wollte sie zurück nach unten gehen und den unerfreulichen Burschen wieder wegschicken, da fiel ihr Blick auf den Schrank, der am Nachmittag geliefert worden war. Mit den feingetischlerten Säulen und dem spitzen Abschluss glich das Möbelstück einem Gebäude mit Türmchen. Der Schlüssel steckte. Es juckte sie in den Fingern, einen Blick hineinzuwerfen. Vorsichtig sah sie sich nach dem Doktor um. Er schlief tief und fest, wie ihr ein Schnauben verriet. Mit der Hand umfasste sie den Schlüssel und drehte ihn im Schloss. Sie dachte an das, was die zierliche Romanfigur im Bücherturm erwarten mochte, als sie die Türen öffnete.

Im Inneren des Schranks grinste ihr der körperlose Kopf eines Mannes entgegen. Über ihm schwamm eine Monstrosität in gelbem Wasser. Lauter widerwärtige Kreaturen! Frau Lindemann schrie.

»Ruhig, so beruhigen Sie sich doch.« Es war Herr von Thorwald.

»Da!« Mehr brachte sie nicht heraus. Mit dem Finger zeigte sie auf den hübschen Schrank, in dem sich solche Abscheulichkeiten verbargen. Der Doktor ging dorthin, doch anstatt ihn zu verschließen, holte er den Schädel heraus und hielt ihn in der Hand, als sei es ein ordinärer Kohlkopf.

»Wachsmodell. Mit echten Haaren. Perfekte Täuschung«, sagte er.

»Es ist …«, allmählich gewann Frau Lindemann ihre Fassung zurück, »abstoßend.« Sie schüttelte sich.

»Ein Kuriositätenkabinett. Ich habe es heute Mittag aus dem Nachlass von Doktor Sartorius zusammen mit einigen medizinischen Lehrwerken ersteigert.«

»Was macht es hier?« Wie man sich freiwillig diese Scheußlichkeiten ins Haus holen konnte, wollte ihr nicht in den Sinn. Herr von Thorwald antwortete ihr nicht. Natürlich nicht. Er war ihr keinerlei Rechenschaft schuldig. Schlimm genug, dass sie hinter seinem Rücken in den Schrank gesehen hatte. Frau Lindemann schämte sich. Zum Glück fiel ihr ein, warum sie in die Bibliothek gekommen war. Rasch unterrichtete sie den Doktor, dass sein Assistent im Flur auf ihn wartete. Während er den Kopf zurück in den Schrank legte, bat er sie, den Besucher heraufzuholen. Er schloss den Schrank ab und steckte den Schlüssel in seine Westentasche.

Frau Lindemann schleppte sich nach unten. Der Schreck war ihr gehörig in die Glieder gefahren. Am Fuß der Treppe wartete der Bursche, dem anzusehen war, dass er darauf brannte, zu erfahren, was die Ursache der Schreie gewesen war. Sie sagte kein Wort. Stattdessen schnupperte sie missbilligend. Der Assistent hatte ein schweres Parfum aufgelegt. Zusammen mit seinem Anzug, der augenscheinlich einmal für jemand Hochgestellten maßgeschneidert worden war, erschien er ihr wie ein Wichtigtuer.

Sie ging vor ihm die Treppe hoch, wobei sie sich immer wieder nach ihm umdrehte. Schließlich war ihr der Blick nicht entgangen, mit dem er die Gemälde an den Wänden musterte. Als sie ihn in der Bibliothek ablieferte, machte ihr Herr von Thorwald die Tür vor der Nase zu.

»Danke, Frau Lindemann. Sie können sich jetzt zurückziehen. Herr Weimar findet nachher allein hinaus.«

Aber mit dem rasenden Puls war sowieso nicht an Schlaf zu denken. Und nach dem Schreck würden ihre Träume von Unholden und Monstern erfüllt sein. Wenn sie nur an dieses fünfarmige schwabbelige Ungeheuer im Glas dachte, wurde ihr schon übel. Seltsame Vorlieben hatte der Doktor. Damit fand er garantiert keine Frau. Nicht dass diese Tatsache sie sonderlich bekümmert hätte.

Sie setzte sich auf einen gepolsterten Stuhl in Nähe der Bibliothekstür. Natürlich tat sie das nicht, weil sie von diesem Platz aus hören konnte, was im Zimmer geredet wurde. Vielmehr bestand durchaus die Möglichkeit, dass der Doktor trotz der späten Stunde noch einen Tee zu sich nehmen wollte. Vorsorglich beschloss sie, das Mädchen eine Kanne heraufbringen zu lassen, zusammen mit den bekömmlichen Keksen und einer Tasse für sie selbst.

Der Kanarienvogel hüpfte von Holzstange zu Holzstange, bis er an den Gitterstäben des Käfigs anlangte.

»Mir bleibt nichts anderes übrig, als den Baron zu heiraten«, sagte Cecilie. Der Vogel tschilpte und flatterte mit den Flügeln. Sie steckte ihren Zeigefinger, auf den sie ein paar Körner gestreut hatte, durch die Stäbe.

»Komm schon, hol sie dir …«, lockte sie. Ruckartig schoss der Kopf des Vogels vor und er pickte ein Korn nach dem anderen auf. Danach deckte sie den Käfig ab, ging zur Frisierkommode hinüber und zog die Nadeln aus dem Chignon. Das Haarteil legte sie auf die Kommode, auf der sich neben Bürsten und Kämmen sowie ihren Visitenkarten mehrere Parfümflakons, Cremedosen und eine Schmuckschatulle drängten. Hinter dem Spiegel klemmten Fächer aus Papier und Federn. Aus einer Schublade der Kommode lugten Handschuhe in allen möglichen Farben aus vielerlei Materialien hervor. Überall in Cecilies Zimmer befanden sich Sachen. Ihre alten Puppen saßen aneinandergereiht auf einem Regalbrett. Handarbeitskörbe, die sie nur benutzte, wenn es sich nicht vermeiden ließ, besaß sie gleich dutzendweise, ebenso wie duftendes, farbiges Briefpapier. Hutschachteln stapelten sich auf dem Schrank. An dessen Seiten gelehnt standen Schirme farblich passend zu den Kleidern, die für alle denkbaren Gelegenheiten im Inneren hingen. Sie hatte Morgen-, Tee-, Besuchs-, Abend- und Ballkleider. Mindestens viermal am Tag zog sie sich um. Selbst wenn sie keine Gäste erwartete. Man konnte ja nie wissen.

Cecilie setzte sich aufs Bett. Die täglichen Höhepunkte waren die Visiten, die sie mit ihrer Mutter unternahm, und der Besuch, der regelmäßig ins Haus kam. Tagein, tagaus würde das so weitergehen, ihr ganzes Leben lang, wenn sie nicht heiratete. Als spätes Mädchen würden nach und nach immer weniger Damen der Gesellschaft sie empfangen. Tristesse erwartete sie. Eigentlich konnte sie von Glück sagen, einen Verlobten wie den Baron zu haben. Noch dazu, da er nicht nur von hohem Stand war, sondern auch jung an Jahren. Cecilie nahm die Briefe, die sie auf die Verlobungsanzeigen hin erhalten hatte. Ein rosafarbener Umschlag lag zuoberst. Sie faltete das Briefpapier auseinander. Ein zarter Rosenduft stieg auf.

»Wie ich dich zutiefst beneide, liebste Freundin, fürchte ich doch, nicht so reich vom Schicksal gesegnet zu werden«, las sie. »Gott weiß, mein Herz würde vor Glück springen, wenn mich ein rechtschaffener Mann zu seiner Frau nähme.«

Warum nur stellt sich bei mir keine Dankbarkeit für das ein, was anderen als glückliche Fügung erscheint?, fragte sich Cecilie. Was ist nur schiefgelaufen mit mir, dass ich den abstrusen Wunsch habe, Ärztin zu werden? Es wäre klüger gewesen, sie hätte ihren Eltern nichts davon erzählt. Ihr Vater hatte selbst gesagt, wie verrückt ihr Anliegen war.

Sie legte den Brief in die Schachtel zurück, in der sie ihre Andenken aufbewahrte. Dort fiel ihr die aus der Zeitung herausgerissene Heiratsannonce in die Hände, in der ihr Vater sie samt einem entsprechenden Vermögen einem adeligen Herren offerierte. Sie zerknüllte den Ausschnitt und schleuderte ihn ihrem Spiegelbild entgegen. Der Papierball prallte vom Kommodenspiegel ab und landete in der Schmuckschatulle.

Cecilie beschloss, ins Bett zu gehen und alle Gedanken und Überlegungen auf den nächsten Tag zu verschieben. Vielleicht hatte sie am Morgen den Traum endgültig zu Ende geträumt. Sie klingelte nach Elsa. Nichts geschah. Bestimmt war das Mädchen eingeschlafen. Sie musste Elsa wecken, wenn sie sich nicht mit Korsett und Turnüre hinlegen wollte.

Im Flur drang ein Geräusch an ihr Ohr. Sie horchte. Es war nicht der Wind, der den Regen um das Haus peitschte. Vermutlich kam es von Marianne, deren Anfälle sich in letzter Zeit wieder häuften. Manchmal gelang es Cecilie, sie zu beruhigen, wenn sie auf ihre Schwester einredete, sie in den Arm nahm, festhielt und streichelte. Meistens konnte sie jedoch gar nichts ausrichten und musste sich vor Mariannes Schlägen, ihren Fingernägeln und den Zähnen, die sie in ihre Arme schlug, in Sicherheit bringen.

Erneut vernahm sie Geräusche. Sie kamen eindeutig von unten. Cecilie ging zur Treppe und spähte hinab. Ein Lichtschein drang durch die Türritzen des Arbeitszimmers. Ihr Vater schnarchte. Sie beschloss, ihn zuzudecken, damit er sich nicht verkühlte, stieg die Stufen hinunter und drückte die Tür auf.

Wie ein Vollmond leuchtete ihr das entblößte Hinterteil ihres Vaters entgegen. Er stand zwischen den Beinen von Elsa, die mit hochgeschobenem Rock auf dem Schreibtisch lag, und bewegte sein Becken vor und zurück. Was sie für Schnarchen gehalten hatte, war rhythmisches Schnaufen. Das Mädchen stöhnte. Cecilie starrte die beiden an. In diesem Moment schlug Elsa die Augen auf. Sie stieß einen jammernden Laut aus und versuchte, sich mit einem Ellbogen von der Tischplatte hochzustemmen. Mit der freien Hand war sie bemüht, den Rock über ihre Schenkel zu ziehen.

»Zier dich nicht so.« Malte Blum drückte sie zurück auf den Tisch. Cecilie drehte sich auf dem Absatz um, rannte die Treppe hinauf in ihr Zimmer und warf sich auf ihr Bett. Das Gesicht vergrub sie im Kissen und hielt sich mit beiden Händen die Ohren zu. Es half nichts. Noch immer hörte sie das Stöhnen. Bilder drängten sich vor ihr inneres Auge. Bilder von ihrem Vater und Elsa, außerdem Bilder, wie der Baron sich vor ihr entblößte. Ihr wurde übel und sie erbrach sich auf den Läufer vor ihrem Bett. Der Gestank von Magensäure breitete sich rasch im Zimmer aus. Sie setzte sich auf, griff nach ihrem Nachthemd und wischte sich den Mund ab.

Ihr Vater war für sie immer ein Vorbild gewesen. Das Oberhaupt der Familie. Der Steuermann auf dem unberechenbaren großen Meer des Lebens. Er entschied, was gut für sie alle war. Seinem Urteil hatte sie sich zu fügen. Nun entpuppte er sich als Lügner, als Schuft, nicht besser als ein gemeiner Bierkutscher. Wie nie zuvor empfand sie die Schwere und Zähigkeit ihres Lebens und begriff, dass sie es nicht so verpuppt dahinleben wollte bis zum Tod. Wieso sollte ausgerechnet sie ihre Wünsche und Träume unterdrücken, wenn der Mann, dem sie vertraut hatte, dem ihr Schicksal anvertraut war, zu einem derartigen Betrug fähig war?

3

Tagtäglich starben Menschen in der Stadt. An Unterernährung, an Krankheiten, am ständig zunehmenden Verkehr, an den Auswirkungen des Alkoholmissbrauchs, am Alter und an Gewalt. Den Leichen, die Hektor für seine wissenschaftlichen Studien oder für die Kriminalpolizei in Augenschein nahm, sah er das elende Leben an, das sie geführt hatten. Diese Tote jedoch war ungewöhnlich schön. Wie drapiert lag sie auf den Stufen des provisorischen Reichstagsgebäudes in der Leipziger Straße. Sie war nur mit Unterwäsche bekleidet. Unterhose, Strümpfe, Leibchen, Korsett und Stiefel. Alles in Weiß. Ihr helles Haar trug sie offen. Eine seltsame Reinheit ging von ihr aus. Einzig die schwärzliche Trübung der Pupillen ließ darauf schließen, dass sie tot war und nicht etwa schlief.

Als Hektor zum Tatort gerufen worden war, hatte er zuallererst an eine Obdachlose gedacht und erwartet, eine in Lumpen gekleidete Leiche vorzufinden. Auch ein aufgeputztes Frauenzimmer aus dem horizontalen Gewerbe hätte ihn nicht weiter verwundert. Doch diese nahezu mädchenhafte Erscheinung irritierte ihn.

»Wie ein Engel, nicht wahr?« Kommissar Tiegler trat zu ihm.

»Seltsam, in der Tat.« Die schöne Tote wirkte wie eine Plastik. Als gehörte sie zu der Architektur des Reichstags, in dem die Geschicke Preußens bestimmt wurden. Er kniete sich neben die Frau, bewegte ihre Glieder und befühlte ihre Haut.

»Keine Leichenstarre, aber vollkommen kalt«, stellte er fest.

»Sie sieht so frisch aus«, bemerkte der Kriminalbeamte. »Als ob sie gerade eben erst den letzten Atemzug ausgehaucht hätte.«

»Ich kann mir nicht vorstellen, dass die Frau in Unterwäsche durch Berlin spaziert ist, um hier zusammenzubrechen.«

»Ein Gewaltverbrechen? Ohne Blut?«

Tatsächlich konnte Hektor nichts an der Leiche oder in der näheren Umgebung ausmachen, das auf Gewaltanwendung hindeutete. Er besah sich die Arme der Toten.

»Mehrere Einstichstellen«, bemerkte er.

»Wenn es eine Drogensüchtige ist, handelt es sich wohl kaum um Mord.« Kommissar Tiegler kratzte sich am Kopf.

»Ist aber nicht auszuschließen. Suchen Sie besser nach Spuren, bevor alles weggetrampelt wird.«

Der Kommissar hielt einen seiner Männer an und befahl ihm, dafür zu sorgen, dass der Tatort abgesperrt wurde.

»Aber hier ist doch der Reichstag«, entgegnete der Polizist.

»Sehe ich so aus, als wäre mir der Umstand nicht bekannt?«, ätzte Tiegler.

»Nein, Herr Kommissar.« Der Polizist schien in seiner blauen Uniform versinken zu wollen.

»Dann schwingen Sie gefälligst die Hufe und liefern Sie mir Hinweise. Und zwar zackig!«

Es überraschte Hektor, dass die Tote den versierten Kriminalbeamten so sehr in Aufruhr versetzte. Eine derart emotionale Regung war er nicht von Tiegler gewohnt. Beim Anblick einer Leiche, der die Gedärme um den Hals geschlungen worden waren, hatte Tiegler kürzlich nicht einmal mit der Wimper gezuckt.

Der herbeigerufene Bestatter stellte mit seinem Gehilfen einen Holzsarg an der Mitteltür des Gebäudes ab. Hektor beobachtete, wie die Männer die Tote in den Sarg hoben.

»Bringen Sie sie zu mir in den Leichenkeller. In die Luisenstraße.«

»Müssen wir die vierundzwanzig Stunden bis zur Leichenschau wirklich einhalten?«, fragte Tiegler.

»Sie kennen doch die Bestimmungen«, erwiderte Hektor verwundert.

»Es ist nur …«, druckste der Kommissar herum. »Sie erinnert mich an jemanden. Wissen Sie, die Frau hat Ähnlichkeit mit meinen Töchtern.«

Hektor war ihnen noch nie begegnet, und da der Kriminalbeamte kahlköpfig war, hätte er die blonden Haare der Toten nie mit dessen Familie in Verbindung gebracht. Jetzt aber verstand er, wieso Tiegler so involviert erschien.

»Kommen Sie heute Mittag zu mir in den Keller. Gegen eine äußere Leichenschau ist auch nach dem Regulativ nichts einzuwenden.« Ein Blick auf die Uhr sagte ihm, dass seine Vorlesung an der Universität gleich begann. Er musste sich sputen. Glücklicherweise parkte eine Mietdroschke auf dem Halteplatz unweit der Polizeiabsperrung.

»Nehmen Sie mich mit!«, rief er dem Kutscher zu und hastete zu dem Wagen. Mit einem Mal fühlte sich sein Fuß kalt und nass an. Er war in eine Pfütze getreten. Vollgesogen lag ein Taschentuch in dem Wasser. Erst wollte er es ignorieren, dann hob er es doch auf. Es war ein Stück Stoff, das die Form einer Blume hatte.

Eine Pfütze stand zwischen Cecilie und dem Trottoir. Mit einem Schritt versuchte sie darüber zu gelangen, doch die Bänder ihres Rockes waren zum Zerreißen gespannt. Sie zog ihr Bein wieder zurück. Der Schirm, den sie in einer Hand hielt, hinderte sie daran, den Rock zu raffen. Außerdem ziemte es sich nicht, Bein zu zeigen. Ihr blieb daher nichts anderes übrig, als um die Wasserlache herumzutrippeln, wobei sie darauf achtgeben musste, nicht von den Kutschen vollgespritzt zu werden, die Unter den Linden entlangdonnerten. An ihr vorbei sprangen junge Männer über die Pfütze und liefen geradewegs auf die Friedrich-Wilhelm-Universität zu. Die Bäume vor dem hufeisenförmigen Gebäude waren kahl und gaben den Blick auf die erleuchteten Fenster frei. Hinter den strengen Mauern ballte sich das Wissen.

Cecilies Puls raste, als sie das Tor passierte, an dem Arbeiter Fahnenstangen für die Rückkehr des Kaisers montierten, und auf den Eingang mit den sechs Säulen zustrebte. Ihren Eltern hatte sie nicht erzählt, wohin sie gehen wollte. In aller Heimlichkeit hatte sie das Haus verlassen. Ein schlechtes Gewissen plagte sie deshalb nicht, schließlich war der Betrug ihres Vaters weitaus schwerwiegender. Eine immense Wut auf ihn gärte in ihr. Er nannte sie verrückt, weil sie davor zurückschreckte, sich für immer einem Mann in die Hände zu geben, den sie nicht liebte, dabei hinterging er seine Ehefrau mit dem Dienstmädchen. Gestern Nacht war bestimmt nicht das erste Mal gewesen. Sie sah nicht länger ein, wieso sie ihren größten Wunsch einem Lügner zuliebe unterdrücken sollte. Ihr Entschluss stand fest. Sie wollte studieren und sie würde es auch tun. Egal was ihr Vater, der Baron oder sonst wer dazu zu sagen hatte.

Vor ihr fiel die Tür der Universität ins Schloss. Keiner der Männer hatte sie ihr aufgehalten, daher musste Cecilie sie selbst öffnen. Sie war schwer und quietschte in den Angeln. Im Inneren der Universität kreuzten Studenten ihren Weg, eilten an ihr vorbei, streiften ihr Kleid und drehten sich nach ihr um. Sie entdeckte keine einzige Frau unter ihnen. Es war noch nie vorgekommen, dass sie sich allein unter lauter Männern befand. Zu den wenigen Gelegenheiten, bei denen sie bisher mit dem anderen Geschlecht in Kontakt gekommen war, Spaziergänge im Tiergarten oder Bälle, hatte sie immer ihre Mutter begleitet.

Sie klappte den Schirm ein und löste die Bänder ihres Huts. Ein Korpsstudent, nicht viel älter als sie selbst, überholte sie, wobei er sich den Hals verrenkte, um sie unaufhörlich anzustarren.

Zunächst senkte sie den Kopf und betrachtete ihre Schuhspitzen. Als sie aufsah, war er stehengeblieben und glotzte sie an. Nicht einmal seine Mütze nahm er ab. Cecilie irritierte sein schamloser Blick.

»Wo finde ich die Mediziner?«, sprach sie ihn schließlich an.

Der Mann runzelte die pickelige Stirn. »Was suchen Sie denn dort, Fräulein?«

»Eine Vorlesung über Anatomie.«

»Ich denke nicht, dass das was für Sie ist.«

»Wieso nicht?«

»Frauen dürfen nicht studieren!«

»Aber ich kann doch lernen«, warf sie ein.

»Wozu?« Der Student schüttelte den Kopf. »Sie werden hier keinen einzigen Abschluss machen können.«

Cecilie starrte ihn an. Darüber hatte sie nicht weiter nachgedacht. Es stimmte, sie hatte bislang noch von keiner studierten Frau gehört. Der junge Mann setzte seinen Weg fort. Im Laufen drehte er sich wieder und wieder nach ihr um, bis er in die Putzfrau hineinrannte, die die Wasserlachen von den Fliesen der Eingangshalle aufwischte.

Gerade hatte Cecilie sich dazu durchgerungen, sich ihrem Vater zu widersetzen. Sie würde nicht aufgeben. Nicht jetzt. Ein weiterer Student kam geradewegs auf Cecilie zu. Er hatte ein sympathisches Lächeln. Sie wiederholte ihre Frage nach einer Anatomie-Vorlesung.

»In Bezug auf den Körper kenne ich mich aus«, erwiderte er und entblößte ein gelbes Gebiss. »Vor allem was den weiblichen angeht. Der muss aus Hintern und Brüsten bestehen.«

Solche Unverschämtheiten hatte sich ihr gegenüber noch niemand herausgenommen. Cecilie war empört über das Verhalten des Studenten. Als sich der nächste an sie wandte, eilte sie einfach an ihm vorbei und wählte auf gut Glück den rechten der von der

Eingangshalle abzweigenden Gänge. Überdeutlich vernahm sie das Rascheln ihres Kleides. Mit einem Ruck wurde sie zurückgehalten. Jemand zog an der Schleife auf ihrem Cul de Paris.

»Lassen Sie sofort los!«, schimpfte sie den Mann an, der zwar von angenehmen Äußerem war, aber ein äußerst unangenehmes Benehmen an den Tag legte.

»Nur wenn ich einen Kuss bekomme.« Er spitzte die Lippen.

»Was erlauben Sie sich!« Cecilie sah sich nach den Studenten um, die einen Kreis um sie und den unverschämten Kerl bildeten. Keiner der jungen Herren kam ihr zu Hilfe. Im Gegenteil hatte sie das Gefühl, ihnen einen willkommenen Anlass für ihre Spöttereien zu bieten. Schon gingen die Kommentare los.

»Die muss wohl mal rangenommen werden.«

»Wenn sie sich zieren, macht's doch erst richtig Spaß.«

Cecilies Griff um den Schirm wurde fester. Sie schlug dem Studenten auf die Finger. Er jaulte auf und ließ los. Die anderen johlten. Mit schwingendem Schirm kämpfte sie sich durch die Gaffer. Das Korsett schnürte ihr die Luft ab. Ihr Atem ging flach. Nur nicht in Ohnmacht fallen, redete sie sich gut zu. Sie wollte nach draußen, aber die Studenten versperrten ihr den Weg. Also lief sie in den Gang hinein. Die Männer folgten ihr wie Straßenköter einer läufigen Hündin und riefen ihr die schamlosesten Bemerkungen nach. Cecilie wünschte sich, unsichtbar zu sein. Stattdessen eilte sie durch den Flur an immer gleich aussehenden Türen entlang.

Vor ihr schlurfte die Putzfrau, Eimer und Schrubber in den Händen. Durch sie sahen die jungen Männer hindurch, als wäre sie ein Geist. Plötzlich öffnete die Putzfrau eine Tür und verschwand. Cecilie folgte ihr, so schnell es ihr die Ledersohlen ihrer Stiefel erlaubten. Sogleich schloss sie die Tür und lehnte sich mit dem Rücken dagegen. Hoffentlich kamen ihr die Studenten nicht nach.

Der Raum, in den sie geflüchtet war, wurde als Abstellkammer genutzt. In diversen Regalen waren Kartons gestapelt. Besen wurden in einer Ecke aufbewahrt. Weitere Zinkeimer standen herum, Lappen hingen auf einer Leine, die von Regal zu Regal gespannt war. Über einem Eimer wrang die Putzfrau gerade einen Lappen, aus dem schmutzig braunes Wasser tropfte. Nachdem sie ihn ausgeschlagen hatte, hängte sie ihn zu den anderen. Als sie Cecilie bemerkte, richtete sie sich auf und knickste. Jemand hämmerte gegen die Tür. Cecilie dachte nach.

»Du musst mir helfen. Du bekommst mein Kleid, meinen Hut, die Pelerine und den Schirm. Die Schuhe behalte ich. Dafür gibst du mir das Wolltuch, dein Kleid und dein Kopftuch.«

»Det jnädische Freilein treebt wohl een Scherz met mia.«

»Es ist mein voller Ernst.«

Keine fünfundzwanzig Minuten später ging die Putzfrau in Cecilies Kleidern aus der Abstellkammer, den Hut so weit wie möglich ins ungeschminkte Gesicht gezogen. Cecilie beobachtete durch den Türspalt, wie die Männer ihr nachstrebten. Kurz danach trat sie ebenfalls hinaus und lief in die Richtung, welche die Putzfrau ihr genannt hatte. Der Eimer schlug ihr gegen die Beine und der Griff schnitt ins Fleisch ihrer Hand. Bei jedem dritten Schritt verhedderte sich der Schrubber in dem ausgeblichenen Rock, den sie trug. Zwar müffelten die Kleidungsstücke, die sie gegen ihre eigenen getauscht hatte, nach Schmierseife und fremdem Schweiß, aber sie machten Cecilie tatsächlich unsichtbar. Kein einziger der Studenten gab einen anzüglichen Kommentar ab. Kein Blick streifte ihre ärmliche Aufmachung. Nur ihr bestickter Beutel und die Stiefel hoben sich davon ab, aber diese Details bemerkten die Männer zum Glück nicht.

Der Hörsaal war halbrund, abschüssig und bis auf einen angestrahlten Kreis unten dunkel. In dem Lichtkegel sah sie einen nackten Körper auf einem Tisch liegen, daneben stand ein Mann mittleren Alters, der eine Schürze umgebunden hatte. So leise wie möglich schloss Cecilie die Tür, in deren Nähe sie Eimer und Schrubber abstellte. Sie suchte sich einen Platz in der obersten leeren Bankreihe. Von dort aus vermochte sie gut zu sehen. Über die Köpfe der Studenten blickte sie hinunter zu dem Dozenten.

»Wenden wir uns nun dem Apparatus respiratorius zu. Der Atemtrakt beinhaltet die oberen Atemwege bis zum Ansatz der Luftröhre und die unteren. Neben Mund und Nase gehören zu den oberen Atemwegen der Pharynx und der Larynx.«

Der Dozent stand mit gebeugtem Rücken über dem Körper. Trotz seiner hageren Gestalt wirkte er keineswegs schwächlich. Er hatte dunkle Haare und trug Koteletten. Mit einem Messer schnitt er in den Hals der Toten. »Der Rachen wird wiederum untergliedert in Pars oralis pharyngis, Pars nasalis pharyngis, Pars laryngea pharyngis …«

Begierig sog Cecilie die Wörter auf. Wie Regen auf ausgetrocknete Erde prasselte das Wissen auf ihr Gehirn ein. Dagegen nahmen sich die Unterrichtsstunden in der höheren Töchterschule hohl und leer aus. Sie stellte sich vor, wie das Wissen in Gegenden ihres Gehirns kroch, die noch unentdeckt waren und von denen sie nun erfuhr, dass sie zum Beispiel Ammonshorn genannt wurden.

Ein Geräusch störte sie und sie sah sich um. Rechts von ihr, drei Sitzreihen weiter unten, saß ein Student in sich zusammengesunken da. Sein Atem ging stoßweise. Am liebsten hätte Cecilie ihn wachgerüttelt, aber sie fürchtete, dadurch zu viel Aufmerksamkeit auf sich zu lenken. Sie ließ den Blick schweifen. Eine Reihe vor ihr betrachteten zwei Studenten ein Bild. Einer der beiden kicherte verhalten. Sie beugte sich vor. Auf dem Foto war eine nackte Frau, allerdings keine Tote, sondern eine, deren Körperhaltung Cecilie das Blut in die Wangen trieb.

Er richtete seine Konzentration ganz auf den Körper vor sich, dessen Inneres er mit einem Schnitt in den Brustkorb nach außen kehrte.

»Das Luftvolumen bezeichnen wir als Totraum, denn es hat am unmittelbaren Gasaustausch in den Alveolen keinen Anteil«, erklärte Hektor.

Ein Schnauben ließ ihn aufblicken. Geblendet vom Licht sah er die Studenten in den Sitzreihen vor ihm nur schemenhaft. Er blinzelte, bis sich seine Augen an die Dunkelheit gewöhnt hatten, und blickte in die leeren, gelangweilten Gesichter der angehenden Mediziner. Die Toten interessierten sie nur als Anschauungsmaterial. Alle wollten sie Chefarzt werden an der Charité, Götter in strahlendem Weiß, zum Wohle der Menschheit, gefeiert und wie Helden verehrt. In der Praxis führte dies zu eklatanten Fehlurteilen, weil sie mit der Materie des Ertrinkungstodes oder der Atemprobe nicht vertraut waren. Immer wieder wurde Hektor mit der Unwissenheit und Ignoranz seiner Kollegen konfrontiert, wenn das Gericht ein neuerliches ärztliches Gutachten anforderte. Wie viel mehr Morde könnten entdeckt werden, wären die Ärzte nur besser ausgebildet. Schließlich ging es in der Medizin um Beobachtungsgabe, um Wissenschaft. Beim lebenden und beim toten Menschen. Um Geheimnisse zu entschlüsseln, musste man hinsehen.

Der Lärm nahm zu.

»Wer hat den Dreckseimer hier stehen lassen?«, schimpfte jemand.

»Was ist da los, meine Herren?« Hektor trat aus dem Lichtkegel. Mit der Hand schirmte er die Augen ab. Im obersten Rang erkannte er einen Mann, der eine Frau am Arm gepackt hielt. Ihr Kopftuch ließ Hektor darauf schließen, dass es sich um eine der Putzfrauen handelte.

»Dich kenn ich doch«, rief der junge Mann. »Du bist das Fräulein, das zur Anatomie-Vorlesung wollte.«

»Was erdreisten Sie sich, meine Vorlesung zu unterbrechen?« Hektor war verärgert über die Zeit, die durch diesen Vorfall vertan wurde.

»Hier schleicht sich ein Frauenzimmer ein. Das kann nicht toleriert werden, wo kommen wir denn da hin?« Der Störer zerrte die sich sträubende Frau nach unten. Ihr verrutschtes Kopftuch gab durcheinandergeratene rötlich blonde Korkenzieherlocken frei.

Als sie vor ihm stand, sah Hektor in ein junges, hübsches Gesicht. Die Frau hatte eine fein geschnittene Nase, die im Licht der Gasbeleuchtung einen Schatten auf ihren recht breiten Mund warf, und einen überraschend sauberen Teint. Noch nie zuvor hatte er eine der Putzfrauen so genau betrachtet. Erst wenn er den Seziersaal verließ, kamen sie und wischten auf. In den Gängen eilte er oft nur an ihren gekrümmten Rücken vorbei.

»Lassen Sie die Frau ihre Arbeit tun«, fuhr er den Studenten an. »Und tun Sie gefälligst die Ihre!«

»Sie können doch kein Weibsbild in Ihrer Vorlesung dulden«, ereiferte sich dieser.

»Wisch nach der Vorlesung auf«, sagte Hektor zu der Putzfrau. Er wollte sich schon umdrehen, da bemerkte er ihren Blick. »Ist noch was?«

»Ich möchte Mediziner werden.«

Die Studenten lachten auf.

»Warum?« Hektor war überrascht, über die Bestimmtheit, mit der die Frau ihren Wunsch vorgetragen hatte. Die Bestimmtheit einer Putzfrau. Er verkniff sich ein Schmunzeln.

»Weil ich die Menschen von Krankheit und Wahnsinn heilen will.«

Mittlerweile hatte sich das Lachen der Studenten zu Gebrüll gesteigert. Dabei klopften sie mit den Fäusten auf die Sitze.

»Ruhe!« Hektor ließ seine Stimme durch den Saal donnern.

Sogleich verstummte das Gelächter. Nur ab und an hörte er noch Gekicher.

»Dein Anliegen ist edel.« Den Anflug von Hoffnung in den Augen der Putzfrau musste er sofort unterbinden. »Aber du weißt doch selbst, wie fantastisch ein solcher Wunsch ist.«

Damit drehte er ihr den Rücken zu, nahm sein Messer in die Hand und setzte die Vorlesung fort.

In dem verschlissenen Kleid der Putzfrau fror Cecilie, während sie vor der Universität wartete, deshalb wickelte sie sich in das Schultertuch. Die Schafswolle fühlte sich wächsern an.

Sobald ein Mann mittleren Alters aus dem Gebäude trat, musterte sie ihn genaustens. Es dauerte, bis sie den Dozenten anhand seiner Koteletten unter seinem Zylinder in einem Pulk von Studenten erkannte. Anstelle der Schürze trug er einen extravaganten Anzug, der aus einer creme-schwarz karierten Hose und einem knielangen zweireihigen Frack bestand.

Bald verabschiedete er sich von den Studenten und ging zügig über das Trottoir. Dank des weiten Rocks fiel es Cecilie nicht schwer, mit ihm Schritt zu halten. Sie begann, die Putzfrau um die Freiheit zu beneiden, die sie haben musste. Wie weit, wie unbefangen das Leben doch sein konnte. Dann fiel ihr Elsa ein. Zwar wurde sie nicht von Turnüre und Mieder eingeengt, aber das Leben zwängte sie ebenfalls gewaltig ein. Doch niemand stellte es in Frage. Es schien für die meisten Frauen und Mädchen völlig normal zu sein, einem Vogel gleich im Käfig zu leben. Vielleicht war sie verrückt, wenn sie dagegen aufbegehrte. Womöglich begann in ihr derselbe Wahnsinn zu keimen wie in ihrer Schwester.

Ein Student grüßte den Dozenten im Vorbeigehen. Als Cecilie auf seiner Höhe angelangt war, hielt sie ihn an, fragte nach dem Namen des Gelehrten und erfuhr, dass er Dr. von Thorwald hieß. Noch immer war ihr selbst nicht ganz klar, was sie noch von ihm wollte. Frauen durften nicht studieren. Ihr Traum war ein für alle Mal zerstört. Aber sie konnte jetzt nicht aufgeben, wo sie doch gerade erst angefangen hatte.

Der Arzt war in der Zwischenzeit weitergegangen. Cecilie eilte ihm nach, dabei wich sie einer Droschke aus, die mit Säcken beladen war. Aus einem rieselte Mehl auf die Straße.

»Sie verlieren was«, rief sie dem Fahrer zu, der sich allerdings nicht um sie scherte. Stattdessen schnalzte er und trieb die Pferde an, deren verschwitzte Leiber in der Kälte dampften. Seine Peitsche zischte durch die Luft. Dr. von Thorwald drehte sich nicht um. Schnurstracks lief er weiter, schlug Bögen um die ihm entgegenkommenden Passanten, grüßte den ein oder anderen Korpsstudenten und zog den Hut vor einem Mann im Talar. Nur einmal blieb er kurz stehen, griff in seine Tasche und zündete sich eine Zigarre mit einem Streichholz an. Dann setzte er seinen Weg auf der Luisenstraße fort bis zu einem Haus, vor dem ein Karren mit einem zusammengezimmerten Sarg parkte. Er verschwand im Eingang. Cecilie blieb davor stehen. An der Fassade klebten Plakate, die frisch glänzten. Die Sargfabrik F. O. Kersten bewarb ihre Metall- und Holzsärge. Der billigste kostete neun Mark. Der teuerste dreitausend. Neben der Tür war eine Tafel aus Kupfer angebracht. »Leichenschauhaus«, las Cecilie.

Stufe für Stufe, die sie in den Keller hinabstieg, schwoll der Gestank an. Die Wände schienen ihn auszuatmen. Es roch nach vergorenem Blumenwasser. Sie presste ein mit Eau de Cologne getränktes Taschentuch vor Mund und Nase, dennoch drang der Geruch des Todes in sämtliche Poren ihrer Haut und ergriff von ihr Besitz. Düster war es an dem Ort, der nie Tageslicht gesehen hatte. Schon war sie versucht, alles als Narretei abzutun, doch sie wusste, wenn sie jetzt ging, würde ihr Wunsch für immer in ihren

Träumen herumspuken. Allein aus diesem Grund versuchte sie die Visionen des Todes zu ignorieren, die der Gestank ihr zutrug.

Ein Mann schob eine Bahre aus dem Keller.

»Was willst du hier?« Sein Blick streifte die Kleider der Putzfrau.

»Ich muss Doktor von Thorwald sprechen.« Cecilie steckte das Taschentuch in den Beutel zurück und atmete durch den Mund.

»Erwartet der Gerichtsarzt dich? Bist du eine Angehörige?«

Sie nickte, weil sie hoffte, es verschaffte ihr Zugang zu dem Dozenten.

»Komm mit.« Der Mann führte sie in einen Kellerraum. Hier war der Gestank noch stärker, doch sie hatte sich mittlerweile daran gewöhnt, atmete nur ein wenig flacher als zuvor. Dr. von Thorwald stand vor einem Tisch, auf dem eine Leiche lag. Wie in der Universität trug er eine Schürze. Neben ihm befanden sich ein ausgesprochen korpulenter Mann mit Glatze, ein anderer im weißen Kittel sowie ein fein gekleideter Herr.

»Wenn der Geruch und die Pupillenfärbung nicht wären«, sagte Dr. von Thorwald, »würde ich schwören, dass die Frau erst vor wenigen Stunden gestorben ist.«

Cecilie betrachtete die Frauenleiche in Unterwäsche, deren makelloser Teint und die rosig wirkenden Wangen zwar in der Tat lebendig, nicht aber natürlich aussahen.

»Schminke«, stellte sie fest. Die Köpfe der Anwesenden fuhren zu ihr herum. Sie knickste verlegen. Unter den Blicken der Männer starrte sie schnell auf den Boden, der mit braunen Flecken übersät war.

»Wie meinen?«, fragte Dr. von Thorwald.

Cecilie zögerte mit einer Antwort. »Die Frau«, begann sie schließlich und vermied es dabei, das Wort »Leiche« auszusprechen, »ist abgepudert und trägt Rouge auf den Wangen. Lider und Lippen sind ebenfalls geschminkt.«

Sie hob den Kopf. Der Gerichtsarzt griff nach einem Tuch und wischte damit über das Gesicht der Toten. An dem Stoff blieb die Rosigkeit haften. Darunter war sie wächsern bleich.

»Du hast recht«, stellte Dr. von Thorwald verwundert fest. »Wer bist du?«

Der Mann, der Cecilie hereingeführt hatte, antwortete an ihrer Stelle. »Eine Angehörige.«

Sie nahm an, dass er dem Gerichtsarzt assistierte.

»Mann oder Frau?«, wollte dieser wissen.

»Wie bitte?« Cecilie begriff nicht. Ihr Blick war auf die Leiche gerichtet.

»Die Person, die du identifizieren willst?«

Sie riss sich zusammen.

»Deshalb bin ich nicht hier. Ich habe eine Bitte an Sie, nein, eher muss ich Sie anflehen, mich zu erhören.«

Dr. von Thorwald drehte sich nun ganz zu ihr um. Er war ein großer Mann, der Cecilie um etliche Zentimeter überragte.

»Bringen Sie mir alles über die menschliche Anatomie bei«, bat sie. Der edle Herr schnaubte abfällig, der Assistent, der Dicke und der Kittelträger lachten.

Der Gerichtsarzt hingegen musterte sie eindringlich. »Bist du nicht die Putzfrau aus der Universität, die diese verrückte Idee hat, Mediziner zu werden?«

Für gewöhnlich wurde Cecilie gesiezt, auch verhielten sich Männer sonst viel reservierter zu ihr, doch sie verzichtete darauf, ihn zurechtzuweisen. Ein Leichenkeller war kein geeigneter Ort für Höflichkeiten.

»Ja, die bin ich«, erwiderte sie. »Ich bin Ihnen gefolgt, weil ich von Ihnen lernen möchte. Ich darf nicht studieren, aber das heißt nicht, dass ich nicht auf eigene Faust lernen kann.«

Einen Moment lang war es tatsächlich totenstill im Raum, dann lachte jemand. Es war der Assistent.

»Max, hilf mir«, forderte Dr. von Thorwald ihn auf.

Der Mann verstummte. Gemeinsam drehten sie die Tote um. Mit erstaunlicher Kenntnis schnürte der Gerichtsarzt das Korsett auf. Seine langen Finger erregten Cecilies Aufmerksamkeit. Anschließend zog er der Toten Leibchen, Schuhe, Strümpfe und Unterhose aus, bis sie gänzlich entblößt auf der Bahre lag, den Blicken der Männer ausgeliefert. Cecilie überkam das Bedürfnis, Oberschenkel, Scham, Bauch und Brüste der Frau zu bedecken, stattdessen wartete sie noch immer auf eine Antwort des Gerichtsarztes, der sie vergessen zu haben schien. Auch die anderen Männer waren zu sehr auf die Leiche konzentriert, um ihr weitere Beachtung zu schenken.

»Sie ist bereits geöffnet worden«, sagte Dr. von Thorwald.

Der Assistent hängte die Wäschestücke der Toten an eine Leine. Cecilie stellte sich auf die Zehenspitzen. Am Bauch der Leiche entdeckte sie eine Narbe, die aussah, als sei die Naht soeben zusammengeflickt worden.

»Könnte es sich um einen Leichnam handeln, der einem Bestatter gestohlen wurde?«, fragte der korpulente Mann.

»Das Aufbahren von Leichen ist doch verboten«, erwiderte Dr. von Thorwald. »Wieso die Tote so herrichten, wenn sie die Angehörigen ohnehin nicht mehr sehen dürfen?«

»Ich bin ratlos«, gab der Dicke zu. »Haben Sie irgendeine Vermutung?«

»Vielleicht ist die Frau operiert worden und an den Folgen des Eingriffs gestorben. Ich denke, in Anbetracht der bereits erfolgten Leichenöffnung können wir uns die vierundzwanzig Stunden Wartefrist schenken.«

Die Herren einigten sich darauf, die Obduktion an Ort und Stelle auszuführen, da sie im Dämmerlicht des Tages nicht mehr zu sehen bekommen würden als in der künstlichen Beleuchtung des Leichenkellers. Daraufhin griff der Gerichtsarzt zu einem breiten Messer. Mitten in der Bewegung hielt er inne und drehte sich zu Cecilie um.

»Du bist ja immer noch da.«

»Geh endlich weg!«, herrschte sie der Assistent an.

Sie trat ein paar Schritte zurück. Die Männer schienen sie angesichts der Leiche schon wieder vergessen zu haben. Dr. von Thorwald durchschnitt die Fäden, die die Wunde auf dem Bauch zusammenhielten. Als er die Hautlappen aufklappte, schloss Cecilie die Augen. Sie öffnete sie jedoch sogleich wieder, denn die Herren stießen laut den Atem aus.

»Das gibt's doch nicht«, entfuhr es ihr.

Die Frau war angefüllt mit Stroh. Die Köpfe der Männer fuhren zu ihr herum.

»Raus!«, schrie der Assistent.

»Aber …«, wagte sie einen letzten Versuch.

Dr. von Thorwald unterbrach sie. »Du willst einer Leichenöffnung beiwohnen, ohne dass dir schlecht wird?« Er lachte.

»Ja, das tun Sie doch auch.«

»Es ist unser Beruf. Du bist eine Frau«, entgegnete der Gerichtsarzt.

Der Assistent packte sie unterdessen am Arm und wollte sie aus dem Keller schaffen. Sie sträubte sich.

»Lass sie, Max«, sagte Dr. von Thorwald. »Soll sie doch mit eigenen Augen sehen, dass ihr Magen zu schwach für unser Metier ist.«

An Cecilie gewandt fügte er hinzu: »Die Sauerei, die du anrichtest, wischst du aber nachher wieder weg.«

Er nahm das Stroh heraus und übergab es seinem Assistenten. Eine Art Höhle blieb zurück. Die Tote war leer. Dem Körper fehlten sämtliche Organe.

»Die Narbe am Bauch ist der Frau nach ihrem Tod zugefügt worden«, stellte der Gerichtsarzt fest.

Cecilie fand den Gedanken beruhigend, bedeutete es doch, dass die Frau nicht mitbekommen hatte, wie man sie aufgeschnitten und ausgeweidet hatte.

»Die Knochensäge, Max!«

Dr. von Thorwald setzte das ihm gereichte Werkzeug am Kopf der Leiche an, nachdem er ihren Schädel geschoren hatte. Das beim Sägen entstehende Geräusch fuhr Cecilie durch den ganzen Körper. Im Hörsaal war sie in Distanz zu dem Toten gewesen, während sie hier unmittelbar daneben stand. Als sie den Kopf abwandte, fing sie den spöttischen Blick des Assistenten auf. Sie musste beweisen, dass sie nicht zu vorlaut gewesen war. Also nahm sie ihren ganzen Mut zusammen und sah zu, wie der Gerichtsarzt die Schädeldecke durchtrennte, deren obere Hälfte er gleich dem Deckel einer Dose anhob, so dass er das Gehirn herausholen konnte. Die durchschimmernde gräuliche Masse hielt er Cecilie hin. Ihr war bewusst, dass jeder der anwesenden Männer auf einen Zug von Ekel in ihrem Gesicht lauerte, um sich daran zu ergötzen.

»Das Cerebrum«, sagte sie daher nur und atmete aus.

Der Assistent begann wieder zu lachen. Der dicke Mann und der edle Herr schmunzelten. Der Mann im Kittel und der Gerichtsarzt sahen sie jedoch aufmerksam an.

»Man unterscheidet die vier Hauptkategorien Telencephalon, Mesencephalon, Diencephalon und Rhombencephalon«, fügte Cecilie hinzu, die Dr. von Thorwald anmerkte, dass sie ihn beeindruckt hatte.

»Wo hast du das her?«

»Ich habe einige Medizinbücher gelesen. Glauben Sie mir jetzt, dass ich es ernst meine? Lassen Sie mich nun bei Ihnen im Keller lernen?«

Er zögerte mit einer Antwort.

»Ich kenne die lateinischen Bezeichnungen fast aller menschlichen Organe«, beeilte sich Cecilie zu sagen. »Aber ich habe sie nie in natura gesehen. Wenn ich hier bei Ihnen bleiben darf, werde ich mein theoretisches Wissen endlich anwenden können.«

»Eine Putzfrau, die Latein spricht, ist mir bisher noch nicht untergekommen«, meinte der Dicke. »Immerhin ist sie hart im Nehmen, das müssen Sie zugeben, Doktor von Thorwald.«

»Wie heißt du?«, fragte der Gerichtsarzt.

»Cecilie.« Ihren Nachnamen verschwieg sie.

»Nun, Cecilie, wenn du unbedingt mit Toten zu tun haben willst …«, sagte er.

»Heißt das, ich darf Ihnen assistieren?«

»Du kannst hier im Keller als Leichenwäscherin arbeiten. Du musst die Toten für die Beerdigungen herrichten und die Kellerräume putzen.«

Es war nicht ganz das, was sie sich erhofft hatte, und meilenweit von ihrem Traum entfernt, aber dass Dr. von Thorwald ihr die Arbeit im Keller nicht zutraute, forderte sie heraus. Sie musste es ihm zeigen, musste es allen zeigen, die sie für unfähig hielten, ein anderes Leben zu führen als das einer Ehefrau. Cecilie starrte die Leiche an und versuchte, sich jeden Zentimeter ihrer Haut einzuprägen, um sich an den Anblick zu gewöhnen. Da fiel ihr ein winzig kleiner geröteter Punkt am Hals der Toten auf. Sie machte Dr. von Thorwald darauf aufmerksam.

»Eine weitere Einstichstelle«, stellte er fest. »Die habe ich ganz übersehen.«

Den Blick, mit dem er sie bedachte, vermochte Cecilie nicht zu deuten.

4

Rauchschwaden hingen in der Luft. Baron zu Staufenfels nickte in die Herrenrunde und steuerte einen freien Sessel an. Er wich dabei Heinrich von Treitschke aus, Mitglied der Nationalliberalen Partei, der seinen massigen Körper in die Mitte des Salons bemüht hatte, wo er Tropfen in seinen weißen Bart spuckte, während er sich brüllend über die elende rote Brut ereiferte.

Wie immer drehte sich das Gespräch um Politik. Mit Verachtung musterte der Baron die anwesenden Herren, alles hoher Adel. Niedere Stände wurden hier nicht geduldet. Mit ihrem Vermögen vertaten sie die Zeit damit, über ermüdende Gesetzesvorlagen zu debattieren, anstelle auf die Jagd zu gehen oder mit der Kutsche auszufahren. Ihm blieb nichts anderes übrig, als Interesse zu heucheln, schließlich brachte jede Stufe der politischen Leiter, die er erklomm, mehr Geld in seinen stets klammen Haushalt ein.

Für ihn war nach dem Ableben seines Vaters nichts geblieben, während sein Bruder die Ländereien geerbt hatte. Der Unterhalt, den der Baron von ihm erhielt, war äußerst knausrig bemessen und reichte nur für das Allernötigste, so dass er gezwungen war, etwas dazuzuverdienen. Glücklicherweise würde er in absehbarer Zeit ausreichend finanzielle Mittel zur Verfügung gestellt bekommen, um dem Lebensstil zu frönen, der ihm zustand.

Als er dem Diener winkte, ihm eine Zigarre zu reichen, blieb sein Blick auf dem kleinwüchsigen Grafen Alexius hängen. Er grüßte ihn mit einer Handbewegung, in der Hoffnung, dieser verstünde es nicht als Aufforderung, zu ihm herüberzukommen. Er hasste die unterwürfige Art, das Gestottere und die plumpe Gestalt des Grafen. Dieser Kretin war der einzige Sohn des alten Grafen von Weidburg. Mit welcher Würdelosigkeit er seine Uniform trug. Er war im Krieg gegen Frankreich in Gefangenschaft geraten und hatte die Toten des Feindes vom Schlachtfeld getragen. Jeder Edelmann mit Charakter hätte sich das Leben genommen, um dieser Schmach zu entgehen. Graf Alexius hingegen ließ seinen Vater eine Auslösesumme an die Franzmänner zahlen. Immerhin war er mit dem Geld seines Vaters recht freigebig, was dem Haushalt von Baron zu Staufenfels zugutekam. Allein die finanzielle Großzügigkeit sowie die Jagdgründe der von Weidburgs waren es wert, sich ab und an mit dem Versager abzugeben.

»Was halten Sie vom Sozialistengesetz?«

Die Frage, die ein Cousin Bismarcks ihm stellte, lenkte ihn ab. Nur zu gerne schenkte er dem Verwandten des Reichskanzlers seine Aufmerksamkeit. Es konnte sicher nicht schaden.

»Ein epochaler Schachzug des Fürsten. Zeugt von einer eisernen Hand und scharfem Weitblick. Damit wird die Sozialdemokratie endgültig zerschlagen«, sagte er, während seine Gedanken bei dem kapitalen Hirschen weilten, den er auf seinem letzten Jagdausflug erlegt hatte. Wie beim Beischlaf hatte er sich gefühlt.

Er drehte sich zur linken Seite, um sich von dem Diener die Zigarre anzünden zu lassen. Unmittelbar vor ihm stand der junge Graf. Er hatte sich mal wieder angeschlichen.

»Seien Sie gegrüßt, Graf Alexius.« Er bot ihm die Hand zum Gruß und drückte so fest zu, wie er nur konnte. Die Hand seines Gegenübers fühlte sich weichlich an.

»Bababa... Baron ... Bee... Beernhahaaard ...«, stammelte der Graf, als ob er in dem Moment, in dem er den ersten Buchstaben eines Wortes aussprach, es sogleich bedauerte und rückgängig machen wollte.

Der Baron verabscheute dieses Getue. Schlimm genug, dass er ihm zu Dank verpflichtet war.

»Wir müssen mal wieder jagen gehen«, schlug er vor, während der Diener ihm Feuer gab, und hoffte, Alexius mit diesem dahingeworfenen Brocken bald loszuwerden. Er zog an der Zigarre, die zu glimmen begann. »Die Schürzenjagd ist einfach kein adäquater Ersatz!«

Als Graf Alexius wie ein Mädchen zu kichern begann, bebte sein ganzer Körper. Widerlich, dachte der Baron. Es war nicht einzusehen, wieso nach dem Ableben des alten Grafen die gesamten Ländereien und Besitztümer der von Weidburgs an diesen Schwächling gingen.

»Hör mit dem weibischen Getue auf«, tadelte Graf Gerald seinen Sohn, der mit der schneidigen Gestalt des Vaters keinerlei Ähnlichkeit aufwies. Wo der alte Graf militärisch in die Höhe ragte, wirkte Alexius mit seiner buckligen Haltung klein und breit. Sein Vater war ein einflussreicher Mann, den sogar Bismarck fürchtete, wie es hieß.

»Glauben Sie tatsächlich, meine Herren, dass man dem Problem allein mit einem Gesetz beikommt?«, mischte sich Gerald Graf von Weidburg nun in die Diskussion um das jüngst verabschiedete Sozialistengesetz ein. »Bebel hat in seiner Rede vorm Reichstag doch mehr als deutlich gemacht, dass die Sozialdemokratie den Kampf nicht aufgeben wird.«

»Lippenbekenntnisse, sonst nichts«, tat Bismarcks Cousin den Einwand ab.

»Davon bin ich nicht überzeugt. Sehen wir der Realität ins Auge«, sagte Graf von Weidburg. »In diesem Jahr haben die Roten gleich zwei Attentate auf unseren Kaiser verübt. Kaum verhaftet die Polizei einen, da steht der nächste auch schon bereit. Kaum ist er fort, rutschen drei nach. Die Roten vermehren sich schneller als die Kaninchen.«

»Und wenn wir sie zum Abschuss freigeben? Dann hätten wir die vergnüglichste Jagdgesellschaft, die wir uns vorstellen können«, witzelte Baron zu Staufenfels. Mit Genugtuung registrierte er, dass die Herren über seinen Scherz herzhaft lachten.

»Wie gerne würde ich den Roten eins auf den Pelz brennen.« Graf Gerald drückte seine Zigarre aus, was eine penetrante Geruchsentwicklung zur Folge hatte. »Eine Kriegserklärung wäre die beste Idee. Aber wenn einer verhaftet wird, gilt er bei denen gleich als Märtyrer. Einen größeren Gefallen könnten wir ihnen gar nicht tun. Nein, wir müssen die Sozialdemokratie von innen her zerstören.«

»Wir kaufen die Roten!«, schrie Professor Heinrich von Treitschke. »Der Glaube eines Sozialisten ist der einer Hure. Jeder von denen ist käuflich.«

»Alles schon versucht«, erwiderte der alte Graf. »Die Sozialisten lassen sich nicht kaufen. So bekommen wir die Agitatoren nicht mundtot.«

»Das ist die Idee! Kaufen wir sie!«, wetterte von Treitschke, der stocktaub war und den Einwand des Grafen nicht verstanden hatte. Da er in die Nähe des Barons getreten war, hielt dieser rasch eine Hand vor das Gesicht, um sich vor dem Spuckeregen zu schützen.

»Wenn wir jeden Roten kaufen wollen, gehen wir bald selbst am Bettelstab«, tat Graf Gerald den Einwand Treitschkes ab, der ihn jedoch immer noch nicht verstand und weiter schwadronierte. Jedes dritte seiner Wörter, die er ausspie, war »kaufen«. Graf Alexius kicherte wieder in sich hinein. Diesmal ließ ihn sein Vater gewähren. Mit hochgezogenen Augenbrauen machte sich Graf Gerald über von Treitschke lustig.

»Das richtige Gegengift muss erst noch gefunden werden«, erklärte er.

Es konnte nicht schaden, sich den alten Grafen gewogen zu machen, überlegte Baron zu Staufenfels.

»Ich stimme Graf von Weidburg voll und ganz zu«, meldete er sich zu Wort. »Wir müssen einen Schlag gegen die vaterlandslosen Gesellen führen, von dem sie sich nicht erholen.«

»Der Reichskanzler hat mit dem Sozialistengesetz eine wirksame Waffe gegen die Roten entwickelt«, merkte Bismarcks Cousin in einem Tonfall an, der die Anwesenden wissen ließ, dass er jede Kritik an seinem Verwandten sofort bei diesem melden werde.

»Selbstverständlich«, beschwichtigte ihn der Baron. »Eine absolut wirksame Waffe.«

Er suchte nach einem Ausweg, weder vor Bismarcks Cousin noch vor Graf Gerald als Versager dazustehen.

»Besser als eine Waffe sind jedoch zwei«, fiel ihm ein. »Bei der Jagd teilen Sie Ihr Gewehr ja auch nicht mit den anderen Jägern.«

»Sie haben wohl diese zweite Wunderwaffe erfunden«, höhnte einer der Herren und erntete Gelächter.

Dem Baron stieg das Blut in den Kopf. Er hasste es, derart blamiert zu werden.

»Mein Freund«, schaltete sich Graf Gerald ein, »ich muss Ihnen unbedingt von dem Keiler erzählen, den ich unlängst erlegt habe.«

Mit einer Handbewegung signalisierte er dem Baron, ihm nach draußen zu folgen. Baron zu Staufenfels erhob sich, dankbar, aus der peinlichen Lage erlöst worden zu sein.

»Ich vertraue Ihnen. Sie sind vom rechten Schneid. Wollen Sie mir behilflich sein?«, fragte Graf von Weidburg, sobald sie den Rauchsalon verlassen hatten.

»Wobei immer ich kann.« Durch das milchige Glas der Tür beobachtete der Baron den jungen Grafen, dessen Blick er Eifersucht und Wut ablesen konnte. »Seien Sie meiner Unterstützung gewiss.«

Innerlich lobte er seine Weitsicht, Graf Gerald nach dem Mund geredet zu haben. Eine kleine Rückversicherung für seine politische Karriere, falls sich sein zukünftiger Schwiegervater beim Aufsetzen des Ehevertrages als unerwartet knauserig entpuppte.

»Gut, gut.« Der Graf senkte die Stimme. »Nach den Attentaten auf den Kaiser hat man sich die Verwirrtheit der Täter zu Nutze gemacht und sie in die Nähe der Roten gerückt.«

»Was heißt hier gerückt?«, fragte der Baron.

»Man konnte ihnen keine Mitgliedschaft in der Sozialdemokratischen Partei nachweisen. Hödel und Nobiling waren verwirrte Einzeltäter.«

Der Baron nickte, obwohl er nicht begriff, worauf Graf Gerald hinauswollte.

»Es ist so überaus gelungen, dass wir der Bevölkerung die versuchten Morde als Taten einer sozialistischen Internationalen verkaufen konnten«, freute sich Graf von Weidburg. »Dieses Jahr haben die Roten eine Reihe von herben Schlägen einstecken müssen, und ich will, dass sie sich nicht mehr davon erholen. Uns bleiben noch anderthalb Monate, in denen wir sie ganz vernichten müssen. Das Jahr 1879 sollen sie nicht mehr erleben.«

»Ich verstehe nicht ganz …«, gab Baron zu Staufenfels zu. »Womit wollen Sie den alles vernichtenden Schlag denn führen?«

Als einzige Möglichkeit fiel ihm lediglich ein, dass der Kaiser, der sich noch immer fern von Berlin von den Folgen des zweiten Attentates kurierte, ein drittes Attentat, durchgeführt von einem Sozialisten, nicht überleben würde. Doch sogleich erschien ihm der Gedanke als unerhört. Er wagte nicht, ihn auszusprechen.

»Schon die Mordversuche haben für große und anhaltende Empörung in der Bevölkerung gesorgt«, erklärte Graf Gerald. »Was meinen Sie, was wohl geschieht, wenn die nächste abscheuliche Tat von einem bekannten Agitator der Roten begangen wird?«

Die gräuliche Substanz war abstoßend und faszinierend zugleich. Dr. von Thorwald öffnete die Seitenhöhlen des Gehirns der schönen Leiche. Er hielt den Messergriff in der vollen Hand, die Klinge als gerade Verlängerung seines Arms.

Cecilie, die eigentlich den Boden wischen sollte, sah ihm über die Schulter, während er mit der bauchig-spitzen Klinge des Seziermessers in den Plexus, die Thalami und die Corpora striata schnitt. Sein Assistent Max Weimar hatte offensichtlich Mühe, die lateinischen Bezeichnungen so schnell aufzuschreiben, wie der Arzt sie herunterleierte. Die ganze Zeit über wohnten der Richter, der Polizist und der Wundarzt der Sektion bei. Der Kriminalbeamte, von dem Cecilie nun wusste, dass er Albert Tiegler hieß, wunderte sich lautstark, warum die Leiche ausgerechnet am Reichstag abgelegt worden war. »Denn dass es sich dabei nicht um den Tatort, sondern nur um den Fundort handelt, davon können wir zum Glück ausgehen«, schlussfolgerte er.

»Dennoch ist eine unverzügliche Aufklärung von höchster Brisanz«, meldete sich der Richter in seinem Anzug zu Wort.

Der Gerichtsarzt schnitt in die Gehirnsubstanz. Dabei führte er die Schneidebewegungen mit dem ganzen Arm aus und zog das Messer durch das Gewebe. »Um die Ventrikel herum und von unten öffne ich nun die vierte Hirnhöhle, um das Kleinhirn zu untersuchen.«

»Die Wendiwas?«, fragte Max.

»Ventrikel«, antwortete Cecilie und setzte an, ihm das Wort zu buchstabieren.

»Du bist nicht gefragt worden«, schimpfte der Assistent. »Scheuer gefälligst den Boden!«

Sie beugte sich zum Putzeimer herunter.

»Du kannst schreiben?«, sprach der Gerichtsarzt sie an.

»Sonst würde ich wohl kaum Medizinbücher lesen können«, gab Cecilie zurück und bedauerte ihren Tonfall sogleich.

»Dann übernimm die Notizen. Max, du kümmerst dich um die Putzerei.«

Der Protest des Assistenten verhallte ungehört. Als sie ihm Schrubber und Eimer übergab, warf er ihr einen Blick zu, in dem sie Wut zu lesen glaubte.

»Wie das Regulativ es vorschreibt«, sagte Dr. von Thorwald, »ist die Besichtigung und Eröffnung beider Gehirne und ihrer Hüllen, der Ventrikel, der Adergeflechte, der Hirnknoten, der Varolsbrücke und des verlängerten Markes notwendig.« Er wendete das Gehirn und untersuchte die Grundfläche.

Cecilie beobachtete jede seiner geübten Handbewegungen. Ein Magenknurren ließ sie gleichzeitig mit dem Gerichtsarzt aufblicken.

»Ich habe den ganzen Tag noch nichts gegessen.« Kommissar Tiegler klang eher vorwurfsvoll als entschuldigend. »Meine Frau wartet mit dem Essen auf mich.«

Wie in erwartungsvoller Vorfreude rieb er sich über den Bauch.

»Was ist mit dem Bericht?«, wandte der Richter ein.

»Der Bericht, ja, genau, den schreibe ich gleich noch«, sagte der Kriminalbeamte. »Haben Sie denn irgendwelche wichtigen Erkenntnisse gewonnen, Doktor von Thorwald?«

»Die Frau ist wahrscheinlich an einer Überdosis Opium gestorben. Das erklärt zumindest die Einstichstellen an den Armen. Stimmen Sie mir zu?«, fragte er den Wundarzt. Als dieser nickte, fuhr Dr. von Thorwald fort: »Für die Stelle am Hals fehlt mir eine Erklärung. Nach ihrem Tod hat jemand den Leichnam aufgeschnitten und ausgenommen.«

»Dann suchen wir also nicht nach einem Mörder, sondern nur nach einem Leichenschänder?«

»Scheint so.« Der Gerichtsarzt knotete die blutbefleckte Schürze auf, die er an einen Haken hängte, und wusch sich die Hände.

Der Richter machte sich mit der Ermahnung, ihn über alle

Ermittlungsschritte umgehend zu informieren, auf den Weg zum Ausgang. Auch der Wundarzt verließ den Leichenkeller.

»Du nähst die Leiche zu«, sagte Dr. von Thorwald zu seinem Assistenten.

Cecilie reichte dem Gerichtsarzt ihre Aufzeichnungen. Er setzte seine Brille auf und las.

»Gute Arbeit!«, stellte er fest.

Stolz über sein Lob stieg in ihr auf, bis Max Weimar ihr einen Eimer Wasser und einen Lappen in die Hand drückte.

»Mach mal die Leichen da drüben fertig.«

Damit schob Weimar sie in Richtung der Toten, die auf Bahren in einem dunklen Winkel des Kellers lagen. Dort zog er ein Tuch von einer der Leichen. Zum Vorschein kam ein rot verfärbter Körper, zwischen dessen Beinen ein männliches Glied hing. Cecilie hatte so etwas noch nie in natura gesehen. Weimar bedachte sie mit einem hämischen Grinsen. Es kostete sie einiges an Überwindung, den Lappen mit Wasser zu tränken und damit über das Geschlecht des Toten zu fahren. Wenn der Assistent nicht neben ihr stehen geblieben wäre, wohl um sich an ihrem Ekel zu weiden, hätte sie auf der Stelle die Flucht angetreten. So tat sie, was er ihr aufgetragen hatte.

Das Glied des Toten war seltsam verschrumpelt. Mit weniger Ekel säuberte sie den restlichen Körper, dann machte sie sich an das Gesicht. Sie wusch über die geschlossenen Lider, die Nase, den Mund. Der Mann rührte sich nicht. Seine Gesichtszüge waren völlig starr. Der Tod hatte ihm die Menschlichkeit genommen, jetzt war er nur mehr eine Hülle, die der Verwesung anheimfiel.

Max Weimar trat neben sie.

»Fingernägel und Fußnägel schneiden, Gesicht waschen und die Haare kämmen.« Als er den Mund öffnete, sah Cecilie, dass ihm einige Zähne fehlten. »Bei allen. Dann bist du für heute fertig.«

»Aber das sind mindestens zehn Leichen«, wandte sie ein.

Er grinste und fing an, sich die Hände zu säubern.

»Sie gehen?«, fragte sie ihn.

»Mein Dienst ist zu Ende.«

»Aber …« Er konnte sie doch nicht allein in der Pathologie lassen.

»Was?« Weimar nahm einen Parfumflakon und sprühte sich ein. Sie wollte nicht zugeben, dass sie sich davor fürchtete, mit den Leichen allein zu sein.

»Nichts.«

Die Tür fiel ins Schloss, als er ging. Cecilie blieb in der Gesellschaft der Toten zurück. Dicht aneinandergeschoben standen die Bahren, auf denen sich unter Leintüchern die leblosen Körper abzeichneten. Es war so still um sie herum, dass sie die Gasflammen des Leuchters zischen hörte.

Damit er in der schwarz glänzenden Equipage gesehen werden konnte, hatte der Baron die Vorhänge aufgezogen. Obwohl er bedauerte, dass es immer früher dunkel wurde und der Regen die Sicht zusätzlich erschwerte, konnte nichts seine gute Laune trüben. Das Dröhnen der Pferdehufe auf dem Pflaster kam ihm vor wie sein wohlverdienter Applaus.

Er hatte sich an den alten Grafen rangespielt und war nun in den Plan eingeweiht, während dessen eigener Sohn außen vor blieb. In Hochstimmung beschloss Baron zu Staufenfels, sich später am Abend seinen kleinen Luxus zu gönnen. Ein kostspieliges Vergnügen, aber dank seiner Verlobung verfügte er endlich wieder über das nötige Geld. Allerdings hatte er zuvor noch den weniger angenehmen Teil des Tages zu absolvieren.

Er ließ den Zweispänner vor der Villa seiner zukünftigen Schwiegereltern am Tiergarten halten. Das Haus war die schlechte Kopie eines Palais. Ein bisschen Versailles, ein wenig ägyptische Pyramide, überall Säulen und Stuck, wie Zuckerguss auf einem

Kuchen. Peinlich, diese Anbiederung an die Aristokratie. Dieser Blum war eine Krämerseele und würde immer eine bleiben.

Als der Baron aus der Kutsche stieg, entdeckte er an der Seitenfront einen Spritzfleck über dem Vorderrad.

»Putz das weg, Jakob«, fuhr er den Kutscher an, der ihm die Tür aufhielt, den Hut in der Hand.

»Johannes, Herr«, sagte der Bursche und brachte augenblicklich den Baron gegen sich auf.

Was erdreistete sich dieser ungehobelte Kerl, ihm Widerworte zu geben? Nur weil er die Kosten für ihn nicht selbst trug, konnte er ihn nicht aus dem Dienst entlassen, was ihn maßlos ärgerte.

Er zog die Klingel an der Haustür. Es dauerte eine Ewigkeit, bis das Dienstmädchen öffnete. Ein glanzloses Ding, das keinen zweiten Blick lohnte.

»Frau Blum kommt gleich«, sagte das Mädchen.

»Nein, ruf deinen Herrn«, gebot der Baron. Unaufgefordert ging er in den Salon, dessen Wände ihn mit den Reproduktionen bekannter Gemälde schier erdrückten. In dem Sammelsurium an Bürgerlichkeit nahm er auf dem viel zu weichen Sofa Platz und schleuderte eines der bestickten Kissen zur Seite. Verächtlich betrachtete er die Glasvitrine mit den billigen Mitbringseln. Aus Paris ein bemalter Fächer. Von der Nord- oder Ostsee eine Muschel. Lauter wertloser Tand. Wie die kleinen Deckchen mit Spitzen und Troddeln, die auf allen Möbelstücken im Raum drapiert waren, sogar auf dem Flügel, der zudem den Inbegriff aller bürgerlichen Häuslichkeit beherbergte: eine Topfpflanze.

Er überlegte, in den Ehevertrag den Passus aufzunehmen, dass bei Strafe alle Posamenten und Topfpflanzen in seinem Haus verboten seien. Aber mit dem Geld, das ihm bei Verehelichung mit der Bürgerlichen Cecilie Blum zustand, brauchte er sowieso keine Pflanzen im Haus, weil er sich einen eigenen Park würde leisten können, wenn auch nur einen kleinen. Für diesen finanziellen Segen nahm er sogar das Naserümpfen seiner gesellschaftlichen Verbindungen in Kauf. Man musste mit der Zeit gehen. Gewiss hätte früher kein Baron eine Bürgerliche zur Frau genommen; damals gab es jedoch auch noch Leibeigenschaft und Adelsprivilegien. Heute musste man sich mit dem Schreckgespenst der Demokratisierung abfinden, die zunehmend Anhänger gewann. Alle Menschen waren gleich. Darüber konnte er nur lachen. Selbstverständlich gab es Unterschiede.

In gewisser Weise trug er mit der geplanten ehelichen Verbindung dazu bei, diese Standesunterschiede zu verwischen, aber da er sein blaues Blut weitergab, die Frau seinen Samen empfing und seine Nachkommen austrug, machte der Baron sich keine Gedanken über eine Vermischung. Er würde dafür Sorge tragen, dass die Erziehung seiner Söhne weitab von diesem stickigen Bürgerhaushalt stattfand.

Auf dem Flur waren Schritte zu hören. An Herrn Blums Stelle betrat seine Gattin den Raum.

»Baron zu Staufenfels, welch eine Ehre, Sie in unserem bescheidenen Haus empfangen zu dürfen.« Elisabeth Blum sprach so leise, dass er sich nach vorne neigen musste, um sie zu verstehen. Eine Unverschämtheit von dieser vertrockneten Person. »Möchten Sie vielleicht ein Tässchen Tee?«

»Ich gedenke nicht lange zu bleiben.« Er sparte es sich, aufzustehen.

Ungeachtet seines Unmutes setzte sich Frau Blum neben ihn auf das Sofa. Diese Vertraulichkeit missfiel ihm ebenso wie die Ähnlichkeit zwischen Mutter und Tochter. Vermutlich würde Cecilie in zwanzig Jahren gleichermaßen verhärmt und ausgemergelt aussehen. Seine zukünftige Schwiegermutter fing an, vor sich hin zu plappern. Erst nach einer Weile bemerkte er, dass sie ihn erwartungsvoll musterte.

»Was haben Sie gerade gesagt?«, fragte er.

»Frau Goldstein, die Bankiersgattin, die Sie bei unserem Empfang kennengelernt haben, wird Cecilie zur Hochzeit ihr wertvolles Perlencollier leihen. Ist das nicht wunderbar?«

»Die Jüdin? Das dulde ich nicht!«, protestierte er. Von Juden hielt man sich fern.

Frau Blum hüstelte. Hoffentlich war ihre schwächliche Gesundheit nicht erblich. Wenigstens hörte sie nun auf, Konversation zu betreiben, und rief nach dem Mädchen.

»Elsa, sag Cecilie, ihr Verlobter ist zu Besuch.«

Das Mädchen knickste und verschwand.

»Ich möchte mit Ihrem Mann über Geschäftliches reden«, wiegelte der Baron ab. Doch Frau Blum begann über die Blumenarrangements der Hochzeit zu plaudern. Er seufzte vor Erleichterung auf, als das Mädchen zurückkam.

»Fräulein Cecilie ist weg.«

»Weg? Wieso weg?« Frau Blum fuchtelte mit den Armen in der Luft herum. Dabei kam sie dem Baron viel zu nah. »Ist sie spazieren gegangen?«

Das Mädchen zuckte mit den Schultern.

»Was soll das heißen, du dummes Ding? Kannst du denn keine vernünftige Antwort geben? Hat sie das Haus nach dem Mittagessen verlassen?«

Ein Kopfschütteln war die Antwort.

Frau Blum stand auf und gab dem Mädchen eine Ohrfeige. »Rede gefälligst. Wo steckt sie dann?«

»Fräulein Cecilie ist heute Morgen weggegangen und bisher nicht zurückgekommen.«

»Was?« Frau Blum drehte sich zu Baron zu Staufenfels um. Ihr Gesicht drückte zunächst Besorgnis aus, dann setzte sie ein Lächeln auf. »Wahrscheinlich ist Cecilie zu Besuch bei einer Freundin und hat dem Mädchen Bescheid gesagt, die es mal wieder vergessen hat«, behauptete sie.

Hier hatte anscheinend niemand die Dienstboten und die Tochter im Griff. Solche Eskapaden duldete der Baron nicht. Wenn er erst mit Cecilie Blum verheiratet war, würde er seine Frau an die Kette zu legen wissen.

Es war Viertel nach neun, als Cecilie an das Fenster der Dienstbotenkammer klopfte.

»Elsa, bist du wach? Mach auf!«

Sie war stolz darauf, ihre Angst vor den Toten überwunden zu haben, und kam sich vor wie nach einer bestandenen Prüfung. Abermals klopfte sie. Hinter der Gardine rührte sich nichts. Cecilie überlegte, wie sie ins Haus gelangen sollte, falls sie Elsa nicht wach bekam. An der Tür läuten konnte sie nicht, ohne ihre Eltern zu wecken. Sie dachte daran, ein Fenster einzuschlagen. Wenn am Morgen die Scherben gefunden wurden, schob man die Schuld wahrscheinlich auf einen Einbrecher. Sie schlich um das Haus auf der Suche nach einem geeigneten Fenster, das möglichst weit weg vom Schlafzimmer ihrer Eltern lag.

Auf den Rasen im Garten fiel Licht. Cecilie spähte durch ein Fenster in den Salon. Ihre Mutter saß auf dem Sofa, ihr Vater stand in napoleonischer Pose vor dem Kamin. Unbemerkt konnte sie nicht ins Haus gelangen, daher ging sie zurück zur Haustür und läutete. Ihr Vater öffnete.

»Gott sei Dank!«, fuhr er sie an, als sie eintrat. »Wo warst du den ganzen Tag?«

Die Mutter tauchte hinter ihm auf. »Wie konntest du nur allein das Haus verlassen? Wir haben uns solche Sorgen gemacht.«

Die Münder ihrer Eltern klappten auf und zu, die Stirnfalten runzelten und glätteten sich, die Hände gestikulierten. Ihre Vorwürfe prallten an Cecilie ab.

In diesem Moment ging die Haustür abermals auf und Elsa

kam herein. Um die Schultern hatte sie ein Tuch geschlungen, trotzdem wirkten ihre Lippen weiß. Sie zitterte.

»Ich habe in der ganzen Nachbarschaft nach Fräulein Cecilie gefragt …« Sie brach ab, als sie die Tochter des Hauses sah.

»Es tut mir leid, ich war bei einer Freundin und wir haben die Zeit vergessen«, improvisierte Cecilie spontan. Ihre Eltern durften unter keinen Umständen erfahren, wo sie gewesen war.

»Du lügst uns an!«, polterte ihr Vater. »Du hast dich rumgetrieben! Was für eine Schande!«

»Was um alles in der Welt trägst du für Lumpen?« Ihre Mutter sah an Cecilie herunter und ihre Augen weiteten sich. Dann stieß sie einen Schrei aus. »Bist du überfallen worden?«

Cecilie bemerkte das Blut, das auf ihren Knopfstiefeln und auf dem Saum des Kleides klebte.

»Wer hat dir das angetan?«, verlangte ihr Vater zu wissen.

»Jemand ist auf der Straße verprügelt worden und hatte Nasenbluten«, behauptete sie.

»Auf welcher Straße? Kind, bist du, ich meine, ist dir jemand zu nahe getreten?«, stammelte ihre Mutter.

»Ihr braucht euch keine Sorgen zu machen.« Die Menschen, mit denen sie zusammen gewesen war, konnten niemandem mehr Leid zufügen.

»Welche Erklärung hast du dann für deinen unerhörten Aufzug?« Dunkle Flecken auf den Wangen ließen den rötlichen Bart ihres Vaters leuchten.

»Es ist wirklich alles in Ordnung. Kann ich jetzt schlafen gehen?« Cecilie war müde. Sie wünschte sich sehnlichst in ihr Bett. Außerdem fror sie nach den vielen Stunden im Leichenkeller. Sie nieste.

»Elsa, eine Wärmflasche!« Frau Blum schickte das Mädchen in die Küche.

»So, mein Fräulein. Du erklärst uns jetzt haarklein, was passiert ist.« Die gerümpfte Nase verlieh Malte Blum das Aussehen einer Spitzmaus. »Sag uns, wo du warst.«

»Wie riechst du eigentlich?« Ihre Mutter trat näher und schnupperte.

Wenn sie ihren Eltern erzählte, wo sie gewesen war, würden sie sie ebenso für verrückt erklären wie Marianne, daher zog Cecilie es vor, zu schweigen. Sie senkte den Blick, doch ihre Ausflucht kam einem Schuldeingeständnis gleich.

»Du hast eine Liebelei!« Frau Blum schlug die Hände vor das Gesicht und fing an zu schluchzen. »Wie kannst du uns das nur antun. Wenn der Baron das herausbekommt … Er nimmt nichts, was schon gebraucht worden ist.«

»Was fällt dir ein, du liederliches Ding.« Grob packte ihr Vater Cecilie am Arm. »Weißt du, wie viel Geld ich Baron zu Staufenfels schon gegeben habe, damit er der Verlobung überhaupt zustimmt? Jeden Pfennig, den ich investiere, bist du mir schuldig.«

Cecilie hatte ihn nicht darum gebeten, ihr einen Gatten zu suchen, der sie nur wegen des Geldes nahm, das sie mit in die Ehe brachte. Dennoch hielt sie lieber den Mund.

»Ich habe meine Ehre bewahrt«, schwor sie. »Niemand hat mich berührt oder befleckt! Warum glaubt ihr mir denn nicht?«

»Weil du uns angelogen hast.«

»Das wird nicht wieder vorkommen.«

»Sicher wird es das nicht«, bestätigte ihr Vater. »Ganz sicher nicht! Du wirst von nun an das Haus nicht mehr alleine verlassen.«

Er griff fester zu.

»Du kannst mich nicht einsperren«, flehte sie.

»Ich kann noch viel mehr, wenn du dich nicht fügst.«

»Diese Schande, diese Schande«, wimmerte Frau Blum. »Wir haben doch schon eine gefallene Tochter. Herr, warum bestrafst du uns nun auch noch mit der zweiten?«

Cecilie war viel zu wütend, um sich über die Worte ihrer Mutter Gedanken zu machen.

»Mich willst du einsperren, weil ich einen einzigen Tag in meinem Leben das gemacht habe, was ich wollte?«, fragte sie, als Elsa mit der Wärmflasche in der Hand den Flur betrat. »Du willst moralisch über mich richten, wo du uns alle anlügst und deine Frau hinter ihrem Rücken betrügst?«

Frau Blum stieß einen Schrei aus. Elsa ließ die Wärmflasche fallen. Es klirrte, als das Metall auf die Fliesen schlug.

»Schweig!« Der Vater gab Cecilie eine Ohrfeige, dann zerrte er sie die Treppe hoch.

Sie sträubte sich, doch er war stärker. Als er sie in ihr Zimmer stieß, stolperte sie und fiel hin. Er schloss die Tür, sperrte ab. Sie drückte sich hoch und hastete zur Tür. Mit den Fäusten schlug sie dagegen.

»Mach auf!«, schrie sie. »Mach sofort auf!«

Wieder und wieder hämmerte sie gegen das Holz. Schließlich ließ sie die Hände sinken und rutschte zu Boden. Den Kopf gegen die Tür gelehnt, fing sie an zu weinen. Sie war gefangen wie Marianne.

5

An Schlaf war nicht zu denken, bevor sie nicht das Kapitel zu Ende gelesen hatte. Frau Lindemann blätterte die Seite um. Herzog Charley gestand Melusine, dass er nur sie je geliebt hatte und noch immer liebte. Sein Geständnis brachte die Lady dazu, von Heirat zu sprechen.

»Sie vergessen sich, Mylady!«, sagte er kalt, »eine geschiedene Frau kann niemals die Gemahlin des Herzogs von Hastings werden.«

Ganz einverstanden war Frau Lindemann mit der Haltung des Herzogs nicht. Immerhin konnte man im guten Glauben, das Richtige zu tun, durchaus einen Mann heiraten, der sich im Nachhinein als größter Fehltritt des Lebens herausstellte. Deshalb für immer leiden zu müssen, war nicht gerecht. Aber diese Lady Melusine war wirklich ein durchtriebenes Luder, auch wenn Frau Lindemann verstehen konnte, dass sie ein Gespräch des Herzogs belauschte. Als dieser dabei ankündigte, die Eheschließung mit einer Witwe in Erwägung zu ziehen, ahnte sie Böses.

Erst nach einigen Minuten wagte Melusine sich hinter ihrem Spireenstrauch hervor. Ihre Wangen waren totenblass, laut stöhnend sank sie von der Bank in die Knie und der schwere, rosa Seidenstoff rauschte um sie herum …

Frau Lindemann musste eingenickt sein. Sie fuhr hoch. Noch immer brannte das Licht. Auf der Zunge schmeckte sie die Praline, die sie sich im Bett gegönnt hatte. Ihr schwindelte etwas. Das lag bestimmt an dem Likör, den sie zur Nacht getrunken hatte.

Sie brauchte einen Moment, bis sie ihre Sinne zurückerlangt hatte. Deutlich vernahm sie ein Stöhnen.

Diesmal glaubte sie nicht an Monster. Sie wusste genau, wer das Stöhnen verursachte. Es war ihr Ehemann, der Nichtsnutz, der alte Haderlump. Was fiel ihm ein, in das Haus ihres Herrn einzudringen und ihre Stellung zu gefährden! Wenn der Herr Doktor davon erfuhr, musste sie ihm erklären, dass ihr Mann ein volltrunkener Demelack war. Womöglich würde sie auf ihre alten Tage nicht mehr mit dem Renteneinkommen bedacht werden, wie sie es sich für ihre treuen Dienste erhoffte.

Verärgert stand sie auf. Der Unhold hatte ihr genug Elend gebracht. Seit ihrer Hochzeit lebte er nur von ihrem Geld, mit dem er sich das letzte bisschen Verstand wegsoff. Immer wieder kam er an, kratzte am Dienstboteneingang und bettelte. Jedes Mal gab sie ihm was, weil ihr Mann sonst das ganze Haus zusammenschrie. Schließlich hatte sie Dr. von Thorwald bei ihrem Vorstellungsgespräch erzählt, sie sei unverheiratet. Ehefrauen wurden nämlich nur selten eingestellt, befürchtete die Herrschaft doch, sie wollten zu oft nach Hause.

Seit Jahren ging das nun bereits so. Sie war es leid. Dermaßen leid. Frau Lindemann schlüpfte in ihren Morgenmantel und angelte den Nachttopf unter dem Bett hervor. Damit schritt sie in Richtung des Stöhnens. Sie musste unbedingt mit ihrem Herrn reden, damit er die Fenster und Türen verstärkte, denn wenn ihr unglückseliger Ehemann hier so einfach hereingelangte, konnte dies auch ein Dieb.

Durch das Licht der Gaslaternen, das von draußen durch die Fenster schimmerte, vermochte sie einen menschlichen Umriss auf dem Teppich im Flur auszumachen. Der Kerl hob den Kopf und brabbelte unverständliches Zeug.

»Da, nimm, was du verdienst, du elender Nichtsnutz.«

Sie schüttete ihre Verachtung zusammen mit dem Inhalt des

Nachttopfes über dem Eindringling aus. Er prustete. Frau Lindemann fühlte sich gut, wie sie da so über ihm stand. Lange genug hatte sie unter ihm gelegen und sein Schnaufen ertragen, bis die eheliche Pflicht getan war. Sie spie auf ihn hinab. Ab jetzt würde jeder Taler, den sie verdiente, ihr gehören, ganz allein ihr.

»Frau Lindemann«, lallte ihr nutzloser Gatte.

Sie runzelte die Stirn. Das war nicht seine Stimme. Sie sah genauer hin. Es war Dr. von Thorwald, der sich vom Boden hochstemmte.

»Ich dachte … oh mein Gott!«, keuchte sie. Wie in aller Welt sollte sie ihm das erklären? Sie würde gefeuert werden. Heute noch.

»Machen Sie Licht.«

»Natürlich, Herr, natürlich.«

Hastig stellte sie den Nachttopf auf die Kommode und zündete die Petroleumlampe an. Dr. von Thorwald stand im besudelten Nachthemd vor ihr. Sie senkte den Kopf und war froh, ihren Morgenmantel angezogen zu haben. Halb nackt ihre Kündigung entgegenzunehmen wäre noch demütigender gewesen.

»Frau Lindemann, jetzt helfen Sie mir doch endlich«, sagte der Doktor, kniete sich hin und kroch auf dem Teppich herum, von dem er Scherben einsammelte. »Es ist eingebrochen worden. Ich muss finden, was die Diebe von ihrer Beute fallen gelassen haben.«

Sie sah sich um. Neben dem Schirmständer entdeckte sie ein ballförmiges Etwas und hob es auf.

»Meinen Sie das hier?« Es fühlte sich wabbelig an.

Dr. von Thorwald nahm es ihr aus der Hand und untersuchte den Klumpen. Das Donnerwetter war ausgeblieben. Allmählich fühlte sie sich besser. Vielleicht konnte sie das Malheur mit dem Nachttopf auf die Einbrecher schieben.

»Was ist es denn?«, wagte sie zu fragen. Beim besten Willen konnte sie sich nicht vorstellen, dass Diebe in ein Haus eindrangen, das voll schöner Gegenstände war, und ausgerechnet diesen Klumpen mitnahmen.

»Ein Herz«, sagte der Doktor. »Ein menschliches Herz.«

Sie stand an die bemooste Mauer gepresst, um dem Regen so gut wie möglich auszuweichen. Wegen des Wetters blieb die Kundschaft aus. Um diese Uhrzeit rechnete Vroni nicht mehr mit viel. Sie blickte zu den Männern auf der anderen Straßenseite hinüber, die sich an einem qualmenden Feuer wärmten, das jeden Moment auszugehen drohte. Von denen war auch nichts zu erwarten. Die würden sich selbst hingeben, wenn jemand Geld dafür bezahlte.

Seit Nächten lief das Geschäft schlecht, seit sie sich die Haare wegen der Kopfläuse hatte scheren müssen. Was für ein Elend. Mit den Stoppeln sah sie aus wie ein Junge. Und welcher Mann, der sich hier herumtrieb, nahm schon einen Jungen mit? Die darauf aus waren, gingen an andere Orte. Sonst schadete es nicht, dass sie so klein war. Im Vergleich zu ihrem Körper war ihr Kopf recht groß. Vielen gefiel es, weil sie glaubten, es mit einem blutjungen Mädchen zu treiben.

Jetzt trieb es niemand mit ihr. Wenn das so weiterging, musste sie das Letzte, das ihr etwas bedeutete, auch noch verpfänden. Ihre Hand griff um das Herz, das an dem Lederband um ihren Hals hing. Das einzige Andenken an ihre Mutter.

Ein Pferdefuhrwerk rollte an Vroni vorbei, geradewegs durch eine Pfütze. Wasser spritzte und durchnässte ihren Rock.

»Du Saukopp! Den Schädel müsst man dir einschlagen!«, schrie sie dem Kutscher hinterher.

Eine weitere Kutsche folgte. Sie bemerkte sie kaum, da sprang sie auch schon in den nächstbesten Hauseingang. Nur nicht noch nasser werden. Vroni wickelte sich in ihren Umhang. Obwohl sie mehrere Schichten Lumpen trug, zog es durch die Löcher.

Als ein Mann vorbeiging, streckte sie die Hand aus. »Eine milde Gabe!« Ihre Finger zitterten. Sie konnte sein Gesicht nicht sehen, das die Krempe des Zylinders verdeckte.

Er blieb stehen. »Ich dachte, du wärst ein Junge.«

»Nee, bin ich nicht. Wollense sich davon überzeugen?« Um ihn zum Bleiben zu überreden, lüpfte sie ihren Rock. Außer den Strümpfen trug sie nichts darunter. Sie brauchte das Geld, um die Nacht zu überstehen. Ohne Schnaps ging das nicht. Mit geschlossenem Mund, damit er ihre Zahnlücken nicht bemerkte, grinste sie ihn an. Zum Glück war es so duster, dass die Pockennarben in ihrem Gesicht kaum auffielen. Immer noch stand er vor ihr. Einer, der auf abgetakelte Frauen wie sie stand. Einer wie viele. Vroni merkte sich die Männer nicht, mit denen sie ging. Sie wollte später nicht an die Kerle erinnert werden.

»Wenn du nur kieken willst, musst du auch dafür zahlen«, sagte sie. Der sollte nicht glauben, dass er was umsonst von ihr bekam.

»Wo können wir hin?«, fragte er.

Eilig lief sie vor ihm her durch die Seitenstraße in einen Innenhof. Zur Verrichtung ging sie immer dorthin. Hier hatten die Gendarmen sie noch nie geschnappt. Der Hof war verlassen. Sie stopfte den Saum ihres Rocks hinter den Stoffgürtel, an dem auch der Beutel hing, in den das Geld sollte. Zumindest vorübergehend, bis sie in der nächsten Wirtschaft Schnaps dafür gekauft hatte. Als Vroni sich an die Mauer lehnte, spürte sie die Kälte im Rücken. Hoffentlich beeilte der Kerl sich.

»Nu leg mal los«, forderte sie ihn auf.

Er stellte sich vor sie. An ihrem Bein huschte eine Ratte entlang. Sie trat nach ihr. Dann griff sie nach seinem Hosenbund. Eitler Geck, dachte sie, als sie seinen süßen Duft wahrnahm. Hielt sich wohl für was Besseres. Deshalb nahm er auch sie, die abgetakeltste Dirne der ganzen Stadt. Sie kicherte. Der Duft wurde unerträglich. Plötzlich presste er ihr einen Lappen auf den Mund.

Vroni strampelte, kratzte, schlug um sich. Er packte sie am Hals und hielt sie fest, bis ihr schwarz vor Augen wurde.

Der geneigte Leser wird gebeten, diese Abschweifung von unserer Erzählung nicht allzu langweilig zu finden, denn sie ist zum Verständnis des Späteren dringend notwendig.

Cecilie ließ *Lady Melusine* sinken. Das Buch hatte ihre Mutter ihr am Morgen mal wieder zur Erbauung in die Hand gedrückt, nachdem sie zuvor die Medizinbücher konfisziert hatte. Sie saß allein in ihrem Zimmer. Die Tür war noch immer abgesperrt, deshalb hatte sie nicht in den Leichenkeller gehen und Dr. von Thorwald auch keine Nachricht schicken können. Um sich nicht zu Tode zu langweilen, blieb ihr nur der Roman, in dem seitenweise die Ländereien eines englischen Castles beschrieben waren. Zwar deutete das zu ihr dringende monotone Ticken der Standuhr im Flur an, dass die Zeit verging, aber sie spürte nichts davon. Alles war starr, wie eingefroren. Durch den Mull vor den Fenstern fiel das Tageslicht nur gedämpft herein. Cecilie blätterte weiter und übersprang die langwierigen Passagen über die Kleider der Damen.

Ironischerweise ging es in der Geschichte um eine Lady, die einen Mann heiratete, den sie nicht liebte. Als sie die Liebe ihres Lebens wiedertraf und ihren verhassten Ehemann loswerden wollte, gewann der Text zumindest an Unterhaltungswert. Cecilie konnte der Lady den Widerwillen gegenüber der Ehe nachfühlen. Kurz darauf entdeckte man den Gatten bei der Jagd mit einer Kugel in der Brust.

Der Gerichtsarzt nahm die Obduktion der Leiche vor und fand den linken Lungenflügel durchschossen, also eine unbedingt tödliche Wunde. Die Kugel, welche dieselbe verursacht hatte, fand sich noch vor und wurde von dem Arzt aus der Wunde geschnitten, da sie besonders ja ein Corpus Delicti war.

Cecilie dachte an den Leichenkeller. Im selben Augenblick drehte sich der Schlüssel im Schloss und die Tür ging auf. Ihre Mutter kam herein. Cecilie unterdrückte ein Husten.

»Du bist krank.« Die Mutter befühlte ihre Stirn. »Hast du Fieber?«

»Nein, Mama, es ist nur eine leichte Erkältung. Mir fehlt wirklich nichts.«

Dennoch rief Frau Blum nach dem Dienstmädchen und trug Elsa auf, einen Tee zu bringen.

»Lass uns lieber einen Spaziergang im Tiergarten machen«, bat Cecilie, die der Langeweile ihres Gefängnisses überdrüssig war.

»Nicht, solange du krank bist.«

»Ich bin nicht krank.«

Elsa kam mit einem Tablett herein.

»Du hast den Zucker vergessen«, schimpfte Frau Blum.

»Ich möchte gar keinen«, sagte Cecilie. Trotzdem wurde Elsa geschickt, das Vergessene zu holen. Als sie wiederkam, verlangte die Hausherrin eine weitere Tasse.

»Hast du das Lumpenkleid schon verbrannt?«

»Ja, Frau Blum.« Elsa knickste und ging hinaus.

»Wie nachlässig das Mädchen geworden ist«, klagte Cecilies Mutter. »Ich denke, wir sollten uns nach neuem Personal umsehen.«

»Sie tut doch nur, was du ihr aufgetragen hast. Du hast den Zucker und die Tasse vergessen«, nahm Cecilie Elsa in Schutz. Sie konnte sich gut vorstellen, woher die Abneigung ihrer Mutter gegen das Dienstmädchen kam.

»Was verstehst du schon vom Haushalten?«, nörgelte Frau Blum. »Ich frage mich, wie du jemals einen eigenen Haushalt führen willst.«

Genau das wollte Cecilie nicht. Zumindest nicht gemeinsam mit dem Baron. Sie schüttete sich Zucker in den Tee und rührte um. Der Löffel klirrte in der Porzellantasse.

»Mir ist langweilig.« Sie wünschte sich in den Leichenkeller.

»Hast du dich deshalb in diesem schrecklichen Fetzen herumgetrieben?« Ihre Mutter schien der Gedanke an das Kleid der Putzfrau nicht loszulassen. Sie musste ihr eine Erklärung dafür geben.

»Die Frau wollte heiraten, Mama, und da habe ich gedacht … schließlich bin ich auch Braut … dass ich ihr den schönsten Tag ihres Lebens bescheren möchte. In meinem Kleid hat sie einfach bezaubernd ausgesehen«, log Cecilie.

»Wenn dich ein Bekannter in den Lumpen getroffen hätte. Was für eine Schande! Es wird Zeit, dass du unter die Haube kommst und dir die Flausen ausgetrieben werden. Dein Kleid verschenken, wo gibt's denn so etwas? Beschäftige dich lieber mit etwas Sinnvollem. Warum stickst du nicht?«

Elsa stellte Frau Blum eine Tasse hin.

»Putz das Silber!«, befahl sie daraufhin. Das Mädchen murmelte etwas. »Sprich deutlich, wenn du was zu sagen hast.«

»Das habe ich vor fünf Tagen erst geputzt.«

»Putz es, sag ich!« Cecilies Mutter wurde laut.

Aufgeregt flatterte der Kanarienvogel gegen die Gitterstäbe. Cecilie empfand den Tag als pure Verschwendung. Dabei war er nur einer von vielen ihres bisherigen und zukünftigen Lebens. Wenn sie nichts daran änderte.

Als kurz darauf die Schneiderin zur Anprobe des Hochzeitskleides kam, bot sich ihr wenigstens ein bisschen Abwechslung. Fast nackt, nur mit einem Leibchen und langen Unterhosen bekleidet, stand Cecilie in der Mitte ihres Zimmers auf einem Stuhl, so dass sie ihre Mutter und die Schneiderin hoch überragte. Während Frau Blum Cecilie das bei Moden Haas gefertigte Korsett umlegte und die Schnüre in die Stahlösen fädelte, summte sie vor sich hin. Der Kanarienvogel stieß hin und wieder ein Zwitschern aus. Obwohl es draußen heiter war, fror Cecilie. Sie rieb sich die

Zehen an den Waden. Die Mutter zog das Korsett fest zu. Die Stäbe aus Stahl und Fischbein drückten so fest gegen Cecilies Bauch, dass ihr die Luft wegblieb. Eingeschnürt und atemlos stand sie da. Als sie die Turnüre übergestreift hatte, steckte ihr Unterleib in dem Drahtkäfig. Die Schneiderin half ihr in das Hochzeitskleid aus elfenbeinfarbenem Seidentaft. Es war hochgeschlossen mit langen Ärmeln. Am Oberteil schwangen Fransen aus Chenillefäden. Der Rock war über und über mit Spitzen besetzt. Auch an den Handgelenken befanden sich Verzierungen, und überall wo noch Platz war, hing ein Bändchen oder Schleifchen. Als sie das Kleid über den Kopf gezogen hatte, besah sich Cecilie. Ihre Brust war flach. Sie drehte den Kopf, so weit es ging. Hinten war der Cul de Paris üppig gebauscht.

»Wie wunderschön du aussiehst. Eine wahrhaft unberührte, reine Braut.« Ihre Mutter war entzückt.

Cecilie hingegen kam sich wie ein Sahnebaiser vor. Wie ein sehr unbeweglicher Sahnebaiser. Die Schneiderin rückte einen Hocker heran, stieg darauf, stellte sich auf die Zehenspitzen und legte ihr einen Spitzenschleier über, der so lang war, dass er bis zum Cul reichte. Anschließend steckte sie den Saum des Kleides ab. Cecilie stellte sich vor, wie sie vor dem Standesbeamten stand. Ihre Lippen formten lautlos »Ich will«. Rasch fügte sie ein »nicht« hinzu.

Es klopfte. Elsa betrat mit einem Tablett den Raum. Als sie Cecilie in dem Hochzeitskleid sah, blieb ihr der Mund offen stehen.

»Hast du nichts Besseres zu tun, als hier Maulaffen feilzuhalten«, schimpfte Frau Blum.

Das Mädchen beeilte sich, das Tablett auf der Kommode abzustellen und Tee einzugießen. Dabei streifte ihre Schürze das Brautkleid.

»Du machst alles dreckig. Raus mit dir!« Cecilies Mutter wütete sogar noch, nachdem Elsa längst den Raum verlassen hatte.

Cecilie hörte nicht zu. Als ihr die Schneiderin einen Spiegel vorhielt, betrachtete sie sich in ihrer Gesamtheit. Die Brauttracht war nicht das, was sie zu tragen wünschte. Das Weiß erinnerte sie an die Farbe der Leichentücher in der Pathologie.

Von oben ertönte auf einmal ein langgezogener Klagelaut Mariannes. Als Cecilie aus dem Kleid schlüpfen wollte, um zu ihrer Schwester zu eilen, stach sie sich an einer Stecknadel. Ein winziger Blutstropfen tropfte auf den weißen Stoff.

Hektor bezahlte den Bestatter, der ihn regelmäßig mit Leichen belieferte, die Berlin namenlos ausspie. In seinem Keller lagen sie zur Schau aus. Wenn sie niemand für sich beanspruchte, konnte er sie für seine Studien verwenden.

Eingehend widmete er sich dem Material, als er jemanden schnaufen hörte.

»Was soll ich schon wieder in diesem Loch?«, beschwerte sich Tiegler. »Ich hab mit der schönen Toten wirklich genug zu tun. Der Polizeipräsident will einen raschen Erfolg sehen, schließlich stehen die Kommunalwahlen kurz bevor.«

»Von Madai befürchtet wohl, dass die Roten und Liberalen Wahlerfolge davontragen, sollte er den Mörder bis dahin nicht gefasst haben«, vermutete Hektor. Zusammen mit Max hob er die angelieferte Leiche auf eine Bahre. »Wenn die Roten und Liberalen bei der Wahl der Stadtverordneten ihre Kandidaten durchbringen, wird er ein Problem mit seinen hohen Ausgaben für die Polizeibehörde bekommen.«

Der Assistent schob die Bahre hinaus.

»Mir wär's gleich«, gestand Kommissar Tiegler. »Seit der Verabschiedung des Sozialistengesetzes fließt das Geld sowieso gänzlich ins Steckenpferd des Polizeipräsidenten. Das Nachrichtenwesen wird personell ständig aufgestockt, während wir immer mehr Überstunden schieben.«

»Wenigstens profitieren die Spitzel davon«, merkte Hektor sarkastisch an.

»Jetzt sagen Sie mir nicht, dass Sie mich haben rufen lassen, um über die Politische Polizei zu diskutieren«, schimpfte Tiegler, während er die aufgeschichteten Organe betrachtete, die Hektor vor der Ankunft des Bestatters einem Leichnam entnommen hatte und die Max nun wieder einfüllen musste.

»Bei mir ist eingebrochen worden«, informierte der Gerichtsarzt den Kommissar, während er sich die Hände säuberte.

»Was ist gestohlen worden?«

»Nichts. Das heißt, ich konnte gerade noch verhindern, dass die Diebe etwas mitgenommen haben. Sie wollten etwas aus meinem neu erworbenen Kuriositätenkabinett stehlen.«

»Wertvoll?«

»Wie man es nimmt. Es handelt sich um ein menschliches Herz.«

»Wie bitte?« Der Kommissar klang schockiert.

»Kümmern Sie sich darum?«

»Wenden Sie sich an meine Kollegen. Ich habe keine Zeit. Ich habe genug mit dem Frauenmörder zu tun.«

»Gut«, bemerkte Hektor. »Wenn Sie sich mit der nächsten Leiche dann auch bitte an meine Kollegen wenden. Ich habe keine Zeit.«

Max war zurückgekehrt, nahm mit beiden Händen die Organe und stopfte sie zurück in die Bauchhöhle des Toten.

»Hast du was von der Putzfrau gehört?«, fragte Hektor, der dem Kommissar demonstrativ den Rücken zugekehrt hatte.

»Nee.« Der Assistent zog die Leiche auf eine Bahre.

»Nähst du ihn nicht hier zu?«

»Im Vorraum ist mehr Platz.«

»Hat sie nichts gesagt?«, erkundigte sich Hektor.

»Wer?«

»Die Putzfrau. Cecilie. Hat sie keine Nachricht geschickt?«

»Nichts.«

Eigentlich hätte er sich denken können, dass sie nicht lange durchhielt. Kaum einer tat das, erst recht kein Frauenzimmer. Doch aus irgendeinem Grund hatte er ihr ein besseres Stehvermögen zugetraut. Fast bedauerte er es, dass sie ebenso schnell verschwunden war, wie sie aufgetaucht war.

»Also gut«, meldete sich Tiegler zu Wort. »Sie haben gewonnen. Ich befasse mich mit dem Einbruch bei Ihnen. Aber mit meiner nächsten Leiche komme ich wieder hierher.«

Mit einem Lächeln wandte sich Hektor ihm zu. »Begleiten Sie mich zu der Witwe des Mannes, dem das Kuriositätenkabinett gehörte?«

»Ich hab ja sonst nichts zu tun«, lehnte Tiegler ab. »Was sollte irgendeine Beileidsbekundung bringen?«

Also machte sich Hektor allein auf den Weg. In einer Mietdroschke erster Klasse fuhr er die längste Straße der Stadt an den Hauptsitzen des Handels vorbei in Richtung Belle-Alliance-Platz. Am Ende der Friedrichstraße drückte er dem Kutscher zwei Markstücke in die Hand und überließ ihm das Wechselgeld.

Das Westend war eine vornehme Gegend, von deren grünem Charakter im November allerdings nicht mehr viel auszumachen war. Die Vorgärten sahen trostlos braun und grau aus wie der Rest der Stadt. Die Villa der Witwe Sartorius bot bei gutem Wetter ideale Sicht auf die Friedenssäule. In dem an Londoner Nebel gemahnenden Regen war sie jedoch in einen Schleier gehüllt. Hektor bedauerte den entgangenen Kunstgenuss, immerhin war Rauchs Viktoria wesentlich filigraner als die der Siegessäule, die ihrer Hässlichkeit und Pausbäckigkeit wegen als »das alleinstehende Mädchen ohne Verhältnis« verspottet wurde. Da half ihr auch keine goldene Verschönerung.

Dem Dienstmädchen von undefinierbarem Alter, das Hektor

die Tür öffnete, gab er seine Visitenkarte. Die junge Frau sah nicht darauf; wahrscheinlich konnte sie nicht lesen. Wortlos ließ sie ihn eintreten. Der Flur, durch den sie ihn führte, roch staubig, als würde nie jemand zur Tür hereingelassen und auch kein Fenster geöffnet.

Er trat in einen überheizten Salon. Am Kaminfeuer saß eine Frau mit einem von Falten überzogenen Gesicht in einem Lehnstuhl. Auf ihrer Brust prangte ein gewaltiges Kreuz aus Silber an einer Kette. Der Kragen des schwarzen Kleides klammerte sich wie eine Klauenhand um ihren Hals.

»Frau Doktor Sartorius«, sprach er sie an, während er sich unaufgefordert den Mantel auszog, mit dem er sich gegen die Novemberkälte geschützt hatte. Nach einem Blick auf die Visitenkarte grüßte die Witwe ihn mit einer Stimme, die des Sprechens ungeübt zu sein schien.

»Herr Doktor von Thorwald, bitte nehmen Sie Platz.«

Hektor setzte sich in einen Sessel. Bis auf das Knacken der Holzscheite im Kamin war es still im Haus, so dass er fast nicht zu atmen wagte. Er hatte ein Gespür für den Tod, konnte ihn atmen, riechen und schmecken. Der Tod hatte sich in diesen Räumen bereits vor langer Zeit niedergelassen.

Bevor die Witwe ein weiteres Wort an ihn richtete, kam das Dienstmädchen mit Tee und Gebäck herein.

»Bedienen Sie sich«, forderte ihn Frau Sartorius auf.

Aus Höflichkeit griff Hektor nach einem Keks, der in seinem Mund sofort zerfiel. Er musste husten, was er in dieser Stille als unpassend empfand. Die Witwe blickte ins Leere, während sie mit den Fingern an ihrem Ehering drehte.

»Mein herzliches Beileid«, sagte er betont leise.

»Kannten Sie meinen Mann, Doktor von Thorwald?«

»Er hat mir mal bei gerichtsärztlichen Untersuchungen als Wundarzt fungiert, Madame. Sein Verlust muss Sie tief schmerzen.«

»Muss er das?« Ihre irritierende Frage schob er auf ihre Trauer. Er selbst wusste nur allzu gut, wie Trauer sich anfühlte. »Weshalb sind Sie hier, Doktor von Thorwald?«

Sie blickte ihn durchdringend an. Er wich ihr aus und sah aus einem der Fenster, die zur Straße hin lagen. Nebel umstrich das Haus wie die Katze das Mauseloch.

»Bitte verzeihen Sie, dass ich Sie im Andenken an Ihren Mann störe«, sagte er schließlich, »aber ich möchte etwas über seinen Nachlass in Erfahrung bringen.«

»Was genau?« Ihre Augen waren starr auf ihn gerichtet.

»Vorgestern habe ich einen Schrank ersteigert, ein Kuriositätenkabinett, das Ihrem Mann gehörte. Wissen Sie etwas über die Exponate darin?«

»Nein!« Ihr barscher Ton überraschte ihn. »Ich habe alles versteigern lassen, was mit seinen widernatürlichen Neigungen zu tun hatte.«

»Ich bitte mein Eindringen zu entschuldigen.« Hektor stand auf und verbeugte sich.

»Ein Exponat, sagten Sie?« Es schien ihm, als sei Frau Dr. Sartorius noch bleicher geworden, was beinahe unmöglich war.

»Um genau zu sein, handelt es sich um ein Herz«, informierte er sie.

»Ich nehme an, ein Herz von einem Menschen?« Die Finger der Witwe umklammerten das Kreuz. Als er nickte, schloss sie die Augen. »Das hat er von diesem Teufelsanbeter.«

6

Auf der Saarbrücker Straße trieb der Ostwind feuchte Nebelschwaden und den Malzgeruch der nahe liegenden Brauerei vor sich her. Pia klebten die Haare im Gesicht, als sie mit der rechten Hand die Tür aufriss, während sie mit der linken ein Paket an ihren Bauch presste. Aus der Kellerwirtschaft drang die aufgestaute Hitze zu vieler Menschenkörper empor. Der Gestank nach schalem Bier und schlechtem Rotwein wurde stärker, je tiefer sie die Treppe hinabstieg. Unten in der Wirtschaft nickte Pia Schulze zu, der gerade mit einem Lappen über den Tresen wischte.

»Hinten durch. Sie sind noch dran«, grunzte der Wirt. Auf dem Weg zum Hinterzimmer knirschte der auf den Boden gestreute Sand unter Pias Sohlen.

»Willste nicht einen Schluck mit mir trinken, Freilein?« Jemand fasste sie am Rock und atmete ihr seine Alkoholfahne ins Gesicht. Die Augen des Mannes waren glasig. »Ich hab heut Spendierhosen an.«

»Lass mich!« Sie schlug nach seiner Hand, damit er den Griff lockerte.

Nun fasste er auch mit der zweiten zu und versuchte sie an sich zu ziehen. »Stell dich nicht so an.« Er packte ihr an den Hintern.

»Was fällt dir ein?« Weil sie das Paket trug, gelang es ihr nicht, sich ihm zu entwinden.

»Gib Ruh, das ist die Schwester vom Hermann«, brummte Schulze.

Sofort zog der Betrunkene die Hände zurück und hob sie abwehrend. »Kann ja nicht wissen, dass die was Besseres ist.«

»Ich bin nichts Besseres, aber ich bin auch nichts Niederes. Und ich lass mich von dir nicht wie eine Dirne behandeln.« Pia sah dem Betrunkenen in die Augen, bis er ihrem Blick auswich.

Mit erhobenem Kopf ging sie zur Hintertür. Nach dreimaligem Klopfen öffnete ihr der Türsteher. Der Raum, in den sie eintrat, war nicht besonders groß. Man hatte den Billardtisch hinausgeschafft. Einfache Holzstühle bildeten einen Kreis, in dessen Mitte Hermann stand. Er schüttelte seine Faust zur vergilbten Decke empor, so dass man die Schweißflecken unter seinen Achseln sehen konnte.

»Ein einzelner von uns kann nicht viel ausrichten, das stimmt. Wir aber sind viele. Das ist unsere Stärke! Die müssen wir nutzen. Wir müssen sie den Mächtigen entgegenschleudern. Die Wahlen der Stadtverordneten sind die Gelegenheit dafür.«

Alles war hitzig aufgeladen, auch die Gesichter der Genossen.

»Hört, hört!«, rief einer.

»Was der Genosse Späth sagt, klingt gut und kämpferisch«, mischte sich ein anderer ein. »Doch er sagt nicht die Wahrheit. Die Wahrheit ist, dass die da oben am längeren Hebel sitzen. Wenn wir nicht stillhalten, lochen sie uns alle ein.«

»Die lochen uns sowieso ein. Du brauchst nur den Mund aufzumachen, um zu gähnen, und schwupps sitzt du im Knast«, brüllte jemand dazwischen.

Pia sah zu Hermann hinüber. Breitbeinig stand er da, die Hände in die Seiten gestemmt, fest verwurzelt mit seiner sozialistischen Überzeugung.

»Es stimmt.« Seine Stimme donnerte durch den Raum und übertönte die Streitgespräche, die überall aufgelodert waren. »Wir werden eingelocht. Sogar eher früher als später. Aber für jeden von uns, der ins Kittchen wandert, rückt ein anderer nach.

Sie werden uns nicht los. Vor unserer großen Zahl fürchten sie sich doch am meisten.«

»Was bringt uns das, solange wir nur in einer Klasse wählen dürfen?« Derjenige Arbeiter, der schon zuvor Hermanns Worte angezweifelt hatte, äußerte erneut seine Bedenken. »Ohne eigene Wahlversammlungen?«

Hermann fixierte ihn. Seine Augenbrauen, die über der Nasenwurzel zusammenwuchsen, ließen seinen Blick so eindringlich wirken, als könne er auf den Grund der Seele seines Gegenübers schauen.

»Begreifst du denn nicht, dass gerade die Einschränkungen unsere Macht in aller Deutlichkeit demonstrieren?«, sagte Hermann. »Wenn wir in der einzigen Wahlklasse, in der sie uns antreten lassen, mit all den Widrigkeiten und Verboten, die sie uns auferlegen, dennoch unsere Kandidaten durchbringen, dann ist das erst der Anfang. Diese Wahlen werden die Richtung für die nächste Reichstagswahl weisen. Schon die letzte hat gezeigt, dass immer mehr Menschen, gerade in Berlin, sozialdemokratisch denken. Sie können uns nicht aufhalten!«

Mit Sorge bemerkte Pia, dass die Genossen anfingen, sich gegenseitig zu beschimpfen. Einer, der neben ihr an der Wand lehnte und den sie bereits häufiger bei Versammlungen der Sozialisten gesehen hatte, senkte den Kopf und machte sich Notizen. Durch die blonden Haare schimmerte seine Kopfhaut. Sein Bleistift brachte einen Buchstaben nach dem anderen zu Papier. Plötzlich sah er auf und musterte sie unverwandt. Sie wich seinem Blick aus.

»Seid ihr Männer oder Memmen?« Als Hermanns Stimme den Raum erfüllte, verstummte das Gezanke ringsum. »Was sollen wir uns eigentlich noch alles gefallen lassen? Die stopfen uns mit ihrem verdammten Sozialistengesetz das Maul, und wir wehren uns nicht?«

»Wie recht er hat!« Die Stimme war weiblich.

Es kam so gut wie nie vor, dass sich eine Frau außer Pia zu den heimlichen Treffen der Sozialdemokratischen Partei verirrte. Sie stellte sich auf die Zehenspitzen, um über die Köpfe hinwegsehen zu können. Ein Frauenzimmer hatte sich bei Hermann untergehakt, herausgeputzt wie eine Jahrmarktbude. Statt die vielen Schleifen auf ihr Kleid zu nähen, sollte sie sich lieber um die Belange des Proletariats kümmern, dachte Pia. Es war schwierig genug, den Genossen Anerkennung für ihre politische Arbeit abzugewinnen. Solche Frauen machten die Bemühungen ganz schnell wieder zunichte, indem sie ihr Geschlecht in Verruf brachten. Dennoch schien die Zwischenruferin dafür gesorgt zu haben, dass die Stimmung zu Hermanns Gunsten umschlug.

»Es lebe das Proletariat!« Die Genossen brachen in Beifallsbekundungen aus. »Es lebe die Sozialdemokratie!«

Hermann griff nach einem Bierkrug, den ihm jemand reichte, setzte ihn an die Lippen und trank. Sein Adamsapfel hüpfte wie ein Ball auf und ab. Das Bier rann ihm über das Kinn und tropfte auf das Hemd, das Pia am Abend zuvor geplättet hatte. Sie kämpfte sich durch die Menge zu ihrem Bruder durch. Jemand rempelte sie dabei in die Seite.

»Kannst du nicht aufpassen?«, fuhr sie ihn an.

Als sie bei Hermann angelangt war, überreichte sie ihm das Paket. Er riss es auf, holte die Flugschriften heraus und verteilte sie an die Genossen. Eines nahm Pia an sich.

»Was willste denn damit?« Hermann lachte sie aus.

Statt einer Antwort faltete sie den Zettel und steckte ihn in die Rocktasche. »Hast gut geredet«, sagte sie zu ihrem Bruder, neben dem noch immer die aufgetakelte Frau stand. Er wickelte eine ihrer Haarsträhnen um seinen Finger. In Pia stieg eine leise Eifersucht auf.

»Kannst du auch auf der Versammlung der Arbeiterinnen in

Mayers Hof reden?«, bat sie ihn. Zu dem Treffen hatte sie mobilisiert, weil sie wollte, dass sich mehr Frauen für die Belange der Arbeiterklasse einsetzten. Dafür mussten sie dort angesprochen werden, wo sie wohnten, denn ihnen blieb keine Zeit, abends eine Veranstaltung in einer Gastwirtschaft zu besuchen.

»Gibt Wichtigeres.« Er tauchte mit der Frau in der Menge ab.

Pia war nach Heulen zumute, doch sie unterdrückte ihren Ärger. Sie hatte kein Recht, sich mit ihren Gefühlen in den Vordergrund zu drängen. Was zählte, war die Sache an sich, waren die politischen Forderungen. Es ging nicht darum, wie es um einen persönlich stand, das war zweitrangig. Mehrmals schluckte sie angestrengt, bis der bittere Geschmack nach Enttäuschung in ihrem Mund verschwunden war.

»Alles in Ordnung?«, fragte jemand. Sie drehte sich um. Es war der Genosse, der an der Wand neben ihr gelehnt hatte. Sein Gesicht war rot geworden. Schweißperlen standen ihm auf Stirn und Nase. Er hielt eines der Flugblätter hoch. »Was halten Sie denn von den Forderungen nach einer ständigen Vertretung der Proletarier im Stadtrat?«

»Ich habe es nicht gelesen«, gab sie zu.

»Warum nicht?«

Sie blickte auf seine glänzenden Schuhe. »Ich kann nicht lesen.«

»Dann lese ich es Ihnen vor, wenn Sie ein Bier mit mir trinken.«

Vorne in der Wirtschaft setzten sie sich an einen Tisch, auf dem Bierkrüge Ränder und Zigaretten Brandlöcher hinterlassen hatten. Der Genosse orderte bei Schulze zwei Landré-Weiße. Mit dem Hemdsärmel wischte er über die Flecken, bevor er das Flugblatt auf die Tischplatte legte. Pia rückte näher an ihn heran, um ihn besser zu verstehen. Sie war überrascht, wie flüssig die Worte über seine Lippen kamen. Nur einmal unterbrach er sich, als der Wirt zwei Krüge vor sie hinstellte.

»Trinkt aus, gleich ist Sperrstunde.«

Der Genosse gab Schulze vierzig Pfennig und las weiter. Als er geendet hatte, bedankte sie sich.

»Gern geschehn!« Er lächelte sie an. »Wollen Sie nicht mal mit mir spazieren gehen?«

»Keine Zeit«, sagte sie. Im nächsten Moment tat ihr der rüde Tonfall leid, weshalb sie ihn besonders herzlich anlächelte.

»Und wenn ich Sie einfach beim nächsten Mal begleite, wenn Sie wieder Flugschriften überbringen?«

Pia erschrak. Es war nicht gut, dass er davon wusste. Durch das Sozialistengesetz waren alle Aktivitäten für die Sozialdemokratie gefährlich geworden.

Offenbar hatte er erraten, was sie dachte, denn er legte den Finger an seine Lippen. »Ich erzähle es niemandem.«

»Damit habe ich nichts zu tun«, behauptete sie hastig.

»Gut.« Sie glaubte, Enttäuschung in seiner Miene zu lesen, und bedauerte es, ihm nicht die Wahrheit sagen zu können.

»Wirklich«, beteuerte sie. »Ich bin übrigens die Pia.« Sie streckte ihm die Hand entgegen.

»Ich weiß.« Er ergriff die Hand und schüttelte sie. »Ich bin der Gustav.«

Sie lächelten sich an.

»Was treibst du dich hier noch rum?« Hermanns Stimme unterbrach ihr Gespräch.

Pia sah zu ihrem Bruder auf. Seine ohnehin großen Nasenlöcher waren geweitet. Ein Zeichen dafür, dass er böse auf sie war.

»Ich unterhalte mich bloß«, rechtfertigte sie sich.

»Mit dem da?« Er packte sie am Arm und zog sie hinter sich her aus der Kneipe.

Es gelang ihr gerade noch, ihren Umhang zu schnappen. Von Gustav konnte sie sich nicht mehr verabschieden. Draußen schlug ihr der Regen ins Gesicht.

»Spinnst du?«, fuhr sie Hermann an.

»Pass auf, dass du nicht in Verruf gerätst«, warnte er sie.

»Im Gegensatz zu dir habe ich meinen Ruf immer gewahrt.« Aber das sagte sie nicht laut, das dachte sie nur.

Obwohl es draußen noch dunkel war, war Cecilie schon wach und ging im Zimmer auf und ab. Sie konnte die Enge ihres Gefängnisses nicht länger ertragen. Wiederholt rüttelte sie an der Klinke der Tür, obgleich sie wusste, dass diese abgeschlossen war. Um nichts in der Welt wollte sie das gleiche Schicksal wie Marianne erleiden und nie wieder nach draußen gelangen. Aber der einzige erlaubte Ausweg war die Heirat. Es sei denn, sie flüchtete. Bei dem Gedanken schrak sie zusammen. Vielleicht wurde sie allmählich wirklich verrückt. Zumindest erschien ihr diese Idee mehr als wahnsinnig. Auf sich allein gestellt würde sie kein Zuhause und kein Geld mehr haben. Nein, die Ehe war beschlossene Sache. Unverrückbar, vernünftig, und sie sicherte ihre Zukunft. Es sei denn …

Für ihre Arbeit konnte sie Lohn von Dr. von Thorwald verlangen und sich ein Zimmer in einer Pension nehmen. Das würde gehen. Immer klarer stand Cecilie diese Möglichkeit vor Augen. Sich einzuschränken machte ihr nichts aus. Ihr bedeuteten all die Kleider, Schirme, Taschen und Duftwässerchen nichts. Darauf würde sie verzichten können. Es war eine Lösung. Wenn es ihr nur gelänge, unbemerkt von ihren Eltern aus dem Haus zu gelangen.

Die Standuhr im Flur schlug fünf Mal. Wenig später hörte sie jemanden die Treppe hinaufsteigen. Das musste Elsa sein, die mit ihren morgendlichen Pflichten begann. Cecilie klopfte an die Tür.

»Elsa! Hörst du mich?«, wisperte sie. »Mach auf!«

Die Schritte stoppten vor dem Zimmer. Der Schlüssel wurde im Schloss gedreht, die Tür ging auf und das Mädchen betrat den

Raum. Die Haube saß schief auf ihrem Kopf, ihre Augen waren angeschwollen und an ihrer rechten Schläfe verlief eine Falte.

»Wünschen das Fräulein eine heiße Schokolade?«, fragte sie mit der schweren Stimme einer Schlaftrunkenen.

»Hilf mir beim Ankleiden«, befahl Cecilie ihr. Sie ließ sich von Elsa das Korsett schnüren.

»Nicht so fest!«

»Aber die Taille vom Fräulein soll doch schön eng sein«, wandte das Mädchen ein. Sie ging zum Schrank und holte ein rosafarbenes Kleid mit Rüschen hervor.

»Gib mir das grüne«, sagte Cecilie. Das Samtkleid war schlichter und wärmer.

Elsa tat wie ihr geheißen, half ihr zunächst in die Turnüre, dann in das Kleid. Cecilie schloss die Knöpfe auf ihrer Brust selbst, damit es schneller ging.

»Soll ich das Fräulein frisieren?« Nachdem Elsa Cecilie gekämmt hatte, befestigte sie den Lockenchignon mit Haarnadeln auf dem Hinterkopf. Dabei wanderte der Blick des Mädchens immer wieder zu einem neuen Fächer, der am gestrigen Tag geliefert worden war. Er war aufwändig mit Spitze und Perlen besetzt.

»Gefällt er dir?«

»Ja, Fräulein.«

»Möchtest du ihn haben?« Cecilie nahm den Fächer in die Hand und hielt ihn Elsa hin.

Das Mädchen legte die Haarnadeln beiseite und wollte nach ihm greifen, traute sich aber nicht. »Wie schön er ist.«

»Ich schenke ihn dir!«

»Was?« Elsa sah nicht aus, als verstünde sie den Sinn der Worte.

»Du bekommst ihn, wenn du mich dafür gehen lässt!« Cecilie legte den Fächer in Elsas Hand und schloss die Finger des Mädchens darum.

»Wo wollen das Fräulein denn hin?«

»Du kannst doch ein Geheimnis für dich behalten, oder?«

Elsa nickte. Seltsamerweise vertraute Cecilie ihr.

»Liebst du jemanden so sehr, dass du ihn heiraten willst?«

»Den Heinrich.«

»Siehst du, und ich liebe den Mann, den ich ehelichen soll, in keiner Weise. Deshalb kann ich ihn auch nicht heiraten.«

Das Mädchen kratzte sich mit dem Zeigefinger am Hinterkopf.

»Wenn ich aber nicht heirate«, fuhr Cecilie fort, »wird mein Vater mich weiter einsperren. Das will ich nicht, verstehst du das? Wenn du mich hier rauslässt, kann ich weggehen.«

»Das darf ich nicht tun.« Elsa gab ihr den Fächer wieder zurück und verließ das Zimmer.

Enttäuscht sah Cecilie ihr hinterher. Sie war dazu verdammt, einen weiteren Tag im Haus begraben zu sein. Erst in diesem Augenblick bemerkte sie, dass Elsa vergessen hatte, die Tür abzuschließen. Sie überlegte nicht lang, holte einen Koffer vom Schrank und warf ein paar schlichte Besuchskleider hinein, die ihr für die Arbeit im Leichenkeller am geeignetsten erschienen. Sie legte noch zwei Garnituren Unterwäsche und Strümpfe hinzu und entschied sich gegen ein Paar Ersatzschuhe, das zu viel Platz weggenommen hätte. Da sich in ihrer Geldbörse außer einigen Münzen für die Bedürftigen nichts befand, leerte sie kurzerhand ihre Schmuckschatulle in den Koffer. Nun klappte sie den Deckel zu. Als sie den Koffer in die Hand nahm, war er beinahe zu schwer. Sie ließ einen letzten Blick durch den Raum schweifen. Nichts erschien ihr wichtig genug, um es in ihr neues Leben mitzunehmen.

Als sie in den Flur trat und die Zimmertür hinter sich schloss, fiel ihr Marianne ein. Sie konnte nicht gehen, ohne sich von ihrer Schwester verabschiedet zu haben.

Cecilie entriegelte die Tür zur Kammer. Mit einer Petroleumlampe leuchtete sie hinein. In einer Ecke hockte Marianne, die Arme um die Beine geschlungen, und wiegte den Oberkörper vor und zurück. Cecilie setzte sich neben sie. Ein Gestank nach Urin stieg auf. Sie streckte die Hand aus und streichelte über die Haarstoppeln ihrer Schwester. Früher hatte Marianne lange Locken gehabt. Bis sie vor vier Jahren für eine Weile aufs Land geschickt worden war. Über ihre Schwester war in all den Monaten nicht geredet worden. Nicht einmal schreiben durfte Cecilie ihr. Als Marianne wiederkam, riss sie sich die Haare in Büscheln vom Kopf, so dass man sie ihr gewaltsam schor. Als sie keine Haare mehr hatte, die sie sich ausreißen konnte, verfiel sie darauf, den Kopf gegen die Wand zu schlagen. Manchmal hörte Cecilie die dumpfen Schläge nächtelang. Sie hatte ihre Schwester nach dem gefragt, was in der Zeit ihrer Abwesenheit geschehen war, aber nie eine Antwort erhalten.

»Ich muss gehen«, sagte sie und nahm Mariannes Hand in die ihre.

Die Nägel waren abgekaut und blutig. Sie strich über die Narben am Arm. Ihre Schwester versuchte unablässlich, sich selbst zu schneiden. Porzellan hatte sie jedes Mal zu Scherben zerschlagen, deshalb bekam sie ihr Essen aus Blechschüsseln. Weil sie die Kleider in Fetzen riss, trug sie Sackleinen, was sie wie eine Anstaltsinsassin aussehen ließ. Wenn sich nicht bald etwas änderte, müsste Marianne früher oder später tatsächlich in eine Anstalt gesteckt werden.

»Ich werde dir helfen«, versprach Cecilie. Irgendwie musste ihr das gelingen. Irgendwann. Die Träne, die ihr die Wange herunterlief, leckte sie mit der Zunge weg. Der salzige Geschmack erinnerte sie daran, wie sie als Mädchen an der Ostsee gewesen waren.

»Weißt du noch, wie wir damals am Strand diese riesige Sandburg gebaut haben? Wir haben den Rand mit Muscheln und

Algen verziert und ›Burg Blum‹ draufgeschrieben. Das Kindermädchen wollte gehen, aber wir haben gebettelt und gebettelt, noch bleiben zu dürfen. Wie Burgfräuleins haben wir uns gefühlt.« Cecilie hatte das Bild genau vor Augen, wie sie in ihrem selbst erschaffenen Reich saßen. »Das Mädchen hat gedrängt, wie hieß es noch? Sie hat uns Bonbons versprochen. Aber wir waren so eigensinnig. Dann ist die Flut gekommen und wir mussten rennen. Unsere Burg hat das Meer mit sich gerissen.«

Ein Stöhnen kam aus Mariannes Kehle.

»Erinnerst du dich, Marianne? Erinnerst du dich?« Cecilie drückte ihre Schwester an sich. Vielleicht war sie nicht für immer verloren. Vielleicht wurde sie eines Tages wieder gesund. Es widerstrebte ihr, sie allein zu lassen, womöglich für lange Zeit.

Sie küsste das Mädchen auf die Stirn und stand auf. Im Flur nahm sie ihren Koffer, hängte sich die Pelerine um und stieg die Treppe hinab. Die Haustür war verschlossen. Sie musste es durch den Salon versuchen. Im Dunkeln stieß Cecilie gegen das Tischchen vor dem Fenster. Die Topfpalme darauf geriet ins Wanken. Gerade noch rechtzeitig fing sie die Pflanze auf. Nun räumte sie die Porzellanfiguren von der Fensterbank. Der Rahmen quietschte, als sie das Fenster öffnete. Sie horchte. Jemand kam auf den Salon zu.

Es war Elsa, die das Licht entzündete. Sie sah auf Cecilie und bemerkte den Koffer in ihrer Hand.

»Bitte«, flehte Cecilie, »verrat mich nicht.«

Das Mädchen bot ihr stumm die Hand an. Mit der Turnüre und den Innenbändern war es fast unmöglich, zu klettern, aber mit Elsas Unterstützung gelang es Cecilie. Als ihre Absätze in der Erde des Blumenbeets versanken, reichte das Mädchen ihr den Koffer hinaus.

»Das werde ich dir nie vergessen«, sagte Cecilie.

Elsa lächelte. »Viel Glück!«

Sie überquerte den Rasen. Ihr Atem stob weiß von Mund und Nase auf. Am Gartenzaun sah sie sich um. Durch die Fensterscheiben winkte Elsa ihr nach. Cecilie hob die Hand zum Abschied und drehte ihrem Elternhaus den Rücken zu.

7

Leichengeruch war an dem Toten noch nicht wahrnehmbar. Die Farbe des Körpers war an der Vorderseite blass, nur an der linken Gesichtshälfte, am linken Ohr und an den Gliedmaßen zeigten sich blaurote, unregelmäßige Flecken.

Während Hektor seine Arbeit an dem Leichnam verrichtete, dachte er über die Informationen der Witwe von Dr. Sartorius nach. Ihr Mann hatte das menschliche Herz, von dem er jeden Morgen ein Stückchen gegen seinen nahenden Tod einnahm, bei Séancen eines Meisters erworben. Medizinisch bezweifelte Hektor die Wirksamkeit einer oralen Einnahme menschlicher Innereien. Er vermutete, dass sich der todkranke Mann nicht anders zu helfen gewusst hatte. Ihn konnte er nicht verurteilen, wohl aber denjenigen, der sich auf eine mysteriöse Art und Weise ein menschliches Herz beschafft hatte, um es zu Geld zu machen.

Etwas veranlasste Hektor aufzusehen. Die Putzfrau war gekommen. Sein Herz schlug heftig. Überrascht registrierte er, dass sie viel besser gekleidet war als beim letzten Mal.

»Wo warst du, Cecilie?«, fuhr er sie an. »Du kannst nicht einfach so fehlen. Unzuverlässigkeit kann ich nicht dulden.«

Es kam immer wieder vor, dass die Leichenwäscherinnen plötzlich wegblieben, aber von dieser hatte er mehr erwartet. Er war enttäuscht.

»Ich war unpässlich. Bitte verzeihen Sie.«

Wie eine Tochter aus gutem Hause wirkte sie, sauber, adrett, mit Schleifen und Rüschen am dunkelgrünen Samtkleid, dazu den farblich passenden Hut, der ihre rotblonden Locken vorteilhaft zur Geltung brachte. Sie stellte den Koffer ab und löste ihr Hutband. Hektor beobachtete, wie sie ihre Wildlederhandschuhe abstreifte. Makellose Hände mit manikürten Nägeln kamen darunter zum Vorschein. Sie öffnete die Knöpfe an den Ärmeln und krempelte sie hoch. Auf ihren Unterarmen bemerkte er helle Härchen.

»Könnte ich eine Schürze haben, Herr Weimar«, bat die junge Frau, von der Hektor auf einmal nicht mehr als Putzfrau oder Leichenwäscherin denken mochte. Ihr Verhalten flößte ihm gehörigen Respekt ein. Max gab ihr von dem Wäschestapel eine Schürze, die sie sich umband.

»Wo soll ich anfangen?«

Der Assistent zeigte auf eine Männerleiche. Sofort machte Fräulein Cecilie sich daran, mit einer Schere die gelblich verfärbten Zehennägel zu schneiden. Es dauerte, bis Hektor sich so weit zusammengerissen hatte, dass er sich wieder der Leiche vor ihm widmen konnte. Während er an der Brust zahlreiche graubraune Flecken entdeckte, die sich nicht abwischen ließen, blickte er immer wieder zu dem Fräulein hinüber. Cecilie schien ganz in ihre Arbeit vertieft zu sein. Er untersuchte das drei Millimeter breite Loch über der linken Augenbraue und sah erneut auf. Diesmal begegnete er ihrem Blick. Sie hielt dem seinen ein paar Sekunden lang stand, bevor sie sich über ihre Leiche beugte.

»Max, ich beginne jetzt mit der inneren Besichtigung«, rief er seinem Assistenten zu.

Dieser wusch sich gerade die Hände. »Ich habe Pause«, war die Antwort.

So zufrieden Hektor mit ihm auch war, konnte er dennoch nicht verstehen, wie Max derart auf das sture Einhalten von Zeiten beharren konnte, als arbeitete er in einer Fabrik. Widerwillig ließ er ihn ziehen.

»Ich werde Ihnen assistieren«, sagte Fräulein Cecilie.

Erst wollte er ablehnen, schon aus Ärger über ihr Fehlen, dann erinnerte er sich, wie hilfreich ihre Dienste gewesen waren, als sie während der Obduktion mitgeschrieben hatte. Er spürte, dass er sie in den letzten Tagen im Keller regelrecht vermisst hatte.

Sie reichte ihm die Werkzeuge zur Betrachtung der Kopfhöhle. Der Knochen des Schädeldachs sägte sich beschwerlich. Hektor bewunderte die Gelassenheit, mit der die junge Frau ihm zur Seite stand.

Er war gerade bei der linken Stirnhöhle angelangt, als ein Polizist im Keller erschien, um ihn zu einem Tatort zu holen. Die restliche Untersuchung würde er später fortsetzen.

»Kann ich mitkommen?«, bat das Fräulein.

»Wozu denn?« Er sah nicht ein, was ein Frauenzimmer dort zu suchen hatte.

»Jemand muss doch Ihre Instrumente tragen«, sagte sie.

Nun verstand er. Sie war neugierig und stellte sich einen gruseligen Ort vor, wie einer Schauergeschichte entsprungen. Doch wie wenig hatte die Fantasie mit der Realität zu tun. Das Bild, das ihn an den Tatorten erwartete, war meist von erschreckender Profanität. Höchstens das dargebotene Elend konnte einen zum Gruseln bringen, wenn man es zum allerersten Mal erlebte. Er konnte keine Schaulustigen bei der Arbeit gebrauchen.

Bevor er ihre Bitte ablehnend beantworten konnte, kam Max von seiner Pause zurück.

»An die Arbeit. Du musst die Leichen da vorne herrichten«, herrschte er Cecilie an.

Dafür, dass er zuvor so sehr auf seine Pause gedrängt hatte, empfand Hektor ihn auf einmal als zu strebsam. Max sollte wissen, wer hier im Keller das Sagen hatte. Er beschloss, ihm eine kleine Lektion zu erteilen.

»Gut, Sie können mitkommen!«, informierte er Fräulein Cecilie. Das Lächeln, das sich daraufhin auf ihrem Gesicht ausbreitete, würde ihr sicher bald vergehen.

Sie fuhren mit der von der Polizei bereitgestellten offenen Kutsche Unter den Linden entlang. Die überraschend milde Nachmittagsluft nutzten auffallend viele Passanten. An der Linde gegenüber der Hausnummer 18 drängten sich die Touristen, um die Spuren der Schrotkugeln von Nobilings Attentat auf den Kaiser zu begaffen. Nur wenige Meter weiter präsentierte eine Abteilung Infanteristen ihre Gewehre. Es wunderte Hektor, dass Fräulein Cecilie die ganze Fahrt über den Kopf einzog, so als fürchte sie, gesehen zu werden. Als eine schwarz glänzende Equipage an ihnen vorbeifuhr, versank sie beinahe im Inneren der Kutsche.

Die Wagen stauten sich in Nähe des Brandenburger Tors, das die Polizei großräumig abgesperrt hatte. Hektors Kutsche wurde jedoch anstandslos hindurchgelassen. Er stieg ab und half Fräulein Cecilie hinaus, dann wandte er sich dem Tor zu, das den Abriss der alten Zollmauer überlebt hatte. Über ihm strahlte die Novembersonne. Die Torbögen gaben den Blick auf die kahlen Bäume entlang der Siegesallee frei. Oben auf dem Bauwerk thronte Schadows Siegesgöttin in ihrem Vierspänner. Seit sie aus Paris zurück nach Berlin gebracht worden war, hieß sie nur noch Retourkutsche.

Die Fundstelle der Leiche lag am mittleren Durchgang, der ausschließlich von den königlichen Wagen benutzt werden durfte. Um dorthin zu gelangen, ging Hektor um den aufgeschichteten Steinhaufen einer Baustelle herum. Telegrafenleitungen wurden hier neu verlegt, da sich eine Telegrafen- und Rohrpoststation in einem der Flügelgebäude des Tores befand. Ganz Berlin sollte in den nächsten Jahren vernetzt werden, hieß es. Ein erstrebenswerter Fortschritt für die Polizei, dachte Hektor.

Kommissar Tiegler kniete bereits neben der Leiche, die an

einer der gewaltigen dorischen Säulen lehnte. Wie verloren sah die Tote aus.

»Wir haben ein Problem«, sagte der Kriminalbeamte unnötigerweise, denn Hektor hatte bereits registriert, dass die Frau in weißer Unterwäsche auffallend der Toten am Reichstag glich. Er hockte sich neben sie und presste zwei Finger an ihre Halsschlagader. Kein Puls. Zudem fühlte sie sich kalt an.

»Verdammt!«, rief der Kriminalbeamte. »Ich kann keine Verkomplizierung des Reichstag-Mordes gebrauchen. Was geht nur in dieser Stadt vor sich?«

Den Hauseingängen der Invalidenstraße entströmte der Geruch nach Schimmel. Aus einem Fenster hing eine Decke zum Lüften.

»Keine Wäsche zur Straßenseite hin aufhängen«, brüllte Carl zu dem Fenster hoch, sah aber davon ab, dieses geringfügige Vergehen weiter zu verfolgen. Er bog um die Ecke in die Ackerstraße. Dort hockte wie jeden Tag die Gemüsefrau auf einem Schemel neben einem Korb.

»Kartoffeln, Rüben, Möhren!«, bot sie die Ware in der ihr eigenen Melodie an.

Er nickte ihr zu und ging weiter. Im Vorbeirennen streifte ihn ein Junge mit dem Ellbogen.

»Pass auf, Freundchen!« Nicht ganz ernst gemeint schwenkte Carl den Degen hinter ihm her.

Ein paar Meter weiter bettelte ihn ein Alter um einen Pfennig an. Er wollte ihn gerade zurechtweisen, als er in ihm den ehemaligen Kohlenhändler erkannte, dem der Tuberkulose-Tod seiner Familie den Verstand und damit das Einkommen gekostet hatte. Nachdem er sich umgesehen hatte, ob ihn jemand beobachtete, gab er dem stinkenden Kerl zehn Pfennige.

Er marschierte die Ackerstraße hinauf, passierte die Friedhöfe und kam an den Dirnen in ihrem schäbigen Aufputz vorbei, die darauf warteten, dass sich mit der einsetzenden Dunkelheit die Freier einstellten. Gegen Prostitution musste die Polizei eigentlich vorgehen, aber mit der Verfolgung der Dirnen nahm man es in den Revieren nicht so genau. Das wussten die Frauen.

Gleich als ihn die Erste erspähte, kreischte sie los. »Meen Schöner, da jeht doch de Sonne uff, wenn ick dia seh. Komm in meene Arme. Ick will dia an meen Busen drücken.«

»Lass man. Da stoß ich mir doch nur den Kopf an deinen Rippen.«

»Gnatzkopp!« Die Dirne schob die stark geschminkte Unterlippe vor, als schmolle sie.

Gruben-Lotte, von der Carl nicht wusste, warum sie so hieß, presste ihre Brüste mit beiden Händen hoch.

»Wenn du een Kissen willst, denn biste hia jenau richtich.«

»Ich muss weiter, Mädchen.«

»Du bist so steef, soll ick dia nich weech kneten?«, krakelte Lotte. Die anderen Dirnen lachten. Carl stimmte ein und wollte weitergehen, doch da hielt Lotte ihn zurück.

»Genug Späße für heute«, sagte er.

»Det is ooch nich lustich, wat mia uff de Seele brennt.« Sie sah ihn mit ihren schwarz umrandeten Augen an.

Vielleicht war sie mal wieder von ihrem Schlepper verprügelt worden, aber diesmal hatte er zumindest ihre Visage verschont. Carl hatte ihn schon oft ermahnt, meistens umsonst.

»De Vroni is wech. Ick gloob, der is wat zujestoßen.«

In seinem Gedächtnis suchte er nach dem dazugehörigen Gesicht. Vroni war eine pockennarbige, verbrauchte Dirne, die nur Freier bekam, weil sie wie ein sehr junges Mädchen aussah. Eine Alkoholkranke, die für eine Flasche Schnaps ihre Seele verkaufte.

»Die taucht schon wieder auf.«

»Kieck mal, det jehört se. Hätt se sich nie von jetrennt.« Lotte hielt Carl eine Lederkordel mit einem Herzanhänger hin. »Hab ick uff'm Boden jefunden. Hinten im Hof.«

Sie deutete in einen Seitenweg hinein.

»Hast du ihren Schlepper gefragt?«

»Der weeß nich Bescheed. Will se den Hals umdrehen, wenn er se in die Finger kricht.«

Nach ein paar besänftigenden Worten ging Carl weiter. Doch der Anblick des Anhängers hatte ihn in Unruhe versetzt. Nicht, weil er glaubte, dass Vroni ihn nie hergegeben hätte, sondern weil er wusste, dass sie ihn zu Geld gemacht und nicht im Schmutz liegen gelassen hätte. Zudem waren die Enden der Lederschnur abgerissen.

Das Leben der Dirnen war gefährlich, schon allein, weil sie früher oder später der Lustseuche anheimfielen. Der abgerissene Schmuck deutete allerdings auf eine handgreifliche Auseinandersetzung hin. Er beschloss, ein verstärktes Augenmerk auf die Männer zu richten, die sich in der Gegend herumtrieben.

Es dämmerte allmählich. Der Laternenanzünder lief mit seinem langen Stab an ihm vorbei. Carl konnte zum 59. Polizeirevier gehen, um sich vom Dienst abzumelden. Zu Hause würden ihm seine Schwester und die Mutter erst eine warme Suppe und danach eine kühle Weiße vorsetzen und sich mit ihm unterhalten wollen. Doch es reizte ihn nicht sonderlich, den Abend in gleichförmiger Langeweile zu begehen. Lieber drehte er eine weitere Runde.

Der schwarz glänzenden Kutsche, die an ihm vorbeifuhr, sah er mit Wut im Bauch nach. Die feinen Herren kamen in sein Wedding, um dem Laster zu frönen, das dank der Nachfrage prächtig in den dunklen Winkeln und dreckigen Lokalen gedieh. Anschließend kehrten sie zurück in ihre heile, saubere Welt und scherten sich nicht darum, was aus denen wurde, die sich den Verlockungen des Geldes hingaben, das für eine Flucht aus ihrem niederen Leben doch niemals ausreichte. Erst wenn sie starben, würde ihr Elend beendet sein, vorher nicht.

Immer noch empört über das Unrecht der Welt, gab er vor, nicht zu bemerken, dass jemand einen Hund ohne Maulkorb an ihm vorbeiführte. Was brachte es, wenn er darauf achtete, dass die Leute all die kleinen Vorschriften der polizeilichen Verordnung Berlins einhielten, wenn so viel Schlimmeres geduldet wurde. Es waren Tage wie dieser, an denen Carl sich fragte, was im Leben ihn eigentlich ausfüllte. Vielleicht wäre es anders, überlegte er, wenn er zu Frau und Kindern nach Hause käme. Mit der Hand fuhr er über die Knöpfe seiner Uniform. Sein Junggesellendasein hatte er sich nicht ausgesucht.

Da fiel ihm eine große, junge Frau auf, die Richtung Meyers Hof ging. Unter dem Arm trug sie etwas, was in ein Tuch eingeschlagen war. Ihr zu einem Zopf geflochtenes Haar hing den Rücken hinunter. Er sah sie hin und wieder, wenn sie im Tross der Arbeiter morgens in Richtung Fabriken oder abends in Richtung Zuhause mitlief. Anders als die meisten Proletarierinnen, die sich mit Schleifen und Bändern herausputzten, stach die nachlässige Schlichtheit ihrer Kleidung hervor. Aber die Nachlässigkeit war keine Schlampigkeit.

Etwas an ihrer Art gefiel ihm. Carl hätte gerne gewusst, wie sie hieß. In einigem Abstand ging er hinter ihr her. Ihre Schritte waren schnell. Als ein Mann auf sie zutrat und ihr die Arme auf die Schultern legte, blickte Carl auf die Spitzen seiner Stiefel. Wenn es ein solches Ziel doch auch für ihn gäbe. Ihm war, als hätte es die letzten acht Jahre nicht gegeben. Nie würde er Jenny vergessen können.

Die junge Frau lag in den Armen des Mannes. Fast sah es so aus, als wolle er sie mit seinem Griff fesseln. Eng umschlungen führte er sie um die Straßenecke, wo sie sicher Liebkosungen austauschen würden. Carl entschloss sich, endlich nach Hause zu gehen, da bemerkte er ein Bündel, das auf dem Pflaster lag. Das Papier war durch den Sturz gerissen und gab den Blick auf Druckbuchstaben frei. »Proletarier erwach…« entzifferte er und riss das Paket auf. Darin befanden sich sozialistische Flugschriften.

Ihn durchfuhr eine seltsame Angst. Etwas an dem Bild des Liebespaares hatte nicht gestimmt. Außerdem glaubte er nicht, dass die Frau über ein Rendezvous die politischen Schriften vergessen hätte. Seit dem Erlass des Sozialistengesetzes gingen die Roten äußerst vorsichtig und konspirativ vor. Eine solche Dummheit passte nicht zu ihnen. Er hastete um die Straßenecke und hoffte, die Frau und den Mann noch zu erwischen, aber sie waren verschwunden. Er überlegte, den Vorfall auf sich beruhen zu lassen, doch er brachte es nicht über sich. Carl beschloss, den der Revierpolizei nur zu gut bekannten Sozialisten Hermann Späth aufzusuchen.

Dem Vorderhaus der Ackerstraße 132 sah man die Mietskaserne nicht an, die sich dahinter verbarg. Die verputzte Fassade war über und über mit Säulen und Mauervorsprüngen verziert. Zur Straße hinaus wohnten die bessergestellten Leute in den hellen, gut belüfteten Wohnungen. Carl ging zur ausladenden Tafel mit den Namen der Mieter neben dem Eingang. Nur die offiziellen Bewohner waren dort verzeichnet. Dennoch war die Liste lang.

Er hatte Glück. Die Wohnung der Späths ging zum hintersten der sieben Innenhöfe hinaus, die sich im Meyers Hof aneinanderreihten. Durch die runde Toreinfahrt betrat er den ersten, der von Gaslicht erhellt wurde. Sein Schatten huschte über die Backsteinmauern. Eilig lief er durch die Tore. Den Appartements auf den hinteren Höfen entströmte ein gotterbärmlicher Gestank. Von den zweitausend Menschen, die hier dicht aneinandergedrängt lebten, verfügten die wenigsten über einen eigenen Austritt.

Mit viel Geduld fand Carl schließlich das richtige Stockwerk.

Die Wohnungen waren alle gleich aufgeteilt. Rechts des dunklen Flures befanden sich die Stuben und Schlafzimmer, links waren die Küchen. Er klopfte an einer Küchentür und fragte nach den Späths. Misstrauisch beäugte man seine Uniform, dennoch wies man ihn zur richtigen Tür. Es dauerte nicht lang, bis ihm jemand öffnete.

»Wo bleibst du so lange, Pia?«

Vor Carl stand der muskulöse Sozialist, dem man die harte Arbeit ansah, die er verrichtete. Aus der Küche roch es nach Kohl. Mit verschränkten Armen blickte Späth Carl ins Gesicht. Sein rechtes Augenlid zuckte. Er war groß und mager wie die junge Frau. »Können die Gendarmen mich denn nicht in Ruhe lassen?«

Anstelle einer Antwort überreichte Carl ihm den Zettelstapel.

Späth warf einen Blick auf das oberste Flugblatt und gab das Paket sogleich zurück. »Gehört mir nicht.«

»Darum geht es mir gar nicht«, versicherte Carl. »Ich muss was über die Frau wissen, die die Flugblätter abliefern sollte.«

»Kenn ich nicht.« Die auffallend großen Nasenlöcher seines Gegenübers blähten sich.

»Sie ist in Gefahr!«

»Für wie blöd hältst du mich? Ich verpfeif niemanden. Jetzt verzieh dich.«

Der Sozialist wollte die Tür zuknallen. Geistesgegenwärtig stellte Carl seinen Fuß dazwischen.

»Das ist keine Finte. Die Frau hat die Flugblätter fallen …« Weiter kam er nicht. Hermann Späth riss die Tür auf. Mit beiden Händen drückte er auf Carls Brust und schubste ihn in den Flur zurück. Weil der Polizist das Gleichgewicht verlor, klammerte er sich an die Arme des Angreifers, der ihn wiederum am Hals packte und zudrückte. Vergeblich versuchte Carl, die Finger von seiner Kehle zu lösen. Allmählich bekam er keine Luft mehr. Er röchelte. Plötzlich ließ der Sozialist los. Carl sackte zu Boden.

»Lass dich hier nie wieder blicken.« Spucke traf sein Gesicht. Er rappelte sich hoch, wischte sich die Wange mit dem Handrücken ab.

»Hast du noch immer nicht genug?« Späth hämmerte mit der rechten Faust auf die linke Handfläche, dass es klatschte.

»Wenn du keine große, dünne Frau mit dunklem Zopf kennst, dann war es ein Irrtum«, sagte Carl. »Dann muss ich allein herausfinden, mit was für einem Mann sie verschwunden ist.«

Er ging den Flur hinunter. Etliche Türen hatten sich während der Rangelei geöffnet, jetzt wurden sie geschlossen, sobald sich Carl ihnen näherte.

»Warte!« Der Sozialist hielt ihn zurück. »Was für eine Frau?«

Carl erzählte ihm von dem Mann, der die junge Sozialistin umarmt und weggeführt hatte.

»Die Flugblätter blieben auf der Straße zurück«, endete er.

»Das würde Pia nie tun.« Späths Miene drückte Besorgnis aus.

»Wer ist Pia?«

»Meine Schwester.«

»Hat sie vielleicht einen Verehrer?«

»Nein, sie ist ein anständiges Mädchen.«

Carl glaubte ihm. Pia Späth musste etwas Schlimmes zugestoßen sein.

Die schöne Leiche hatte am Brandenburger Tor viel lebendiger auf Cecilie gewirkt, als sie es nun im Licht des Leichenkellers tat, doch bot die auffällige Reinheit der Unterwäsche hier unten einen stärkeren Kontrast als bei Sonnenschein. Der klare Blick der hellblauen Augen irritierte sie.

Auch diesmal fanden sich eine Narbe auf der Bauchdecke sowie eine Einstichstelle an der Arteria Carotis, wie der Gerichtsarzt die Halsschlagader nannte. Zudem bemerkte er mehrere große Narben rings um die Brüste und eine kleinere unterhalb der linken Brustwarze. Cecilie schrieb all seine Beobachtungen mit.

»Die Leiche ist ebenfalls schon geöffnet worden«, stellte Dr. von Thorwald abschließend fest. Weder Kommissar Tiegler noch Richter und Wundarzt, die beide ebenfalls anwesend waren, wirkten sonderlich verblüfft. Der Gerichtsarzt wischte mit einem Tuch über das Gesicht. An dem Stoff blieb Farbe haften. Unter der Schminke war die Tote wächsern bleich.

»Der Hautfarbe nach zu urteilen, ist die Frau verblutet. Allerdings müssten in so einem Fall Leichnam und Kleider besudelt sein.«

Cecilie hatte an der Wäsche nicht den kleinsten Blutfleck entdeckt.

Der Gerichtsarzt maß die Größe der Frau. Mit einem Meter sechsundvierzig war sie winzig.

»Stroh«, sagte Cecilie, als Dr. von Thorwald den Brustkorb der Toten entlang der Narbe aufgeschnitten hatte.

»War diese Frau ebenfalls tot, als der Täter sie derart behandelte?«, fragte Kommissar Tiegler.

Der Gerichtsarzt untersuchte daraufhin die Narbe an der Brust. »Bei der Öffnung des Bauches ja, aber als man ihr diese Wunde zufügte, hat sie gelebt.« Der Wundarzt bestätigte seine Beobachtung.

»Dann ist sie ermordet worden?« Der Kriminalbeamte klang erregt. Auch Cecilie wurde von Unruhe ergriffen. Sogar Max Weimar zeigte überraschendes Interesse, obwohl er sonst allen Toten gegenüber eine gewisse Gleichgültigkeit an den Tag legte.

Mit der Antwort ließ sich Dr. von Thorwald Zeit.

»Wahrscheinlich ist die Frau durch einen Stich ins Herz getötet worden und hernach verblutet«, teilte er mit, nachdem er die

Venenstämme untersucht hatte. Er zeigte auf einen Kratzer an der fünften und sechsten Rippe.

»Von wie großer Wahrscheinlichkeit reden wir hier?«, verlangte der Richter zu wissen.

»Von sehr großer, aber nicht von exakter.«

»Warum nicht?«

»Weil das Herz fehlt.«

»Wann ist die Frau denn ermordet worden?«, fragte Kommissar Tiegler.

»Was die Bestimmung des Todeszeitpunkts angeht, besteht das Problem, dass die Frau grob präpariert wurde. Das Ausbluten hat den Verwesungsprozess verlangsamt. Vermutlich hat man sie mit ausgekochtem Wasser ausgewaschen, denn sie ist innen sehr sauber.« Dr. von Thorwald zeigte auf das Stroh, das kaum blutverschmiert war. »Außerdem wurde sie an einem kalten Ort aufbewahrt. Damit lässt sich die Verwesung ebenfalls verlangsamen, wenn auch nicht ganz aufhalten. Lassen Sie mich kurz den Bulbus untersuchen.«

Mit dem Zeigefinger drückte der Gerichtsarzt auf den Augapfel der Frau. Cecilie schüttelte sich vor Ekel bei dem Gedanken daran, wie er das weiche Körperteil berührte. Er griff nach dem Skalpell und schnitt den Bulbus heraus. Ein klirrendes Geräusch ertönte.

»Glasauge«, sagte er. Das andere Auge war ebenfalls aus Glas. Die Haare an Cecilies Armen richteten sich auf.

»Aber unsere erste Tote hatte keine Glasaugen«, stellte Tiegler fest.

Mit dem Skalpell stocherte der Gerichtsarzt am Haaransatz herum, bis sich die Perücke löste, die der Toten aufgesetzt worden war. Unter dem falschen Haar kamen Stoppeln zum Vorschein. Der Kriminalbeamte stieß ein Schnauben aus.

»Wie eine Puppe«, stellte Cecilie fest.

»Bitte?« Der Gerichtsarzt wandte sich ihr zu.

»Die Leiche hat künstliche Augen und Haare wie eine Puppe.«

»Sie haben recht. Die tote Frau ist nicht nur innerlich, sondern auch äußerlich präpariert worden.«

Seine Bestätigung ihrer Beobachtung gefiel Cecilie ausnehmend gut, auch wenn sie die Tatsache der menschlichen Präparation gruselte.

»Ist die erste schöne Leiche ebenfalls ermordet worden? Handelt es sich um denselben Täter?«, wollte Kommissar Tiegler wissen, um sogleich hinzuzufügen: »Ach, sagen Sie mir bitte, dass dem nicht so ist.«

»Es bleibt der Tatbestand der unterschiedlichen Todesart beider Frauen«, erwiderte Dr. von Thorwald, »die Vorgehensweise mit den Leichen ist jedoch von augenscheinlicher Gleichartigkeit.«

Ergeben nickte der Kriminalbeamte. Er diskutierte mit dem Richter über die Fundorte der Leichen, die in beiden Fällen nicht identisch mit den Tatorten waren. Die Frauen waren jeweils woanders ausgenommen und notdürftig präpariert worden.

Cecilie belauschte die Unterhaltung. Eine Leiche, zumal nur mit Unterwäsche bekleidet, konnte man nicht so ohne Weiteres in einer Mietdroschke oder einer Pferdebahn transportieren, dachte sie. Was bedeutete, dass der Mörder über ein eigenes Fortbewegungsmittel verfügte. Gerade wollte sie ihre Überlegungen dem Kommissar mitteilen, als Max Weimar ihr einen Lappen in die Hand drückte.

»Genug herumgetrödelt. Aufwischen!«

»Ich werde hier gebraucht«, erwiderte sie.

»Das geht so nicht«, schimpfte Weimar an die Adresse des Gerichtsarztes gerichtet. »Sie tut ihre Arbeit nicht.«

»Aber ich …«, begann sie. Mit einer Handbewegung bedeutete Dr. von Thorwald ihr, ihn nicht weiter zu behelligen. Also machte sie sich daran, den Boden unter dem Sektionstisch zu wischen. Dabei war sie darauf bedacht, möglichst viel von dem Gespräch der Herren aufzuschnappen. Max Weimar erschwerte es ihr jedoch, als er sie maßregelte, dass sie den Putzlappen nicht fest genug auswrang. Tatsächlich ekelte sie sich vor dem Schmutzwasser, das ihr durch die Finger rann und die Rillen an den Kuppen aufquellen ließ.

Bald darauf verabschiedeten sich die Recognitionszeugen. Nur der Kommissar blieb mit dem Gerichtsarzt zurück.

»Übrigens«, erzählte Letzterer, »war ich bei der Witwe des Vorbesitzers des Kuriositätenkabinetts, Doktor Sartorius. Ein schwer kranker Mann, der in seiner Not zu einer Art Wunderheiler gegangen ist. Der Schurke hat ihm das Herz offenbar als Medizin verabreicht.«

»Er hat ein menschliches Herz gegessen?« Der Kriminalbeamte klang so angewidert, wie Cecilie es war.

»Scheint so. Ich habe das Organ untersucht. Es ist tatsächlich ein Stück davon abgeschnitten worden.«

Kommissar Tiegler verzog das Gesicht. »Ein Kannibale mitten in Berlin, ich fasse es nicht.«

»Nun, ich habe eine Idee, wie …« In diesem Moment bemerkte Dr. von Thorwald Cecilie, die ihn aufmerksam musterte. Er nahm den Kommissar am Arm und ging mit ihm in einen abgelegenen Winkel des Kellers.

Sie konnte nicht mehr hören, worüber die beiden redeten, daher ließ sie es sein, zum wiederholten Mal über eine Stelle zu wischen, die längst sauber war. Als sie sich mit dem Schrubber näher an die beiden Männer heranschleichen wollte, trat ihr Weimar in den Weg.

»Der Sektionstisch muss hergerichtet werden.«

»Warum erledigen Sie das nicht selbst?«, entgegnete sie. »Ich habe noch zu tun!«

»Wenn du so weitermachst, nicht mehr lange«, fuhr er sie mit einer Vehemenz an, die sie davon überzeugte, dass sie sich besser sofort an die Arbeit machen sollte. Dabei beobachtete sie, wie der Gerichtsarzt der zweiten schönen Leiche Blut entnahm.

»Fräulein Cecilie!« Er winkte sie zu sich. »Bringen Sie das hier bitte zum Apotheker gegenüber. Er soll die Probe untersuchen.«

Sie fragte sich, was Dr. von Thorwald im Blut zu entdecken hoffte, wagte es aber nicht, die Frage laut zu stellen. Gerade als sie den Keller verlassen wollte, trat Max Weimar ihr in den Weg.

»Ich gehe«, sagte er.

»Doktor von Thorwald hat mich damit beauftragt.« Sie ließ ihn stehen, froh darüber, dem Raum für ein paar Minuten entkommen zu können.

Draußen atmete sie die raue Novemberluft ein, bis sie das Gefühl hatte, ihre Lungen seien für weitere Stunden im Leichenkeller gewappnet. Als sie zurückkam, schnitt der Gerichtsarzt in eine neue Leiche. Er arbeitete mit Akkuratesse. Seine Tätigkeit erinnerte sie an die Arbeit in der Fabrik ihres Vaters. Es schien ihn nicht zu bekümmern, dass es Menschen waren, denen er das Herz herausriss und das Hirn zerschnitt.

Mit einem Mal bemerkte Cecilie seinen Blick. Nicht zum ersten Mal an diesem Tag musterte Dr. von Thorwald sie. Seine Augen wanderten über ihr Samtkleid. Rasch drehte sie ihm den Rücken zu. Ihr waren seine Blicke unangenehm, bis sie sich daran erinnerte, wie viele entkleidete Frauen der Gerichtsarzt täglich vor sich liegen hatte. Eine von Stoff verhüllte Brust dürfte ihn nicht mehr sonderlich reizen.

Ein Gähnen riss ihr den Kiefer auseinander. Länger konnte sie die Müdigkeit nicht verdrängen. Sie hatte die Nacht kaum geschlafen. In den Morgenstunden, nachdem sie davongelaufen war, war sie durch die Straßen herumgewandert, bis der Pfandleiher öffnete, bei dem sie ihren Schmuck zu Geld machen konnte. Mit Sehnsucht dachte sie nun an das Kaminfeuer zu Hause und an die heiße Schokolade, die sie davor trinken könnte. Was stimmte nur nicht mit ihr, dass es sie in den Leichenkeller trieb?

»Von mir aus können Sie Feierabend machen«, sagte Dr. von Thorwald.

Er musste ihre Müdigkeit bemerkt haben. Sie wunderte sich über seinen ausgesprochen höflichen Umgang. Auch siezte er sie seit neuestem, was ihr anfangs gar nicht aufgefallen war. Vielleicht wäre es besser gewesen, nicht mit dem Cul de Paris im Leichenschauhaus aufzutauchen. Zu deutlich war ihr darin die Tochter aus gutem Hause anzusehen. Aber das Kleid der Putzfrau hatte sich in ein Häuflein Asche verwandelt.

»Ich bleibe«, versicherte sie in der Überzeugung, sich in Zukunft jeden Morgen an diesem Ort einzufinden und den ganzen Tag über so viel an Wissen aufzusaugen, bis sie eine Lösung gefunden hatte, wie sie doch noch Medizin studieren konnte.

Dr. von Thorwald klappte seine Taschenuhr auf. »Es ist gleich sechs. Ich höre für heute auf.« Er wusch sich die Hände mit Karbol.

Cecilie legte Papier und Stift zur Seite und stellte sich hinter ihn. Sie musste ihn unbedingt auf ihren Lohn ansprechen, traute sich aber nicht, das Thema anzuschneiden. Schließlich räusperte sie sich.

Er sah auf. »Ist was?«

»Wenn ich hier arbeite«, begann sie, »dann könnte ich doch …«

Es war ihr schrecklich unangenehm, über Geld zu reden. Das hatte sie in ihrem Leben bisher nicht einmal tun müssen. Geldangelegenheiten waren Männersache. Sie knetete die Hände.

»Sie arbeiten hier und könnten was?«, hakte der Gerichtsarzt nach.

»Geld«, presste sie hervor. »Ich brauche Geld.«

»Selbstverständlich.« Angesichts seiner Reaktion atmete sie erleichtert auf. »An was hatten Sie denn gedacht?«

Die Frage überforderte Cecilie. Sie wusste nicht, was sie verlangen konnte.

»Keine Ahnung«, gab sie zu.

Dr. von Thorwald schien zu überlegen. »Dann zahle ich Ihnen fünfundzwanzig Mark die Woche.«

Es erschien ihr gleichzeitig wenig und viel zu sein. Wenig, wenn sie daran dachte, was allein einer ihrer Hüte kostete, und viel, da sie eine solche Summe nie zuvor in der Hand gehalten hatte.

»So viel verdiene ja ich«, mischte sich plötzlich Max Weimar ein. »Sie ist nur eine Leichenwäscherin.«

»Stimmt«, stellte der Gerichtsarzt fest. »Sie bekommt zehn Mark weniger.«

Damit war das Thema für ihn erledigt. Weimar sah Cecilie an. Sie ignorierte ihn und machte sich daran, die Instrumente zu säubern. Sie glaubte, Dr. von Thorwald sei längst gegangen, als er zu ihr trat.

»Eins noch …«, sagte er.

»Es tut mir wirklich leid, dass ich einfach weggeblieben bin und nichts von mir habe hören lassen, aber ich hatte gesellschaftliche Verpflichtungen …« Sie brach ab und wartete auf seine Standpauke.

»Sie können es wiedergutmachen«, erklärte der Gerichtsarzt. »Begleiten Sie mich heute Abend zu einer Séance.«

»Zu einer was?«

»Eine Geisterbeschwörung. Ein harmloser Spaß. Sie brauchen sich keine Sorgen zu machen.«

»Ich? Aber wieso?«

»Mir fehlt eine weibliche Begleitung.« Er nannte Ort und Uhrzeit. Damit ging er.

Zwar war sie verwirrt, aber seine Wertschätzung erfreute sie.

Obwohl es das erste Mal sein würde, dass sie ohne ihre Mutter eine Verabredung mit einem Mann wahrnahm. Eigentlich schickte es sich nicht, doch es lockte sie ungemein. Ihr Herz schlug schnell, bis sie den Blick Weimars einfing. Sie glaubte, Eifersucht darin zu lesen. Wahrscheinlich missfiel es ihm, dass Dr. von Thorwald sie und nicht ihn zu der Einladung gebeten hatte. Sie musste lächeln. Ein pathologischer Assistent auf einem Empfang würde gewiss für Aufregung sorgen. Sie konnte sich nichts Unpassenderes vorstellen. Dann wurde ihr bewusst, dass sich ihr Tun nicht so sehr von dem seinen abhob.

Cecilie arbeitete in ihrem Bereich des Leichenkellers weiter, Weimar im anderen. Sie war froh darüber, denn er gängelte sie, wo es nur ging. Ein äußerst unangenehmer Mensch, der sich nicht die geringste Mühe gab, ihr mit Höflichkeit zu begegnen. Endlich war die Zeit gekommen, sich umzukleiden, wenn sie nicht zu spät zu ihrer Verabredung kommen wollte. Sie säuberte eine Bahre mit Karbol und wusch diese anschließend mit Seifenlauge ab.

»Die hab ich schon geputzt«, motzte Max Weimar.

Sie beachtete ihn nicht, legte ihren Koffer darauf ab und klappte ihn auf. Die abendtauglichen Kleider hatte sie zu Hause im Schrank hängen lassen, aber das bordeauxfarbene ginge. Es war schlicht und elegant. Sie nahm es heraus. Dabei begegnete ihr Weimars Blick. Seine Augen klebten förmlich auf ihrer Wäsche, auf den Strümpfen und Handschuhen im Koffer, wie das Blut auf dem Boden. Kurzerhand zog sie den Vorhang zu, der dafür gedacht war, den Angehörigen der Toten so etwas wie Privatsphäre zu verschaffen, wenn sie eine Leiche identifizierten. Zwar war sie so vor seinen Blicken sicher, dennoch ließ sie das Gefühl nicht los, beobachtet zu werden. Sie lugte hinter dem Vorhang hervor. Max hantierte mit den Sektionswerkzeugen am Ende des Kellers. Sie musste sich geirrt haben. Rasch schlüpfte sie aus dem vorne zu knöpfenden Samtkleid. In Unterwäsche und Turnüre stand sie da. Noch immer glaubte sie, jemand lauere hinter ihr. Blitzschnell drehte sie sich um. Niemand war da. Ihr Blick fiel auf den Rollwagen mit den Sektionsinstrumenten. In einer Metallschale lagen die Glasaugen der schönen Toten. Von dem matten Silberglanz hoben sich die weißen Kugeln mit den hellblauen Pupillen deutlich ab.

Cecilie stieg in das bordeauxfarbene Kleid, wobei sie darauf achtete, es nicht mit dem Boden in Berührung kommen zu lassen. Erst jetzt fiel ihr ein, dass es am Rücken zu knöpfen war. Allein konnte sie dies nicht bewerkstelligen. Zu Hause rief sie nach Elsa, wenn sie sich aus- oder ankleidete. Von nun an musste sie ohne Dienstboten zurechtkommen. Sie bog ihren Arm so weit nach hinten, wie es nur ging, umfasste einen der zahlreichen Knöpfe und versuchte, ihn durch ein Loch zu drücken. Es gelang. Auf diese Art und Weise schloss sie immerhin fünf Knöpfe, bis sie merkte, dass sie das Kleid schief geknöpft hatte. Ihr blieb nichts anderes übrig, als es wieder zu öffnen. Cecilie überlegte, ob sie vielleicht einen Schal umlegen könnte, doch selbst dann würde es auffallen, dass ihr Kleid nicht geschlossen war. Sie konnte unmöglich derart unschicklich auf die Straße treten. So viel sie auch nachdachte, fiel ihr nur eine Lösung des Problemes ein.

»Wären Sie so freundlich, mir zu helfen, Herr Weimar?«, bat sie den Assistenten. Selbst im düsteren Keller glaubte sie sehen zu können, wie er rot anlief. Ungeduldig wartete sie auf eine Antwort, wagte es aber nicht, ihn zu drängen, um ihn nicht zu verschrecken.

Endlich nickte er. Ihm schien ihr Anliegen ebenso unangenehm zu sein wie ihr. Sie drehte ihm den Rücken zu.

»Haben Sie sich auch die Hände gesäubert?«, fragte sie mit Schaudern, als sie sich vor Augen rief, dass er soeben an einer Leiche herumgefuhrwerkt hatte.

Er streckte seine schrundigen Hände nach vorn. Von den Fingern ging der Geruch nach Karbol aus.

»Gut!«

Sie ließ ihn die Knöpfe schließen, trotz der großen Überwindung, die es sie kostete, ihn so nah an ihrem Körper zu wissen. Er schnaufte laut beim Ausatmen. Sie hielt die Luft an, derart zuwider war ihr der Kontakt seiner Haut mit ihrem Kleid. Sobald er fertig war, machte sie einen Schritt nach vorn, so weit weg von ihm wie nur möglich, ohne dass es einem Affront gleichkam.

»Danke schön!« Sie schüttelte das grüne Kleid aus, an dem nach dem langen Tag im Leichenkeller der Tod haftete, und hängte es auf die Leine. Es mutete ihr komisch an, wie es neben dem Korsett, der Unterhose und dem Leibchen der schönen Leiche baumelte. Sie besah sich die Wäschestücke, die allesamt von exquisiter Verarbeitung waren. Auf den Etiketten prangte der Name eines Geschäftes, das sie nur allzu gut kannte.

8

Kutschen rollten vor die Villa in Schöneberg. Wagenschläge klapperten. Hektor zählte zwei Phaetons, vier Landauer und zwei Coupés. Alles gepflegte Modelle, keines älter als drei Jahre. Die Wagen verrieten den gesellschaftlichen Status ihrer Besitzer. Kaum vorstellbar, dass ausgerechnet im erlesenen Kreis der Berliner Gesellschaft die Teufelsanbeter zu finden sein sollten. Allein die Pelzstolen der Damen kosteten ein Vermögen. Der Schmuck, der sich darunter verbarg, mochte nicht billiger gewesen sein. Die Männer, die sie in die Villa begleiteten, trugen ausnahmslos Frack und Zylinder, alles in Schwarz gehalten, bis auf die weißen Handschuhe und Schals.

Hektor selbst hatte sich für einen zweiteiligen unformellen Dinneranzug aus englischem Tuch mit Aufschlägen entschieden. Die dazugehörige schmale Hose war mit Ripsstreifen verziert. Er hatte sich die modische Torheit erlaubt und passend zu seiner gestreiften Seidenweste schwarz-cremefarbene Halbschuhe angezogen.

Als eine weitere Equipage in die Straße hinter dem Botanischen Garten einfuhr, hoffte er, es sei endlich Fräulein Cecilie, und das nicht nur, weil er bereits seit einer halben Stunde in der Mietdroschke auf sie wartete. Er fragte sich immer wieder, was das Geheimnis dieser Frau war, die bei ihrer ersten Begegnung in Lumpen gekleidet aufgetaucht war, seinen Leichenkeller und die Toten reinigte, lateinische Fachbegriffe kannte und des Schreibens mächtig war. Wo hatte sie die letzten Tage gesteckt?

Was hatte sie ferngehalten? Warum war sie zurückgekehrt an einen Ort, den die meisten Menschen zu Lebzeiten nicht betraten? Seine Neugier hatte ihn dazu bewogen, sie zu der Séance zu bitten. Außerdem hoffte er, mit weiblicher Begleitung unauffälliger zu sein. Dass ihnen irgendeine Art von Gefahr drohte, glaubte Hektor nicht. Von Geisterbeschwörungen hatte er bereits einiges gehört. Es war ein Spaß der Wohlsituierten, denn ihnen fehlte im Leben jeder Kitzel, den sie sich von Toten versprachen. Stattdessen fielen sie auf einen Hokuspokus herein. Sollten sie mit wirklichen Toten in Kontakt kommen wollen, wären sie bei ihm im Leichenkeller besser aufgehoben. Aber Geistern entströmte nun mal nicht der widerwärtige Geruch der Fäulnis.

Er warf einen Blick auf seine Taschenuhr. Mittlerweile hatte sich Fräulein Cecilie eine Dreiviertelstunde verspätet. Zuletzt hatten keine weiteren Gäste die Villa betreten. Hektor bat den Kutscher im blauen Rock, auf ihn zu warten, und stellte ihm ein ordentliches Trinkgeld in Aussicht. Als er vor dem erleuchteten Eingang stand, entschied er sich, erst einmal einen Blick durch die Fenster zu werfen, bevor er die Villa betrat. Er setzte einen Fuß auf den Rasen. Die Erde unter den Grashalmen gab nach. Bereits nach wenigen Schritten war das cremefarbene Leder seiner Schuhe verdreckt. Er musste unbedingt daran denken, sie zu säubern, bevor er der Séance beiwohnte.

Der weitläufige Garten grenzte an den Botanischen Garten. Von Nachbarhäusern war nichts zu sehen. Ein Käuzchen rief. Zu ebener Erde waren die Fenster erleuchtet, die im ersten Stock lagen im Dunkeln. Durch die Scheiben konnte Hektor die Silhouetten der Besucher erkennen. Er schlich sich näher heran und spähte in den Raum. In der Mitte stand ein runder Tisch mit mehreren Stühlen. An den Wänden gruppierten sich die Besucher. Die Frauen fächerten sich Luft zu und tuschelten miteinander. Die Männer reichten sich die Hände, wechselten das ein oder andere Wort und gaben sich gelassen. Doch Hektor sah, wie die Faust des einen sich um seinen Stock krampfte; ein anderer setzte zum wiederholten Male sein Monokel auf und ab.

Von den gesellschaftlichen Empfängen, die er oft mied, denen er seines Titels wegen jedoch nicht immer entgehen konnte, kannte Hektor die meisten der Besucher. Einer von ihnen, den er bei den Zusammentreffen im Herrenclub als selbstgefälligen Gockel kennengelernt hatte, sprach gerade mit einem plumpen Mann in Uniform, von dem ihm einfiel, dass er der Familie der von Weidburgs entstammte. Ein weiterer adeliger Bekannter verließ just in diesem Augenblick den Raum.

Hektor lief geduckt zu den angrenzenden erleuchteten Fenstern. Außer einem Schreibtisch und zwei Sesseln befand sich nichts in dem Raum. Die Wände waren nackt. Eine in einen dunklen Kaftan gehüllte Gestalt wandte Hektor den Rücken zu. Die unnatürlich tiefschwarzen Haare reichten bis auf die Schultern, so dass er auf eine Frau schloss. Der Adelige betrat das Zimmer. Er wechselte ein paar Worte mit der schwarz gekleideten Frau und zückte seine Brieftasche. Als die Frau das Geld in Empfang nahm, drehte sie Hektor ihr Profil zu. Bevor er sich duckte, erkannte er, dass er einem Irrtum aufgesessen war. Bei der Frau handelte es sich in Wirklichkeit um einen Vertreter des männlichen Geschlechts. Das Gesicht war glatt rasiert, wies aber markante Züge auf.

Hektor zählte bis zehn. Vorsichtig hob er den Kopf. Der Schwarzgekleidete öffnete eine Tür des Schreibtisches. Seine Finger waren mit Silberringen besetzt. Um besser sehen zu können, richtete sich Hektor auf und stellte sich auf die Fußspitzen. Mit einem Mal legte sich eine Hand schwer auf seine Schulter.

Als die Pferdebahn hielt, war Cecilie der letzte Passagier.

»Endstation!«, rief der Kutscher.

»Sind wir denn schon in Schöneberg?«, fragte sie.

»Die Straße runter, immer den Beinen nach«, war die Antwort.

Sie stieg aus und blickte in die ihr gewiesene Richtung. Dort gab es keine Straßenbeleuchtung mehr. »Könnten Sie mich nicht noch ein Stück weiter bringen?«, bat sie den Kutscher.

Der rotzte wenige Zentimeter an ihr vorbei auf das Pflaster, schnalzte und ließ das Pferd lostraben. Das Klappern der Hufe auf den Steinen hallte lange nach. Cecilie war unschlüssig, was sie tun sollte. Es behagte ihr ganz und gar nicht, allein durch die Dunkelheit zu laufen. Sie sah sich bereits ausgeraubt und ermordet von zerlumpten Gestalten, die aus den dunkelsten Winkeln hervorsprangen. Doch wenn sie jetzt kniff, würde sie die Achtung, die ihr der Gerichtsarzt offenbar entgegenbrachte, gleich wieder verlieren. Womöglich ließ er sie dann nicht mehr in seinem Leichenkeller lernen und sie würde sich niemals medizinisches Wissen aneignen können.

Der Gedanke streifte sie, wie ungerecht es war, dass die Macht des Wissens allein in den Händen der Männer lag. Warum durften Frauen nicht studieren? Warum waren sie dem Gutdünken eines Dienstherren ausgeliefert? Noch während sie sich ärgerte, lief sie in die Richtung, die ihr der Kutscher gezeigt hatte. Sie war zu spät dran, weil sie noch nie öffentliche Verkehrsmittel benutzt und sich verfahren hatte.

Gänzlich dunkel war der Weg nicht. Von der Stadt schimmerten Lichter herüber. Über ihr war der Mond aufgegangen. Eigentlich war es gar nicht so schlimm, fand Cecilie, sobald sie sich daran gewöhnt hatte. Sie glaubte nicht, dass ausgerechnet hier jemand darauf lauerte, ob nicht ein Frauenzimmer allein entlangspazierte. Zwar musste sie darauf achtgeben, dass sie nicht mit ihren Absätzen über die Pflastersteine stolperte, aber bald fanden ihre Füße einen geeigneten Rhythmus.

Sie vernahm Hufgeklapper. Von hinten erfasste sie ein Lichtkegel. Cecilie drehte sich um und bekam gerade noch mit, wie eine Kutsche von edler Bauart an ihr vorbeifuhr. Allmählich drückten ihre Stiefel. Eine derart weite Strecke war sie noch nie gelaufen. Wenigstens tauchte der Botanische Garten vor ihr auf, in dessen unmittelbarer Nähe sich der Ort ihrer Verabredung befand.

Da niemand vor dem hell erleuchteten Eingang der Villa auf sie wartete, vergewisserte sich Cecilie mit einem Blick auf die Hausnummer, dass sie am richtigen Treffpunkt angelangt war. Wahrscheinlich war der Gerichtsarzt bereits hineingegangen. Sie griff nach dem Türklopfer, einem Löwenkopf aus Messing mit einem Ring im gefletschten Maul. Bevor sie ihn jedoch betätigen konnte, tat sich die Holztür auf. Sie musste angelehnt gewesen sein.

Der Flur dahinter war von Kerzen in Wandhaltern beleuchtet und menschenleer. Kein Dienstmädchen nahm sie in Empfang. Cecilie zögerte. Es mutete ihr seltsam an, das Haus uneingeladen zu betreten, aber sie wollte sich nicht noch mehr verspäten. Da Geräusche aus einem Raum am Ende des Flures zu ihr drangen, steuerte sie darauf zu.

Auf halbem Weg stutzte sie. Sie hatte eine ihr vertraute Stimme deutlich hinter der Tür zu ihrer Linken vernommen. Soweit es ihre Turnüre erlaubte, ging Cecilie in die Knie und linste durch das Schlüsselloch. Ihr Gesichtsfeld war eingeschränkt, so dass sie niemanden erkannte. Sie konnte nur beobachten, wie eine mit Silberringen reich bestückte Hand in einem schwarzen Ärmel sich um ein Bündel Geldscheine schloss. Dann hörte Cecilie etwas anderes. Gedämpfte Schritte, die immer lauter wurden. Sie fuhr hoch. Just in diesem Moment ging eine Tür weiter hinten im Flur auf. Ein Kerl mit kahlrasiertem Schädel trat heraus. Als er auf Cecilie zukam, baumelten seine Arme herunter wie bei einem Affen. Seine massige Gestalt verdeckte den Ausgang. Sie lächelte ihn an, seine Mimik dagegen veränderte sich nicht. Quer über seine Wange verlief eine wulstige Narbe.

»Ich suche einen Bekannten«, stammelte sie. Der Riese stieß ein Grunzen aus. Mit einer Pranke wies er auf die Tür, an der sie soeben gelauscht hatte.

»Danke.« Ihr blieb keine andere Wahl, als an die Tür zu klopfen.

»Herein!«

Cecilie öffnete die Tür. Vor ihr stand eine Gestalt mit langen Haaren in einem schwarzen Kleid. Ein paar Sekunden lang glaubte sie, es wäre eine Frau, dann sah sie, dass es sich um einen Mann handelte. Er blickte an ihr vorbei zu dem Riesen.

»Was ist, Adam?« Der bullige Mann deutete nach unten.

»Ist was im Keller?«, fragte der Schwarzgekleidete mit näselnder Stimme.

Adams breites Kinn nickte.

»Ich komme gleich.« Doch zunächst wandte er sich Cecilie zu. Sie wich seinem Blick aus. »Sie sind neu.«

Die junge Frau überlegte, wie sie ihre Anwesenheit erklären sollte, doch als sie ihm von Dr. von Thorwald erzählen wollte, schnitt er ihr das Wort ab.

»Sie sehen, ich muss mich um dringende Angelegenheiten kümmern. Warten Sie bitte im Salon.«

Er trat aus dem Zimmer. Nun kam eine weitere Person zum Vorschein, die bislang hinter seinem Rücken verborgen gewesen war. Es handelte sich um Baron zu Staufenfels, der rasch etwas in einer Ledertasche verschwinden ließ, bevor Cecilie sehen konnte, worum es sich dabei handelte.

Aus seinem Blick sprach Entsetzen. »Was machen Sie denn hier?«, fragte er.

»Dasselbe wie Sie«, gab sie zurück, dabei war sie ahnungslos. Seltsam mysteriös erschien ihr das Treiben in diesem Haus.

»Sind Sie in Begleitung Ihrer Eltern?«, erkundigte sich der Baron.

»Eines Bekannten«, erwiderte sie.

Daraufhin fasste er sie am Arm. »Sie müssen jetzt gehen!«

Als ihr Verlobter war es wohl sein Recht, seine zukünftige Gemahlin vor Unschicklichkeiten zu bewahren, doch Cecilie beschlich das Gefühl, es ginge ihm weniger um ihren Ruf als um etwas, was er vor ihr verheimlichen wollte.

»Wieso? Was passiert denn hier?« Sie war fest entschlossen, die Villa nicht zu verlassen, bevor sie auf Dr. von Thorwald stieß und herausfand, weshalb er sie hierher beordert hatte.

Der Baron schien aufgrund ihrer Fragerei unschlüssig zu sein und lockerte seinen Griff. Cecilie nutzte die Gelegenheit, um zu dem Raum zu eilen, aus dem sie Stimmen hörte. Es war ihr gleich, ob der Baron ihr folgte, auch wenn sie sehr interessiert daran war, zu erfahren, was genau er hier trieb und weshalb er sie loswerden wollte.

Mit einem Ratschen entzündete er das Streichholz. Die Flamme spendete spärliches Licht. Ringsum befanden sich Mauern. Es gab nur ein Fenster, eher ein Lichtschacht, viel zu klein, um hindurchzukriechen, und zudem vergittert. Hektor machte sich daran, die Tür zu untersuchen, durch die der Kerl ihn in den Raum gestoßen hatte. Massives Holz mit Eisenbeschlägen. Der Versuch, sie einzutreten, wäre vergeblich.

Er war in dem Kellerverlies gefangen. Ein Koloss hatte ihn gepackt, ihm am Fenster die Arme auf den Rücken gedreht und ihn hierher verschleppt. Hektors Bemühungen, sich zu wehren, waren erfolglos gewesen. Er hätte um Hilfe rufen können, weil er aber zur Spionage hierhergekommen war, hatte er es unterlassen. Jetzt bedauerte er es. Die Lage sah ungünstig für ihn aus.

Als das Streichholz ihm die Finger verbrannte, ließ er es fallen. Die Flamme erlosch sofort. Im Dunkeln tastete Hektor nach seinem persönlichen Sektionsbesteck, das er in der Brusttasche seines Fracks trug. Sollte er spontan zu einer Leichenschau gerufen werden, war er immer gerüstet. Er zündete ein weiteres Streichholz an und holte das Besteck hervor. Dem Lederetui entnahm er ein Skalpellmesser, dessen Spitze er ins Türschloss einführte. Er drehte es hin und her. Vergeblich. Auch das zweite Streichholz ging aus. Da er die wenigen Zündhölzer, die sich noch in der Schachtel befanden, nicht allesamt aufbrauchen wollte, tastete Hektor den lehmigen Boden ab, ob er nicht etwas fand, womit er die Tür aufstemmen konnte. Seine Finger fühlten Dreck und endlich einen Backstein, der sich aus der Wand gelöst hatte. Er wog den Stein in der Hand, holte aus und warf ihn kraftvoll gegen die Tür. Es donnerte. Im schwachen Schein eines Streichholzes sah er, dass der Aufprall nichts ausgerichtet hatte.

Dann hörte er Schritte. Hektor griff nach dem Messer, das er neben sich auf dem Boden abgelegt hatte, stand auf und spannte die Muskeln an. Er war bereit, sich auf den Mann zu stürzen und zu kämpfen. Die Tür ging auf. In dem Licht der Petroleumlampe, die der Riese trug, erkannte er in ihm den Dieb wieder, der ihn in seinem Haus niedergestreckt hatte. Hektor überlegte noch, den Arm mit der Lampe wegzuschlagen, um die Konfusion für seine Flucht zu nutzen, da betrat der Mann im schwarzen Kaftan den Keller.

»Was machst du hier?«, fuhr der Schwarzgekleidete ihn mit Berliner Einschlag in der Stimme an.

»Ich habe erfahren, dass Sie Séancen veranstalten«, erwiderte Hektor. »Ich konnte nicht ahnen, dass Sie meiner Teilnahme so feindlich gegenüberstehen würden.«

»Weshalb schleichst du ums Haus?«

»Ich bin ein bisschen schreckhaft, wissen Sie. Ich wollte sehen, was mich drinnen erwartet. Geisterbeschwörung und so, das flößt mir Angst ein.«

»Ein Gendarm bist du.«

»Nein, ich bin Arzt.« Hektor versuchte sich so harmlos wie

nur möglich zu geben. Er konnte dem abweisenden Gesicht des Kaftanträgers nicht entnehmen, ob er ihm Glauben schenkte. »Doktor Sartorius ist, ich meine, war ein alter Freund von mir. Ich bin Doktor Hektor von Thorwald.«

Kaum hatte er seinen Namen ausgesprochen, zogen sich die Augenbrauen des Schwarzgekleideten zusammen. Er nahm dem Riesen die Lampe ab.

»Leg ihn um«, kommandierte er.

Hektor wechselte das Messer von einer Hand in die andere und hielt es so in der Faust umklammert, dass die Spitze nach unten zeigte. Er machte mit dem linken Fuß einen Schritt nach vorn und verlagerte sein Gewicht darauf. Dann hob er die Arme hoch. Die klassische Ausgangsstellung beim Boxen, die er seit seiner Internatszeit als Heranwachsender in England nicht verlernt hatte. Kaum stellte er sich in Position, griff der Riese auch schon nach ihm. Bevor sich seine Pranke um Hektors Handgelenk schließen konnte, stach dieser ihm mit dem Messer in die Hand.

»Aua«, beschwerte sich der Hüne und zog den Arm zurück.

»Wie lange dauert das denn noch?«, schimpfte der Kaftanträger. »Mach ihn später fertig. Wir müssen mit der Séance beginnen.«

Er wandte sich zum Ausgang um und stieß dabei mit dem Fuß gegen die zwei Brocken, in die der Stein geborsten war, nachdem Hektor ihn gegen die Tür geworfen hatte. Eine der Hälften kullerte über den Boden. Die beiden Männer verließen den Keller. Als die Tür hinter ihnen zufiel, wurde es dunkel. Der Schlüssel drehte sich im Schloss. Dann war Hektor wieder allein. Allein mit dem Wissen, dass es sein Todesurteil sein würde, wenn sich das nächste Mal die Tür öffnete.

Seine Schreie verhallten ungehört. Erschöpft ließ er sich auf den Boden sinken. Vielleicht war der Kutscher längst abgefahren. Vielleicht war Fräulein Cecilie gar nicht erst gekommen und konnte deswegen nicht feststellen, dass er verschwunden war.

Spätestens morgen würde sie sicher Alarm schlagen, wenn er nicht im Leichenkeller auftauchte, aber dann war es zu spät.

Er wusste nicht, wie lange es noch dauerte, bis der Hüne zurückkam, um ihn zu töten. Mit dem Messer hatte er keine Chance gegen den Mann gehabt. Mit den Fäusten würde er erst recht nichts ausrichten können. Sein Leben war in einer Sackgasse angelangt. Das Ende war in Sicht. In hilfloser Verzweiflung schlug Hektor den Kopf gegen die Wand. Er fühlte sich wie mit acht Jahren, als er den Tod zum ersten Mal erwartet hatte. Nichts, aber auch gar nichts konnte er tun. Heute nicht. Damals nicht. Er hatte einfach ausgeharrt, gefangen von seiner Angst. Ein Feigling.

Wenn er gehandelt, wenn er sich nicht verkrochen hätte, wäre dann das Schlimmste zu verhindern gewesen? Die Frage stellte er sich seitdem wieder und wieder. Dass er überlebte, hing mit seinem Hadern, seinem Zaudern zusammen. Erst als alle Schreie und das Wimmern verklungen waren, hatte er sich aus dem Schrank gewagt. Ohne seine Angst wäre er mit höchster Wahrscheinlichkeit tot wie die anderen. Das hatte auch der Polizist zu ihm gesagt, nachdem man ihn fand. Hektor war überzeugt davon, dass es das gnädigere Schicksal gewesen wäre. Seitdem war er dazu verdammt, mit seiner Schuld zu leben. Eine Schuld, die schwer auf der Seele des achtjährigen Jungen lastete. Zu schwer.

Erst mit seinem Tod würde er Erlösung finden. Des Öfteren hatte er mit dem Gedanken gespielt, seine Schuld durch den Freitod zu tilgen. Beim ersten Mal war er keine zehn gewesen. Er hatte sich vom Dach der Schule gestürzt. Und mit Knochenbrüchen überlebt. Danach schluckte er Gift, aber die Dosis war zu gering. Auch wenn er geglaubt hatte, die letzte Lebenskraft aus seinem Körper zu würgen, war er doch wieder genesen. Ein weiteres Mal hatte er es mit einem Revolver versucht. Der Abzug ließ sich nicht drücken. Erst danach hatte er begriffen, dass mit seinem Tod niemandem geholfen war. Niemals würde es Gerechtigkeit geben, wenn er nicht selbst dafür sorgte.

Hektor stemmte sich vom Boden hoch. Er musste sich etwas einfallen lassen. Schließlich entzündete er sein letztes Streichholz und leuchtete im Keller herum. Bevor er irgendetwas sah, erlosch die Flamme. Dunkelheit umschloss ihn. Er bewegte sich von der Tür weg zur hinteren Wand. Dabei stieß sein Fuß gegen etwas Hartes. Es musste eine Steinhälfte sein. Der Hauch einer Idee streifte ihn. Fieberhaft suchte Hektor in seinem Gedächtnis nach einer rettenden Lösung. Das Buch, das er zuletzt gelesen hatte!

Er tastete nach den beiden Steinbrocken. Als er sie fand, löste er seinen Gürtel, anschließend zog er die Schnürsenkel aus den Schuhen. Jeden der Steine band er mit den Senkeln an ein Ende des Gürtels. So schuf er eine improvisierte Bola, wie südamerikanische Hirten sie verwendeten, um ihre Tiere einzufangen. Eine primitive Waffe gegen einen primitiven Menschen.

Kerzen in Kandelabern erhellten den Raum, der bis auf einen runden Tisch mit zahlreichen Stühlen unmöbliert war. Nicht einmal Bilder hingen an den tapezierten Wänden. Ohne eine Aufforderung erhalten zu haben, ließen sich die Gäste nieder. Cecilie zählte zwölf, Männer und Frauen. Der Gerichtsarzt war nicht darunter.

Ihr gegenüber setzte sich der Baron, der seine Tasche zu seinen Füßen abstellte. Neugierig beobachtete sie, wie eine ausnehmend schöne Frau neben dem Baron Platz nahm und seine Hand ergriff, die er ihr jedoch sogleich entzog.

»Was haben Sie denn?«, wisperte die Frau.

Sein Blick wanderte zu Cecilie. Als er bemerkte, dass ihre Augen auf ihm ruhten, hüstelte er.

Die Frau hatte ebenmäßige Gesichtszüge. Ihr goldbraun schimmerndes Haar trug sie hochgesteckt. An ihren Ohren hingen

Perlohrringe, die perfekt mit dem perlenbestickten Kragen ihres Kleides harmonierten. Der Fächer, den sie unablässig schwenkte, war mit Straußenfedern und Spitze aus Brügge bestückt. Ihre Garderobe zeugte von Geschmack und Geld.

Nun beugte sie sich zu dem Herren, der links von ihr saß, und sagte etwas zu ihm. Seine Antwort, die Cecilie nur bruchstückhaft mitbekam, ließ die schöne Frau auflachen. Dabei bog sie den Hals in den Nacken. Der Angesprochene, den sie als Grafen von Weidburg titulierte, wirkte unbeholfen. Ab und an hörte Cecilie ihn eine Antwort stammeln, meistens jedoch schwieg er. Seine Handflächen waren auf die Tischplatte gepresst. Sie bemerkte seine behaarten, dicken Finger. Obwohl sie sich kaum vorstellen konnte, dass er besonders amüsant parlierte, löste ein dann und wann gemurmeltes Wort aus seinem Munde dennoch wahre Heiterkeitsstürme bei der schönen Frau aus. Mehrmals versuchte diese, Baron zu Staufenfels in die Unterhaltung einzubeziehen, doch er sah sie nicht einmal an. Trotz oder gerade wegen seines steifen Gebarens spürte Cecilie, dass zwischen den beiden eine Vertrautheit bestand, die über das normale Maß an gesellschaftlichem Verkehr weit hinausging.

Der Riese kam herein und zog Vorhänge vor die Fenster. Kurz darauf trat auch der Mann im Kaftan ein. Ein Raunen ging durch den Raum.

»Der Meister!«, flüsterte eine Frau Cecilie zu.

Seine langsamen Bewegungen wirkten einstudiert. Da man seine Füße unter dem Gewand nicht sehen konnte, schien es, als schwebe er. Er stellte sich vor den Tisch, schloss die Augen, breitete die Arme aus und drehte die Handflächen nach oben. Eine Art Summen ertönte. Erst dachte Cecilie, eine Fliege sei im Zimmer gefangen, dann ging ihr auf, dass der Meister selbst brummte. Sie besaß keine Uhr, hatte nie eine benötigt, deshalb wusste sie nicht, wie lange er schon so dastand, aber es kam ihr wie eine

Ewigkeit vor. Sie begriff nicht, weshalb Dr. von Thorwald sie zu dem seltsamen Schauspiel bestellt hatte, bei dem er sich selbst nicht blicken ließ. Ob es eine Prüfung war?

»Willkommen, Jünger des Lichts und des Schattens.« Der Meister schlug die Augen auf. Durchdringend musterte er jeden Einzelnen der Versammelten. Als er bei Cecilie anlangte, spürte sie, wie unangenehm sein Blick ihr war. »Eure Reise wird von einzigartiger Wahrnehmung begleitet werden.«

Während er derart salbungsvoll sprach, betrachtete Cecilie seine verfärbten Zähne, von deren Wurzeln das Zahnfleisch zurückgewichen war. Das, was er von sich gab, glich einer Predigt, nur dass der Inhalt keinen Sinn ergab. Die anderen Gäste waren da offenbar anderer Ansicht. Wie gebannt hingen die Frauen an seinen Lippen und die Männer lauschten mit ernsten Mienen. Das flackernde Kerzenlicht warf Schatten auf die Gesichter, tauchte die Augenhöhlen gleich Totenschädeln ins Dunkel. Die Hände des Grafen zitterten, die schöne Frau fuhr sich mit der Zunge über die Lippen.

»Lasst mich, den ergebensten Diener des Totenreichs, euch zu Erkenntnis und Wahrheit führen.« Der Meister legte seine Hände vor der Brust aneinander. Mit seiner nach unten gebogenen Nase wirkte er wie ein fremdländischer Herrscher.

»Wir hoffen, dass uns die Geister am heutigen Abend gewogen sind.« Seine Stimme wurde lauter. »Kommt zu mir, Geister. Sprecht!«

Cecilie war geneigt, die Vorgänge in dem Raum für einen schlechten Scherz zu halten. Jeden Moment erwartete sie, dass der Gerichtsarzt hinter einem der Vorhänge hervorsprang und sie zu erschrecken versuchte. Es gab allerdings keinen Grund, warum er dies tun sollte. Weder waren sie derart vertraut, noch passte ein solches Verhalten zu dem ernsten Mann.

Ein anhaltendes Stöhnen ertönte. Aufmerksam beobachtete

Cecilie den Meister. Das Geräusch schien nicht von ihm zu kommen. Ihre Tischnachbarn hatten die Augen weit aufgerissen. Eine Frau bekreuzigte sich. Der Mann, den die Schöne als Grafen tituliert hatte, öffnete vor Staunen den Mund. Selbst der Baron starrte gebannt auf den Meister.

»Wer will mit seinen Ahnen in Kontakt treten?« Kaum hatte der Meister die Frage formuliert, fuhren zahlreiche Hände in die Höhe.

»Ich, ich, ich«, rief der Graf.

»Alexius von Weidburg. Ich spüre, dass die Energien der Geisterwelt heute zu Ihnen strömen. Schließen Sie die Augen. Atmen Sie tief ein. Lassen Sie die Luft Ihren Bauch füllen. Atmen Sie aus und wieder ein. Fühlen Sie, wie ein Geist mit Ihnen in Kontakt zu treten versucht?« Das Stöhnen wurde stärker. »Hören Sie nicht auf zu atmen. Atmen Sie, atmen! Die Energien der Geisterwelt strömen in Sie ein, nehmen Sie voll und ganz in Besitz.«

Die Hände des Meisters, die er nun herunterhängen ließ, waren in den Ärmeln seines Kaftans verschwunden. »Wer ist es, der Euch ruft, Graf Alexius?«

»Mumumuu… Mutter.«

»Gräfin, seid Ihr's?« Der Meister richtete den Blick nach oben. Es stöhnte wieder, dann ertönte eine Art Brabbeln wie von einem Säugling. Die Unterlippe des Grafen zitterte. Im Kerzenschein funkelten die Knöpfe seiner Uniform.

»Mein Sohn«, sprach der Meister mit verstellter Stimme. »Meine Gedanken sind bei dir. Auch wenn ich nur noch ein Geisterwesen bin, so lebe ich in dir fort. Ewig werde ich bei dir sein.«

»Veveve… verzeih mimimir, Mumu… Mutter.«

Der Baron hüstelte in seine Handschuhe, die er ausgezogen hatte und nun in der Faust hielt.

»Iiiich wiwiwi…«, setzte der Graf wieder an.

Cecilie versetzte das Gestotter in Ungeduld.

»Ich verzeihe dir. Du bist ein guter Sohn.« Der Meister bewegte die Lippen und eine hohe Stimme ertönte. »Ich wache im Geisterreich über dich.«

»Dadada… dann mamamache ich aaaalleleles rich…?«

»Was immer du tust, ich bin deine Mutter. Dir gehört meine Liebe. Für immer. Nichts kann uns trennen.«

Allmählich empfand Cecilie die Atmosphäre im Raum als unheimlich. Auch wenn sie nicht glaubte, dass da gerade tatsächlich die Mutter des Grafen sprach, jagten das Stöhnen und das von weiter her kommende Rufen und Schreien ihr Angst ein.

Endlich verstummten die Geräusche. Der Meister öffnete die Augen und erklärte die Séance für beendet. Die Gäste rückten ihre Stühle. Cecilie stand erleichtert auf. Als der Baron ihr seinen Arm anbot, kam sie nicht umhin, ihn zu akzeptieren. Während er sie nach draußen führte, folgte ihnen die schöne Frau. Cecilie fragte sich, wer sie war und was für ein Anrecht sie auf den Baron haben mochte.

»Wollen Sie uns nicht vorstellen?«, fragte die Frau den Baron, während sie auf die Kutsche warteten. Auch Cecilie hätte gerne gewusst, um wen es sich bei der Dame handelte.

Baron zu Staufenfels zögerte. »Fräulein Cecilie Blum«, sagte er schließlich. »Meine Verlobte.«

Den Namen der schönen Frau nannte er nicht. Stattdessen eilte er zu einer Mietdroschke, die am Straßenrand wartete, und sprach mit dem Kutscher.

»Bring die Frau heim. Ich zahle im Voraus«, sagte der Baron.

»Ick bin resaweert.«

»Wie wär's mit dem doppelten, nein, warte, ich zahle dir viermal so viel.«

Der Kutscher überlegte. Er nahm den verbeulten Zylinder vom Kopf und kratzte sich.

»Besser wie nüscht. De feene Herr toocht einfach nich oof.

Immer hereen mit de jnädische Frau.« Er sprang vom Kutschbock ab und öffnete den Verschlag. Cecilie wollte gerade in die Kutsche steigen, da hielt der Baron sie zurück.

»Nicht doch. Ich werde meine Verlobte höchstselbst nach Hause geleiten.«

»Aber …« Cecilie verstummte. Sie konnte ihm schlecht erklären, dass sie unter keinen Umständen nach Hause wollte, weil sie davongelaufen war. An ihrer Stelle nahm die schöne Frau in der Mietdroschke Platz, nicht ohne den Baron mit einem vernichtenden Blick zu bedenken.

»Ist Ihnen kalt? Soll ich Ihnen meinen Mantel umlegen?«, wandte er sich an Cecilie.

»Danke, Herr zu Staufenfels. Ich fühle mich gut.«

Der Baron schien äußerst besorgt um ihr Wohlergehen, doch sie spürte, dass er mit seinem geschäftigen Treiben nur Fragen vermeiden wollte. Als die schwarz glänzende Kutsche vorfuhr, blieb ihr nichts anderes übrig als einzusteigen. Sie setzte sich auf die mit Leder gepolsterte Bank und der Baron nahm neben ihr Platz. Schon trabten die Pferde los. Von Schöneberg zum Tiergarten dauerte es nicht lang. Diese Zeitspanne würde sie durchaus in der Nähe des Barons ertragen. Doch sie musste sich etwas einfallen lassen. Um nichts in der Welt durften ihre Eltern sie sehen.

Das Licht der Kutschenlampen erleuchtete das Pflaster. Von den Häusern, an denen sie vorbeifuhren, erkannte Cecilie bloß Schemen. Die Gaslaternen standen in so großem Abstand zueinander, dass nur hier und da ein Lichtpunkt die Dunkelheit durchbrach.

»Was treiben Sie sich eigentlich mitten in der Nacht herum? Und dann auch noch auf einer Séance.« Ihr gefiel der Tonfall nicht, in dem der Baron mit ihr redete.

»Dasselbe könnte ich Sie fragen«, gab sie zurück.

»Als meine Frau können Sie diese Kapriolen vergessen.«

»Und Sie die Ihren?«

Mit einem Ruck drehte der Baron den Kopf, so dass sie ihm direkt ins Gesicht blickte. Der Schnurrbart wirkte schlohweiß. Seine Augen verengten sich.

»Weder jetzt noch später werde ich Ihnen Rechenschaft über mein Tun ablegen.« Er klang mühsam beherrscht. »Ich erwarte von meiner zukünftigen Frau Gehorsam.«

»Ich liebe Sie nicht«, entfuhr es ihr.

Er lachte auf. Es war kein freundliches Lachen. »Das ist mir gleich.«

»Lieben Sie die Dame von vorhin?«

Der Blick, mit dem er sie bedachte, war misstrauisch. »Nein.«

»Warum heiraten Sie sie nicht?«

»Was soll diese Inquisition? Sie beabsichtigen doch etwas.« Der Baron sah sie an. »Hegen Sie etwa eine heimliche Liebe?«

Cecilie verneinte.

»Sie verheimlichen mir etwas, da bin ich sicher«, beharrte der Baron. »Keine Frau taucht ohne Begleitung bei einer Séance auf.«

Sein Geheimnis war die Geliebte, die er sich wie ihr Vater hielt. Wobei es Cecilie schwerfiel, Elsa und die schöne Frau miteinander zu vergleichen. Ein Treuebruch war es jedoch in beiden Fällen.

Als die Kutsche vor ihrem Elternhaus hielt, sprang sie rasch ab, noch bevor der Baron irgendetwas sagen konnte. Zögerlich schritt sie auf das erleuchtete Haus zu. Hoffentlich hatten ihre Eltern nichts mitbekommen. An der Tür tat sie, als ziehe sie am Klingelstrang. Sie wusste nicht, wie sie sich verhalten sollte, falls der Baron wartete, bis sie eingelassen wurde. Glücklicherweise fuhr die Kutsche just in diesem Moment wieder an. Cecilie harrte aus, bis sie verschwunden war, dann machte sie sich zu Fuß auf den Weg in die Stadt. Durch den Rauch, der aus den Schornsteinen quoll, konnte sie die Sterne am Himmel nicht sehen.

In der erstbesten Pension, an der sie vorbeikam, verlangte Cecilie nach einem Zimmer. Den Blick, mit dem der Portier sie abschätzte, fand sie entwürdigend, trotzdem wies sie ihn nicht zurecht.

»Die Papiere«, sagte er.

Cecilie geriet in Bedrängnis. Die Namen der Gäste mussten die Hoteliers der Polizei melden. In diesem Fall würden ihre Eltern herausfinden, wo sie steckte. Sie hatte zu viel Angst davor, eingesperrt zu werden.

»Die habe ich mit meinem Gepäck im Bahnhof gelassen«, behauptete sie. »Ich reiche sie morgen nach.«

Zu ihrem Entsetzen wies der Portier sie ab. Als sie wieder auf der Straße stand, fühlte sie sich verloren. Die Lichter in den Geschäften waren gelöscht. Eisenläden verbarrikadierten die Schaufenster. Ziellos ging sie weiter, wich Betrunkenen aus, stieg über Unrat und entriss ihren Arm einem Bettler. Vor ihr äpfelte ein Kaltblüter und beinahe wäre sie in den dampfenden Haufen Pferdemist getreten.

»Wie viel nimmst du?«, sprach ein Mann sie an.

In Cecilie wuchs die Verzweiflung. Immer müder wurde sie, ihre Beine waren schwer. Nirgends wollte eine Pension sie ohne Papiere aufnehmen. Was sollte sie nur tun? Sie konnte sich doch nicht wie der übel riechende Kerl, an dem sie gerade vorbeikam, in einen Hauseingang legen. Als ein herausgeputztes Frauenzimmer sie überholte, hielt Cecilie sie zurück.

»Können Sie mir helfen? Ich brauche ein günstiges Quartier, aber ich habe keine Papiere«, sagte sie in ihrer Not.

Die Frau starrte sie an.

»Ich bin nicht so eine«, versicherte Cecilie.

»Ich schon«, erwiderte die Frau lachend. »Hast du einen Massel, dass ich Feierabend mache. Komm mit.«

Beschämt und erleichtert zugleich lief Cecilie neben ihr her.

»Es ist zwar nicht das Hotel Royal, aber die Penne ist halbwegs sauber und warm«, erklärte die Frau. »Das Stroh wird alle vier Wochen erneuert. Und niemand fragt nach, wer du bist.«

Als sie den Massenschlafsaal betraten, begriff Cecilie, dass es neben ihrer Definition von Hygiene durchaus noch weitere gab. Auf zahlreichen aneinandergereihten Holzbetten, die mit Strohsäcken gepolstert waren, schliefen dicht gedrängt Frauen. Nur mit einer Decke hatten sie sich gegen die Winterkälte geschützt. Der Geruch im Raum lag zwischen Kölnischwasser und menschlichen Winden. Eine Frau kratzte sich unablässig.

»Die hat die Krätze«, sagte Cecilies Begleiterin.

Angewidert wählte sie ein weit entferntes Lager. Die Wirtin hielt ihr ein Formular hin.

»Kannst du schreiben?«

Sie nickte.

»Dann füll die polizeiliche Meldung aus.«

Mit dem Gefühl, etwas Unrechtes zu tun, gab Cecilie einen falschen Namen auf dem Anmeldeblatt an und reichte es der Wirtin zurück, dann setzte sie sich auf ein Bettgestell. Mühsam beugte sie sich nach vorn, um die Stiefel von ihren Füßen zu lösen. Das Kleid konnte sie nicht ausziehen, da es am Rücken geknöpft war, und die Turnüre ließ sich nur ablegen, wenn sie sich vorher entkleidete. Zudem vermochte sie ihr Korsett nicht aufzuschnüren. Weil sie keine der Frauen um Hilfe bitten wollte, blieb ihr nichts anderes übrig, als sich derart unbequem schlafen zu legen. Durchnässt, wie sie war, fror sie. Cecilie wickelte sich in die Decke, die roch, als hätte sie bereits etlichen vor ihr als Schlafzeug gedient. Durch den Stoff ihres Kleides stach das Stroh der Matratze.

Es wurde dunkel, als die Wirtin, die sie und die aufgeputzte Frau mit einer Petroleumlampe in der Hand in den Saal begleitet hatte, wieder verschwand. Cecilie starrte in die Schwärze um sie herum. Jemand schnarchte. Jeder dieser Frauen würde ihr Leben als Bürgerstochter wie das Paradies erscheinen. Sie schloss die Augen und stellte sich die Tapete mit den Blüten, Blättern und Ranken vor, die an den Wänden ihres Schlafzimmers klebte.

9

Die Straßen, durch die Berta lief, waren breit und dicht an dicht mit Palästen bebaut. Ihre Holzpantinen klapperten ungewohnt laut, da auf dem Boden Steine anstelle von Erde und Dung lagen. Alles sah so fremd und gleichzeitig wunderschön aus.

Weil sie die Älteste war, noch dazu unverheiratet, war die Wahl der Eltern auf sie gefallen, als eines der zehn Kinder in die Stadt geschickt werden musste. Der Hof warf zu wenig Nahrung für zwölf Mäuler ab. Es war Berta nicht weiter schlimm erschienen. Sie hoffte, irgendwann mal den Kaiser zu sehen, aber jetzt war es dunkel. Weil eine Kuh auf den Gleisen gestanden hatte, war die Eisenbahn mit etlichen Stunden Verspätung in den Anhaltischen Bahnhof eingefahren.

Den Zettel mit Namen und Anschrift der Tante, bei der sie die ersten Nächte unterkommen sollte, hielt sie fest umschlossen in der Hand. Sie konnte nicht lesen, deshalb hatte sie mehrmals Leute auf der Straße nach dem Weg gefragt. Ihre Tante arbeitete als Waschfrau und konnte ihr vielleicht eine Stellung verschaffen. Harte Arbeit machte Berta nichts aus. Sie war es gewöhnt, in aller Herrgottsfrühe aufzustehen, die Kühe zu melken, Wasser zu holen, auf dem Feld zu arbeiten und die Wäsche zu machen. Ihre Dienstherren würden sicher zufrieden mit ihr sein. Und sie würde Geld verdienen. Sie hatte noch nie eigenes Geld besessen. Berta hatte vor, sich ein Kleid aus geblümtem Stoff zu kaufen. Das wäre was anderes als der Baumwollkattun ihres Rocks, der überall geflickt war. Ein Faden hing herunter. Sie zupfte daran, bis sich einer der Flicken beinahe löste. Wie schäbig ihr Aufputz war und wie fein die Kleider der Frauen, die ihr entgegenkamen. Überhaupt waren noch viele Menschen auf den Straßen unterwegs. Daheim trieb sich um diese Zeit niemand mehr draußen herum. Berta starrte alles an, was sie im Licht der Laternen ausmachen konnte.

»Halt keine Maulaffen feil!«, brüllte eine Frau, die sich die Lippen mit Farbe bemalt hatte.

Berta ging weiter. Allmählich bekam sie Hunger. Sie setzte sich auf eine Treppenstufe, die zu einem dieser unvorstellbar großen Häuser führte. Einen Moment lang wollte sie sich ausruhen. Von unten war es kalt, aber das machte ihr nichts aus. Aus ihrer Tasche holte sie einen Kanten Brot und eine Flasche aus Ton. Mit den Zähnen riss sie ein Stück von dem Kanten ab. Manches Mal vergaß sie zu kauen und zu schlucken, weil sie einen Herrn mit einem hohen Hut gesehen hatte oder weil ein Pferdefuhrwerk vorbeidonnerte. Ein Betrunkener pinkelte gegen eine Wand. Aus einer Wirtschaft schallte Gegröle.

Alles war lauter und roch ganz anders als zu Hause. Die Stadt sei ein Sündenpfuhl, hatte der Pfarrer gesagt. Er hatte von gefallenen Mädchen geredet, die ihr höchstes Gut für Geld verkauften. Berta konnte sich einfach nicht vorstellen, dass jemand für das bezahlte, was daheim alle Menschen und Tiere umsonst trieben. Der Pfarrer hatte sie noch ermahnt, in der Stadt nicht dem Laster anheimzufallen. Bei Gott hatte sie es ihm geschworen.

Sie stand auf und wischte die Krümel von der Schürze. Eine Kutsche fuhr an ihr vorbei. Das Fuhrwerk sah so glänzend aus, dass Berta sich fragte, ob darin wohl der Kaiser saß. Der Wagen hielt im Schatten zwischen zwei weit auseinanderstehenden Gaslaternen. Ein Mann stieg aus. Der Kaiser war es nicht, das sah Berta genau, denn dafür war er viel zu jung. Er trug auch keinen solchen Schnurrbart wie auf dem Bild in der Dorfschule. Der Mann blieb stehen und musterte sie. Offenbar gefiel sie ihm. Sie lachte. Er war was anderes als die Bauernburschen, die ihr nachliefen, um ihr unter den Rock zu fassen.

»Guten Abend, mein Herr.« Sie war bemüht um gute Manieren. Er sollte nicht merken, dass er es mit einem Landmädchen zu tun hatte.

»Willst du mitfahren?«, fragte er. »Ich zahl dich für die ganze Nacht.«

»So eine bin ich nicht.« Berta lachte wieder. »Aber ich würde gern mitfahren. Wenn Sie mich zu meiner Tante bringen täten?«

»Wo wohnt deine Tante denn?«

Sie reichte ihm den Zettel.

»Was draufsteht, weiß ich nicht. Heut ist mein erster Tag in der Stadt«, antwortete sie nicht ohne Stolz.

»Steig ein.« Er hielt ihr die Tür auf.

Berta bedauerte, dass sie nicht schreiben konnte. Sonst hätte sie gleich morgen einen Brief aufgesetzt. Sie stellte sich die neidischen Gesichter ihrer Geschwister vor, wenn sie ihnen von der Kaiserkutsche erzählte. Dass der Herr nicht wirklich der Kaiser war, musste sie ja nicht verraten. Sie stieg ein und ließ sich auf die gepolsterte Bank fallen. Der Fremde setzte sich neben sie.

»Oje, ist das schön«, sagte sie, als die Kutsche losfuhr.

Sie sah aus dem Fenster, als der Herr ihr ein Tuch vor die Nase hielt. Weil der Geruch ihr unangenehm war, musste sie niesen. Berta wagte es nicht, das Tuch wegzudrücken, sonst hielt sie der Herr noch für undankbar. Ihr wurde schwindelig. Das Herz schlug plötzlich ganz laut. Im Kopf rauschte es wie der Bach hinter der Bauernkate. Es zuckte heftig in ihr, bis alles um sie herum wie tot war.

Hinter dem Sozialisten trat Carl in die Küche. Es war eng wie bei ihm zu Hause und beinahe ebenso sauber. Er suchte nach einem Läufer, um den Dreck von den Schuhsohlen abzustreifen. Als er keinen fand, wollte er die Stiefel ausziehen.

»Lassen Sie! Das kehrt Pia schon weg«, sagte Hermann Späth und ließ sich auf einen Stuhl sinken.

Im nächsten Augenblick fiel ihm wohl ein, dass sie nicht wussten, ob seine Schwester so bald zurückkehren würde. Er presste die Hände auf die Augen. Carl nahm die Emaillekanne vom Herd, füllte zwei Becher mit der dampfenden Flüssigkeit und stellte einen davon vor Späth auf den Tisch. Die Hände des Arbeiters schlossen sich fest darum. Auch Carl setzte sich und wärmte auf diese Weise seine Finger. Dabei starrte er auf die gescheuerte Tischplatte, die mit Astlöchern und Messerkratzern überzogen war.

Sie waren durch ganz Wedding gelaufen, bis beinahe schon der Morgen anbrach. Sämtliche Wirtschaften hatten sie abgeklappert, bei etlichen Sozialisten nachgefragt. Wegen seiner Uniform hatte er sich mehr als einen feindseligen Blick eingefangen. In seiner Verzweiflung schien es Späth egal zu sein, was die Genossen denken mochten, wenn er in Begleitung des Gegners an ihre Türen klopfte. Die Suche war ohne Erfolg geblieben. Niemand hatte Pia Späth gesehen, nachdem sie mit dem Mann verschwunden war. Niemand wusste, um wen es sich dabei handelte.

»Was ist mit einer Freundin, die wir ausgelassen haben? Steckt sie vielleicht dort?« Carl glaubte selbst nicht daran, als er Späth die Frage stellte.

Der schüttelte nur den Kopf. Von seiner kraftvollen Haltung war nichts mehr zu spüren. Er klammerte sich an den Küchentisch wie ein Schiffbrüchiger an ein Stück Treibholz. An der Wand über der Bank hing ein gestickter Sinnspruch. »Wenn du denkst, es geht nicht mehr, kommt von irgendwo ein Lichtlein her.« Carl strengte sein Gehirn an, aber es wollte ihm einfach kein Licht erscheinen, das sie zu der jungen Frau führen würde. Außer dem Leichenschauhaus.

»Wir finden sie«, behauptete er.

»Was, wenn sie tot ist?« Späths Stimme traf ihn wie eine Anklage.

Zu gerne hätte Carl ihm versichert, dass seine Schwester lebe, aber die Lüge brachte er nicht über die Lippen. Der Entführer hatte Pia Späth sicher nicht entführt, weil er Lösegeld von den Arbeitern fordern wollte. Die Trauer, die er empfand, überraschte Carl, schließlich kannte er das Mädchen nicht einmal. Wieder und wieder sah er sie mit ihrem forschen Gang über das Pflaster gehen und in die Arme ihres mutmaßlichen Mörders laufen. Wenn er sie angehalten hätte, vielleicht wäre das Schlimmste dann zu verhindern gewesen. Das Wort »hätte« wog schwer auf seinen Schultern. Als Nächstes fiel ihm Vroni ein, die verschwundene Prostituierte. Er fragte sich, ob die Schicksale beider Frauen, so unterschiedlich sie waren, irgendwie zusammenhingen und welches Ungeheuer den Kiez noch unsicherer machte, als er für die Proletarier und Dirnen ohnehin schon war.

Seine Augen tränten vor Müdigkeit. Er konnte es nicht verhindern, ausgiebig zu gähnen, auch wenn es ihm vor Hermann Späth peinlich war. Die Sorge um seine Schwester hatte sich dem Roten ins Gesicht gegraben.

»Ich muss jetzt gehen.« Carl erhob sich und setzte seine Pickelhaube auf. Er wollte sich ein, zwei Stunden hinlegen, bevor er seinen Dienst antrat.

Späth reagierte nicht. Er hatte den Kopf in den Händen vergraben. Es tat Carl leid, ihn so zurückzulassen. Gerade als er seine Hand auf die Türklinke legte, wurde diese aufgerissen. Ein Mann stürmte herein.

»Pia ist da«, keuchte er atemlos. Hinter ihm tauchte die junge

Frau auf. Sie war lehmverschmiert, völlig durchnässt und blutete. Als ihr Blick auf Carl fiel, fing sie an zu zittern. Kurzerhand nahm er eine Decke von der Küchenbank, um sie ihr umzulegen, doch sie wehrte ihn ab.

»Was ist mit Ihnen geschehen, Fräulein Späth?«, verlangte er zu wissen. »Sind Sie entführt worden?«

Die junge Frau sah ihn nur an. Mit Angst und Verachtung in den Augen.

»Wer hat dir das angetan?«, erkundigte sich Hermann Späth.

»Wer wohl«, sagte sie. »Die Politischen waren's!«

Carl fragte sich, ob sie durch einen Schlag auf den Kopf verwirrt war. Sie setzte sich auf die Küchenbank, deckte sich zu und schilderte ihre stellenweise unglaubwürdige Geschichte. Die Abteilung für das Nachrichtenwesen der Polizei habe ihr aufgelauert, als sie Flugschriften transportierte. Sie hätten sie mit einer Droge betäubt, die ihr die Sinne und den Willen nahm, bis sie schließlich in einer Kutsche zu sich gekommen sei, aus der ihr die Flucht gelang.

»Das war nie und nimmer die Politische Polizei«, schaltete sich Carl ein.

»Ach ja, und wieso nicht?« Hermann Späth klang angriffslustig.

»Weil die Politischen die Flugblätter als Beweismittel mitgenommen hätten«, entgegnete er. »Außerdem ist vor kurzem eine weitere Frau von hier unter seltsamen Umständen verschwunden.« Er dachte an Vroni und an das aufgefundene Medaillon.

»Hier verschwindet alle naselang jemand«, tat Späth den Einwand ab. »Das muss nichts miteinander zu tun haben.«

Pia Späth aber sah ihn aufmerksam an. »Was war das für eine Frau?«

»Vroni heißt sie. Eine von den …« Carl unterbrach sich, weil er auf einmal Hemmungen verspürte, vor Fräulein Späth von Prostituierten zu reden. Sie schien ihn jedoch verstanden zu haben.

»Wieso glauben Sie, dass eine Dirne etwas mit mir zu tun hat?« Sie wirkte bewundernswert gefasst. Pia Späth schien die hysterische Art vieler ihrer Geschlechtsgenossinnen abzugehen.

Er beschloss, ihr die Wahrheit zu erzählen. »Das ist nur so ein Gefühl«, gab er zu. »Ich habe keine Beweise.«

»Aber?« Er hatte den Eindruck, dass sie ihre feindselige Haltung ihm gegenüber aufgab.

»Aber ich denke, dass sich jemand Frauen schnappt, um wer weiß was für schlimme Sachen mit ihnen anzustellen. Und dass Sie nicht die letzte gewesen sind.«

»Sie sind der Meinung, meine Entführung hat sich nicht gegen mich als Sozialdemokratin gerichtet?«

»Kannten Sie den Mann, der Sie betäubt hat?«, fragte er.

»Ich habe ihn nie zuvor gesehen.«

»Ist die Politische Polizei Ihnen gegenüber jemals drohend aufgetreten?«

Sie schüttelte den Kopf.

»Das Sozialistengesetz ist eine einzige Bedrohung«, mischte sich Hermann Späth ein. »Die Polizei setzt uns unter Druck, wo sie nur kann.«

Carl überging seinen Einwand. »Wenn ich Ihnen garantiere«, wandte er sich an die junge Frau, »dass Ihnen nichts geschieht, würden Sie dann mit mir ins Polizeipräsidium kommen, um die Entführung zu Protokoll zu geben?«

»Pia soll zu denen gehen, die ihr das angetan haben?«, pöbelte der Sozialist. »Was für eine schwachsinnige Idee.«

»Gut«, lenkte Carl ein. »Gehen wir mal davon aus, es waren tatsächlich die Politischen. Dann ist das sicher keine Methode, die die Öffentlichkeit gutheißen würde. Und es wäre umso wichtiger, das ganze Geschehen aufzudecken, oder?«

Sein Argument drang offensichtlich zu Pia Späth vor, denn sie willigte ein, ihn zu begleiten. Er bewunderte ihre Tapferkeit.

Gemeinsam gingen sie wenig später auf das Polizeipräsidium am Molkenmarkt zu. Es lag direkt an dem ältesten Marktplatz der Stadt, gleich neben dem Krögel, einer Ausbuchtung der Spree, wo Schiffe entladen wurden, und einer der dreckigsten Straßen Berlins, dem Mühlendamm. Hier platzte der Putz von den Häusermauern, und das Pflaster war mit Löchern wie ein Muster überzogen. Vor dem Präsidium parkten die grünen Minnas mit ihren vergitterten Fenstern.

Sie stiegen in den zweiten Stock des baufälligen Gebäudes, in dem die Kriminalen saßen. Die Kollegen, die Carl auf den Vorfall ansprach, interessierten sich jedoch nur mäßig dafür. Da hatte jemand ein Proletariermädchen entführt und eine Prostituierte war verschwunden. So etwas kam vor. Ganz sicher war es nicht im Sinne von Recht und Ordnung, aber bei einem entsprechenden Lebenswandel musste man derlei in Kauf nehmen. Genau wie die Kopfläuse, die die Kinder unweigerlich bekamen, und die Säuglinge, die der Geschlechtsverkehr mit sich brachte.

Es dauerte, bis Carl sich zu dem diensthabendenden Kriminalbeamten durchgefragt hatte, der die beiden mysteriösen Frauenmorde bearbeitete. Etwas sagte ihm, dass Pia Späths Entführung damit zusammenhängen konnte. Die junge Frau murmelte immer wieder, dass sie lieber gehen wolle. Zuletzt ergriff er ihre Hand. Sie entzog sie ihm nicht.

Als sie die Amtsstube Kommissar Tieglers betraten, deren Decke vom Rauch des Ofens schwarz gefärbt war und von deren Wänden die Tapeten hingen, hatte Carl das Gefühl, einen Fehler zu begehen. Der behäbige Polizist saß am Fenster, Wurstbrote auf den Oberschenkeln. Sein Mund glänzte von Fett. Seine Hüften schienen mit der Sitzfläche und den Lehnen, unter denen sie hervorquollen, verwachsen zu sein. Er machte nicht den Eindruck, als wuchte er seine Körpermasse jemals aus dem Stuhl heraus.

»Eine Entführung?«, fragte er, nachdem Carl den Fall geschildert hatte. »Ist denn Lösegeld gefordert worden?« Der Kriminalbeamte sprach mit vollem Mund.

»Nein, vielleicht hatte der Mann etwas ganz anderes mit Fräulein Späth im Sinne. Schlimme Sachen«, erwiderte Carl.

Daraufhin musterte der Kommissar die dürre Proletarierin. Carl sah sie mit Tieglers Augen. Ein leidlich hübsches Ding, dessen Attraktivität vor allem aus dem jungen Alter erwuchs. Viel zu dünn für den männlichen Geschmack und ein zu strenger Gesichtsausdruck, um lieblich zu sein. Kurzum nicht gerade erste Wahl für einen Lüstling. Aber Vroni war sogar richtiggehend hässlich gewesen und selbst sie hatte ihre Freier gefunden. Außerdem betrachtete Carl Pia Späth auch mit seinen Augen. Er sah braune Pupillen, aus denen das Leben mit all seinen Facetten strahlte. Ihr Blick war intelligent und wachsam. Die schmalen Lippen hielt sie fest aufeinandergepresst, aber wenn sie sie zu einem seltenen Lächeln verzog, entstanden zwei Grübchen an den Mundwinkeln. Zudem hatte er noch kein dummes Wort von ihr gehört. Eine Seltenheit für eine Frau, wie er fand. Sonst waren Frauenzimmer schrecklich schwatzhaft. Fräulein Pia hingegen war ernst. Gerade das gefiel ihm so an ihr.

»In der direkten Nachbarschaft ist eine weitere Frau verschwunden. Sie war eine Prostituierte«, erklärte Carl.

Tiegler winkte ab, als er das hörte. »Was glauben Sie eigentlich, wie viele Frauen diese Stadt verlassen?«, fragte der Kommissar. »Die gehen irgendwo anders hin, wo sie mehr Männer schröpfen können.«

Carl erzählte ihm von der abgerissenen Kette. Doch erst als er eine Beschreibung Vronis lieferte und sie als kleinwüchsig beschrieb, wurde der Kommissar hellhörig.

»Sie war winzig mit einem riesigen Kopf, sagen Sie?«

Carl nickte.

»Ich hab da eine Leiche, die sollten Sie sich mal ansehen.«

»Selbstverständlich, Herr Kommissar. Würden Sie denn jetzt ein Protokoll der gestrigen Entführung aufnehmen?«

»Als ob ich sonst nichts zu tun hätte.«

Dennoch legte Tiegler das angebissene Brot zurück auf das Wachspapier, wischte sich die Hände an den Oberschenkeln ab, rückte seinen Stuhl im Sitzen zum Schreibtisch und griff nach Papier und Bleistift.

Mit stockender Stimme erzählte Fräulein Pia, wie ihr der Mann entgegengekommen war und sie nach dem Weg gefragt hatte. Als sie ihm erklärte, wie er zum Pappelplatz kam, presste er ihr einen widerlich stinkenden Lappen auf den Mund, bis ihr die Sinne schwanden.

»Wie sah er aus?«

»Ich weiß nicht, gewöhnlich halt. Es war nichts Besonderes an ihm.«

Daraufhin stöhnte der Kommissar. Carl sah deutlich, wie er auf sein Wurstbrot schielte.

»Als Fräulein Späth wieder zu sich kam, befand sie sich in einer Kutsche«, ergänzte er rasch.

»Was für eine Kutsche war das?«, fragte Tiegler.

»Eine geschlossene. Leider habe ich nicht so viel gesehen, weil ich den Polizisten«, Fräulein Pia korrigierte sich, »den Mann nicht merken lassen wollte, dass ich wach bin. Ich bin einfach aus der Tür gestürzt und weggelaufen. Der Fremde ist hinter mir her. Als der Mond von Wolken verdeckt wurde, habe ich mich in einen Graben geworfen. Der Mann hat noch eine Weile nach mir gesucht.«

Carl beobachtete Tiegler genau, während die junge Frau ihre Geschichte erzählte. Aus irgendeinem Grund schien der Kommissar plötzlich interessiert zu sein. Seine Gestalt wirkte auf einmal nicht mehr so behäbig, sondern hatte viel von der Zähigkeit einer Bulldogge an sich.

Cecilie hängte ihre völlig verdreckten und zerrissenen Strümpfe auf die Leine, an der bereits ihr grünes Kleid und die Sachen der Toten baumelten. Ihre Füße schmerzten. Sie setzte sich auf eine leere Bahre und rieb sich die Zehen, damit sie warm wurden. Als sie im Schlafsaal wach geworden war, hatte sie ihre Stiefel nicht mehr gefunden, weshalb sie in Strümpfen zum Leichenkeller laufen musste. Nun bereute sie doch, dass sie keine Ersatzschuhe eingepackt hatte. Cecilie fühlte sich erbärmlich. Ihre Kleider stanken und ihre Frisur war auch ruiniert. Das Schlimmste aber war das fehlende Schuhwerk. Bei diesen Temperaturen konnte sie unmöglich barfuß laufen, abgesehen von der Unschicklichkeit, ihre Füße zu zeigen, und für neue Schuhe fehlte ihr das Geld. Sie dachte an die Reihe von Schnür- und Knopfstiefeln in ihrem Zimmer, als ihr Blick auf die Schuhe fiel, die unter der Leine mit den Kleidern der Toten standen. Stiefel aus weißem Leder. Gleich zwei Paar.

Die junge Frau sah sich um. Max Weimar holte gerade eine Leiche aus dem Vorraum und Dr. von Thorwald war noch nicht da. Sie nahm die Stiefel in die Hand. Beide Paare waren von gleicher Größe, stellte sie fest. Ein Paar zog sie an. Zwar drückten die Stiefel an der Ferse, doch das konnte sie ignorieren. Bevor Weimar eine Bahre hereinschob, hatte sie sich hingestellt, so dass ihr Rocksaum die Schuhe verbarg. Sie redete sich ein, nichts Schlimmes getan zu haben. Diebstahl konnte man das nicht nennen, schließlich brauchten die Frauen die Schuhe nicht länger. Sie hingegen hatte die Stiefel wirklich nötig. Ihr schlechtes Gewissen und das Gefühl, Leichenschändung begangen zu haben, blieben jedoch.

Als der Gerichtsarzt den Keller betrat, versuchte sie gerade das verfilzte Haar eines Toten mit einem Kamm zu bändigen. Dr. von Thorwald sah übernächtigt aus. Wahrscheinlich hatte er dem Vergnügen und Laster gefrönt, während sie bei der Séance weilte.

Wütend riss sie an dem Haarbüschel. Der Gerichtsarzt begrüßte sie und den Assistenten, ließ sich von Max Weimar eine Schürze umbinden und machte sich unversehens an die Obduktion.

Sie ging zu ihm. »Was sollte das gestern Abend?«, fuhr sie ihn an.

»Wie bitte?« Er sah von seiner Arbeit auf.

»Diese seltsame Geisterbeschwörung, zu der Sie mich bestellt haben und bei der Sie nicht aufgetaucht sind. Wenn das ein Scherz sein sollte, so sage ich Ihnen …«

»Sie waren da?«

»Selbstverständlich.«

Seine bestürzte Miene verwunderte sie.

»Es tut mir außerordentlich leid«, begann er, »ich hätte Sie da nicht mit reinziehen dürfen.«

»Wo rein?«

Angelockt von ihrem Gespräch kam der Assistent näher und machte sich eifrig am Sektionstisch zu schaffen. Cecilie war es gleich. Sollte er ruhig mitbekommen, was es mit der Séance auf sich hatte.

»Ich habe nicht gewusst, welcher Gefahr ich Sie damit aussetze«, erklärte der Gerichtsarzt.

»Von diesen angeblichen Geistern geht ganz bestimmt keine Gefahr aus. Das war alles nur Humbug«, sagte sie. »Sie glauben doch nicht etwa daran?«

Unterdessen machte Max Weimar ein äußerst missmutiges Gesicht. Wahrscheinlich war er noch immer eifersüchtig, dass Dr. von Thorwald sie gefragt hatte und nicht ihn. Von Cecilie aus hätte er sich gerne an ihrer Stelle den Schwachsinn anhören können.

»Ich glaube in keiner Weise daran«, erwiderte der Gerichtsarzt. »Wenn Sie es auch nicht tun, ist ja alles gut.«

Er setzte die Untersuchung der Leiche fort und beachtete Cecilie nicht länger. Sie fand seine Antwort jedoch unbefriedigend.

»Wo waren Sie denn nun?«, wollte sie wissen.

»Verhindert«, gab er bloß zurück.

Sie war verärgert über seine Geheimniskrämerei, denn dass irgendetwas Gravierendes passiert sein musste, hörte sie seiner Stimme an. Deshalb beschloss sie, ihm weder von ihren Beobachtungen an den Wäschestücken der Toten zu erzählen noch von den seltsamen Vorgängen bei der Geisterbeschwörung. Aufgebracht ging sie zu ihrer Leiche zurück, griff zu einem Messer und schnitt das Haarknäuel einfach heraus. Stumm arbeiteten sie weiter, ein jeder für sich.

Cecilie gab sich alle Mühe, Dr. von Thorwald mit Verachtung zu strafen. Inständig hoffte sie, weder er noch Max Weimar würden das Verschwinden der Stiefel bemerken. Der Assistent verabschiedete sich nach ein paar Minuten in seine Pause. Dem Gerichtsarzt passte es ganz augenscheinlich nicht, dass er so früh ging. Cecilie dagegen war froh darüber, denn Weimars Anwesenheit war ihr nicht nur zuwider, er verstand es auch, ihr immer wieder die unangenehmste Arbeit aufzuhalsen.

Eine Stunde später kam jemand in den Leichenkeller. Zunächst glaubte Cecilie, es sei Weimar, doch dann hörte sie mehrere Stimmen. Kommissar Tiegler war in Begleitung einer ärmlich gekleideten Frau mit müdem Gesichtsausdruck und eines Polizisten. Dieser war sehr attraktiv mit seinem lockigen blonden Haar, das unter der Pickelhaube hervorlugte, und den markanten Zügen.

Tiegler wechselte ein paar Worte mit dem Gerichtsarzt. Cecilie gab sich alle Mühe, die Unterhaltung aufzuschnappen. Der gut aussehende Polizist stellte sich als Carl Landwehr vom 59. Revier vor. Sie war verblüfft, wie viele Polizeireviere es in Berlin gab. Dann erzählte er etwas von Entführung und Prostituierten, woraufhin Dr. von Thorwald die schöne Leiche heranholte und das Leinentuch zurückschlug.

»Das ist sie. Das ist Vroni«, sagte Landwehr.

Für Cecilie war die Tote damit nicht länger ein anonymer Leichnam. Sie hatte nun einen Namen. Und wenn sie einen Namen besaß, musste sie auch Familie, Gefühle und eine Vergangenheit haben. Die Zukunft jedoch war ihr genommen worden. Solange Vroni eine der namenlosen Leichen gewesen war, hatte Cecilie Mitleid mit ihr empfunden, jetzt aber traf sie die Trauer mit einer Wucht, die sie überraschte.

Die Proletarierin namens Pia Späth schien ebenfalls traurig zu sein. Sie strich der Prostituierten mehrfach über die Wange. Eine Geste der Zärtlichkeit, die Cecilie anrührte. Umso schockierter war sie, als sie erfuhr, dass die junge Frau nur knapp einem ähnlichen Schicksal wie Vroni entkommen war. Carl Landwehr hatte ihre Entführung im Dienst beobachtet.

»Wenn ich Sie untersuchen dürfte«, bat Dr. von Thorwald Pia, »wäre es gut möglich, dass ich weitere wichtige Hinweise entdecke.«

»Ich lass mich nicht von Ihnen anfassen!«, protestierte die Proletarierin.

»Ich bin Arzt«, erklärte Dr. von Thorwald. »Mein Tun wäre rein wissenschaftlich-medizinischer Natur.«

»Sie sind ein Mann«, stellte Pia ihren Standpunkt mit Nachdruck fest.

»Vielleicht könnte ich …«, mischte sich Cecilie ein.

»Ach was«, widersprach der Gerichtsarzt. »Sie haben nicht die nötigen medizinischen Kenntnisse.«

»Ich lass mich aber nur von ihr untersuchen. Sonst können Sie's vergessen«, beharrte die junge Frau. Die Herren fügten sich.

Rasch säuberte Cecilie eine Bahre mit Karbol. Als Pia zu ihr trat, zog sie den Vorhang zu, so dass die junge Frau vor den Blicken der Männer geschützt war. Die Proletarierin öffnete die Knöpfe an der Vorderseite ihres Kleides, schlüpfte hinaus, streifte das Leibchen ab, den Unterrock und die Strümpfe. Nackt legte sie sich auf die Bahre. An dem Körper standen die Rippen vor. Die Haut war blass und mit blauen Flecken übersät. Cecilie machte sich umgehend an die Arbeit. Zentimeter für Zentimeter untersuchte sie den Körper, wie sie es bei den äußeren Leichenschauen gesehen hatte. Doch die Frau lebte und beobachtete jeden ihrer Handgriffe. Um die Situation aufzulockern, lächelte Cecilie. Pia dagegen blieb ernst.

»Schon was gefunden?«, drängelte Dr. von Thorwald.

»Sie hat einen verdickten Cubitus, auf den sie gestürzt zu sein scheint.«

Fragend sah Pia sie an.

»Ellbogen«, erklärte Cecilie daraufhin.

»Warum sagen Sie das denn nicht gleich.«

An den Händen und Knien entdeckte Cecilie mehrere Hautabschürfungen. Am Bein hatte sich zudem ein Splitter ins Fleisch gebohrt.

»Pinzette!« Sie steckte den Kopf hinter dem Vorhang hervor. Der Gerichtsarzt reichte ihr das gewünschte Instrument, mit dem sie den Splitter herauszog. Dabei hörte sie den Spekulationen der Männer über den Entführer zu. In der Verbrecherkartei der Polizei hatte Pia ihn nicht entdeckt.

»Sie können sich wieder anziehen«, sagte Cecilie zu der Proletarierin. Dann schlüpfte sie hinter dem Vorhang hervor und überreichte Dr. von Thorwald ihren Fund, den er unter das Mikroskop am Arbeitstisch legte.

»Dunkles Holz, überzogen mit schwarzem Lack«, stellte der Gerichtsarzt fest. Er zeigte Cecilie, wie sie am Mikroskop drehen musste, um es scharf zu stellen.

»Will meinen?«, erkundigte sich Kommissar Tiegler.

Dr. von Thorwald setzte zu einer Erklärung an, aber Cecilie kam ihm zuvor.

»Wahrscheinlich hat sich Fräulein Pia beim Sturz aus der Kutsche diesen Splitter zugezogen. Er ist ein wichtiger Hinweis, denn er gibt an, von welchem Material Holz und Lackierung des Wagens sind.«

Der attraktive Polizist und der Kommissar blickten zu Dr. von Thorwald hinüber. Der Gerichtsarzt bestätigte Cecilies Angaben mit einem Nicken. Sie spürte Genugtuung darüber.

»Wie gehen Sie jetzt vor?«, erkundigte sich der Polizist.

Gerne hätte Cecilie die weiteren Schritte mitangehört, aber Dr. von Thorwald schickte sie los, die Analyse der Blutprobe vom Apotheker zu holen. Sie beeilte sich, rannte die Treppenstufen hoch, so schnell sie konnte, und kurz darauf wieder hinunter, dennoch hatte sie einen Teil des Gesprächs verpasst. Der gut aussehende Polizist und die Proletarierin waren zudem nicht mehr da. Von ihnen würde sie nichts Interessantes mehr in Erfahrung bringen können. Wenigstens war Weimar immer noch nicht zurück. Der Gerichtsarzt nahm ihr den Umschlag aus der Hand, entfaltete einen Zettel und las ihn.

»Und?« Kommissar Tiegler war glücklicherweise ebenso neugierig wie sie.

»Sie konnten Arsensalze und Quecksilberchlorid im Blut der Toten nachweisen«, informierte der Gerichtsarzt.

»Drogen«, vermutete der Kriminalbeamte.

»Nein. Ich gehe davon aus, dass der Mörder ihr eine derartig versetzte Flüssigkeit in die Halsschlagader gespritzt hat, um den Körper zu konservieren. Ein französischer Chemiker und Offizier in Napoleons Grande Armée namens Jean Nicholas Gannal hat diese Methode einschlägig bekannt gemacht.«

»Aber die Leiche fault doch«, wandte Cecilie ein.

»Weil die Substanzen bei den beiden Toten offenbar in nicht ausreichender Menge angewendet wurden. Dilettantisch, aber immerhin, gewisse Kenntnisse können wir beim Mörder voraussetzen.«

Cecilie wollte sich weiter darüber austauschen, doch Dr. von Thorwald nahm Kommissar Tiegler am Arm. Die beiden gingen in Richtung Eingang. Deutlich hörte sie das Wort »Séance« heraus. Erneut ärgerte sie sich über die Verschwiegenheit des Gerichtsarztes ihr gegenüber. Als dieser sie informierte, dass er mit dem Kriminalbeamten einen Tatort besichtigen müsse, reifte in ihr ein Plan. Sie wartete, bis die Männer den Leichenkeller verlassen hatten, dann säuberte sie sich die Hände, versuchte, ihre Frisur halbwegs zu richten, und machte sich auf den Weg.

Über dem Eingang prangte der Name des Geschäfts. »Moden Haas« stand in Schnörkelschrift auf der hellgelb gestrichenen Fassade. Gestreifte Markisen schützten die Schaufenster vor Regengüssen und Sonnenlicht. Hinter den Glasscheiben waren Seidenbahnen wie Fächer angeordnet und weckten allerlei Begehrlichkeiten.

Cecilie wich einer Waschfrau aus, die ihren Wäschekorb unter Keuchen die Straße entlangschleppte, und ging auf das Geschäft zu. Als sie die Tür öffnete, erklangen Glöckchen. Aufgeschreckt von der Melodie kam eine Verkäuferin aus dem Hinterzimmer nach vorne in den Laden. Die Bänder an ihrer weiß gestärkten Schürze flatterten, der Lockenchignon wippte. Sie hatte die Oberlippe zu einem Lächeln hochgezogen und zeigte ihre Zahnlücke. Als sie Cecilie sah, wurde das Lächeln dünner, bis es nur mehr ein Strich war. Die Verkäuferin blickte an ihr herunter. In ihrem Blick lag Verächtlichkeit.

»Ich bräuchte eine Auskunft«, erklärte Cecilie.

»Ich denke nicht, dass wir Ihnen helfen können. Guten Tag.«

»Das denke ich aber doch!« Cecilie trat zum Tresen, unter dessen Glasscheiben bestickte Seidenstrümpfe ausgestellt waren. Daneben lagen Korsette verschiedenster Machart.

»Verlassen Sie sofort den Laden!« Der Ton der Verkäuferin war schärfer geworden.

Aus einer der Umkleiden im linken Teil des Ladens trat ein weiteres Ladenmädchen, gefolgt von einer Dame. Beide starrten naserümpfend auf Cecilie. Sie wusste, dass ihre Frisur zu wünschen übrig ließ. Ihre Haare waren ungewaschen, der Knoten war nur notdürftig aufgesteckt, das Kleid verknittert und der Saum beschmutzt. Vermutlich roch sie auch etwas streng, da sie sich nicht gewaschen hatte. Dennoch war dies kein Grund, sie so von oben herab zu behandeln, wie es die Ladenmädchen taten.

»Ich bin die Tochter des Fabrikanten Malte Blum und habe einen großen Teil meiner Aussteuer bei Ihnen gekauft«, stellte sie klar, während sie ihre juckende Kopfhaut kratzte. Die Kundin wich vor ihr zurück.

»Wenn Sie jetzt bitte gehen würden.« Die erste Verkäuferin wies mit ausgestrecktem Zeigefinger zur Tür.

In Cecilie stieg Wut auf. Eine ungeheure, maßlose Wut.

»Ich habe die Krätze«, sagte sie laut und vernehmlich. Zur Unterstreichung fuhr sie sich mit den Fingernägeln über die Arme. »Wer mir zu nahe kommt, steckt sich an. Es ist unheilbar!«

Die Dame schnappte hörbar nach Luft, grabschte nach ihrem Hut, den die zweite Verkäuferin hielt, und verließ auf der Stelle den Laden. Die beiden Ladenmädchen verschanzten sich hinter dem Tresen, offensichtlich nicht wissend, was sie tun sollten. Cecilie griff in ihren Beutel und holte mehrere Wäschestücke hervor, die sie auf den glänzend polierten Tresen legte. Die Verkäuferinnen wichen zurück und pressten ihre Rücken an ein Regal, in dem sich seidene Waren befanden.

»Die Wäsche ist hier gekauft worden. Ich will wissen, von wem. Dann gehe ich.«

Das Ladenmädchen mit den Locken wagte sich als Erste nach vorn. Mit manikürten Fingern griff sie eines der Leibchen, hob es hoch und warf einen Blick auf das Etikett.

»Das stammt von uns.«

»Sag ich doch. Aber wer hat es gekauft?«

Die Verkäuferin befühlte den Stoff. »Das ist besonders teure Ware. Die ist im letzten Monat zweimal verkauft worden.«

»Erinnern Sie sich an den Namen der Kundin oder des Kunden?«

Die mit den Locken zog ein Schnütchen. »Fürstin von Zittern.«

»Wer hat diese Wäsche außerdem gekauft?« Cecilie wurde langsam ungeduldig mit dem dummen Ding, das sich wohl für etwas Besseres hielt, weil es Seidenwaren anstelle von Kartoffeln verkaufte.

»Ein Herr. Für seine Gattin.«

»Der Name?«

Aus einer Schublade holte die Verkäuferin das Kassenbuch hervor, legte es wie eine Bibel auf den Tresen und blätterte andächtig darin, bis sie an der richtigen Stelle angelangt war.

»Hier!« Sie schob es Cecilie hin. Die Unterschrift in dem Buch war nicht zu entziffern. Aber den Eintrag daneben, den die Verkäuferin gemacht hatte, konnte sie klar und deutlich lesen: Der Kunde hatte gleich fünf Garnituren gekauft.

10

Bei Tageslicht machte die Villa einen recht heruntergekommenen Eindruck. Der Farbanstrich blätterte ab, Unkraut wucherte zwischen den Platten des Gehwegs und die Fensterscheiben waren völlig verdreckt.

Hektor legte den Kopf in den Nacken und sah nach oben. Vor den Fenstern im ersten Stock hingen keine Gardinen. Mit dem Löwenkopf in der Hand klopfte Kommissar Tiegler dreimal gegen die Tür.

»Öffnen Sie! Polizei!«, rief er, nachdem sich im Haus nichts tat.

»Es sieht verlassen aus«, bemerkte Hektor.

»Sind Sie sicher, dass es sich um das richtige Haus handelt?«, fragte der Kommissar. »Wenn von Madai rausbekommt, dass ich mich hier mit Ihnen herumtreibe, anstatt mich um den Reichstags-Mord zu kümmern. Und jetzt noch die Tote am Brandenburger Tor …«

Er sprach nicht aus, was Hektor ohnehin wusste. Tiegler stand unter enormem Druck, die Mordfälle schnell aufzuklären, doch er kam keinen Schritt voran. Der Gerichtsarzt schätzte es sehr, dass er sich dennoch die Zeit nahm, mit ihm dem Geheimnis des menschlichen Herzens nachzuspüren.

»Das ist die Villa. Ganz sicher. Zwar habe ich gestern zugesehen, dass ich so schnell wie möglich aus dem Keller und aus diesem Haus verschwinde, nachdem ich den Riesen mit meiner improvisierten Waffe außer Gefecht gesetzt hatte, aber mir blieb zuvor ausreichend Gelegenheit, es mir einzuprägen.«

Hektor ging am Haus vorbei in den Garten. Kommissar Tiegler folgte ihm. Auf dem Rasen waren die Fußspuren, die er in der Nacht hinterlassen hatte, deutlich zu erkennen. Sie hielten vor einer Fensterfront und gingen schließlich weiter zu dem Fenster des Arbeitszimmers, durch das er gespäht hatte. Dort kamen größere Spuren hinzu, die geradewegs hinter seinen aufhörten. Gemeinsam führten die Fußstapfen zur Kellertür, vor der Erdklumpen lagen. Hektor rüttelte an der Tür. Verschlossen.

»Lassen Sie mich mal.« Tiegler holte einen metallenen Gegenstand aus der Tasche, mit dem er sich an dem Schloss zu schaffen machte.

Er drehte ihn ein paar Mal hin und her, drückte die Klinke nieder und öffnete die Tür. Vorsichtig traten sie ein. Tiegler zückte seinen Revolver. Nach Hektors Schilderungen des Hünen hatte er ihn vorsorglich eingesteckt. Der Gerichtsarzt ließ ihm gerne den Vortritt. Sie gingen die Kellertreppe hoch und gelangten durch den Hausflur in den Salon, wo der runde Tisch stand, den er am Vorabend bereits gesehen hatte. Der Stoff vor den Fenstern ließ kaum Licht hindurch, deshalb riss er die Vorhänge herunter. Der Raum wirkte nun völlig verwaist. Nur getrocknetes Wachs am Boden verriet, dass dort einmal Kerzen gestanden hatten.

Sie suchten das Arbeitszimmer auf. Auch hier machte alles denselben verlassenen Eindruck. Die Schreibtischtür stand offen. Außer Staub befand sich nichts in den Fächern. In den weiteren Räumen des Hauses entdeckten sie lediglich Unrat und eine verschmutzte Strohmatratze.

»Verdammt! Die Halunken sind uns entkommen.« Der Tonfall des Kommissars war scharf.

Derart schlechter Laune hatte Hektor den Kriminalbeamten bislang nur erlebt, wenn Verbrecher vor Gericht hartnäckig ihre Schuld leugneten. Tiegler trat gegen eine Flasche. Sie kullerte über den Boden und knallte gegen eine Tür, wo sie zerbarst.

»Da drinnen haben wir noch nicht nachgesehen«, merkte Hektor an.

»Wenn Sie noch mehr von nichts vorfinden wollen, bitte schön.«

Hektor drückte die Klinke der Tür herunter. Es war abgeschlossen. Schwungvoll trat er dagegen. Holz splitterte. Schmerz durchfuhr ihn. Er konnte seinen Fuß kaum aufsetzen, aber die Tür hatte nachgegeben. Vorsichtig drückte er sie auf. Humpelnd ging er vor dem Kommissar in das dahinterliegende Zimmer. Der Raum war mit einem einfachen Tisch, einem Stuhl, einer Kommode und einem Bettgestell eingerichtet.

Von der Decke baumelte der Meister. Seiner violetten Gesichtsfarbe nach zu urteilen war er tot. Er trug eine Anzughose, aber keine Jacke und keine Schuhe. Ein Zeh lugte aus der durchlöcherten Socke hervor. Hektor holte sein Messerset heraus, stieg auf einen Stuhl, wobei er kurz aufschrie, als er den lädierten Fuß belastete, und schnitt das Seil durch. Der Meister fiel zu Boden. Mühsam stieg Hektor wieder herunter, kniete sich neben ihn und fühlte seinen Puls.

»Tot.« Die Feststellung war reine Formsache. Gemeinsam mit Tiegler legte er den Mann auf das Bett.

»Das stand auf dem Tisch.« Der Kriminalbeamte reichte ihm eine braune Flasche, aus der Hektor den Korken zog. Mit der Hand fächerte er sich den Geruch zu, der aus dem Flaschenhals aufstieg.

»Chloroform?«, fragte Tiegler.

»Nein, Laudanum.«

»Ist unser Meister etwa ein Süchtiger?«

»Dann verbraucht er aber gigantische Mengen«, stellte Hektor mit einem Blick auf die bauchige Flasche fest. Er untersuchte den Mann genauer. Der Haaransatz und die Wimpern des Toten waren blond. Er fasste an dessen lange Haare. Schwarze Farbe blieb an seinen Fingern haften.

»Schuhcreme«, stellte er fest. Er hatte sich wohl die Haare gefärbt, um sich einen geheimnisvollen Anstrich zu geben.

»Na, hör sich das einer an!« Tiegler hatte sich umgeschaut. Nun trat er mit einem Zettel in der Hand heran. »Lag ebenfalls auf dem Tisch. Ein Abschiedsbrief.«

Hektor nahm das Papier und las. Darin gab der Meister zu, Mädchen aufgelauert, sie getötet und die Herzen rausgeschnitten zu haben, die er anschließend verkauft hatte. Unterschrieben waren die Zeilen mit dem Namen Ferdinand Dittrich.

»Fall gelöst«, sagte Tiegler und rieb sich über die Glatze. Hektor blickte auf die ungelenke Schrift, der Text war mit Tinte geschrieben.

»Haben Sie hier irgendwo einen Schlüssel gefunden?«, fragte er.

Der Kommissar untersuchte die eingetretene Tür, sah sich noch einmal im Zimmer um und zog sämtliche Schubladen aus der Kommode.

»Nein«, befand er schließlich.

»Dann glaube ich nicht, dass dieser Brief von dem Möchtegern-Meister stammt.«

Tiegler zupfte an seinem Ohrläppchen.

»Jemand hat ihn woanders geschrieben und mitgebracht«, sagte Hektor.

»Aber wozu?«

»Um einen Selbstmord vorzutäuschen.« Er wies auf den Hinterkopf Dittrichs. »Sehen Sie nur die Wunde hier. Dieser Jemand hat ihn von hinten niedergeschlagen und ihn anschließend aufgehängt.«

»Die Wunde könnte doch entstanden sein, als Sie ihn abgeschnitten haben.«

»Dann hätte sie nicht so geblutet. Dittrich ist eindeutig ermordet worden.«

Seine Mätresse wieder gefügig zu machen, hatte Baron zu Staufenfels einiges an Komplimenten und Versprechungen gekostet. Beim anschließenden Beischlaf hatte sie noch immer geschmollt und ihn so gar nichts von der lustvollen Wildheit spüren lassen, mit der sie ihn sonst empfing. Als er danach zum Trost seine bevorzugte Prostituierte aufsuchen wollte, war sie bereits belegt gewesen.

Der Baron fühlte sich erschöpft. Missmutig blickte er aus dem Fenster der Kutsche. Unterleibsschmerzen hatten sich eingestellt, gegen die er literweise Magenbitter ohne erkennbare Linderung trank. In letzter Zeit fielen ihm immer mehr Haare aus.

Auf Dauer ermüdete es ihn, für jedes einfache Vergnügen zahlen zu müssen. Vielleicht war es gar nicht die übelste aller Lagen, verheiratet zu sein. Wenn es ihm um die Befriedigung seines Bedürfnisses ging, musste er nicht gleich zu seiner Mätresse oder ins Bordell. Natürlich wäre der eheliche Beischlaf kein Ersatz für die Orgien, die er zu feiern liebte. Aber beim sexuellen Verkehr war es wie bei der Jagd. Jeden Tag einen Hirschbock vor der Flinte zu haben, verdarb das Vergnügen.

Bedauerlicherweise war Fräulein Cecilie so gar nicht nach seinem Geschmack. Er bevorzugte die voluminösen Weiber mit Brüsten und Ärschen. An dem Bürgersfräulein fehlte alles, was eine Frau weiblich machte. Zum Glück konnte man dem Abhilfe schaffen.

Er ließ den Kutscher vor der Schokoladenfabrik halten. Im Laden wählte er aus den Reihen bunt bedruckter Pralinenschachteln die größte und schönste aus und ließ sie mit einer Tüllschleife verzieren. So etwas gefiel den Damen. Das Präsent würde unter Garantie auch seine Verlobte zufriedenstellen. Immerhin konnte es sein, dass sie wegen des gestrigen Abends verstimmt war. Baron zu Staufenfels wies den Kutscher an, ihn zu Blums zu fahren. Er lehnte sich im Sitz zurück, die Schachtel auf den Schenkeln.

Natürlich war die Summe, die Herr Blum ihm für die Heirat

bot, seinem Stand angemessen, doch die Tochter, die er dafür bekam, entsprach nicht nur optisch so gar nicht dem, was ihm der Vater in den höchsten Tönen angepriesen hatte. Vorlaut war sie und aufsässig dazu. Er würde sie erst noch erziehen müssen. Vor allem sollte sie nicht glauben, ihm Vorhaltungen wegen seiner Geliebten machen zu können. Wie impertinent ihre Fragen gewesen waren. Dass sie sich überhaupt auf der Séance herumgetrieben hatte, blieb skandalös. Zum Glück hatte sie nicht mitbekommen, was er dort außerdem getan hatte.

In der Nähe des Tiergartens zügelte der Kutscher die Pferde. Der Baron wartete, bis der Mann ihm den Wagenschlag geöffnet hatte, dann setzte er seinen Zylinder auf. Damit er ohne anzustoßen durch die Öffnung passte, beugte er den Kopf sehr tief. Draußen wehte ihm Nieselregen ins Gesicht. Wie unerfreulich der Tag doch für ihn verlief.

Das Dienstmädchen öffnete ihm. Eine derangiert aussehende Frau Blum stürzte die Treppe herunter.

»Ist es die Polizei?«, keuchte sie.

Er war, gelinde gesagt, erstaunt. »Ist etwas geschehen?« Sein erster Gedanke war, dass Fräulein Cecilie etwas zugestoßen sein mochte.

Frau Blum schien sich zu sammeln. »Nein, alles ist bestens.«

»Wieso dann die Frage nach der Polizei?«

»Bei uns ist ein Fenster eingeschlagen worden. Nichts von Bedeutung.«

Er wusste nicht, ob er ihr glauben konnte. »Ich bin gekommen, um dem Fräulein Tochter meine Aufwartung zu machen«, erklärte er. Seine Laune besserte sich nicht, als die Bürgersfrau ihn im Flur stehen ließ und keinerlei Anstalten unternahm, ihn in den Salon zu bitten.

»Ich bedaure sehr, Herr Baron, aber Cecilie fühlt sich unpässlich.«

Sie wimmelte ihn, einen Mann seines Standes, ab wie einen Hausierer.

»Übergeben Sie ihr bitte das Präsent zusammen mit meinen ergebensten Wünschen.« Der Baron überreichte Frau Blum die Bonbonniere. »Ich werde ihr morgen meine Aufwartung machen.«

»Oh, sie ist gestern aufs Land gefahren, um dort baldmöglichst zu genesen.« Der Mund seiner zukünftigen Schwiegermutter kräuselte sich.

Er blickte auf ihre Finger, die sich in den Stoff ihres Kleides krallten.

»Mir erschien sie gestern noch ganz gesund.« Wie er es genoss, diese verhärmte Bürgersfrau bei ihrer dreisten Lüge zu ertappen.

»Sie haben Cecilie gesehen?«, stammelte Frau Blum.

Er weidete sich an ihrem erschrockenen Gesichtsausdruck. »In der Tat. Kein geeigneter Ort für eine junge Dame, wenn ich mir die Freiheit erlauben darf, das anzumerken.«

Damit ging er. Durch das Kutschfenster sah er, wie sie ihm nachstarrte, und schmunzelte in sich hinein. Dann fragte er sich jedoch, was ihr seltsames Verhalten wohl zu bedeuten hatte. Es war ein richtiggehender Affront gegen seine Person. Besorgnis ergriff ihn, ob die Familie womöglich Bedenken wegen der Hochzeit bekommen hatte. Er ahnte, dass diese Schlacht noch nicht geschlagen war.

Da erst zwei präparierte Frauen in den Wäschestücken von Moden Haas gefunden worden waren, ging Cecilie davon aus, dass es mindestens drei weitere Opfer geben würde. Falls die Polizei den Mörder nicht vorher fasste. Sie musste Dr. von Thorwald unbedingt davon berichten. Erregt riss sie die Tür zum Leichenkeller auf. Außer Max Weimar war niemand da.

Als der Assistent sie sah, verzog sich sein Gesicht. »Bist du irre?«, fuhr er sie an. »Wie konntest du einfach verschwinden?«

»Sie sind doch auch in die Pause gegangen«, rechtfertigte sie sich.

»Aber ich habe den Leichenkeller nicht unverschlossen gelassen. Jeder hätte hier einfach reinspazieren und sich an den Toten vergreifen können«, polterte er los.

Sie hatte unverantwortlich gehandelt.

»Jetzt fliegst du raus!«, drohte Weimar ihr.

Das durfte nicht passieren. Wenn sie die Stellung verlor, würde sie kein Geld bekommen. In dem Fall bliebe ihr nichts anderes übrig, als nach Hause zurückzugehen und den Baron zu heiraten. Falls dieser sie nach der Begegnung bei der Séance überhaupt noch zu seiner Frau nehmen wollte. Wahrscheinlich hatten ihre Eltern, nachdem sie ihr Verschwinden bemerkt hatten, sie ohnehin für verrückt erklärt. Unter keinen Umständen durfte sie zulassen, dass Max Weimar Dr. von Thorwald von ihrem Vergehen erzählte.

»Bitte verraten Sie mich nicht«, bat sie. Seine Miene blieb abweisend. »Es wird nie wieder vorkommen«, fügte sie hinzu.

»Das wird es bestimmt nicht. Du fliegst nämlich raus!« Er schien die Situation zu genießen.

In ihrer Verzweiflung sank sie vor ihm auf die Knie. Die Turnüre drückte und quetschte sie. »Bitte, bitte, bitte!« Sie ergriff seine Hand.

»Nein!« Er grinste ob ihrer Demütigung.

Cecilie war unschlüssig, ob sie ihm ihre Meinung über sein Wesen an den Kopf werfen oder ihn ein weiteres Mal bitten sollte, als Dr. von Thorwald mit Kommissar Tiegler hereinkam. Der Gerichtsarzt zog sein rechtes Bein nach. Ihnen folgte ein Bestatter mit seinem Gehilfen, die einen Holzsarg trugen.

Max Weimar wandte sich sofort an Hektor. »Die Leichenwäscherin ist einfach gegangen und hat den Keller unbeaufsichtigt gelassen«, fing er an.

Doch Dr. von Thorwald war voll und ganz auf den Toten konzentriert, den die Gehilfen aus dem Sarg hoben.

»Da ist sie nicht die Einzige, so dünkt mir«, erwiderte der Gerichtsarzt.

Nun war es an Cecilie, Weimar einen triumphierenden Blick zuzuwerfen. Dann betrachtete sie die Leiche. Die schwarzen, langen Haare kamen ihr bekannt vor. Zwar trug der Mann nicht den Kaftan wie am vorherigen Abend, aber es war eindeutig der Meister, der die Geister angerufen hatte und nun selbst zu ihnen gehörte. Die Zunge quoll ihm zwischen den Lippen hervor. Ihr Blick streifte den Assistenten. Beinahe hätte sie gelächelt, denn obwohl er sich als Herr des Leichenkellers aufspielte, waren ihm die Gesichtszüge entglitten.

»Ich kenne den Mann«, informierte sie die Anwesenden. »Er gibt sich als Geisterbeschwörer aus und …«

»Ist mir alles bekannt«, wiegelte Dr. von Thorwald ab.

»Hat er sich erhängt?« Weimar zeigte auf die Würgemale am Hals.

»Nein, er wurde ermordet«, erwiderte der Gerichtsarzt und machte sich daran, die Leiche zu untersuchen.

»Sind Sie sicher?«, fragte Max Weimar.

Dr. von Thorwald antwortete nicht. Cecilie griff nach Papier und Federhalter, den sie in die Tinte tauchte, und schrieb mit. Sie sah, wie sich ihr Kollege mal wieder in eine seiner Pausen verdrückte. Ihr war es gleich.

Der Unterleib der Leiche hatte sich bereits grünlich verfärbt. Rings um den Hals des Toten, auf dem Kehlkopf, verlief eine breite, durchgehende Linie von schmutzig bräunlich roter Farbe, die sich hinter den Ohren nach oben verlor.

»Unsugillierte, harte Rinne«, diktierte Dr. von Thorwald.

»Was bedeutet das?«, wagte Cecilie trotz seiner schlechten Laune zu fragen.

»Als Sugillation bezeichnet man den Austritt von Blut in das Gewebe, wenn kleinere Gefäße reißen«, erklärte er. »In unserem Fall heißt das, dass die Ursache der Rinne keine inneren Blutungen zur Folge hatte. Der Mann war demnach bereits tot. Sehen Sie hier?«

Er deutete auf den Kehlkopf, wo die Haut kaum sichtbar verletzt war, was sie ohne seinen Hinweis niemals bemerkt hätte. Kommissar Tiegler sah ihm derweil über die Schulter.

»Eine frische Abschilferung, offenbar von einem Fingernagel herrührend«, sagte Dr. von Thorwald und untersuchte die Hände des Toten.

»Vielleicht hat er im letzten Moment bereut, dass er sich umbringen wollte, und versucht, den Strick um seinen Hals zu lockern«, vermutete Cecilie.

»Keinerlei Haut- oder Blutspuren«, stellte Dr. von Thorwald verneinend fest.

»Wer hat ihn dann gekratzt?«, fragte Tiegler.

Statt einer Antwort rasierte der Gerichtsarzt den Kopf des Meisters und setzte dann die Säge an. An diesen Anblick glaubte Cecilie sich nie gewöhnen zu können. Er sägte, bis er den oberen Schädel abnehmen konnte, holte das Gehirn heraus und schnitt es auf. »Die harte Hirnhaut ist sehr stark, die weiche nicht ungewöhnlich blutgefüllt«, bemerkte er. »Gehirn und Plexus sind nicht auffallend blutreich.« Er untersuchte Halsvenen und Brustkorb. »Auch die Jugularen enthalten keine auffallende Blutmenge, Kehlkopf und Luftröhre bloß einige Tropfen blutigen Schaums. Die Knorpel sind unverletzt.« Er drückte auf die schieferblauen Lungen. »Kein Schaum. Viel dunkles, flüssiges Blut und ein Ödem.«

Cecilie tauchte die Feder erneut in das Tintenfass.

»Im Herzbeutel ein Lot blutigen Wassers. Das rechte Herz hyperämisch.«

»Das heißt?«

»Hyperämie meint ein übermäßiges Blutangebot eines Organs. Das Blut ist dunkel und leicht dickflüssig. Das linke Herz enthält nur einige Teelöffel, aber die großen Gefäßstämme strotzen förmlich davon.« Er wischte sich die Finger an der Schürze ab. »Das Opfer ist an Lungen- und Herzschlag in Folge einer Gewalteinwirkung auf den Hinterkopf gestorben und tot aufgehängt worden.«

Dr. von Thorwald beendete die Sektion.

»Ob der Riese ihn umgebracht hat?«, spekulierte Cecilie.

Der Gerichtsarzt sah sie aufmerksam an. »Wie kommen Sie denn darauf?«

»Bei der Séance hatte der Meister einen Helfer. So einen großen, grobschlächtigen Kerl. Er sah äußerst brutal aus.«

»Der hat Dittrich ermordet«, schlussfolgerte Kommissar Tiegler mit einiger Verzögerung. »Liefern Sie mir eine Beschreibung, dann kann ich eine Fahndung nach ihm rausgeben.«

Cecilie versuchte sich an den Riesen zu erinnern. Ihr fiel vor allem seine Narbe ein. »Ich weiß aber nicht mehr, auf welcher Gesichtshälfte sie sich befindet«, fügte sie ihrer Erklärung hinzu.

»Auf der linken«, ergänzte Dr. von Thorwald und überraschte Cecilie damit.

»Also waren Sie doch auf der Séance«, vermutete sie.

Der Gerichtsarzt überging ihren Einwand.

»Außerdem müssten in den nächsten Tagen deutliche Würgemale seinen Hals zieren, die meine selbst gebaute Bola hinterlassen hat«, setzte er hinzu. Auf Tieglers Nachfrage erklärte er, wie er den Riesen außer Gefecht gesetzt hatte.

»Wenn der meinen Männern nicht bekannt ist, weiß ich's auch nicht«, sagte der Kriminalbeamte. Voller Zuversicht, den Kerl bald zu fassen zu bekommen, verabschiedete er sich.

Cecilie machte sich daran, sich die Hände zu säubern. Dann zog sie ihre Pelerine über und nahm ihren Koffer.

Der Gerichtsarzt musterte sie. »Wollen Sie verreisen?«

»Nein, ich übernachte im Hotel.«

»In welchem?« Erklärend ergänzte er: »Falls ich mit Ihnen in Kontakt treten muss.«

»Ich habe noch keines«, wiegelte sie ab, denn sie musste wohl oder übel eine weitere Nacht im Massenschlafsaal verbringen.

»Ich kann Ihnen Kost und Logis anbieten.«

Cecilie dachte nach. Sein Angebot war wesentlich verlockender als ein Strohsack. Sie war hungrig und sehnte sich danach, sich gründlich zu waschen. Außerdem schien ihr der Gerichtsarzt kein Mann für unseriöse Angebote zu sein.

»Ziehen Sie es mir vom Lohn ab«, sagte sie.

Wenig später betrat sie hinter Dr. von Thorwald dessen Haus in der Karlstraße. Ein altersschwaches Gebäude, dem man von außen den Komfort nicht ansah.

»Ich habe einen Gast mitgebracht, Frau Lindemann.«

Der Gerichtsarzt reichte Cecilies Koffer einem seiner Dienstmädchen. Als er ihm den Rücken zudrehte, rümpfte das Mädchen die Nase, wohl wissend, dass Cecilie es mitbekam. Sie wunderte sich über die Unverfrorenheit der Dienstbotin, die wahrscheinlich glaubte, durch langjährige Zugehörigkeit zu dem Haushalt des Gerichtsarztes eine besondere Stellung erworben zu haben.

Cecilie drückte ihr den Hut in die Hand. »Ich hätte gerne einen Tee.« Herausfordernd sah sie das Dienstmädchen an.

Frau Lindemann erwiderte ihren Blick mit einer Kühle, die Cecilie gleichermaßen überraschte und einschüchterte. Sie war diejenige, die den Augenkontakt unterbrach.

»Tragen Sie bitte in der Bibliothek auf.« Dr. von Thorwald humpelte auf die Treppe zu.

Die Bibliothek war ein wundervoller Ort. Vom Boden bis zur Decke reichten die kunstvoll getischlerten Regale. Mit dem Finger fuhr Cecilie über die Bücherrücken. Goldgeprägte Titel verkündeten das Wissen, das sich hinter den Folianten verbarg. Ein Paris-Führer stand neben einem bebilderten Werk über das Mineralreich, die Abhandlung über Phthisis und Tuberculosis neben Werken Lord Byrons auf Englisch. Der Gerichtsarzt schien einen weitgefächerten Geschmack zu haben.

»Haben Sie die alle gelesen?«, fragte Cecilie.

»Ich halte mir keine Bücher zu Dekorationszwecken«, erwiderte Dr. von Thorwald. »Nehmen Sie sich heraus, was Sie wollen, wenn Sie etwas davon lesen möchten.«

»Danke«, sagte Cecilie. Sie griff nach Johann Ludwig Caspars praktischem Handbuch der gerichtlichen Medizin.

»Mein Haus steht Ihnen zur Verfügung. Wann immer Sie etwas benötigen, wenden Sie sich ruhig an mich oder meine Haushälterin.« Dr. von Thorwald deutete eine Verbeugung an.

In diesem Augenblick betrat Frau Lindemann mit einem Tablett den Raum und servierte ihnen Tee und belegte Brote.

»Wenn Sie so freundlich wären«, bat der Gerichtsarzt.

Sogleich half ihm die Haushälterin aus seiner Anzugjacke, die er gegen einen seidenen Hausrock tauschte. »Bereiten Sie Fräulein Cecilie bitte das Gästezimmer.«

»Sie bleibt über Nacht?«, fragte Frau Lindemann in einem Ton, der Cecilie überraschte.

»Nicht nur für eine«, antwortete Dr. von Thorwald. »Und stellen Sie ihr bitte den Frauensalon zur uneingeschränkten Verfügung.«

Das Gesicht der Haushälterin glich dem eines Kindes, das ein Zuckerbonbon erwartet und stattdessen eine Essiggurke bekommen hatte.

»Sehr wohl!«, sagte sie und verließ den Raum.

»Danke für Ihre Gastfreundschaft«, bemerkte Cecilie an den Gerichtsarzt gewandt, setzte sich in den ihr dargebotenen Sessel und griff ausgehungert nach den Broten, die mit Bratenscheiben belegt und mit eingelegten Rollmöpsen garniert waren. Es tat gut, sich endlich wieder satt essen zu können. Lange konnte sie nichts anderes tun als zu kauen und zu schlucken. Dr. von Thorwald, der in einem Sessel neben ihr Platz genommen hatte, beobachtete sie dabei von der Seite her. Ein Lächeln umspielte seine Lippen. Sie schämte sich für ihr undamenhaftes Benehmen, aber ihr Hunger war stärker.

»Warum sind Sie davongelaufen?«, fragte er.

Sie verschluckte sich und musste husten. Tränen schossen ihr in die Augen. Er beugte sich vor und klopfte ihr den Rücken.

»Wie kommen Sie darauf, dass ich weggelaufen bin?«, antwortete sie, als sie sich halbwegs gefangen hatte.

»Dass Sie keine Putzfrau sind, ist kein großes Geheimnis.« Er deutete auf ihre aufgesprungenen Hände. »Sie sind noch immer viel zu fein. Außerdem sind Sie ungemein darauf bedacht, Ihre Identität nicht preiszugeben.«

»Werden Sie mich jetzt anzeigen?«

»Wenn Sie verheimlichen wollen, wer Sie sind, haben Sie unter Garantie Ihre Gründe dafür. Es geht mich nichts an. Solange Sie keine Verbrecherin sind.«

»Ganz bestimmt nicht!« Dass er Derartiges von ihr denken konnte, verwirrte Cecilie.

Er lächelte. »Bleiben Sie einfach, solange Sie wollen.«

Sie betrachtete ihn. Seine Augäpfel waren gerötet. Er machte einen erschöpften Eindruck auf sie. Seine Schwermut erinnerte sie an Trauer. Gerne hätte sie ihm zum Trost die Wange gestreichelt. Stattdessen legte sie ihm eine Hand auf den Arm. Der Wollstoff seines Jacketts fühlte sich weich an.

»Noch einmal danke!«, sagte sie und überlegte, ihm endlich

von den Wäschestücken zu erzählen, die der Mörder bei Moden Haas gekauft hatte.

Das Erscheinen Frau Lindemanns hielt sie zurück. Unverzüglich nahm sie die Hand vom Arm des Doktors. Die Haushälterin schien es trotzdem bemerkt zu haben. Cecilie wich ihrem Blick aus.

»Wieso wollen Sie eigentlich unbedingt Medizin studieren?«, fragte Dr. von Thorwald, während Frau Lindemann das Geschirr aufs Tablett räumte.

Cecilie meinte, Skepsis in seiner Stimme herauszuhören. »Zweifeln Sie an der Ernsthaftigkeit meines Wunsches?«, entgegnete sie.

»Nicht im Geringsten. Nicht viele halten es in meinem Totenreich aus. Erst recht kein Frauenzimmer.«

»Ich möchte unabhängig sein«, gab sie zu.

»Wenn es Ihnen darum geht, einen Beruf zu erlernen, wieso werden Sie dann nicht Lehrerin? Sie könnten als Gouvernante arbeiten.« Mit den Händen strich er sich über das Haupthaar.

»Meine Schwester, sie ist krank«, entfuhr es Cecilie. Sogleich bereute sie ihren Ausbruch, bemerkte sie doch den Blick der Haushälterin, die ihr die noch halb volle Teetasse wegnahm.

»Sie wollen ihr helfen«, stellte der Gerichtsarzt fest. »Warum überlassen Sie das nicht denjenigen Kräften, die etwas davon verstehen?«

»Weil sie meine Schwester nicht kennen«, erwiderte Cecilie, nachdem Frau Lindemann den Raum verlassen hatte. »Weil sie nicht wissen, was für ein Mensch Marianne einmal war. Sie sehen in ihr nur eine Verrückte.« Die junge Frau erschrak, weil sie mehr von sich preisgegeben hatte, als sie eigentlich wollte.

»Ist sie in einer Anstalt?« Dr. von Thorwald wirkte ehrlich interessiert.

»Nein! Dort würde sie zugrunde gehen.«

»Lebt sie bei Ihnen zu Hause?«

»Ja.« Cecilie hoffte, er würde nicht weiter fragen, aus Angst, ihm etwas über ihre Herkunft zu verraten. Zwar fing sie an, ihm zu vertrauen, aber sie wollte trotzdem nicht riskieren, dass er ihren Nachnamen herausfand.

»Ein Studium kommt für mich sowieso nicht in Frage«, lenkte sie ab.

»Wieso nicht?«

»Soll ich mir etwa die Haare abschneiden und mich in Hosen in die Vorlesungen stehlen?«, fragte Cecilie lachend. »Natürlich könnte ich auch darauf hoffen, dass ein Wunder geschieht und den Frauen das Studieren doch noch erlaubt wird. Aber das ist so wahrscheinlich wie, dass der Kaiser von China deutscher Reichskanzler wird.«

»Frauen können sehr wohl studieren und sogar promovieren«, berichtete Dr. von Thorwald.

»Sie machen sich über mich lustig.« Eben hatte sie noch geglaubt, von ihm ernst genommen zu werden, und nun trieb er seinen Spaß mit ihr.

»Das ist kein Scherz«, gab er zurück. »Man kann über das Frauenstudium geteilter Meinung sein. Ich für meinen Teil empfinde es als überflüssig, dass Frauen studieren, wo sie doch später sowieso heiraten, aber in Zürich ist es Frauen erlaubt.«

»Wenn wir studieren, müssen wir nicht heiraten«, brachte Cecilie hervor, dann erst registrierte sie, was Dr. von Thorwald ihr soeben mitgeteilt hatte. Ihr Wunsch war also keineswegs verrückt. Sie konnte tatsächlich studieren. Es gab Frauen, die genau dies bereits taten. Unruhe ergriff sie. Sie stand auf und ging in der Bibliothek auf und ab. Wenn sie doch nur irgendwie nach Zürich kommen könnte. Jedenfalls brauchte sie dafür Geld, das sie im Leichenkeller würde verdienen müssen.

»Was geht in Ihnen vor?« Der Gerichtsarzt legte ihr die Hand auf den Rücken.

Sie drehte sich zu ihm um. Im Licht der Gaslampe leuchteten seine Augen. So viel wollte sie ihm erzählen von ihrem langgehegten Traum, der nicht länger verrückt erschien, wenn es andere wie sie gab, und auch von ihren Beobachtungen im Hinblick auf die Frauenmorde.

»Das Bett ist gemacht. Der Ofen angeheizt.« Die Haushälterin stand in der Tür.

Dr. von Thorwald machte einen Schritt von Cecilie weg. »Dann ist es an der Zeit, sich zurückzuziehen.« Gemeinsam gingen sie in den Flur, wo er sich vor ihr verbeugte. »Gute Nacht, Fräulein Cecilie, schlafen Sie gut.«

Er drehte sich um und humpelte den Gang hinunter. Sie sah ihm nach.

Im Zimmer stand ihr Koffer aufgeklappt auf einem Stuhl. In der Waschschüssel befand sich warmes Wasser. Ein Stück Seife lag in der dazugehörigen Schale. Endlich konnte sie sich waschen.

»Wenn Sie dann alles haben …« Die Haushälterin deutete einen Knicks an.

»Warten Sie. Sie müssen mir beim Ausziehen behilflich sein.« Cecilie freute sich darauf, das enge Korsett, das ihr seit Tagen die Luft abschnürte, endlich ablegen zu können. Sie schlüpfte aus dem Kleid und drehte Frau Lindemann den Rücken zu.

»Es ist sehr freundlich von Ihrem Herrn, mich zu beherbergen«, sagte Cecilie.

Die Haushälterin murmelte etwas, das sie als Zustimmung deutete.

»Gibt es denn keine Frau von Thorwald, die etwas gegen die Gastfreundschaft haben könnte?«, erkundigte sie sich.

»Fertig!« Frau Lindemann legte das Korsett aufs Bett und ging.

»Gute Nacht«, rief Cecilie ihr nach.

In Sachen Personal hatte Dr. von Thorwald offenbar kein gutes Händchen. Sie nahm ein Handtuch und wusch sich lange und gründlich. Anschließend streifte sie ihr Nachthemd über und legte sich auf die weiche Matratze. Als sie das Federbett bis zum Kinn zog, fühlte sie sich geborgen. Ihre Glieder schmerzten. Die harte körperliche Arbeit war sie nicht gewohnt. Kurz dachte sie noch an Zürich und daran, dass sie die Nacht mit einem Mann unter einem Dach verbrachte, der nicht ihr Ehemann war, dann schlief sie ein.

Auf dem Flur erklangen Stimmen. Eine helle Frauen- und eine tiefe Männerstimme. Frau Lindemann stellte das Bügeleisen auf dem Unterkleid ab, das sie gerade plättete. Eine Arbeit, die sie seit Jahren nicht mehr gemacht hatte. Für gewöhnlich bügelte sie Hemden.

Durch die Anwesenheit des Fräuleins war so viel mehr zu tun. Nie zuvor hatte der Doktor einen einzelnen weiblichen Gast geladen. Es schickte sich einfach nicht. Keine anständige Familie würde ihre Tochter bei einem Herren nächtigen lassen, zu dem sie in keinem verwandtschaftlichen Verhältnis stand und der noch dazu unverheiratet war. Noch weniger konnte Frau Lindemann die Vertrautheit gutheißen, mit der sich der Doktor und das Fräulein am Abend unterhalten hatten. Sie hatte vor der Bibliothek gewartet, ob ihre Dienste benötigt würden, schließlich konnte sie von dort aus verfolgen, worüber die beiden sprachen. Mit welcher Wärme Herr von Thorwald zu dem Fräulein redete. Es war ihr nicht gelungen, sich auf die Lektüre von *Lady Melusine* einzulassen.

Dazu kam noch, dass das Fräulein trotz seiner Magerkeit sehr hübsch anzusehen war mit den rotblonden Locken und dem wohlgeformten Gesicht. Zudem hielt die junge Frau sich erstaunlich aufrecht, mit durchgedrücktem Rücken, als ob sie aus gutem Haus stammte. Frau Lindemann stockte bei diesem Gedanken. Vielleicht wussten die Eltern gar nicht, wo sich ihre Tochter herumtrieb.

Sie ging in den Flur, wo der Doktor Fräulein Cecilie die Pelerine umlegte. Die beiden standen ganz nah beieinander.

»Ich konnte Teile der medizinischen Lehrbibliothek eines verstorbenen Arztes ersteigern«, erzählte Herr von Thorwald. »Zusammen mit einem Kuriositätenkabinett.«

»Wie interessant!« Vor dem Spiegel setzte das Fräulein seinen mit Stoffblumen und Bändern besteckten Hut auf.

»Die Toten werden von Ihrer Eleganz beeindruckt sein«, merkte der Doktor an.

»Eine anständige Frau geht nie ohne Kopfbedeckung aus dem Haus«, sagte Fräulein Cecilie. »Sonst könnte ja Sauerstoff an ihr Hirn gelangen und sie zu denken anfangen.«

»Gott bewahre, auf was für Ideen Sie kommen, wenn Sie erst denken. Am besten setzen Sie den Hut auch zum Schlafen nicht mehr ab.«

Frau Lindemann wurde es kalt ums Herz, als das Fräulein lachte. Dass Herr von Thorwald scherzte, war gänzlich gegen seine Natur.

Mit seinem Gast am Arm verließ er das Haus. Sie sah den beiden nach, wie sie in eine Mietdroschke erster Klasse stiegen. Ihre Hände zitterten, als ihr der Gedanke kam, der Doktor könne ernsthafte Absichten gegenüber dem Fräulein hegen.

In diesem Moment fiel ihr das Bügeleisen ein. Der Gestank nach verbranntem Stoff stand in der Luft des Hausarbeitsraums, als sie die Tür aufriss. Rasch nahm sie das Bügeleisen vom Tisch. In der Mitte des Unterrocks prangte ein Loch mit schwarzbraunen Rändern.

Sie musste etwas unternehmen. Vielleicht war es noch nicht zu spät. So schnell sie konnte, lief sie nach oben ins Gästezimmer und ging zu dem Schrank, in den sie eigenhändig die wenigen Kleider aufgehängt hatte. Eines nahm sie heraus. Es war maßgeschneidert und aus feinem Stoff. Das sagte ihr immerhin, dass

Fräulein Cecilie einen reichen Gönner haben musste. Wahrscheinlich war das ihr Geheimnis. Sie war die Mätresse eines wohlhabenden Mannes.

Die Erkenntnis versetzte Frau Lindemann in Hochstimmung. Wenn sie dem Doktor davon berichtete, würde er das Fräulein bestimmt vor die Tür setzen. Summend holte sie den teuer aussehenden Lederkoffer unter dem Bett hervor, klappte ihn auf und warf das Kleid hinein. Sie wollte sich gerade den anderen Wäschestücken zuwenden, da hielt sie inne und holte das Kleid wieder heraus. Unter dem Stoff fand sie einen zerknüllten Zettel. Sie entfaltete ihn, strich ihn glatt und las.

Ein nicht namentlich genannter Fabrikant bot seine Tochter in einer Zeitungsannonce einem Adeligen zur Frau an. Nach und nach begriff Frau Lindemann, dass es sich bei der Tochter höchstwahrscheinlich um Fräulein Cecilie handelte. Also würde sie dem Doktor nichts Verwerfliches über das Fräulein berichten und sie demnach nicht so einfach loswerden können. Es sei denn, fiel ihr ein, sie schriebe unter der Chiffre an den Vater, der sein Töchterlein bestimmt schon vermisste.

Frau Lindemann eilte in die Bibliothek, wo sich Briefpapier, Tinte und Feder befanden, und setzte einen Brief an den unbekannten Fabrikanten auf. Es bereitete ihr Mühe, die richtigen Buchstaben aneinanderzureihen, schließlich hatte sie sich das Lesen und Schreiben selbst beigebracht, aber nach ein paar zerknüllten Seiten ging es.

»Verehrter Herr«, schrieb sie. »Nehmen wir einmal an, Sie haben eine Tochter auf den Namen Cecilie getauft, wenn nicht, dann vergessen Sie lieber mal, was ich Ihnen nun berichten tue, wenn aber doch, liegt es an mir, Ihnen hochachtungsvoll mitzuteilen, wo das Mädchen momentan Obdach gefunden hat. Bei einem unverheirateten Herrn, was sich nicht schickt. Ergebenst Ihre Frau Lindemann.«

11

Damit der Saum ihres Rockes nicht befleckt wurde, hatte Cecilie ihn hochgesteckt, während sie den Boden des Leichenkellers mit dem Schrubber bearbeitete. Dabei summte sie eine Melodie. In seltsame Hochstimmung versetzt, musste sie immer wieder an Zürich denken, das ihr nun wie das Gelobte Land erschien. Ihr Blick wanderte zu Dr. von Thorwald, der vor sich hin arbeitete. Eine Wärme erfüllte sie, als sie ihn sah.

Er war ausgesprochen zuvorkommend. Mit welcher Herzlichkeit er sie als Gast in seinem Haus willkommen geheißen hatte. Auch wenn er dem Frauenstudium gegenüber nicht ganz so aufgeschlossen war, wie sie es sich erhofft hätte, fühlte sie sich mit ihrem Wunsch dennoch ernstgenommen von ihm.

Dann fiel ihr ein, dass sie wieder nicht dazu gekommen war, ihm von den Wäschestücken zu erzählen. Wie albern hatte sie sich doch verhalten. Natürlich weihte er sie nicht in seine beruflichen Unterhaltungen mit Kommissar Tiegler ein, schließlich war sie kein Mitglied der Polizei. Dumm und kindisch war ihr Benehmen. Sobald Max Weimar in die Pause aufbrach, wollte sie das Versäumte umgehend nachholen. Wieder sah sie zu dem Assistenten hinüber. Nach einer Weile bemerkte er ihre Blicke.

Plötzlich kam er auf sie zu und packte sie. »Das sind doch die Stiefel der Toten«, herrschte er sie an.

»Was? Sie müssen sich irren!«

»Nee, das sind sie. Ich hab mich schon gewundert, wo die abgeblieben sind.«

Dass er sie erwischt hatte, war Cecilie äußerst peinlich. Sie versuchte sich herauszureden, die Schuhe sähen nur so ähnlich aus, aber Weimar war wie trunken von seiner Entdeckung.

»Diesmal kommst du mir nicht davon«, wütete er und zog sie hinter sich her zu Dr. von Thorwald. Dort riss er ihren Rock weiter hoch, so dass außer den Stiefeln ein gutes Stück ihrer Beine entblößt wurde. Sie schämte sich entsetzlich.

»Sie hat gestohlen«, informierte er den Gerichtsarzt.

»Was tust du da, Max?« Dr. von Thorwald klang entgeistert. »Lass sie los!«

»Aber sie hat Stiefel der schönen Toten gestohlen.«

»Wie bitte?« Der Gerichtsarzt blickte nun auf Cecilies Füße. »Tatsächlich!«

Sie senkte den Blick und wusste nicht, was sie schlimmer finden sollte, dass die Männer ihre Beine und Unterhose sahen oder dass sie aufgeflogen war.

»Das sind Beweismittel!«, sagte der Gerichtsarzt keuchend. »Sie haben sie unbrauchbar gemacht. Ziehen Sie die Schuhe sofort aus. Wie konnten Sie das tun?«

»Es tut mir leid«, stammelte sie. Sie fühlte sich elend.

»Sind Sie denn von allen guten Geistern verlassen?«

Sie wünschte sich, sie wäre barfuß gelaufen, anstatt ihn derart zu enttäuschen.

»Ich hatte keine Schuhe mehr. Meine sind mir gestohlen worden.«

»Deshalb entwenden Sie Beweismittel?« Dr. von Thorwald schüttelte den Kopf.

»Das muss aber Folgen haben«, verlangte Max Weimar.

»Das wird es auch«, entgegnete der Gerichtsarzt. »Wir sprechen uns noch. Ich muss ins Präsidium.«

Sie zog sich hinter den Vorhang zurück, wo sie die Stiefel von den Füßen streifte, dann kam sie wieder hervor und reichte die

Schuhe Dr. von Thorwald, dabei wagte sie es nicht, ihm in die Augen zu sehen. Er nahm die Stiefel ohne ein Wort an sich und wollte gehen.

»Ich habe etwas herausgefunden«, hielt sie ihn zurück.

»Keine Zeit.«

»Bitte«, insistierte sie. »Es ist wirklich wichtig.«

»Was denn?« Ungeduld war seiner ganzen Körperhaltung abzulesen.

»Es geht um die Unterwäsche der beiden Toten«, beeilte sie sich zu sagen.

»Haben Sie die etwa auch gestohlen?«

»Wo denken Sie hin? Aber ich weiß, dass sie von Moden Haas stammen. Der Mörder hat dort fünf Wäschegarnituren gekauft.«

Dr. von Thorwald sah Cecilie entgeistert an. »Was reden Sie da?«

»Es ist die Wahrheit«, beteuerte sie.

»Warum haben Sie mir nicht früher davon erzählt?«

Sie konnte ihm schlecht sagen, dass sie sauer gewesen war, weil er sie ausgeschlossen hatte, deshalb stammelte sie nur, sie habe es vergessen. Wahrscheinlich war er nun endgültig wütend auf sie.

»Ich werde meine Sachen abholen lassen«, sagte sie daher.

»Wie bitte?« Offenbar verstand Dr. von Thorwald sie nicht.

»Meine Kleider, meinen Koffer«, erklärte sie.

»Ja und? Warum wollen Sie die holen lassen?« Er wurde nun richtiggehend ungehalten.

»Weil ich Sie enttäuscht habe«, gab sie zu.

»Für solche Empfindlichkeiten habe ich keine Zeit«, schimpfte der Gerichtsarzt.

Cecilie versuchte zu verhindern, dass sich Tränen in ihren Augen sammelten. Als Dr. von Thorwald ging, stand Max Weimar hinter ihr. Die Nähe zu ihm verursachte ihr körperliches Unbehagen. Sie wollte sich an ihm vorbeidrücken, er stellte sich ihr aber immer wieder in den Weg.

»Glaub ja nicht, dass du so einfach davonkommst«, drohte er ihr. »Nur weil du was mit dem Doktor hast.«

»Ich habe nichts mit ihm«, wehrte sie sich gegen die Unterstellung, dabei zitterte sie.

Sie hatte fahrlässig gehandelt, als sie die Schuhe anzog, gewiss, aber Weimars Verhalten empörte sie. Was hatte der Assistent nur gegen sie? Sie beschloss, jeden Gedanken an ihn zu verdrängen und sich lieber den Kopf darüber zu zerbrechen, wie sie ihren Fehler bei Dr. von Thorwald wiedergutmachen konnte.

Carl betrachtete die Wolkenheere, die am Himmel zu grauen Bataillonen aufmarschierten, gegen die sich die Sonne in Scharmützeln schlug. Ein aufflackernder Sonnenstrahl brachte die bunt gestrichene Drehorgel zum Leuchten, die Antonio aus Italien die Ackerstraße entlangschob, während er die ewig gleiche Melodie herunterleierte.

»Buon giorno, signor di polizia.« Mit einem zahnlosen Lächeln grüßte er Carl, der sich an die Pickelhaube tippte. Auf der mit Glanzbildern verzierten Drehorgel hockte ein Affe in einer rosa- und lilafarbenen Soldatenjacke. Als Carl ihm neckend den Zeigefinger entgegenstreckte, bleckte das Tier die langen Zähne.

Er überlegte, ob er dem Italiener die beiden Fotografien der toten Frauen zeigen sollte, die an alle Streifenpolizisten des 59. Reviers ausgegeben worden waren, ließ es aber sein. Selbst wenn Antonio eine davon erkannte, reichten seine Sprachkenntnisse nicht aus, um sich zu verständigen. Stattdessen zeigte er sie dem Stuhlmacher, der gerade mit Stroh bespannte Stühle an die Eingangstür zu seinem Laden hängte. Beim Anblick der Bilder schüttelte der Mann den Kopf. Carl lief an Hühnern in Käfigen vorbei auf eine der Wirtschaften zu, die ihr flüssiges Frühstück offerierten, dabei wich er einem Hundehaufen aus. Weder einer der frühen Gäste noch der Wirt hatte die Frauen gesehen.

Auf den Fotografien waren sie ungeschminkt. Man sah ihnen an, dass sie tot waren. Eine davon war Vroni, von der anderen wusste man nicht, wer sie war. Carl dachte daran, dass auch Fräulein Pia hätte tot sein können. Im Geiste sah er sie nackt auf der Bahre liegen, die Augen geschlossen, die Konturen des Gesichts vom Tod verschwommen.

Es kam ihm nur natürlich vor, dass er zu Meyers Hof ging, um an ihre Stubentür zu klopfen. Als sich dort niemand meldete, versuchte er es über den Gang an der Küchentür.

Tatsächlich war Fräulein Pia zu Hause. Sie stand in der Küche, die von einer Öllampe erhellt wurde. Von draußen fiel kaum Licht durch die verrußten Fensterscheiben. Mit einem Messer schälte sie Kartoffeln, die sie in einen Topf auf dem Herd warf. Ihrer Körperhaltung nach schien es Carl, als käme er nicht gelegen. Dennoch bot sie ihm einen Tee an, den er gerne akzeptierte. Sie stellte sich auf die Zehenspitzen und holte ein Gefäß vom Küchenschrank, das sie ihm zusammen mit der Tasse zuschob. Als er den Deckel lüftete, sah er Zuckerkristalle darin. Fräulein Pia reichte ihm einen Löffel. Er gab etwas Zucker in den Tee.

»Bitte, greifen Sie zu«, forderte sie ihn auf.

»Danke, ich habe genug.«

Sie nahm ihm den Löffel aus der Hand, tauchte ihn in die Kristalle und schüttete vier Ladungen in die Flüssigkeit. Dadurch schmeckte der Tee viel zu süß, trotzdem trank er ihn bis auf den letzten Tropfen aus, während ihre braunen Augen auf ihm ruhten.

»Wie geht es Ihnen, Fräulein Pia?«

»Wie meinen Sie das?« Sie verschränkte die Arme vor der Brust.

»Weil Sie doch Schlimmes durchgemacht haben. Ich muss immer daran denken, dass es auch Sie …« Carl brach ab. Ihm erschien es nicht ratsam, der jungen Frau die finsteren Bilder in seinem Kopf zu schildern. Sie musste mit ihren eigenen fertig werden.

Ihre Miene war noch ernster als gewöhnlich geworden. Trotzdem setzte sie sich zu ihm. Mit dem Finger fuhr sie die Messerkratzer in der Tischplatte nach.

»Ich versuche mich an das Aussehen des Mannes zu erinnern, aber ich kann es nicht. In meinen Träumen sehe ich es dann. Er hat ein ganz harmloses Gesicht. Sobald er mich aber angrinst, bekommt er das Maul eines Drachen.« Ihre Augen füllten sich mit Tränen. Carl legte seine Hand auf die ihre. Sie zog sie nicht weg. Ihre Haut fühlte sich schrundig an.

»Er atmet mich an mit seinem heißen, widerlichen Maul«, erzählte sie, »und ich sehe seine vom Speichel triefenden Zähne.«

In diesem Moment ging die Küchentür auf. Sofort entriss Fräulein Pia Carl ihre Hand, die sie im Schoß verbarg, als habe sie etwas Verbotenes getan. Der Eintretende machte auf Carl den Eindruck eines Schweins mit seinen zusammengekniffenen Äuglein und der nach oben gebogenen Nase.

»Gustav, du?« Fräulein Pia stand auf. Ihrer Stimme war die Überraschung anzuhören.

Der Angesprochene starrte Carl an. »Ich wollte mit dir spazieren gehen, du weißt schon«, sagte er dabei an Fräulein Pia gewandt. Mit der Hand umklammerte er eine Tasche aus Segeltuch.

»Ich kann nicht«, erwiderte sie und wies auf Carl. »Er, die Polizei, sie sucht einen Frauenmörder.«

»Dann ein anderes Mal. Ist dein Bruder da?«

»Nein, ich bin allein.«

»Na denn, bis bald.«

Der Mann, den Fräulein Pia Gustav genannt hatte, zog sich zurück. Carl fragte sich, was zwischen den beiden war. Wirklich vertraut waren sie nicht miteinander umgegangen, dennoch spürte er ein nagendes Gefühl in seiner Magengegend, das er nur zu gut kannte.

»Ein Freund?«, fragte er betont beiläufig.

»Ein Genosse.« In ihrem Blick lag Herausforderung.

Dass sie die Schwester eines bekannten Sozialisten war, hatte er gewusst, dass aber auch in ihr die politische Überzeugung brannte, begriff er erst in diesem Moment. Er fragte sich, ob er damit leben konnte. Eigentlich interessierte ihn Politik nicht. Als Soldat hatte er seine Schuld für das Vaterland abgeleistet. Etliche Feinde hatte er getötet, damit die Deutschen siegreich aus der Schlacht hervorgingen. Jetzt wollte er nur mehr in Ruhe gelassen werden, sein Leben leben, arbeiten und vielleicht eine Familie gründen.

»Ich muss gehen.« Er erhob sich ebenfalls. »Ich verspreche Ihnen, dass die Polizei alles dafür tun wird, diesen furchtbaren Kerl zu fassen.«

Sie lachte auf. Es war kein freundliches Lachen. »Solange er sich nur an Dirnen und Proletariermädchen vergreift, pressiert es gewiss nicht.«

Auf einmal lag ihm viel daran, dass sich ihre Meinung über die Polizei änderte.

»Kommissar Tiegler ist ein sehr fähiger Mann. Kennen Sie seinen Spitznamen, Fräulein Späth?« Er wartete nicht auf eine Antwort. »Bulldogge nennt man ihn. Wenn er sich einmal festgebissen hat, lässt er nicht mehr los.«

»Hoffentlich beißt er nicht den Falschen«, sagte Fräulein Pia, allerdings merklich freundlicher.

Er ging zur Tür. »Ich werde Ihnen berichten«, versprach er, und es freute ihn, sie lächeln zu sehen. »Bis bald!«

Carl stieg die Treppen hinunter. Im Innenhof fiel ihm auf, dass er schon seit einer Weile nicht mehr an Jenny gedacht hatte. Ein Liedchen pfeifend beugte er sich hinunter, um mit dem Taschentuch einen Dreckspritzer von seiner Stiefelspitze zu wischen. Als er sich wieder aufrichtete, sah er Gustav aus dem Treppenhaus kommen und durch die Höfe zur Straße gehen. Er wunderte sich, was der Mann so lange im Haus getrieben hatte.

Das Verhörzimmer bestand aus nackten Wänden, die ebenso wie der Boden mit bräunlichen Flecken übersät waren. Es roch nach Urin, Erbrochenem und Angst. Hektor trat ein. In Gedanken weilte er immer noch bei Fräulein Cecilie. Sie hatte ihn gleichermaßen enttäuscht, weil sie die Stiefel als Beweismittel unbrauchbar gemacht hatte, und mit ihrer Kenntnis über die Herkunft der Wäschestücke verblüfft.

Auf einem Stuhl in der Mitte des Verhörzimmers saß eine Gestalt, unter deren Körper die Holzbeine zu bersten drohten. Der rasierte Schädel war dem Mann auf die Brust gesunken. Die muskelbepackten Arme ruhten auf den Oberschenkeln.

»Er ist es«, entfuhr es Hektor.

»Adam Mayer«, sagte Tiegler. »Geboren im Jahr 1856 in Wedding.«

Der Riese sah auf. Seine Augen blickten trübe.

»Die Kollegen haben ihn in der Nacht festgenommen. Ich hatte an alle Polizeireviere der Stadt Ihre und Fräulein Cecilies Beschreibung herausgegeben«, erklärte Kommissar Tiegler. Er stellte sich vor Adam und stemmte die Hände in die Hüften. »Spuck aus, wer hat dich beauftragt, das Herz aus Dr. von Thorwalds Haus zu stehlen?«

»Verrat keinen Freund«, murmelte Adam.

»Und wenn ich dir sage, dass du gar keinen Vertrauensbruch mehr begehen kannst, weil dein Freund, wir reden hier doch von Ferdinand Dittrich, nicht wahr? Weil er nämlich tot ist.«

Adam schien das Gesagte nicht zu begreifen. Wenn die Narbe auf seiner Wange nicht gewesen wäre, hätte man seinen Gesichtsausdruck als naiv bezeichnen können, dachte Hektor. Mit der Narbe aber sah er so gefährlich aus, wie er war.

»Dein Freund, Ferdinand«, fasste Tiegler zusammen, »ist tot.«

Nach ein paar Sekunden ergaben die Worte offenbar auch für den Riesen einen Sinn. Er schlug die Hände vors Gesicht. Dabei kam eine schlecht gestochene Tätowierung auf seinem Unterarm zum Vorschein. Ein Herz, das tränte. Seine Schultern bebten, während er unkontrollierte Laute ausstieß. Hektor verstand den Namen Ferdi, da Adam ihn mehrmals wiederholte. Tiegler öffnete die Tür und rief nach einem Polizisten. Kurz darauf brachte dieser einen Eimer Wasser, den er dem Riesen ins Gesicht schüttete. Adam prustete und spuckte.

»Lass das Theater. Wir reden jetzt Tacheles. Ferdinand Dittrich hat dich also mit dem Einbruch bei Dr. von Thorwald beauftragt?« Mit roten Augen blickte Adam ihn an. »Ja oder ja?«

Der Riese nickte.

»Woher stammen die Herzen?«

Adam zog die Schultern hoch, was bei ihm aussah, als stemme jemand zwei Säcke Mehl.

»Wem habt ihr sie rausgeschnitten?«

Diesmal schüttelte Adam den Kopf. »Weiß nicht.«

Tiegler drehte sich zu Hektor um. »Alles lammfromme Klosterschülerinnen hier drin. Sie glauben gar nicht, wie viele ›weiß nicht‹, ›kenn ich nicht‹, ›ich doch nicht‹ ich mir jeden Tag anhören muss. Man könnte meinen, die Polizei verhafte nur Unschuldige.«

Hektor war jedoch nicht so überzeugt wie der Kommissar, dass Adam log. Vielmehr sprach er ihm jeden Intellekt dafür ab. Schon die einfachste Lüge musste den geistigen Horizont des Riesen weit überschreiten.

»Darf ich mal?«, bat er.

»Warum nicht.« Tiegler wirkte nicht erfreut über die Einmischung, trat aber zurück, um ihm Platz zu machen. Hektor kniete sich neben den tropfnassen Hünen, dabei achtete er darauf, nicht zu viel Gewicht auf den rechten Fuß zu verlagern. Er legte dem Mann eine Hand aufs Knie und sah ihm von unten in die Augen.

»Hör zu, Adam, wir vergessen jetzt mal unsere kleine Auseinandersetzung von vor ein paar Tagen, einverstanden?« Er redete mit dem Riesen wie mit einem Kind. »Ich bin dir gar nicht böse, dass du bei mir eingebrochen bist. Auch die Geschichte im Keller ist vergessen. Vielleicht können wir Freunde werden?«

Adam schüttelte den Kopf. »Hab Freund.«

»Nein, Adam, du bist ganz allein, denn Ferdi ist tot. Du hast keinen Freund mehr.«

Ganz langsam nickte der Riese, als begriffe er, was Hektor sagte.

»Jetzt wo du keinen Freund mehr hast, brauchst du einen neuen Freund, oder?«

Wieder nickte Adam.

»Darf ich dein Freund sein?«

Ein Schnauben veranlasste Hektor, sich zu Tiegler umzudrehen. Der Kommissar unterdrückte ein Lachen. Hektor bedachte ihn mit einem warnenden Blick. Dann wandte er sich wieder an Adam, der nachzudenken schien, wobei er die Stirn runzelte und die Zunge von einem Mundwinkel zum anderen bewegte.

»Hier.« Hektor erleichterte ihm das Nachdenken, indem er ihm eine seiner Zigarren in die Hand legte. »Mein Freundschaftsgeschenk. Freunde geben sich immer was.«

Der Riese nahm die Zigarre und steckte sie sich zwischen die Lippen. Tiegler ließ zu, dass Hektor sie ihm anzündete.

»Was gibst du mir dafür?«, fragte Hektor.

»Hab nichts.« Adam sah ihn schuldbewusst an.

»Du hast sehr wohl etwas«, insistierte Hektor. »Du kannst mir die Wahrheit sagen. Freunde sagen sich immer alles. Hast du Menschen umgebracht, um ihnen das Herz rauszuschneiden?«

»Nein!« In Adams Blick lag ehrliches Entsetzen.

»Hat Ferdi Menschen umgebracht?«

Wieder verneinte Adam.

»Hast du Ferdi umgebracht?«

»Nein, nein, nein!«, schrie der Riese.

»Der lügt doch wie gedruckt«, mischte sich Tiegler ein.

»Ich glaube ihm«, versicherte Hektor. »Denken Sie wirklich, dass er einen Selbstmord inszenieren könnte? Er hätte Dittrich erschlagen und fertig.«

Diesem Argument fügte sich der Kommissar nach einigem Überlegen.

»Wenn ihr die Herzen niemandem rausgeschnitten habt«, fragte er schließlich, »wie seid ihr dann an sie gekommen?«

»Kutsche«, sagte Adam.

12

Weil sie sich schämte, ohne Schuhe herumzulaufen, war Cecilie verschwenderisch gewesen und hatte anstelle der Pferdebahn eine Mietdroschke genommen. Auf Strümpfen stand sie nun vor der Tür des Gerichtsarztes. Frau Lindemann öffnete ihr. Der Haushälterin entging ihre Pein keineswegs. Sie konnte sich vorstellen, wie der alte Dragoner deshalb auf sie herabsah, aber sie empfand es als gerechte Strafe für ihr Vergehen. Rasch eilte sie ins Gästezimmer, um sich das Elend des Kellers abzuwaschen. In der Waschschüssel befand sich eiskaltes Wasser. Vermutlich hatte Frau Lindemann es ihr mit Absicht hineingefüllt.

Deren Position hob sich außerordentlich von der einer gewöhnlichen Hausangestellten ab. Mit Argusaugen überwachte sie jeden von Cecilies Schritten, als verdächtige sie die junge Frau, das Tafelsilber mitgehen zu lassen. Vielleicht schlug hinter ihrem ausladenden Busen das Herz in aller Heimlichkeit für den Gerichtsarzt und sie sah den Gast ihres Hausherrn als Nebenbuhlerin an? Das hatte sich bald erledigt, denn Cecilie erwartete, noch heute Abend von Dr. von Thorwald nach einer Standpauke vor die Tür gesetzt zu werden.

Sie schüttete sich mit beiden Händen Wasser ins Gesicht und sah in den Spiegel über dem Waschtisch. Die Frau, die ihr entgegenblickte, schien gealtert zu sein. Ein ernster Zug lag um ihren Mund. Sie glaubte, Falten um die Augen zu entdecken, die sie zuvor nicht bemerkt hatte.

Als sie das Esszimmer betrat, fand sie Dr. von Thorwald zusammen mit dem Kommissar am Tisch vor. Die beiden hatten ihre Suppe nicht angerührt.

»Selbstverständlich glaube ich, dass Dittrich auch die Frauen ermordet hat«, echauffierte sich der Kriminalbeamte gerade. »Die Verbindung liegt doch auf der Hand. Er hat ihnen die Herzen herausgerissen und sie dann verkauft.«

»Ich weiß nicht …« Der Gerichtsarzt verstummte bei Cecilies Anblick und zog die Papiere zu sich heran, die vor ihm auf dem mit Leinen eingedeckten Tisch lagen. Vergeblich suchte Cecilie nach einer Monogrammstickerei auf der Tischwäsche. Bisher hatte sie nichts im Haushalt des Gerichtsarztes entdeckt, das auf eine Frau von Thorwald schließen ließ. Vermutlich war er unverheiratet. Aber es war zu spät, sich darüber Gedanken zu machen. Sie wartete darauf, dass Dr. von Thorwald ihr eine Strafpredigt hielt und sie des Hauses verwies. Stattdessen griff er unter den Tisch und zog ein Paar Stiefel hervor, die er ihr hinhielt.

»Nehmen Sie schon!«, forderte er sie auf.

Sie griff nach den Schuhen aus braunem Leder. »Aber … Danke, vielen, vielen Dank!«

Er beachtete sie nicht weiter. Die Männer redeten leise miteinander. Frau Lindemann kam herein und schüttete ihr eine Kelle Suppe auf den Teller. Erst da wagte Cecilie es, sich zu setzen. Sie brachte jedoch keinen Bissen hinunter.

»Kommt Ihnen ein Name auffällig vor?«, fragte Tiegler Dr. von Thorwald.

»Ehrlich gesagt, kenne ich beinahe jeden Namen auf der Liste. Ausgesprochen reiche Kundschaft.«

»Ich kann schlecht bei den feinen Herrschaften anklopfen und fragen, ob ich mal ihre Kutschen untersuchen dürfte«, jammerte der Kommissar.

»Nein, das können Sie nicht«, stellte der Gerichtsarzt mit grimmiger Miene fest. »Ich muss rauchen. Kommen Sie mit, Herr Tiegler.«

Die Männer verließen den Raum, ohne Cecilie aufzufordern, sich ihnen anzuschließen. Sie rührte mit dem Löffel in der Suppe und linste dabei auf die Blätter, die die beiden zurückgelassen hatten. Vielleicht konnte sie einen Blick darauf werfen. Dann musste sie nur noch eine Möglichkeit finden, um ihren Fehler mit den Schuhen wiedergutzumachen. Weil sie die Schrift auf dem Kopf sah, zog sie das oberste Blatt zu sich heran und drehte es um. Fein säuberlich waren die Namen sämtlicher Kutschenbauer der Umgebung aufgelistet. Hinter jedem Herstellernamen standen die Namen der jeweiligen Kunden. Es war eine lange Liste mit lauter von und zus. Kein Wunder, dass der Kommissar davor zurückschreckte, die Leute aufzusuchen. Es konnte ihn seine Karriere kosten, wenn er einem von ihnen auf die Füße trat.

»Was tun Sie da?« Cecilie fuhr herum. Frau Lindemann hatte sie erwischt.

»Ich bringe diese Liste Doktor von Thorwald«, behauptete sie und erhob sich.

»Das geht Sie nichts an. Ich bringe sie ihm.« Die Haushälterin griff nach dem Zettelstapel.

Cecilie hielt ihn fest. »Nein, das mache ich.«

»Lassen Sie los!«

Frau Lindemann zog. Ein Blatt Papier riss entzwei. Sie starrten beide darauf.

»Ich werde dem Doktor sagen, dass Sie in seinen Sachen herumschnüffeln«, schimpfte die Haushälterin und verließ das Zimmer.

Cecilie machte sich hektisch daran, die Seite wieder zusammenzulegen und die anderen Blätter glattzustreichen, die unter dem Streit gelitten hatten. Plötzlich sprang ihr ein Name auf der

Liste ins Auge. Bevor sie sich darüber Gedanken machen konnte, kam Frau Lindemann gefolgt von Dr. von Thorwald zurück.

»Es tut mir alles so leid«, entschuldigte sich Cecilie bei ihm.

Die Haushälterin musterte sie derweil herausfordernd. Der Gerichtsarzt setzte sich zu Cecilie an den Tisch. Er stützte den Kopf in die Hände. Mit den Fingerspitzen rieb er sich über die Augen. Sie fand, dass er sehr müde aussah.

»Bitte glauben Sie mir, dass ich Ihnen niemals schaden wollte«, versicherte sie.

»Schon gut. Tun Sie mir nur einen Gefallen und halten Sie sich in Zukunft aus allen Ermittlungen heraus. Das ist Sache der Polizei«, sagte er.

Sie versprach es ihm hoch und heilig, wobei Frau Lindemann ihren Schwur mit ungläubigen Geräuschen kommentierte. Als Dr. von Thorwald sie nach Tee schickte und sie diesen bald darauf brachte, beugte sie sich beim Einschenken weit zu Cecilie hinab.

»Lange werden Sie damit nicht mehr durchkommen«, flüsterte sie.

Hektor konnte den Blick nicht von den Rüschen lassen, die die in Stiefeln steckenden Knöchel umspielten. Weil Fräulein Cecilie im Leichenkeller den Saum ihres Kleides hochband, war ein Stück ihres Unterrocks zu sehen. Er malte sich aus, wie die Wade darunter geformt sein mochte.

Diese Bilder hatten ihn in den vergangenen Nächten wach gehalten. Er hatte sich vorgestellt, wie der Atem über die sinnlich geschwungenen Lippen der jungen Frau strömte, die nur wenige Meter von ihm getrennt schlief, wie seine Fingerkuppen ihr Korsett öffneten und die Haut an ihrem Rücken berührten. Das Rascheln ihres Rocks verfolgte ihn bis in seine Träume. Und in den knisternden Falten trug Fräulein Cecilie einen höchst weiblichen Geruch nach Seife und Lavendel mit sich, den sie überall verbreitete.

Plötzlich bemerkte er, dass sie ihn ansah. Schnell schickte er Max, die nächste Leiche zu holen. Er musste sich zusammenreißen. Eine solche Schwäche konnte er sich nicht erlauben. Doch obwohl ihm Fräulein Cecilie einiges an Scherereien bereitet hatte, brachte er es nicht über sich, sie aus seinem Haus und dem Keller zu werfen. Im Gegenteil, es reizte ihn immer mehr, zu erfahren, woher sie stammte und aus welchem Grund sie weggelaufen war.

Der Assistent kam mit einer Bahre und Kommissar Tiegler zurück.

»Guten Tag!«, grüßte Hektor.

»Gut? Das ist der schlimmste Tag meines Lebens. Der Frauenmörder hat zum dritten Mal zugeschlagen«, sagte der Kriminalbeamte. »Und der Richter hat einen wichtigen Termin. Es ist ja auch völlig unwichtig, dass mir der Polizeipräsident im Nacken sitzt.«

»Warten wir also mit der Sektion. Aber äußerlich darf ich die Leiche sicher schon in Augenschein nehmen?«

»Gewiss.«

Auch diese Leiche war mit Strümpfen, Stiefeln, Unterhose, Leibchen und Korsett bekleidet. Alle in Weiß. Wieder trug sie eine blonde Langhaarperücke und die blauen Augen waren aus Glas. Diesmal war es jedoch ein grobknochiges Mädchen, dessen Muskeln an Armen und Beinen dafür sprachen, dass es harte Arbeit gewöhnt war.

»Man hat sie vor der Nationalgalerie gefunden«, berichtete Kommissar Tiegler.

»Alles öffentliche Orte«, stellte Hektor fest, während er der Toten Wäsche und Stiefel auszog.

»Als ob der Mörder uns damit etwas sagen wollte«, fabulierte Tiegler.

Ein lauter Knall ließ Hektor herumfahren. Es war nur Max, der einen Meißel fallen gelassen hatte.

»Vielleicht haben die Orte eine Bedeutung«, erwiderte Hektor, der die Leiche nun gänzlich entkleidete. »Aber da sie alle öffentlich zugänglich sind, helfen sie nicht gerade weiter bei der Suche nach dem Mörder. Jeder kann dort eine Leiche ablegen.«

»Jeder mit einer Kutsche«, verbesserte der Kriminalbeamte. Er zeigte auf die breiten Narben rings um die Brüste. »Was ist das?«

»Es sieht aus, als hätte der Mörder ihr diesmal die Brüste abgeschnitten und wieder angenäht«, sagte Hektor. »Das heißt, er hat die Brüste offenbar verstümmelt. Sehen Sie hier? Jede für sich muss größer gewesen sein.«

Er beobachtete, wie Fräulein Cecilie bleich wurde und sich am Sektionstisch festhielt.

»Außer dem ebenfalls vorhandenen Einstichpunkt in der Halsschlagader kann ich äußerlich nicht mehr feststellen«, informierte er Kommissar Tiegler.

»Warten wir also ab«, antwortete dieser. »Aber ich weiß sowieso, dass in der da auch wieder Stroh steckt.«

Seine ganze Gestalt drückte Wut auf den Mörder aus. Mit finsterem Gesicht verließ er den Keller.

»Haben Sie dem Kommissar von der Wäsche erzählt?«, fragte Fräulein Cecilie.

»Selbstverständlich«, erwiderte Hektor

»Was unternimmt er?« Sie ließ nicht locker.

»Er wird die Information prüfen.«

»Mehr nicht?« Fräulein Cecilie wirkte entgeistert. »Wenn der Mörder die Wäsche in fünffacher Ausführung gekauft hat, bedeutet das doch, dass er jetzt noch mindestens zwei Frauen umbringen wird.«

»Sie halten sich aus den Ermittlungen heraus!«

»Aber wir können doch nicht auf die nächste Tote warten.«

»Polizeiarbeit ist langwierig«, belehrte Hektor sie. »Stück für Stück trägt man die einzelnen Mosaiksteinchen zusammen, bis sie ein Gesamtbild ergeben. Man zeigt Fotos herum, um die Opfer zu identifizieren, man sucht nach einer Kutsche mit schwarzer Lackierung, man fragt in Apotheken nach dem Chloroform, mit dem die Mädchen betäubt wurden, und und und. All das dauert.«

»Und man nimmt das nächste Opfer in Kauf.« Fräulein Cecilie schrie ihn an.

Erst ärgerte er sich über ihre Unverschämtheit, dann merkte er, dass ihn ihre ungestüme Art erregte.

Cecilie hätte sich am liebsten für ihren Ausbruch geohrfeigt, zumal Dr. von Thorwald daraufhin geschwiegen und sich bald danach verabschiedet hatte. Wahrscheinlich war er äußerst verstimmt über ihr wiederholt unangemessenes Verhalten, für das sie sich selbst Vorwürfe machte. Warum konnte sie nicht einfach den Mund halten? Andererseits empfand sie es als unerträglich, dass sie eine solch wichtige Entdeckung gemacht hatte und die Polizei nichts damit anfing. Dem Mörder musste das Handwerk gelegt werden.

Während sie ihre Arbeit versah, versuchte sie, Max Weimar weitestgehend zu ignorieren. Über jeden Fehler, den sie beging, schien er zu frohlocken, so auch als sie den Gerichtsarzt angeschrien hatte. Noch immer stand ihm sein schadenfrohes Grinsen ins Gesicht geschrieben.

Stumm arbeitete Cecilie vor sich hin, als der attraktive Polizist mit einer großen, grobknochigen Frau hereinkam.

»Ich habe gehört, es gibt eine dritte Leiche?«, fragte er Weimar.

Der nickte kurz, bevor er sich abwandte, um eine Bahre aus dem Keller zu schieben.

»Könnten wir sie sehen?«, bat der Polizist, an dessen Namen sie sich nicht erinnerte. Sie wusste nur noch, dass er im 59. Revier seinen Dienst versah. »Berta, die Nichte von Frau Lutz, wird seit Tagen vermisst.«

»Doktor von Thorwald ist nicht da«, antwortete der Assistent über die Schulter. Cecilie betrachtete die Frau mittleren Alters, deren aufgesprungene und gerötete Hände darauf schließen ließen, dass sie ihren Lebensunterhalt als Waschfrau bestritt.

»Er hätte bestimmt keine Einwände«, sagte Cecilie.

Weimar erwiderte nichts, sondern verließ den Keller. Sie rief ihm nach, doch er ignorierte sie, daher blieb ihr nichts anderes übrig, als die Bahre selbst herbeizuschieben und das Tuch abzudecken. Frau Lutz trat näher. Mit den Händen hielt sie sich an ihrer Schürze fest. Sie kniff ein Auge zu. Mit dem anderen betrachtete sie die Leiche. Cecilie fiel die Ähnlichkeit der lebenden Frau zu dem toten Mädchen auf.

»Ist sie's?«, erkundigte sich der Polizist.

»Ich denke schon. Hab Berta seit Jahren nicht gesehen, aber wir sind alle in der Familie sehr robust.«

»Mein herzliches Beileid«, sagte der Polizist.

Frau Lutz schien erst in diesem Moment zu begreifen, dass sie einen Todesfall zu betrauern hatte. Sie stöhnte, schloss die Augen, wollte sich an der Bahre festhalten, glitt aus und fiel um. Mit einem Klatschen landete sie auf dem Boden, den Cecilie glücklicherweise kurz zuvor von den Blutflecken gereinigt hatte.

Der Polizist kniete sich neben sie und tätschelte ihr die Wange. »Wachen Sie auf!«

»Sie muss an die frische Luft«, beschied Cecilie.

Der Polizist half der Frau beim Aufstehen. Sie stützte sich auf seinen Arm, als sie den Keller verließen. Cecilie blieb mit der Toten zurück.

»Arme Berta.« Cecilie streichelte dem Mädchen über Stirn

und Wangen. Dabei fiel ihr ein Rest Schminke auf. Sie wollte sie gänzlich entfernen, um das Mädchen von der Gewalt, die ihm angetan worden war, reinzuwaschen. Cecilie nahm ein Tuch und rieb über die Stelle. Das Tuch färbte sich rosig. Etwas hing daran. Mit zwei Fingern hob sie es hoch. Es war ein hellblondes Haar, kinnlang und stammte weder von der Perücke noch von den abgeschorenen Haaren der Toten. Sie rief sich die Haarfarben Dr. von Thorwalds und Max Weimars in Erinnerung. Von deren Köpfen konnte das Haar auch nicht stammen. Von Kommissar Tieglers Glatze erst recht nicht. Es erschien ihr durchaus möglich, dass der Mörder es hinterlassen hatte.

Trotz des Schwindels und der Übelkeit, die sie immer wieder überkamen, fuhr Elsa mit der Scheuerbürste kräftig über die schwarzweißen Fliesen im Flur. Die wurden dadurch nicht sauberer, als sie vorher schon waren. Doch seit Fräulein Cecilies Verschwinden war die Hausfrau noch übellauniger geworden und brummte ihr eine Arbeit nach der anderen auf. Elsa hoffte, dass Heinrich ihr endlich einen Antrag machte. Dann wäre sie wieder Elisabeth und nicht mehr Elsa. Weil Frau Blum selbst mit Vornamen Elisabeth hieß, hatte sie das Mädchen in Elsa umgetauft. Eine blöde Kuh war die Hausfrau. Hielt sich für was Besseres, dabei stank ihr Nachttopf auch.

Es klingelte an der Tür. Elsa drückte sich vom Boden hoch, wischte sich die Finger an ihrer Schürze ab und öffnete. Vor ihr stand der Verlobte Fräulein Cecilies. Ein gutaussehender Mann, noch dazu mit einem Adelstitel. Sie verstand nicht, wieso das Fräulein ihn nicht heiraten wollte. An ihrer Stelle würde sie sofort ihr Herz an ihn verschenken. Sie lächelte ihn an.

»Lass mich ein!«, schnauzte er.

»Die Herrschaften sind nicht zu Haus«, log sie, wie es ihr Herr Blum aufgetragen hatte.

»Schon wieder«, entgegnete der Baron und drehte sich um. Da erschallte die schrille Stimme der Hausfrau aus dem Salon.

»Die Herrschaft ist ganz offensichtlich nicht im Hause«, sagte er verächtlich und ging.

Elsa kniete sich wieder hin. Es erschien ihr unnötig, Herrn und Frau Blum im Salon zu stören, um über den Besuch des Barons Bescheid zu geben.

»Warum benachrichtigst du nicht endlich die Polizei?«, flehte die Hausfrau. Von ihrem Platz konnte Elsa sie gut hören. Für einen Moment tat sie ihr sogar leid.

»Verstehst du denn nicht, dass dann der Herr Baron davon erfahren wird?«, erwiderte Herr Blum.

»Das müssen wir eben riskieren. Cecilie ist seit drei Nächten verschwunden. Wer weiß, wo sie steckt. Vielleicht ist sie geschändet worden und vielleicht sogar …« Frau Blum brach ihren Satz unter Schluchzen ab.

Elsa bekam einen gehörigen Schrecken. Wenn dem Fräulein etwas Schlimmes passiert war, dann trug sie die Schuld dafür. Der Hausherr und die Hausfrau glaubten, sie sei zu nachlässig gewesen. Zur Strafe behielten sie einen Monatslohn ein. Doch sie hatte die Zimmertür mit Absicht offen gelassen.

»Was du dir nur immer ausmalst. Du solltest keine Romane lesen. Ich kann dir sagen, was mit deiner Tochter ist. Das Mädchen ist genauso verkommen wie Marianne. Cecilie wird bei einem Liebhaber stecken.«

Elsa überlegte, ob Herr Blum recht haben könnte. Fräulein Cecilie war ihr gar nicht verliebt vorgekommen. Zwar tratschte die Köchin mit den Dienstboten der Nachbarschaft darüber, aber Elsa hatte nichts davon bemerkt. Keine heimlich ausgetauschten Briefe, keine verborgenen Liebesbeweise. Das Einzige, was das Fräulein unter der Bettdecke gelesen hatte, waren Bücher mit Bildern von aufgeschnittenen Körperteilen.

»Du denkst nur an dein Geld«, warf Frau Blum ihrem Mann vor.

»Irgendwer muss es ja tun. Du wirfst es doch bloß mit beiden Händen zum Fenster raus. Wie oft soll ich dir noch sagen, dass die ganze Summe verloren ist, die ich dem Baron für die Verlobung gezahlt habe, sobald wir zur Polizei gehen.«

»Sollten wir Cecilie in absehbarer Zeit nicht finden, wird das Geld sowieso verloren sein! Wenn du die Polizei nicht einschaltest, werde ich es eben tun.«

Elsa hielt den Atem an.

»Du wagst es, dich mir zu widersetzen«, schrie Herr Blum.

Sie konnte sich sein rotes Gesicht gut vorstellen. Als sie Schritte hörte, duckte sie sich tiefer über den Boden. Frau Blum stürmte an ihr vorbei und wäre beinahe gegen die Putzeimer getreten. Elsa wagte einen Blick. Die Hausherrin trug die übliche Leidensmiene.

»Wo willst du hin?« Ihr Gatte war ihr nachgekommen.

»Ich habe Kopfschmerzen.« Frau Blum hielt sich eine Hand an die Stirn. »Ich muss mich hinlegen.«

»Ja, leg dich hin.« Herr Blum schrie nicht mehr. »Leg dich hin und komm am besten gar nicht mehr runter. Kein Wunder, dass deine Töchter dein labiles Gemüt geerbt haben. Nicht mal einen gesunden Jungen konntest du in die Welt setzen.«

Elsa wusste nicht, was labil bedeutete, aber es war sicher nichts Schmeichelhaftes, denn Frau Blum stürzte die Treppe hinauf. Herr Blum sah ihr nach. Dann fiel sein Blick auf Elsa. Sie duckte sich erneut, doch es war zu spät.

»Komm mit«, sagte er.

Sie ließ die Bürste liegen, stand auf und strich sich die Schürze glatt. Der Hausherr war bereits vorausgegangen. Sie folgte ihm. Im Arbeitszimmer lüpfte sie den Rock und wollte sich auf den Tisch setzen.

»Lass mich vorher die Post durchsehen«, hielt er sie zurück. Er griff zu den Briefen, die der Postbote am Morgen gebracht hatte, und schlitzte die Umschläge mit einem Messer auf.

Geduldig stand Elsa neben ihm. Sie hoffte, dass es schnell vorbei wäre, denn sie musste noch waschen. Wenn ihre Schürzen und Hauben auch nur den kleinsten Fleck aufwiesen, beschimpfte Frau Blum sie heftig und verdonnerte sie zu Strafarbeiten. Gestern erst hatte Elsa den Kellerboden scheuern müssen, dabei scherten sich die Spinnen und Mäuse dort unten einen feuchten Kehricht darum, wie rein es im Dunkeln war. Sie beobachtete Herrn Blum, der bereits zwei der Briefe überflogen und zur Seite gelegt hatte. Was er jetzt las, schien ihn jedoch mehr zu interessieren. Er wirkte aufgeregter als bei dem Streit mit seiner Frau. Mit dem Briefbogen in der Hand eilte er aus dem Arbeitszimmer. Dabei beachtete er Elsa gar nicht.

»Elisabeth!«, rief er die Treppe hinauf. »Das musst du dir ansehen! Ein anonymer Briefschreiber weiß, wo Cecilie steckt.«

Wenig später polterte es im oberen Stockwerk. Jemand rannte die Treppe hinunter.

»Wo ist sie?«, fragte Frau Blum atemlos. Elsa spitzte die Ohren, doch die Antwort des Hausherrn verstand sie nicht. Offenbar war er mit seiner Ehefrau in den Salon gegangen und hatte die Tür geschlossen. Elsa nahm den Briefumschlag, der achtlos zu Boden gesegelt war, an sich. Sie konnte zwar nicht lesen, sah aber, dass eine Absenderadresse angegeben war. Den Umschlag steckte sie in ihre Schürzentasche.

Der Pianist klimperte eine eingängige Melodie. Eines der Mädchen sang mit leidlich hübscher Stimme dazu. Die Luft war angefüllt von den Aromen blumiger Parfüms und kostspieliger Spirituosen. Das Etablissement war teuer, aber erstklassig. Offiziell galten Bordelle in Berlin als abgeschafft, inoffiziell sah es anders aus.

Indem Hektor der Dame hinter dem Tresen ein paar Geldscheine reichte, schloss er ein Geschäft ab, dessen Regeln ihm behagten. Beide Seiten profitierten davon. Die Mädchen hatten ihr Auskommen, und er bekam das Maß an körperlicher Nähe, das er ertragen konnte. Sie stellten keine Fragen und hatten nicht das Bedürfnis, auf den Grund seiner Seele zu blicken. Was sie dort vorfanden, würde sie ohnehin entsetzen. Keine Verpflichtungen, keine Gefühle. Wenn eines der Mädchen morgen auf seinem Seziertisch landen sollte, würde er das gleiche oberflächliche Bedauern empfinden wie bei jedem anderen Toten.

Er sah sich im Raum um. Die dickbusige junge Frau, die er sich bei seinen seltenen Besuchen regelmäßig aufs Zimmer schicken ließ, saß auf dem Schoß eines älteren Herrn, der sie unter dem Kleid kitzelte.

»Fräulein Margaret ist beschäftigt, aber Fräulein Lilo ist frei«, informierte ihn die Puffmutter.

Hektor betrachtete die dralle Blonde, die sich auf einem Kanapee räkelte. Ihre Schultern waren rundlich.

»Ich möchte die da.« Er zeigte auf eine dünne Frau mit rotem Lockenchignon, die er zum ersten Mal wahrnahm. An ihrem Dekolleté standen die Knochen hervor.

»Die?« Die Puffmutter zuckte mit den Schultern und rief das Mädchen herbei, das sie ihm als Gitta vorstellte.

Gitta ging vor ihm die Treppe hinauf, während sie über lauter belanglose Dinge redete. Er gab sich nicht die Mühe, ihr zu antworten. Manchmal glaubten die Mädchen, sich durch Plaudereien beliebt zu machen. Hektor dachte nur an die Erlösung, die ihm bevorstand. Nach zwei Nächten mit Fräulein Cecilie unter einem Dach halfen seine Fingerübungen nicht mehr. Die Erregung hatte sich derart aufgestaut, dass er dringend ein Ventil dafür benötigte.

»Bist du oft hier?« Gitta setzte sich auf das Bett und zog den Morgenmantel aus. Darunter kamen ein Korsett und eine lange Unterhose zum Vorschein. »Was machst du denn so?«

Die Dirne missachtete offensichtlich Hektors Grundregeln des Nichtpersönlichwerdens. Die Frage nach seiner Profession gehörte definitiv dazu.

»Ich schneide Leichen auf«, erwiderte er.

Gittas Augen weiteten sich. »Bist du bei der Polizei?«

»Ich arbeite mit ihr zusammen.«

Hektor hatte das Gegenteil von dem erreicht, was er bezwecken wollte. Gitta nahm seine Auskunft zum Anlass, ihm von einer Orgie zu erzählen, bei der sie mit einer Freundin gewesen war. Die Worte rauschten nur so an ihm vorbei, ihre Stimme umhüllte ihn wie ein Kokon. Hastig schnürte er das Korsett auf und hielt den Atem an. Darunter kam helle Haut zum Vorschein. Er fuhr darüber. Die Zartheit erregte ihn. Mit der Zunge leckte er ihre Schlüsselbeine entlang, den Hals hoch bis zum Haaransatz.

»Seit der Nacht habe ich Paula nicht mehr gesehen«, sagte Gitta. Hektor legte ihr einen Finger auf die Lippen. Sie verstand. Mit geübten Griffen zog sie ihn aus, dabei wippten ihre Brüste. Ihre Brustwarzen waren so rot, dass er den Verdacht hatte, sie seien gefärbt. Als er ausgezogen war, drückte sie ihn auf das Bett und streifte sich die Unterhose ab. Er starrte auf das rötlich braune Haarbüschel zwischen ihren Beinen. Sie trug jetzt nur noch Stiefel und schwarze Seidenstrümpfe, die die Waden hinabgerutscht waren, vor denen sich ihre Nacktheit noch weißer ausnahm. Ihre Hände versenkten sich in dem Dutt, um ihn zu lösen. Die Locken fielen ihr auf die Schultern. Hektor konnte nicht länger warten und griff nach ihr. Breitbeinig setzte sie sich auf ihn. Ihre Schamhaare streiften über seinen Bauch. Mit einer Hand fasste er um ihren Hinterkopf und zog sie näher heran, bis ihre Brust an die seine gepresst war. Sein Glied pulsierte ihr entgegen. Er vergrub die Nase in ihren Locken.

»Cecilie«, flüsterte er.

Cecilie glaubte, jemanden ihren Namen rufen zu hören. Sie legte das Praktische Handbuch der gerichtlichen Medizin auf den Tisch, stand auf und ging aus der Bibliothek in den Flur. Von unten hörte sie Frau Lindemann keifen. Cecilie beugte sich über das Geländer.

»Verschwinde!« Tatsächlich versuchte die Haushälterin, eine Frau davon abzuhalten, das Haus zu betreten. Die Haustür stand offen, doch Frau Lindemann blockierte den Eingang.

»Aber ich muss ihr was sagen«, protestierte der unerwünschte Eindringling.

Cecilie kam die Stimme bekannt vor. »Was geht hier vor?«, fragte sie, während sie die Treppe hinunterschritt.

»Fräulein Cecilie!« Es war Elsa.

Sie wunderte sich, wie das Dienstmädchen sie ausfindig gemacht hatte und was es von ihr wollte. »So lassen Sie sie doch eintreten«, forderte sie Frau Lindemann auf.

Nur widerwillig räumte der Hausdrachen seinen Wachposten. »Der Herr Doktor wird so späten Besuch nicht gutheißen«, schimpfte sie.

»Sie können sich zurückziehen«, erwiderte Cecilie statt einer Antwort, griff Elsa am Arm und zog sie mit sich in den Damensalon, den ihr Dr. von Thorwald zur Verfügung gestellt hatte. Bis jetzt hatte sie ihn jedoch noch nicht einmal benutzt. Dort war es kalt, denn es brannte kein Feuer im Kamin, deshalb nahm sie eine Wolldecke, die zusammengefaltet auf dem Sofa lag, und legte sie Elsa um die Schultern.

»Wieso bist du hier? Was ist passiert?«

Das Mädchen reichte ihr einen Umschlag, auf dem die Adresse des Gerichtsarztes stand. Cecilie ließ Elsa auf dem Sofa Platz nehmen, sie selbst lief im Zimmer auf und ab, während das Mädchen berichtete. Dabei betrachtete Cecilie die ungelenke Schrift auf dem Papier, die unmöglich aus der Feder Dr. von Thorwalds stammen konnte. Es gab nur zwei Menschen, denen sie zutraute, den Brief an ihren Vater geschrieben zu haben. Das waren Max Weimar und Frau Lindemann. Cecilie klingelte nach der Haushälterin, aber diese tauchte nicht auf. Sie bezweifelte, dass die Gute urplötzlich taub geworden war.

»Was macht das Fräulein nun?«, erkundigte sich Elsa, nachdem sie geendet hatte.

»Ich weiß es nicht«, gab Cecilie zu. »Ich weiß es einfach nicht.«

Ihr erster Impuls war, ihre Sachen zu packen und nach Zürich zu reisen, doch ihre Vernunft siegte bald über den allzu schnell formulierten Gedanken. Wovon sollte sie in der Schweiz leben? Zudem gefiel ihr die Arbeit im Leichenkeller seltsamerweise. Sie genoss es, sich Tag für Tag mehr Wissen anzueignen. Außerdem hatte sie das Haar des Mörders gefunden, zumindest ging sie davon aus, dass es von diesem stammte. Nein, sie konnte sich jetzt nicht so einfach davonmachen. Sie verabschiedete sich von Elsa, gab ihr zum Dank drei Markstücke, die sie in ihrem Beutel fand, und wartete auf die Rückkehr Dr. von Thorwalds.

Irgendwann musste sie auf dem Sofa im Frauensalon eingeschlafen sein. Frierend wachte sie auf. Als im Flur wieder Geräusche erklangen, entzündete sie das Gaslicht. Der Gerichtsarzt legte gerade seinen Zylinder ab.

»Cecilie«, sagte er bei ihrem Anblick.

Sie standen sich so nah gegenüber, dass sie seine mit Adern durchzogenen Augen sehen und den Zigarrenrauch in seinen Haaren und Kleidern riechen konnte.

»Doktor von Thorwald, es ist etwas geschehen, was …« Weiter kam sie nicht. Er legte ihr die Arme auf die Schultern und atmete ihr Alkoholdunst entgegen.

»Meine kleine Putzfrau, meine süße Leichenwäscherin«, krächzte er und stützte sich mit seinem vollen Gewicht auf sie. Ihr Versuch, unter ihm hinwegzutauchen, hatte den Effekt, dass der Gerichtsarzt nach vorne sackte. Sie fing ihn ab und führte ihn in Richtung Treppe.

»Sie gehen ins Bett«, entschied sie. Aus ihm würde sie in dieser Nacht keinen klugen Gedanken mehr herausbekommen.

»Und du, meine Cecilie, und du?« Seine Zunge hatte Mühe, die Worte zu formulieren.

»Ich muss mir etwas einfallen lassen. Und zwar dringend«, sagte sie mehr zu sich selbst als zu ihm.

Sie beobachtete, wie Dr. von Thorwald die Treppe hinaufwankte. Als er das Gleichgewicht verlor und sich mühsam am Geländer festhielt, eilte sie zu ihm, half ihm in sein Schlafzimmer und schlug die Bettdecke zurück. Der Gerichtsarzt ließ sich rückwärts auf die Matratze fallen. Er murmelte noch etwas wie »Du bist mein Engel«, dann schnaufte er und schlief ein. Sie wollte sich schon zurückziehen, besann sich aber eines Besseren, schnürte ihm die Schuhe auf, die sie auf den Boden stellte, und wickelte ihn umständlich aus seinem Frack. Dazu musste sie auf die Matratze klettern. Als sie ihn so betrachtete, wie er mit geschlossenen Augen und halb geöffnetem Mund dalag, und sie im Rachen die Zunge zucken sehen konnte, überkam sie das Bedürfnis, ihm über die Haare zu streicheln. Sie waren von dicker Struktur und fühlten sich beinahe wie Wolle an. Er stieß einen Schnarchlaut aus. Wie ertappt zog sie die Hand zurück, drückte sich vom Bettpfosten ab und stand auf.

Gerade als sie das Zimmer verlassen wollte, kam Frau Lindemann im Nachthemd durch die offen stehende Tür herein.

»Was machen Sie da?« Ihr Tonfall war unverschämt.

»Das geht Sie gar nichts an«, gab Cecilie zur Antwort. »Sie sollten zu nachtschlafender Zeit nicht mehr herumschnüffeln!«

»Wer schnüffelt hier denn? Sie haben nichts in diesem Haus zu suchen!«

»Haben Sie deshalb den Brief an meinen Vater geschrieben?«

Cecilie wollte ausprobieren, wie Frau Lindemann auf die Anschuldigung reagierte. Tatsächlich wirkte sie weit weniger überrascht, als sie es im Falle ihrer Unschuld hätte sein müssen. »Übrigens würde mich interessieren, wie Sie meinen Nachnamen herausgefunden haben, ohne zu schnüffeln!«

»Sie unverschämte, impatinierte Person …«, ereiferte sich die Haushälterin.

»Impertinent heißt das«, korrigierte Cecilie.

»Sie, Sie, Sie …«

»Ja, bitte? Was bin ich?«

»Tippelschickse!«, wetterte Frau Lindemann. »Werfen sich dem Herrn an den Hals wie ein Straßenmädchen!«

»Eifersüchtige Vettel«, gab Cecilie zurück.

In diesem Augenblick drehte sich der Gerichtsarzt mit einem Grunzlaut zur Seite. Die Haushälterin setzte zu einer Replik an.

»Pscht!« Cecilie legte den Zeigefinger an die Lippen. »Sie wecken ihn auf!«

Damit verließ sie das Zimmer. Ihr war klar geworden, dass sie unmöglich länger in diesem Haus bleiben konnte.

13

Der Schmerz breitete sich von seinem Hinterkopf über den Schädel nach vorne hin aus und setzte sich in seinen Schläfen fest. Mit Mühe bekam Hektor die Augen auf, hatte aber das Gefühl, alles verschwommen zu sehen. Bruchstückhaft erinnerte er sich an den vergangenen Abend. Er war im Bordell gewesen. Die Dirne. Rieke, Rita, nein, Gitta war ihr Name. Sie hatte etwas zu ihm gesagt. Etwas Wichtiges. Was war es nur? Ihm fiel Fräulein Cecilie ein. War er ihr etwa noch begegnet?

Kopfschmerzen hämmerten hinter seinen Schläfen. Er presste die Fäuste dagegen, damit das Hämmern aufhörte.

»Herr Doktor, Herr Doktor!« Das war Frau Lindemann.

Hektor richtete sich in seinem Bett auf und sah an sich herunter. Er trug die Abendkleider, seinen Rock und die Schuhe hatte er ausgezogen. Immerhin. Ganz so schlimm konnte es in der Nacht also nicht um ihn bestellt gewesen sein, wenn er das noch hinbekommen hatte.

»Herr Doktor, sind Sie wach?«

»Ja doch!«, brummte Hektor.

»Sie müssen unbedingt herunterkommen! Jemand verlangt nach Ihnen.«

Hektor vermutete, dass man ihn zu einem Tatort rufen wollte. Hoffentlich kein weiterer Frauenmord. Er zog seine Schuhe an, wobei es ihm Höllenqualen bescherte, den Kopf zu senken, und schlüpfte in seinen Rock. Mehr Zeit für eine Morgentoilette gönnte er sich nicht. Musste die Leiche eben ungewaschen und unrasiert mit ihm vorliebnehmen. Er stieg die Treppe hinab. Im Hausflur wartete ein kleiner Mann in Zivil.

»Wo ist sie?« Mit dieser Frage stürzte der Fremde auf ihn zu.

»Wo ist wer?«, gab Hektor zurück und rief nach Frau Lindemann, sie solle ihm seinen Mantel bringen.

»Sie bleiben hier. Ich will meine Tochter!«

»Welche Tochter?« Hektor verstand gar nichts. In seinem Kopf pochte es unaufhörlich und an seinem Gaumen klebte die Zunge fest. »Bringen Sie mir bitte ein Glas Wasser, Frau Lindemann, nein, besser gleich zwei.«

»Das ist sie. Sie hat den Brief geschrieben«, sagte der Mann, dabei zeigte er auf die Haushälterin. Hektors Gehirn versuchte, das Gehörte nach und nach zusammenzufügen. Er erfuhr, dass der Mann Herr Blum hieß. Bei seiner Tochter handelte es sich um Fräulein Cecilie.

»Ach so«, sagte Hektor.

»Leugnen Sie etwa immer noch, dass Sie meine Tochter in diesem Haus festhalten!« Herrn Blums Stimme war zu laut für Hektors Ohren.

»Ich halte Fräulein Cecilie keineswegs gegen ihren Willen fest«, beteuerte er.

»Lügner!«, rief Herr Blum. »Her mit meiner Tochter!«

»Meinetwegen. Frau Lindemann, holen Sie doch bitte Fräulein Cecilie herunter. Vielleicht kann sie das ganze Spektakel beenden.«

Doch die Haushälterin kam allein wieder herunter. »Das Fräulein ist nicht mehr da«, erklärte sie. »Und ihr Koffer auch nicht.«

Indem er ihm lautstark Konsequenzen androhte, machte sich Herr Blum auf den Weg. Als er die Haustür öffnete, wehte der Wind hinein. Die frische Luft half Hektor, sich zu konzentrieren. Er ließ sich von Frau Lindemann schwarzen Kaffee und Rollmöpse servieren. Danach war er zumindest halbwegs in der

Lage, sich frisch zu machen. Den Blick in den Spiegel, der ihn nur entsetzt hätte, vermied er. Er fragte sich, wo Fräulein Cecilie hingegangen sein konnte. Irgendwo in seinem Hirn tauchte derweil immer wieder der Bruchteil eines Gedankens an etwas auf, was mit der Dirne zu tun hatte. Er beschloss, dem nachzuspüren, bevor er den Verbleib Fräulein Cecilies klärte.

Ohne Schminke sah Gitta bleich aus. Ihre Augen waren geschwollen, ihr Teint glänzte. Mitesser überzogen ihre Nase, die Haare hingen strähnig herunter. Sie hockte sich auf eines der Sofas und zog die Beine an. Ihre Fußnägel waren lackiert, das Einzige, was an ihr Tun von letzter Nacht erinnerte.

»Was zu trinken?« Es hatte ewig gedauert, bis Hektor die Puffmutter aus dem Bett geklingelt hatte. Nur äußerst widerwillig und nachdem er ihr ein paar Scheine zugesteckt hatte, ließ sie sich dazu herab, Gitta zu wecken.

»Kaffee bitte. Einen starken! Und du?«

»Kognak.« Gittas Stimme klang müde.

Die Puffmutter verschwand hinter dem Tresen, auf dem sich leere Flaschen türmten.

»Erinnerst du dich an das, was du mir gestern erzählt hast?«, fragte Hektor.

Gitta sah ihn mit leerem Blick an. Alles, was vor wenigen Stunden erst geschehen war, schien für sie längst der Vergangenheit anzugehören. Die Puffmutter kam mit einem Kaffee und einem Glas zurück. Die Dirne stürzte den Kognak in einem Zug herunter. Hektor bedauerte, sich nicht auch dafür entschieden zu haben.

»Noch zwei!«, orderte er. »Für Sie auch, wenn Sie mögen.«

Zufrieden holte die Puffmutter das Gewünschte.

»Deine Freundin. Ihr beide wart bei einer Orgie. Seitdem ist deine Freundin verschwunden«, sagte Hektor, dem es gleich besserging, nachdem er das Glas geleert hatte. Die Dirne kaute an ihrem Daumennagel. Aus seiner Manteltasche holte er eine Fotografie der ersten schönen Toten und hielt sie ihr hin. Gitta nahm ihm das Bild aus der Hand.

»Das ist Paula.« Mit dem Finger strich sie der Frau übers Gesicht. »Ist sie tot?«

»Ja. Hat deine Freundin Drogen genommen?«

»Daran ist sie gestorben, nicht wahr? Ich hab ihr immer gesagt, sie soll es nicht übertreiben. Aber Paula hat von allem immer alles gewollt.«

»Was ist genau passiert an dem Abend, als du sie das letzte Mal gesehen hast?«

»Die Paula, eigentlich heißt sie Pauline Hinrichs, ist fünfundzwanzig Jahre alt, oder sagt man war? Sie war so schön mit ihrem wohlgeformten Busen, dem prallen Hintern und dem kugeligen Bauch. Das mögen die Männer.« Während Gitta erzählte, kratzte sie sich an den Unterarmen. Hektor konnte nicht ausmachen, ob sie es aus Nervosität tat oder ob es am Entzug lag.

Nach und nach entstand der Abend der Orgie vor seinem geistigen Auge. Paula hatte Gitta zu dem Fest mitgenommen und ihr Opium versprochen. In einer Kutsche hatten sie einen weiten Weg zu einem Schloss zurückgelegt. Dort waren lauter Herren versammelt gewesen. Einer der Adeligen hatte ihnen ein mit Laudanum angereichertes Getränk gegeben. Schon nach dem ersten Schluck war Gittas Wahrnehmung eine andere geworden. In Erinnerung an das Erlebnis schloss sie die Augen. Als Hektor sich räusperte, schlug sie sie wieder auf und fuhr fort.

»Ich war unendlich müde und bin eingeschlafen. Hab nicht einen der Herren bedient.« Mehr hatte sie von der Nacht nicht mitbekommen. Am nächsten Morgen war sie im Salon wach geworden. Gitta hatte geglaubt, niemand sei mehr da, als sie einen hässlichen kleinen Kerl bemerkte, der sie anstarrte. Trotz ihres Zustands war sie sehr schnell aufgestanden. Sie hatte nach Paula gesucht, die sie in einem Schlafzimmer fand. Neben ihr ein Herr. Gitta wollte ihre Freundin wachrütteln, stattdessen wurde aber der Herr wach und schrie sie an. Sie war aus dem Raum gerannt, direkt in die Arme des Hässlichen, der sie in seiner Kutsche nach Hause gebracht hatte. Seitdem hatte sie Paula nicht mehr gesehen.

»Wie heißt der Herr? Derjenige, der neben Paula lag?«, fragte Hektor.

Gitta dachte nach. Nach einer Weile schüttelte sie den Kopf. »Weiß nicht mehr.«

»Kannst du ihn beschreiben? Weißt du noch, welche Haarfarbe er hatte? Denk nach!«

Gitta schien sich redlich zu bemühen. »Hell«, gab sie schließlich zur Antwort, »ganz hell!«

Das konnte von blond bis weiß alles bedeuten. Er war keinen Schritt weitergekommen. Hektor fühlte, wie seine Kopfschmerzen mit Vehemenz zurückkehrten.

Sie stellte ihren Koffer wie zuvor schon einmal in der Nähe der Tür ab, wo er darauf wartete, dass sie ihn am Ende ihres Arbeitstages in eine billige Unterkunft brachte. Einerseits war Cecilie froh, der lauernden Anwesenheit Frau Lindemanns entkommen zu sein, andererseits bedauerte sie den Verlust der Annehmlichkeiten, etwa die umfangreiche Bibliothek und die anregenden Gespräche mit Dr. von Thorwald. Dennoch war es richtig gewesen, zu gehen. Schließlich war es nur eine Frage der Zeit, bis ihr Vater in der Karlstraße auftauchte, um sie nach Hause zu holen. Nie wieder wollte sie dorthin zurück. Auch nicht Marianne zuliebe. Ihr fiel ein, dass sie vergessen hatte, Elsa nach ihrer Schwester zu fragen.

Max Weimar brachte ein Tablett mit gesäuberten Werkzeugen herbei. Sie sah, wie sein Blick an ihrem Koffer hängen blieb. Ein Grinsen überzog sein Gesicht.

»Hat sich wohl ausgedoktort, was?«, lästerte er. »Ist der Herr Gerichtsarzt seiner Putzfrau überdrüssig geworden?«

Cecilie zog es vor, ihn mit Verachtung zu strafen. Sie arbeitete still vor sich hin, spürte aber, wie Weimar sie immer wieder anstarrte. Zwar war sie die eifersüchtige Haushälterin losgeworden, den missgünstigen Assistenten aber noch lange nicht. Umso erleichterter war sie, als Dr. von Thorwald den Keller betrat. Sogleich eilte sie zu ihm und hoffte, sich wegen des Haares mit ihm beratschlagen zu können. Bevor sie jedoch davon anfangen konnte, was sie an einer der Leichen entdeckt hatte, stoppte er sie.

»Hatte ich Sie nicht deutlich dazu aufgefordert, sich aus den Ermittlungen rauszuhalten? Das hatte ich doch, oder?« Er schien schlechter Laune zu sein.

»Ja, aber …« Wieder kam sie nicht dazu, ihm von dem Haar zu erzählen, stattdessen berichtete er ihr, dass ihr Vater bei ihm gewesen war.

»Es tut mir leid, wenn Sie meinetwegen Scherereien hatten«, sagte sie.

»Schon gut, schließlich haben Sie mir gebeichtet, dass Sie von zu Hause weggelaufen sind.«

»Es ist so«, erklärte sie, »ich soll einen Mann heiraten, der von adeliger Herkunft ist, aber ich liebe ihn keineswegs.«

»Ich möchte in die Angelegenheit nicht hineingezogen werden.« Er rieb sich die Schläfen.

Als er ihr zu allem Überfluss noch den Rücken zudrehte, warf sie ihm wütend ein »Feigling« an den Kopf. Sie griff nach ihrem Koffer und verließ den Leichenkeller. Erst auf der Straße wurde ihr klar, dass sie damit eine Tür hinter sich zugeschlagen hatte, die sie so bald nicht wieder würde öffnen können. Sie überlegte, noch einmal hinunterzugehen, um sich bei Dr. von Thorwald zu entschuldigen und weiterzuarbeiten. Dann aber beschloss sie, genau dies unter keinen Umständen zu tun. Dafür hatte sie zu viel Stolz.

Gestern Nacht hatte sich der Gerichtsarzt ihr an den Hals geworfen. Wie ein Kleinkind hatte sie ihn zu Bett gebracht. Heute behandelte er sie von oben herab. Außerdem hatte sie es über, sich von ihm immer und immer wieder wegen ihrer Einmischung in die Ermittlungen tadeln zu lassen, während die Polizei untätig blieb. Offenbar war sie die Einzige, die sich überhaupt um die Frauenmorde kümmerte. Was es mit dem Haar auf sich hatte, würde sie auch ohne Hilfe Dr. von Thorwalds zu klären wissen. Immerhin gab es jemanden, den sie um die nötigen Finanzen bitten konnte. Auch wenn sie es ungern tat, aber sie hatte nun einmal keine Wahl, wollte sie nach Zürich gehen, um dort zu studieren.

Während der Wind ihre Haare zerzauste, wartete Cecilie auf die Pferdebahn, die nach zehn Minuten endlich kam. Mit ihrem Koffer quetschte sie sich auf eine der Holzbänke neben eine bäuerlich aussehende Frau, die einen Hühnerkäfig auf dem Schoß hielt. In Nähe der Wilhelmstraße stieg sie aus. Da sie kein Geld für die Gepäckaufbewahrung ausgeben wollte, blieb ihr nichts anderes übrig, als den Koffer die Straße entlang bis zur Wohnung Baron zu Staufenfels' zu schleppen, die sich im Luxuspalais des Fürsten Pleß befand, in dem Teil der Wilhelmstraße zwischen der Prinz-Albrecht-Straße und Unter den Linden, in dem sich inmitten von Parkanlagen und großer Gärten die Sitze der reichsten Adelsfamilien befanden.

Angesichts ihres Aufzuges ließ der Diener des Barons sie nicht in den Salon. Sie musste im Flur warten. Ungeduldig lief sie an den Ahnengemälden auf und ab, auf denen lauter Großonkel und Urgroßväter aus dem Geschlecht der zu Staufenfels zu sehen waren. Alle erkennbar an ihrer auffallend hellen Kopf- und Gesichtsbehaarung. Porträts von Frauen der Familie hingen nicht an den Wänden.

»Meine Gnädigste!« Der Baron schloss einen Knopf an seiner

Uniformjacke, ging auf sie zu, nahm ihre Hand und deutete einen Kuss an. »Ich bin erfreut, Sie wohlauf zu sehen. Ist Ihnen der Aufenthalt auf dem Land gut bekommen?«

Zunächst begriff sie nicht, was er meinte, dann reimte sie sich zusammen, dass ihre Eltern diese Ausrede benutzt haben mussten, um dem Baron ihre Abwesenheit zu erklären.

»Hervorragend«, behauptete sie. »Man glaubt gar nicht, wie interessant eine Luftveränderung sein kann.«

»Die gute Landluft.« Der Baron versuchte offenbar mit ihr zu parlieren. »So gesund.«

Sie musste schmunzeln, als sie an den Gestank im Leichenkeller dachte.

»Wünschen Baron zu Staufenfels mit seinem Gast einen Tee zu nehmen?«, fragte der Diener.

Der Baron zögerte mit einer Antwort, als käme ihm Cecilies Besuch nicht gelegen. Also erklärte sie schnell, sie habe etwas mit ihm zu besprechen. Er half ihr aus dem Umhang und führte sie in den Salon, der dreimal so groß war wie bei ihr zu Hause, dafür aber mit deutlich weniger Gegenständen eingerichtet. Vor den Fenstern hingen purpurfarbene Gardinen. Die Wärme einer Zentralheizung füllte den hohen Raum. Cecilie nahm in einem Sessel mit goldüberzogenen Füßen Platz.

»Stammt aus der Zeit Ludwigs XIV.«, sagte der Baron.

Sie hörte den Stolz aus seinen Worten heraus, ging jedoch nicht darauf ein, sondern kam ohne Umschweife zum Grund ihres Besuchs.

»Sie sollten wissen, Herr Baron, dass ich mich keinerlei Illusionen über den Charakter unserer geplanten Eheschließung hingebe«, begann sie. »Mir ist durchaus bewusst, dass es Ihnen allein darum geht, Ihren Lebensstandard finanziell abzusichern.«

Er sah sie an, während sie redete, unterbrach sie aber nicht.

»Ich habe nichts dagegen einzuwenden, wenn Sie nach der

Heirat weiter so leben, wie Sie es wollen, und verkehren, mit wem Sie wollen. Aber ich habe eine Bedingung.«

»Sie haben eine Bedingung?«, wiederholte er.

Cecilie wurde nervös. »Ich möchte Ihre Einwilligung dafür, dass ich nach Zürich gehen kann, um dort Medizin zu studieren.« Sie wartete auf seine Reaktion.

Der Baron starrte sie ein paar Sekunden lang an, dann fing er an zu lachen. Tränen liefen ihm über die Wangen.

»Ich habe noch nie gehört, dass eine Frau der Wissenschaft einen klugen Gedanken geschenkt hat«, sagte er, nachdem er sich halbwegs beruhigt hatte.

»Das wird sich ändern«, begehrte Cecilie auf.

»Sie müssen verrückt sein.«

Die Bemerkung des Barons bestürzte sie. Zu ihrer Beruhigung sah sie, dass er noch immer erheitert war.

»Durchaus nicht«, versuchte sie es ein weiteres Mal. »Bitte lassen Sie sich meinen Vorschlag durch den Kopf gehen. Wir könnten beide trotz Ehe ein freies Leben führen. Ich verlange auch gar nicht viel Geld. Nur das Nötigste für das Studium und meinen Lebensunterhalt. Der Rest meiner Mitgift steht Ihnen zur uneingeschränkten Verfügung.«

»Es interessiert mich nicht, was Sie wollen«, erwiderte er.

Sie stand auf. So weit hatte sie sich vorgewagt, hatte ihm ihr Innerstes offenbart, und er wies sie einfach ab. Sie fühlte sich vor den Kopf gestoßen, wusste nicht, was sie tun sollte.

»Ist das Ihre endgültige Antwort? In diesem Fall werde ich einer Heirat nicht zustimmen.«

Das Grinsen auf seinem Gesicht erstarb. Ohne ein weiteres Wort kehrte sie in den Flur zurück, hängte sich ihre Pelerine um und nahm ihren Koffer auf.

»Wo wollen Sie hin?« Der Baron war ihr nachgekommen und deutete auf den Koffer in ihrer Hand.

»Weg«, erwiderte sie. »Einfach nur weg!«

Er blickte äußerst einfältig. »Das können Sie nicht tun.«

Hinter ihm erschien auf einmal die schöne Frau, die Cecilie bei der Séance gesehen hatte. Sie trug einen Morgenmantel im Herrenschnitt. Cecilie nickte ihr zu, bevor sie ging.

Auf der Straße hatte sie das Gefühl, beschmutzt zu sein. Sie kam sich dreckiger vor als nach einem Arbeitstag im Leichenkeller. Immer wieder rieb sie die Hände aneinander, als könne sie so die Begegnung mit dem Baron loswerden, dann fuhr sie über den Umhang, wischte die Berührung des Barons von dem Wollstoff. Ein Haar geriet zwischen ihre Finger. Sie wollte es schon zu Boden fallen lassen, da stutzte sie. Es war hellblond, stammte offenbar vom Baron und schien ihr wie das Haar zu sein, das sie an der toten Berta entdeckt hatte.

Das konnte nicht sein. Bestimmt irrte sie sich. Aber ihr Verdacht war da und ließ sich nicht vertreiben. Fieberhaft überlegte sie, was zu tun war. Sie konnte sich niemandem anvertrauen, dafür war die Unterstellung gegenüber dem Baron viel zu ungeheuerlich. Um die Wahrheit ans Licht zu bringen, brauchte sie einen Beweis, eine Sicherheit, dass dieses Haar wirklich mit dem an der Leiche gefundenen identisch war. Sie griff in ihren Beutel und nahm ein zu einem Briefchen gefaltetes Seidenpapier heraus. Vorsichtig darauf bedacht, das Haar des Barons nicht zu verlieren, faltete sie das Papier auseinander. Darin lag ihr Fundstück. Sie legte beide Haare nebeneinander. Auf den ersten Blick waren sie etwa gleich lang und die Farbe wirkte identisch.

Da kam ein Windstoß auf. Beinahe wären die Haare mitsamt des Papiers hinweggefegt worden. Cecilie packte sie schnell ein und verwahrte sie in dem Beutel. Dann sah sie sich nach einer Mietdroschke um, musste aber ein Stück laufen, bis sie eine fand. Sie ließ sich in die Luisenstraße fahren. Dort bezog sie gegenüber des Leichenschauhauses Stellung.

Zum Glück dauerte es keine Stunde, bis Dr. von Thorwald herauskam. Sie zählte bis hundert, bevor sie die Treppenstufen zum Keller hinabstieg. Die Tür war nicht abgesperrt. Max Weimar musste noch da sein. Weil er nicht zu sehen war, vermutete sie, dass er eine Pause machte. Das wollte sie ausnutzen. Sie ging zum Tisch mit dem Mikroskop und holte das Papier aus ihrem Beutel, das sie auseinanderfaltete. Ihr Puls raste. Jetzt erst fiel ihr ein, dass sie sich nicht gemerkt hatte, welches Haar von der Leiche und welches vom Baron stammte. Sollte sie sich geirrt haben, hätte sie ein Problem.

Mit zitternden Händen griff sie nach einer Glasplatte und legte die Haare darauf. Im Licht der Gaslampe wirkten sie beinahe weiß. Sie bedeckte beide mit einer weiteren Platte und schob diese unter das Mikroskop. Nun presste sie das rechte Auge an die Linse. Alles war verschwommen. Mit dem Rädchen stellte sie die Schärfe ein. Sie näherte das Auge wieder dem Mikroskop. Die Haare hatten eine schuppige Oberfläche und waren von der Dicke und Farbe her gleich. Sie schienen vom selben Kopf zu stammen. Vom Kopf des Barons. Zudem fuhr er eine schwarz glänzende Kutsche, wie sie der Frauenmörder benutzt hatte.

Cecilie spürte, wie das Blut in ihren Adern pulsierte. Der Atem ging in ihren Bauch, hob die Decke und entwich mit einem Stöhnen.

»Was tust du da?« Weimar packte Cecilie am Arm und riss sie vom Mikroskoptisch zurück.

Sie wehrte sich, stieß dabei mit dem Ellbogen gegen das Mikroskop und fegte es hinunter. Die Glasplatten zerbrachen. Scherben schlitterten über den Boden.

»Oh mein Gott!«, entfuhr es ihr. Es war eine Katastrophe. Cecilie wollte sich hinhocken, um nach den Haaren zu suchen, aber Max Weimar ließ sie nicht los.

»Du hast dich hier reingeschlichen! Ich werde dich Doktor von Thorwald melden!« Hass stand in seinen Augen.

Sie zerrte an ihrem Arm. Wenn sie die Beweise nicht wiederfand, konnte sie nicht belegen, dass der Baron der Frauenmörder war. Doch sie kam nicht frei. Weimars Griff schmerzte. »Lass mich!« Cecilie spie ihm ins Gesicht.

Er holte aus und schlug zu. »Du Sau!«

Blut schoss ihr aus der Nase, bespritzte ihr Kleid. Sie drückte den Handrücken auf die Nasenlöcher. Endlich hatte Weimar losgelassen, daher kniete sie sich hin.

Es war ein hoffnungsloses Unterfangen, den Boden nach den Haaren abzusuchen. Niedergeschlagen gab sie auf. Sie ignorierte den Assistenten und verließ den Keller. Nun hatte sie endgültig alles verdorben. Mit den Haaren hätte sie zu Dr. von Thorwald gehen können. Dank ihrer Hilfe wäre es gelungen, den Baron als Mörder zu überführen. Jetzt würde der Gerichtsarzt ihr keinen Glauben schenken. Nicht nach dem, was zwischen ihnen stand.

Aber irgendetwas musste sie tun. Zur Polizei konnte sie nicht gehen. Nachher nannte man sie wieder verrückt. Nach einer Weile fiel ihr jemand ein, der anders reagieren könnte. In ihrem Hirn suchte sie vergeblich nach dem Namen des attraktiven Polizisten, erinnerte sich jedoch nur, dass er dem 59. Revier angehörte.

Wieder nahm sie eine Mietdroschke, die sie sich eigentlich nicht leisten konnte. Der Kutscher wollte sie zunächst nicht mitnehmen, weil er befürchtete, sie könne mit ihrem Blut die Sitze verschmutzen. Als sie ihm ein ordentliches Trinkgeld versprach, ließ er sich dann doch dazu herab, verlangte aber von ihr, eine Pferdedecke unterzulegen.

Die Ackerstraße, auf der sie entlangfuhr und schließlich ausstieg, wirkte ganz anders als die Prachtstraßen, auf denen sie für gewöhnlich verkehrte. Da wie dort drängten sich die Menschen, doch während auf dem Boulevard Unter den Linden die Damen mit den Kosten ihrer Toiletten wetteiferten und selbst die Schutzmänner auf ihren gestriegelten Pferden vor Vornehmheit strotzten, bemerkte Cecilie hier vor allem die Monotonie der farblichen Umgebung. Grau wirkten die Fassaden, grau der Straßenbelag, grau waren die Gesichter und Kleider der Menschen. Dafür waren die Geräusche laut. Eine Bande von Kindern rannte kreischend an ihr vorbei.

Sie ging auf das Polizeirevier zu, nahm all ihren Mut zusammen und trat ein. Der Polizist, den sie nach seinem gut aussehenden Kollegen fragte und um Namen und Adresse bat, starrte auf die Blutflecken an ihrer Kleidung. Als sie geendet hatte, wies er sie ab, Wachtmeister Landwehr sei nicht da. Zunächst war sie ratlos. Dass sie nun wusste, wie der attraktive Polizist hieß, brachte sie nicht weiter. Er konnte überall wohnen.

Enttäuscht ging Cecilie die Straße entlang, als ihr eine Frau mit einem sabbernden Kleinkind in einer Schubkarre entgegenkam. Dem Kind lief Rotz aus der Nase und vermischte sich mit dem Speichel, der ihm aus dem Mund troff. Vor Ekel wandte sie den Blick ab. In dem Moment fiel ihr die Proletarierin ein, die aus dieser Gegend stammte. Pia Späth war ihr Name gewesen. Womöglich konnte sie sich an den Baron erinnern oder an irgendetwas, das zu seiner Identifizierung beitrug. Cecilie fragte die Passantin nach Pia, erhielt aber nur ein Kopfschütteln als Antwort. Mehr bekam sie auch aus den anderen Bewohnern der Straße nicht heraus, bis ihr auf einmal jemand von hinten auf die Schulter klopfte. Sie drehte sich um.

»Sie suchen mich?« Vor ihr stand die Arbeiterin.

Als Erstes fiel Cecilie auf, dass sie etwa gleich groß waren. Das hatte sie im Leichenkeller gar nicht bemerkt. »Ich muss mit dir reden«, erklärte sie.

»Wer sind Sie? Woher kennen Sie mich?« Pia hielt die Arme vor der Brust verschränkt.

»Aus dem Leichenkeller«, antwortete Cecilie.

»Ach so! Ich hab Sie gar nicht erkannt.«

»Können wir irgendwo ungestört reden?«, bat sie.

»Wozu?«

»Es geht um die Frauenmorde.«

Pias Augen wanderten über Cecilies Kleid und die Blutspritzer. Cecilie erklärte ihr, dass diese nichts mit ihrem Anliegen zu tun hätten. Endlich nickte die Proletarierin und Cecilie folgte ihr durch ein Tor. Sie durchquerten mehrere Hinterhöfe, die immer enger zu werden schienen, je weiter sie gingen. Wäsche war von einem Fenster zum anderen gespannt, Kaninchen wurden in aufeinandergestapelten Käfigen gehalten, Körbe geflochten und Teppiche ausgeklopft. Es herrschte ein reges Treiben, vor allem um die Aborthäuser im letzten Hof. Hier geleitete Pia Cecilie in ein Treppenhaus. Ein paar Treppen höher liefen sie durch einen Flur, bis sie eine Küche betraten. Cecilie war froh, endlich den Koffer abstellen zu können. Die Dunkelheit und Enge des Raumes überraschten sie. Nirgendwo blinkten gescheuerte Kupferpfannen, keine Ofengriffe glänzten. Alles wirkte irgendwie trostlos. Pia ging vor dem Herd in die Knie und schürte mit einem Haken das Feuer.

»Tee?«, fragte sie.

Cecilie kam es unhöflich vor, abzulehnen, daher akzeptierte sie, auch wenn es sie Überwindung kostete, aus der getöpferten Tasse zu nippen, weil ihr der Ton im Vergleich zu dem Porzellan, das sie gewohnt war, dreckig vorkam. Sie bat die Proletarierin nun, sich an ihren Entführer zu erinnern.

»Das kann ich nicht.«

»Du musst doch wissen, wie er ausgesehen hat.«

»Nein.«

»War er jung oder alt? Groß oder klein?«, drängte Cecilie das Mädchen.

»Vielleicht groß? Nein, klein. Ich weiß es nicht!«

»Hatte er ganz helle Haare?«

Als Antwort schüttelte Pia nur den Kopf.

»Verdammt!«, entfuhr es Cecilie. Sogleich schlug sie die Hand vor den Mund und entschuldigte sich.

Die Proletarierin winkte ab. »Warum fragen Sie mich das alles?«

Cecilie fand keinen Vorwand.

»Sie sind doch nicht von der Polizei, was kümmern Sie sich darum?«, insistierte Pia.

»Weil ich einen Verdacht habe, eigentlich sogar einen Beweis, aber der ist so ungeheuerlich, dass ich niemandem davon zu erzählen wage«, platzte es aus Cecilie heraus.

Pia musterte sie ernst.

»Es ist so«, begann sie kraftlos. »Ich bin mit jemandem verlobt und ich habe Gründe, ihn für den Frauenmörder zu halten.«

»Oh«, sagte Pia nur.

»Jetzt weiß ich nicht, was ich tun soll«, gab Cecilie zu.

Pia stand auf, begann Scheiben von einem Brotlaib abzusäbeln, die sie mit Marmelade beschmierte, und legte sie vor Cecilie hin. Zunächst wollte sie ablehnen, dann bemerkte sie ihren Hunger und schlang die Brote gierig hinunter. Als sie sich satt gegessen hatte, nahm sie ihren Koffer. Pia hielt sie zurück und fragte, wo sie hinwolle. Als Cecilie erklärte, dass sie einen Schlafsaal suchte, bot die Proletarierin ihr ein Bett auf der Küchenbank an. Zwar kam ihr das Angebot komisch vor, sie nahm es aber dennoch an, um Geld zu sparen.

Sein Leben entglitt ihm. Nach und nach verlor Hektor die Kontrolle über das, was geschah. Es zerrte an seinen Nerven, dass er der Polizei keine Hinweise hatte liefern können, mit denen sie dem Frauenmörder auf die Spur kam. Die toten Frauen verrieten ihm keine Geheimnisse.

Hektor drehte die schwarze Koralle aus dem Kuriositätenkabinett in den Händen. Wie leer ihm die Bibliothek ohne Fräulein Cecilie vorkam. Ihr Interesse an seinem Wissen hatte ihn an etwas Großes in ihr glauben lassen. Wie er sich geirrt hatte. Statt auf einem starken Willen zu basieren, entpuppte sich ihr unkonventionelles Verhalten nun als billige Flucht vor einer Ehe. Wie einem Frauenroman entsprungen.

Der Anblick der zerknitterten Heiratsannonce, die Frau Lindemann ihm nach dem Auftauchen Herrn Blums übergeben hatte, versetzte ihm einen Stich. So wie Fräulein Cecilie ihren Eltern davongelaufen war, so war sie nun auch aus seinem Leben verschwunden. Sie hatte es nicht für nötig erachtet, sich ihm anzuvertrauen. Der Schmerz, den er darüber empfand, war ihm lästig.

Er legte die Koralle zurück und nahm eine Nautilusmuschel aus einer der Schubladen heraus. Die Windungen des Schneckenhauses führten auf einen Punkt in der Mitte hin. Diesen Punkt musste er erreichen, wollte er wieder Ordnung in sein Leben bringen. Er musste mit den losen Enden beginnen, die vor ihm lagen. Wenn er sie verknüpfen könnte, würde sich die Unruhe in ihm legen.

Als Erstes fiel ihm der Holzsplitter ein, der das einzige Beweisstück darstellte, aber zu nichts führte. Die Kundenlisten der Kutschenbauer hatten keinerlei Erkenntnisse geliefert. Viele der Namen kannte er, doch mit diesem Wissen konnte er nicht das Geringste anfangen. Er bettete die Muschel in der Schublade neben einen getrockneten Skorpion.

Plötzlich überkam ihn die Angst, Fräulein Cecilie könne etwas zugestoßen sein. Vielleicht war sie deshalb nicht mehr in sein Haus und zu ihm zurückgekehrt. Es entbehrte jeder Grundlage, redete er sich ein, dennoch beunruhigte ihn der Gedanke, sie könnte durch die Stadt irren und womöglich dem Frauenmörder über den Weg laufen. Er ließ das Kuriositätenkabinett offen stehen, hastete in den Flur, nahm seinen Mantel und ignorierte Frau Lindemanns Frage, wohin er so spät noch wolle.

Ziellos lief er durch die Straßen Berlins und fragte immer wieder in Pensionen und Hotels nach einem Fräulein Blum. Überall erntete er befremdetes Kopfschütteln. Schließlich gab er es auf und mischte sich unter die nächtlichen Passanten. Ihre Suche nach Vergnügungen hatte nichts mit dem zu tun, was ihn antrieb. Als ihn eine Prostituierte ansprach, wies er sie ab. Sie würde ihm keine Erlösung bringen. Seine Sehnsucht blieb.

Schreie rissen Cecilie aus ihrem Traum, in dem sie sich durch einen Wust von hellblonden Haaren gekämpft hatte. In der Dunkelheit konnte sie nichts erkennen, hörte nur ein Ticken und Stöhnen. Benommen erinnerte sie sich, dass sie in der Küche der Sozialisten schlief. Sie richtete sich auf und tastete nach etwas, um Licht zu machen. Auf der Tischplatte fand sie Streichhölzer. Sie zündete eines an. Im Lichtschein entdeckte sie eine Lampe, deren Docht sie entflammte. Flackerndes Licht erhellte die Küche. Auf dem Boden lag Pia und schlug mit dem Kopf gegen ein Tischbein, dabei wimmerte sie. Cecilie eilte zu ihr und tätschelte ihr die Wangen, um sie zu wecken. Erst nach und nach kam Pia zu sich. Schlaftrunken setzte sie sich auf.

»Ich war in der Kutsche. Nebel um mich herum. Vor mir die Beine von dem Entführer. Ich musste raus, aber ich hab mich nicht getraut, mich zu rühren.« Sie fing an zu weinen.

Cecilie legte ihr einen Arm um die Schultern und zog sie zu sich heran.

»Es war nur ein Traum.« Sie wiegte Pia, wie sie es mit Marianne tat, wenn diese einen ihrer Anfälle hatte. »Du bist entkommen. Der Mörder kriegt dich nicht mehr. Nie mehr!«

Pia hörte auf zu zittern und lag still in Cecilies Armen. Gemeinsam saßen sie auf dem Boden und lauschten dem Ticken der Wanduhr. Es war erst Viertel nach vier. Ihre Atemzüge glichen sich einander an. Die Innigkeit zwischen ihnen machte Cecilie sprachlos.

Vom Flur her ertönte Lärm. Getrampel von Stiefeln war zu hören, Befehle wurden gebellt, plötzlich riss jemand die Küchentür auf. Fremde Männer stürmten hinein. Cecilie schrie auf. Sie griff nach der Decke auf der Küchenbank und versuchte ihr Nachthemd zu bedecken.

»Los, los«, fuhr einer der Eindringlinge sie an. Noch bevor sie begriffen hatte, was geschah, riss er ihr die Decke weg. Sie schämte sich ihres halb bekleideten Aufzugs wegen. Der Mann drehte ihr den Arm auf den Rücken und bugsierte sie auf den Flur, wo mehrere Polizisten in blauer Uniform warteten. Mit Pia verfuhren sie ebenso. Die beiden Frauen wurden zu Pias Bruder und ihrem Vater geschubst.

»Ich protestiere gegen diese Behandlung«, wütete Pias Bruder Hermann, dessen Haare ganz zerzaust waren. »Was für ein Polizeistaat ist das, in dem Arbeiter um ihren wohlverdienten Schlaf gebracht werden?«

»Schnauze!« Einer der Männer schlug ihm mit dem Handrücken hart ins Gesicht.

Cecilie zuckte zusammen. Sie verstand nicht, was da vor sich ging. Hilflos suchte sie Pias Hand und hielt sie fest.

»Ich durchschaue euer mieses Spiel!« Hermann Späth ließ sich nicht einschüchtern. »Ihr wollt nur verhindern, dass ich heute als Stadtverordneter gewählt werde. Aber kein Arbeiter lässt sich von polizeilicher Willkür beeindrucken.«

Cecilie vermutete, dass es sich bei den nicht uniformierten Männern um Angehörige der Politischen Polizei handelte, einer gesonderten Abteilung, die der Polizeipräsident unterhielt, um die Sozialisten zu bekämpfen, wie Pia ihr erzählt hatte.

Einer von ihnen stellte sich so dicht vor Späth, dass sein Schnurrbart beinahe dessen stoppelige Wange berührte. »Jetzt bleib mal ganz still, Freundchen. Du willst doch nicht, dass wir deine Schwestern mitnehmen, oder?«

Entsetzt sah Cecilie den Politischen nach, die in Küche und Wohnraum gingen. Zu ihrer Bewachung blieben nur die Polizisten in den blauen Uniformen zurück. Die Tür zur Stube stand weit offen. Auf dem Sofa war das provisorische Bettlager Hermann Späths zu sehen. Die Männer durchwühlten alles. Dabei gingen sie nicht gerade zimperlich mit den Sachen um. Pia schlug die Hände vor die Augen, als jemand eine Porzellanvase fallen ließ.

Der Schreck und die Kälte hatten die Müdigkeit aus Cecilie vertrieben. Sie dachte nach. Am heutigen Dienstag war der Tag der Wahl der Stadtverordneten für die dritte Wahlklasse, das hatte ihr Pia vorm Einschlafen erzählt. Zwar durften nur Männer wählen, die mindestens vier Taler Mietsteuern im Jahr zahlten, aber Hermann Späth rechnete sich trotzdem Chancen auf einen Sitz im Stadtparlament aus. Wahrscheinlich versuchte man, ihn einzuschüchtern, damit er von der Wahl zurücktrat.

Sie beobachtete, wie die Polizisten die Dielenbretter herausrissen, und fühlte Mitleid mit Pia und ihrer Familie. Zwei der Polizisten in Zivil rückten den Holzschrank von der Wand ab. Einer griff dahinter und zog etwas hervor. Es war ein weißes Leibchen. Ein anderer kam mit Tiegeln und Töpfchen in der Hand aus dem Schlafzimmer. Ein weiterer holte Stroh aus einem Kissenbezug. Mit den Fundsachen kehrten sie zurück in den Flur.

»Hermann Späth«, sagte einer der Politischen. »Wir verhaften Sie wegen Mordes an drei Frauen.«

Ein Blauer fesselte dem bleich gewordenen Sozialisten die Hände auf den Rücken. Pias Bruder sagte nichts, als sie ihn barfuß wegführten.

14

Die kurzfristig einberaumte Pressekonferenz, zu der Hektor zusammen mit Kommissar Tiegler gegangen war, entpuppte sich als Triumphzug des Polizeipräsidenten und seiner Politischen Polizei.

»Meiner besonderen Abteilung, dem Nachrichtenwesen, ist es zu verdanken, dass die widerwärtigen Frauenmorde endlich aufgeklärt werden konnten. Es leuchtet wohl jedem ein, wie sinnvoll die Ausgaben sind, die ich seit meinem Dienstantritt dafür tätige.« Präsident von Madai hatte sich so sehr in die Brust geworfen, dass er beinahe vornüberfiel. Sein Gesicht drückte satte Zufriedenheit aus.

»Gleich zeigt er mit dem Finger auf mich und bezichtigt mich der Inkompetenz«, flüsterte Kommissar Tiegler Hektor zu. Der Kriminalbeamte schien am liebsten im Erdboden versinken zu wollen. Der Gerichtsarzt konnte es ihm nachfühlen. Die Selbstherrlichkeit des Polizeipräsidenten war nahezu unerträglich.

»Die stichhaltigen Beweise, die wir in der Wohnung des roten Mörders gefunden haben, lassen keinen Zweifel an seiner Schuld«, sagte von Madai. »Einmal mehr haben sich die Sozialdemokraten als das entlarvt, was sie sind, eine Bande übelster Mordsgesellen.«

Neben Hektor zeichnete ein Mann ein Porträt des verhafteten Frauenmörders. Er verglich es mit dem lebendigen Original, das mit Handschellen gefesselt zwischen zwei Polizisten stand. In Wirklichkeit hatte der Sozialist zwar buschige Augenbrauen, die über der Nasenwurzel leicht zusammenwuchsen, aber sie verliehen ihm nicht das finstere Aussehen, das der Zeichner zu Papier brachte. Auch war sein Blick nicht so stechend und seine Nase nicht dermaßen markant. Der Hermann Späth aus grauen Linien auf dem Papier wirkte wie das abscheulichste Wesen auf Erden, heimtückisch und gemeingefährlich.

Nichts davon traf auf ihn in natura zu, musste Hektor feststellen, außer vielleicht auf seine politische Einstellung, doch die war ihm gewiss nicht an der Nasenspitze abzulesen. Er konnte sich des Eindrucks nicht erwehren, dass dem Polizeipräsidenten der Fang des Mörders ausgerechnet am Tag der Wahl der Stadtverordneten sehr gelegen kam. Auch deshalb beschlichen ihn Zweifel an der Schuld des Sozialisten. Er vermochte keinerlei Verbindung Hermann Späths zu der Orgie in Adelskreisen herstellen, nach der die Prostituierte Paula verschwunden war. Zudem fand er es seltsam, dass ein Proletarier eine Kutsche unterhalten konnte.

»Wir wissen, dass er Helfershelfer gehabt hat«, erklärte von Madai. »Es ist nur eine Frage der Zeit, bis wir jeden Einzelnen von ihnen, ich muss wohl nicht betonen, dass wir sie sicher im Kreis der Vaterlandsverräter finden werden, bis wir jeden Einzelnen verhaftet haben.«

Die Journalisten schrieben eifrig mit, was er sagte.

»Alles Lüge!«, brüllte der Sozialist auf einmal. »Das habt ihr mir untergeschoben.«

»Führt ihn ab!«, kommandierte von Madai.

Unter lautstarkem Protest seitens des Roten, der immer wieder seine Unschuld beschrie, schafften ihn die Beamten aus der Amtsstube des Polizeipräsidenten. Von Madai wirkte angesichts des Spektakels unbeeindruckt. Er strich sich über den Schnurrbart, der im Gegensatz zu seinem spärlichen und ergrauten Haupthaar noch immer dunkel war. Seine Brust war mit Orden gepflastert wie die Straße mit Steinen.

»Sie hören die Lüge aus seinem Mund. Was anderes können sie

auch nicht, die Roten. Die Kerle lügen, sobald sie den Mund aufmachen.«

Nicht dass Hektor eine wesentlich höhere Meinung von den Sozialisten gehabt hätte, beileibe nicht, er hielt Politiker im Allgemeinen für nicht besonders vertrauenswürdig, aber ihn beschlich das diffuse Gefühl, dass man der Öffentlichkeit nicht die Wahrheit präsentierte. Zu seiner Überraschung entdeckte er unter den Anwesenden auch Gerald Graf von Weidburg, dem Hektor bei einem der diversen gesellschaftlichen Anlässe vorgestellt worden war. Der Graf schüttelte dem Polizeipräsidenten die Hand.

Hektor näherte sich unterdessen dem Tisch, auf dem die Beweismittel ausgestellt waren, die man nach einem anonymen Hinweis in der Wohnung des Roten gefunden hatte. Vergeblich suchte er nach einem bestimmten Etikett.

Unterdessen forderte von Madai weitere Kräfte für das Polizeipräsidium. »Um dem staatsgefährlichen Treiben der destruktiven Elemente der Bevölkerung mit Entschiedenheit entgegenzutreten, ist eine Verstärkung von Wachen und Patrouillen unablässlich.«

Hektor musste zugeben, dass der Präsident die gegenwärtige Lage geschickt für seine Zwecke zu nutzen verstand.

Als die Versammlung aufgelöst wurde und die Journalisten aus dem Präsidium eilten, um ihre blutrünstigen Geschichten rechtzeitig in Druck zu geben, passte er den Polizeipräsidenten ab.

»Herr von Madai, wenn ich Sie um ein Wort bitten dürfte!« Er verneigte sich. Von Madai blieb stehen. Hektor wusste, dass sein Gegenüber ihn erkannt hatte. Dem Polizeipräsidenten war er bereits als Gutachter vor Gericht begegnet, der die angeblich dichte Beweiskette der Polizei mit wenigen Worten zu zerpflücken verstanden hatte. Damals war von Madai nicht sehr gut auf ihn zu sprechen gewesen.

»Was ist denn?« Der Polizeipräsident sah ihn ungehalten an.

»Die Unterwäsche der drei toten Frauen stammt aus einem Geschäft namens Moden Haas. Dieses Wäschestück hier«, er wies auf den Tisch mit den Beweisen, »wurde woanders gekauft. Bei Moden Haas hat der Mörder aber insgesamt fünf Wäschegarnituren erstanden. Hätte er dann nicht zumindest eine davon noch zu Hause haben müssen?«

Als er geendet hatte, wartete er auf eine Reaktion von Madais. Der Polizeipräsident zog die Augenbrauen hoch, aus denen einzelne Haare hervorwucherten.

Gerald Graf von Weidburg trat zum Polizeipräsidenten. »Irgendwelche Schwierigkeiten?«, fragte er und beäugte Hektor dabei skeptisch.

»Durchaus nicht«, entgegnete von Madai. »Der Fall ist abgeschlossen!« Der Polizeipräsident strafte Hektor noch mit einem vorwurfsvollen Blick, bevor er aus dem Raum ging.

Graf Gerald blieb stehen. »Sie haben ein spezielles Interesse an dem Frauenmörder?«, fragte er Hektor.

»Gewiss. Schließlich habe ich seine Opfer untersucht.«

»Und Sie sind?«

»Doktor von Thorwald.« Der Gerichtsmediziner verbeugte sich leicht, während er den Ärger darüber herunterschluckte, dass der Graf es nicht für wert hielt, sich an ihn zu erinnern.

»Sie müssen unbedingt zu meiner Soiree heute Abend kommen, Doktor von Thorwald. In meinem Stadtpalais gegen neun Uhr«, lud ihn der Graf ein. »Ihre Anwesenheit wäre eine Bereicherung für meine Gäste.«

»Bedaure, ich bin verhindert«, entzog sich Hektor, dem nichts mehr zuwider war als die Zwanglosigkeit der Berliner Salons.

»Hier, sonst erkältest du dich!« Cecilie legte Pia eine Decke um die Schultern und brachte sie dazu, Schuhe über die nackten Füße zu ziehen. Sie konnte die Verzweiflung der Späths fühlen.

In der Stube nagelten Nachbarn die Dielenbretter wieder zusammen. Jedes Mal, wenn ein Hammerschlag ertönte, fuhr Pia zusammen. Ihr Vater hatte seinen Sonntagsstaat angezogen und war wählen gegangen. Cecilie legte die Scherben der Vase, die sie eingesammelt hatte, auf den Wohnzimmertisch.

»Die Vase hat mein Vater meiner Mutter zur Hochzeit geschenkt. Es ist das einzige Andenken an sie«, sagte Pia mit einem Mal. Mit den Fingerspitzen fuhr sie über die Scherben.

»Vielleicht lässt sie sich kleben«, erwiderte Cecilie voller Hoffnung.

»Was ändert das schon?«, fragte Pia. »Trotzdem ist alles zerstört. Hermann sitzt im Gefängnis.«

Dass Pias Bruder der Frauenmörder war, verwirrte Cecilie. Wieso hatte sie dann das Haar des Barons an Bertas Leiche gefunden?

»Mein Bruder ist kein Mörder.« Pia klang verzweifelt.

»Ich weiß«, erwiderte Cecilie und begriff, dass sie immer noch den Baron für den Mörder hielt. Doch der Fund der Schminksachen und des Leibchens stimmte sie nachdenklich. Wieso hatte die Polizei überhaupt Hermann Späth verdächtigt? Sie konnte sich nicht daran erinnern, jemals derlei bei den Gesprächen zwischen Dr. von Thorwald und Kommissar Tiegler aufgeschnappt zu haben.

»Kanntest du das Unterhemd, das die Polizisten gefunden haben?«, fragte sie Pia.

Diese zögerte mit einer Antwort. »Ja«, behauptete sie. »Es ist meins.«

Cecilie glaubte ihr nicht. Zu gern hätte sie gewusst, ob das Wäschestück auch von Moden Haas stammte. Es war notwendig, logisch vorzugehen. Gesetzt den Fall, dachte sie, Hermann Späth hätte mit dem Leibchen tatsächlich nichts zu tun, wie ist es dann in die Wohnung gekommen, genauer hinter den

Schrank? Jemand muss es dort deponiert haben. Wenn dieser Jemand nicht Pias Bruder war, wer war es dann?

»Pia«, redete Cecilie eindringlich auf die Proletarierin ein. »Du musst dich unbedingt konzentrieren. Wer hätte Gelegenheit dazu gehabt, das Leibchen bei euch zu verstecken?«

Pia blickte sie an. »Sie meinen, jemand wollte Hermann reinlegen?«

»Es wäre zumindest denkbar.«

Die Arbeiterin schüttelte den Kopf. »Da gibt es keinen.«

»Das würde heißen, dein Bruder wäre der Mörder. Nein? Dann muss uns eine andere Möglichkeit einfallen. Es wird jemand sein, von dem du es gar nicht vermutest«, gab Cecilie zu bedenken. »Zähl mir einfach die Namen der Leute auf, die euch in letzter Zeit besucht haben.«

In diesem Augenblick klopfte es an der notdürftig reparierten Tür, und der attraktive Polizist trat ein, den sie zuvor im Leichenkeller getroffen hatte. Landwehr hieß er, das hatte sie sich seit ihrem Gang zum Revier gemerkt.

»Ich habe gehört, dass …«, er brach ab, als Pia die Scherben, die sie in der Hand gehalten hatte, fallen ließ und auf ihn losging.

»Raus!«, schrie sie ihn an. »Raus!«

Mit den Fäusten trommelte sie gegen seine Brust. Er stieß sie nicht von sich, hielt sie nicht fest, ließ alles über sich ergehen.

Cecilie fasste Pia am Arm. »Beruhig dich!«

Endlich sackte Pia zusammen. Erschöpft ließ sie sich zu einem Stuhl führen.

»Verdächtigst du ihn?«, fragte Cecilie.

Die Proletarierin nickte. Cecilie wechselte einen Blick mit Landwehr, der überrascht die Arme hob. Offensichtlich begriff er nicht, wessen er bezichtigt wurde. Er nahm die Pickelhaube ab und fuhr sich über den blond gelockten Schopf.

»War er in letzter Zeit hier?«, erkundigte sich Cecilie bei Pia.

Diese bestätigte, er sei öfter da gewesen. Was mochte Landwehr nur von den Späths gewollt haben?

»Wer war außerdem noch da?«

»So viele«, entgegnete Pia mutlos. »Nachbarn, Bekannte … Keiner davon wäre zu einer solchen Schandtat fähig.«

»Wie hieß der Kerl, der neulich zu Besuch war?«, erkundigte sich der Polizist.

»Gustav? Nein! Er ist ein Genosse«, sagte Pia.

Sie tat Cecilie leid, wie sie einem Häufchen Elend gleich am Tisch hockte.

»Falls ich doch etwas für Sie tun kann, Fräulein Späth«, sagte Landwehr leise.

Die Proletarierin antwortete ihm nicht. Er machte einen Diener in ihre und in Cecilies Richtung und ging zur Tür. Cecilie folgte ihm nach draußen. Im Innenhof, als sie sicher sein konnte, dass Pia nichts von einer Unterredung mitbekommen würde, rief sie ihn an. Er blieb stehen.

»Ich weiß nicht, von welcher Art Ihr Interesse an Fräulein Späth ist«, begann Cecilie, »aber ich muss Ihnen vertrauen. Wenn es sich bei dem Frauenmörder nicht um Hermann Späth handelt, sondern um jemand anders, was ich vermute, dann ist dieser Jemand sehr einflussreich.«

Landwehr nickte. »Sonst wäre es nicht zu erklären, wie die Beweise in die Wohnung der Späths gelangt sind. Ich versichere Ihnen, Fräulein …«

»Blum«, ergänzte Cecilie.

»Fräulein Blum, ich habe nichts damit zu tun. Das schwöre ich.«

»Der Meinung bin ich auch«, erwiderte sie. »Deshalb müssen Sie mir etwas versprechen.«

Er sah sie aufmerksam an.

»Passen Sie bitte gut auf Fräulein Späth auf«, bat sie.

Nur widerwillig überließ Cecilie Pia sich selbst, um zur Wilhelmstraße zu fahren und dem Baron nachzuspionieren. Vollkommen still war es hier, ganz anders als auf den Straßen mit den vielen Läden und Mietshäusern. Nur ab und an rollte eine Kutsche an ihr vorbei in einen der Höfe. Dass dies beinahe geräuschlos geschah, lag an den Granitplatten, die des Fahrkomforts wegen links und rechts in das Pflaster eingelassen worden waren. Selbst der Gärtner, der in einem Vorgarten alte Obstbäume beschnitt, tat dies, ohne mit seiner Schere Lärm zu verursachen. Umso wohltuender empfand sie die gellende Stimme eines Zeitungsjungen, der die Straße hochlief, einen Stapel Zeitungen über dem Arm. Die oberste war vom Regen ganz durchweicht.

»Extrablatt! Der Frauenmörder gefasst! Extrablatt!«

Cecilie ließ sich eine Zeitung geben, obwohl sie eigentlich jeden Pfennig sparen wollte. Sie überflog den Leitartikel auf der ersten Seite. Wie zu erwarten stand kein Wort über Baron zu Staufenfels geschrieben. Stattdessen war die Rede von Hermann Späth, dem man die Morde nachweisen konnte. Sie wandte das Gesicht dem Grau des Himmels zu. Regentropfen benetzten ihre Haut. Klar und deutlich stand ihr das Haar vor Augen, das sie in der Schminke entdeckt hatte. Noch deutlicher waren die Vergrößerung und der Vergleich durch das Mikroskop gewesen. Es gab keine andere Erklärung dafür als diejenige, die sie bereits gefunden hatte. Oder klammerte sie sich an die Vermutung, aus dem einfachen Grund, weil sie den Baron nicht heiraten wollte und ihn lieber des Mordes bezichtigte? Wie hatte sie die Beweise nur zerstören können? Wenn sie doch bloß sofort zu Dr. von Thorwald gegangen wäre.

Die Gedanken taumelten durch ihren Kopf, als Hufgetrappel ertönte und eine schwarz glänzende Kutsche vor dem Palais mit den vielen Schornsteinen hielt. Geistesgegenwärtig drehte Cecilie der Equipage den Rücken zu. Sie tat, als interessiere sie sich für eine der neueren Sehenswürdigkeiten, das Anwesen Pringsheims, das durch seine unterschiedliche Gestaltung der Stockwerke und das flache Dach einer geschichteten Torte ähnelte. Zu ebener Erde war Sandstein verbaut worden, darüber verkleideten rote Fliesen die Fassade und das Obergeschoss zierte ein Fries aus venezianischen Glasmosaiken.

Erst nach einer Weile wagte sie einen Blick und sah eben noch, wie der Baron im Hauseingang verschwand. Der Kutscher hängte den Pferden Futtersäcke um. Sie musste versuchen, in den Wagen zu spähen, deshalb ging sie geradewegs darauf zu. Die Pferde schnauften. Ihre Augen waren von Scheuklappen verdeckt.

»Schöne Kutsche.« Mit der Handfläche fuhr sie über die spiegelnde Oberfläche des Lacks.

»Finger weg!«, schnauzte der Kutscher sie an. Cecilie überlegte, wo sich Pia die Absplitterung zugezogen haben könnte. Es musste bei ihrem Sturz aus der Kutsche passiert sein. Vermutlich an der geöffneten Tür. Jetzt war der Wagenschlag geschlossen.

»Dürfte ich einmal mit der Kutsche fahren?«, bat sie den Kutscher. »Ich zahle Ihnen auch was dafür.«

Er lehnte ab, er habe keine Zeit. Tatsächlich nahm er den Pferden die Säcke wieder ab. Einer der Gäule wieherte. Ehe Cecilie Gelegenheit erhielt, sich etwas einfallen zu lassen, stieg der Kutscher auf den Bock, schnalzte und trieb die Pferde an. Ohne den Baron fuhr er davon.

Cecilie überlegte noch, was sie tun sollte, als ein Dienstbote aus dem Hauseingang trat und einen Laufburschen losschickte, eine Mietdroschke für den Baron zu holen. Sogleich war sie alarmiert. Es kam ihr seltsam vor, dass er seine eigene Kutsche verschmähte, um eine mit deutlich weniger Komfort zu nehmen.

Sie sah die Straße entlang. Die Gegend war zu vornehm, um ihr mit parkenden Wagen Verstecke zu bieten. Keinerlei Treiben spielte sich auf dem Gehweg ab, in das sie sich hätte mischen können. Wenn sie dem Baron nicht über den Weg laufen wollte, blieb ihr nur der abgestellte Handkarren des Gärtners. Sie duckte sich gerade noch rechtzeitig dahinter, da erschien auch schon der Baron im Abendstaat an der Haustür. Dabei verlor sie durch die Turnüre das Gleichgewicht und landete auf ihrem Hinterteil, was erstaunlich sanft vonstattenging. Als Cecilie ein strenger Geruch in die Nase stieg, wusste sie auch, warum sie weich gefallen war. Sie saß mitten in einem frischen Haufen Pferdemist.

Eine Droschke hielt vor dem Baron, dessen Kammerdiener den Schlag öffnete, und nahm den Fahrgast auf. Schon rappelte sich Cecilie hoch und sah sich suchend um. Eine zweite Mietdroschke war nicht in Sicht. Der jungen Frau blieb nichts anderes übrig, als so schnell es ihr möglich war, der Kutsche hinterherzuhasten.

Dass der Baron etwas zu tun beabsichtigte, bei dem er nicht aufgrund seiner Kutsche erkannt werden wollte, lag für sie auf der Hand. Doch es sah nicht so aus, als würde sie ihn überführen können. Dr. von Thorwald hatte ihr zu Recht verwehrt, sich an den Ermittlungen zu beteiligen. Sie hatte alles falsch gemacht und, schlimmer noch, den einzigen richtigen Beweis zerstört. Sie wurde langsamer, je weiter sich die Kutsche von ihr entfernte.

Die Hufe hämmerten in dem Rhythmus ihrer Wut auf sich selbst. Sie ballte die Hände zu Fäusten und rieb sich mit den Knöcheln über die Schläfen, bis sie realisierte, dass geradewegs hinter ihr eine Kutsche gehalten hatte. Es war tatsächlich eine Mietdroschke. Cecilie stürzte darauf zu, wartete ungeduldig, bis der Fahrgast den Kutscher entlohnt hatte, und kletterte unverzüglich in den Wagen. Hoffentlich konnten sie den Baron noch einholen.

Die Dämmerung erschwerte die Verfolgung. Umso erleichterter war Cecilie, als die Mietdroschke, der sie hinterherfuhren, vor einem hell erleuchteten Palais hielt. Atemlos beobachtete sie, wie sich der Wagenschlag öffnete und ein Herr in Abendstaat ausstieg. Zwar konnte sie nicht erkennen, ob es der Baron war, hoffte aber, die ganze Zeit nicht dem Falschen gefolgt zu sein.

Die Straße war von Fuhrwerken erlesenster Bauart gesäumt. Wobei die Kutscher in ihren Livreen vornehmer taten als ihre Herrschaft. Cecilie fühlte sich von ihren Blicken verfolgt, als sie aus der Mietdroschke ausstieg und die Reihen der Equipagen entlangging. Etliche schwarz glänzende Kutschen waren geparkt.

Als sie die Eingangstür erreichte, öffnete ihr jemand just in dem Moment. Ein Diener musterte sie. Cecilie hatte sich nicht überlegt, was sie sagen sollte, schließlich war ihr das Ziel des Barons nicht bekannt gewesen. Sie überlegte einfach zu behaupten, sie sei die Begleiterin von Baron zu Staufenfels.

»Ich möchte …« Sie brach ab, als sie die Blicke des Dieners auf ihrem Kleid bemerkte. Ihr fiel ein, dass sie nach Pferdemist stinken musste.

»Der Dienstboteneingang ist hinten«, sagte der junge Mann. Cecilie begriff, dass dies die Gelegenheit für sie war, in das Haus zu gelangen, in dem offenbar ein größerer Empfang stattfand. Sie betrat das Palais durch den Dienstboteneingang und gelangte in die Küche, in der große Hektik herrschte. Niemand nahm von ihr Notiz, daher schlich sie den Flur entlang in Richtung des Lärms. Als sie die vielen modisch gekleideten Gäste sah, war sie beinahe enttäuscht. Alles hatte sie erwartet, nur nicht eine elegante Abendgesellschaft. Keine Geisterbeschwörung, keine Orgie oder Ähnliches. Cecilie überlegte noch, was sie tun sollte, als sie eine erregte Stimme hörte.

»Wo um alles in der Welt willst du jetzt noch hin, Alexius?«

Sie lugte um die Ecke und sah den kleinwüchsigen Grafen, den sie auf der Séance getroffen hatte, neben einem groß gewachsenen, grauhaarigen Mann stehen.

»Nicht einmal bei gesellschaftlichen Empfängen kann man

dich gebrauchen«, echauffierte sich der Grauhaarige. »Wozu bist du eigentlich gut?«

Graf Alexius fingerte an seiner Uniform herum.

»Los, antworte!«

Cecilie vermutete, dass es sich bei dem optisch so ungleichen Paar um Vater und Sohn handelte.

»Eeentschuschuldidi…«, stammelte der junge Graf.

»Was hat deine Mutter nur für einen Schwächling in die Welt gesetzt!« In der Stimme des alten Grafen lag eine Verachtung, die Cecilie erstaunlich fand.

Der Sohn zupfte auf seiner tadellos wirkenden Uniform so lange an einem Faden herum, bis sie der Verdacht beschlich, er sei bloß eingebildet. Sie fühlte mit ihm, konnte sie sich doch zu gut an die Standpauke erinnern, die ihr Vater ihr gehalten hatte, als sie aus dem Leichenkeller nach Hause gekommen war. Anders als Herr Blum drohte der alte Graf seinem Sohn jedoch nicht damit, ihn einzusperren, sondern ließ ihn einfach stehen.

Graf Alexius, der den Kopf die ganze Zeit über gesenkt gehalten hatte, sah plötzlich auf. Der Blick aus seinen blauen Augen, mit dem er Cecilie streifte, war ungewöhnlich intensiv. Sie fragte sich, wie viel Wut er in sich tragen musste, und wusste nicht, ob er sie vielleicht wiedererkannt hatte. Zum Glück schien er sie nicht einordnen zu können und ging an ihr vorbei. Sie wollte ihm gerade nachlaufen, da stellte sich ihr ein Dienstmädchen in den Weg.

»Was tun Sie hier?«

»Ich bin … Ich gehöre zu den Dienstboten«, improvisierte sie.

Das Mädchen schien ihr zu glauben. »Komm mit!«

Sie führte Cecilie in einen Abstellraum, half ihr aus dem Kleid und in eine Diensttracht hinein, die ihr zu weit und zu kurz war. Dann drückte sie ihr ein Tablett in die Hand und brachte sie in den Salon. Dort sammelte Cecilie die Gläser ein, die die Gäste wahllos auf Tischen, Fensterbänken, dem Kaminsims und sogar auf dem Fußboden abstellten. Das Glas klirrte. Cecilie hatte Mühe, das Tablett im Gleichgewicht zu halten. Gleichzeitig versuchte sie den Damen und Herren auszuweichen, die, keine Rücksicht auf sie nehmend, an ihr vorbeidrängten.

Sie war froh, als sie, ohne weiteres Aufsehen zu erregen, das Tablett mit den benutzten Gläsern in die Küche gebracht hatte, wo man ihr ein neues, diesmal mit gefüllten Champagnerkelchen, überreichte. Es war ziemlich schwer. Sie ging im Salon herum und bot den Gästen zu trinken an. Durch ihre Dienstbotentracht gehörte sie zum Inventar wie die Sofakissen und die Läufer auf dem Parkett.

Die ganze Zeit über hielt Cecilie nach dem Baron Ausschau, was durch die vielen Menschen, die sich nun auch in den angrenzenden Räumlichkeiten drängten, erschwert wurde. Vielleicht war er längst wieder gegangen und hatte den Empfang bloß als kleine Zwischenstation benutzt.

»Ein Glas Champagner wäre jetzt genau das Richtige.«

Cecilie hätte beinahe das Tablett fallen lassen, als die Stimme des Barons unmittelbar neben ihr ertönte. Er griff in Richtung des Tabletts, das sie sich blitzschnell vors Gesicht hielt.

15

Vor Hektor lag eine verweste Frauenleiche. Paulas Gesicht war eingefallen, so dass es breit und flach wirkte. Von ihren ebenmäßigen Gesichtszügen, die die Männer tief in ihre Taschen hatten greifen lassen, war nichts mehr übrig. Der Tod riss alles an sich, was das Leben den Menschen schenkte. Dass sie einmal einen begehrenswerten Kugelbauch gehabt hatte, wie Gitta ihm erzählte, war der aufgeblähten Leiche nicht mehr anzusehen. Der gewaltsame Tod war eine Verschwendung.

Hektor ließ der Gedanke nicht los, er könnte etwas übersehen haben, einen wichtigen Hinweis auf den wirklichen Mörder, denn noch immer schenkte er der offiziellen Version keinen Glauben. Zu viele Ungereimtheiten bestärkten ihn in der Überzeugung, dass Polizeipräsident von Madai einen raschen Erfolg gebraucht und deshalb die Festnahme des Sozialisten forciert hatte.

Zentimeter für Zentimeter betrachtete er die von Leichenflecken übersäte Haut. Als er das Gewicht verlagerte, knackte es unter seinen Füßen. Er ging in die Hocke und bemerkte über den Boden verteilte Glassplitter. Vermutlich war Max eine Flasche heruntergefallen. Er würde ihn dafür schelten müssen, dass er die Scherben nicht weggefegt hatte. Unordnung konnte er in seinem Leichenkeller nicht dulden. Er sammelte die Scherben selbst ein. Auf einer war ein Blutstropfen, in dem ein Haar klebte. Hektor warf sie allesamt in einen Putzeimer. Der Eimer rief in ihm die Erinnerung wach, wie er Fräulein Cecilie zum ersten Mal im Vorlesungssaal gesehen hatte.

Er zwang sich, den Gedanken zu verdrängen. Er musste sich konzentrieren, an das Wichtige, das Naheliegende denken. Was hatte noch mal Gitta erzählt? Sie hatte die Haarfarbe des Adeligen nur vage beschreiben können. Blond oder grau, das traf auf viele zu. Darüber hinaus hatte sie von einem Schloss außerhalb Berlins geredet. Sicher hielt eine Dirne auch einen Gutshof für ein Schloss, doch es musste sich auf alle Fälle um ein größeres Anwesen handeln. Den Weg hatte Gitta der Dunkelheit auf der Hinfahrt und der Benommenheit auf dem Rückweg wegen nicht beschreiben können, immerhin hatte sie sich jedoch an das Tuten eines Zuges erinnert. Das schränkte die Richtungen, in die sie gebracht worden sein konnte, etwas ein.

Kommissar Tiegler musste unbedingt die Kundenlisten der Berliner Kutschenbauer dahingehend abgleichen lassen, welche der Familien über ein Anwesen im Umland von Berlin verfügten. Das konnte allerdings dauern. Immerhin reduzierte es den Kreis der Verdächtigen weiter.

Hektor beschloss, mit der Suche im Leichenkeller aufzuhören, weil sie offensichtlich zu nichts führte. Da der Mörder höchstwahrscheinlich aus der oberen Gesellschaft stammte, wollte er sich dort ein wenig umtun. Gegen seine Gewohnheit entschied er sich, an der Soiree des Grafen teilzunehmen. Normalerweise waren ihm diese Empfänge zuwider. Das freundschaftliche Gebaren, das zwei sich völlig fremde Menschen auf einer Abendeinladung nach wenigen Minuten an den Tag legten, verabscheute er. Stattdessen bevorzugte er die Zurückhaltung der Pariser Salons, wo es sich nicht schickte, einander selbst vorzustellen.

Er ließ sich nach Hause chauffieren. Dort kleidete er sich in einen Frack mit weißem Schal. Wenig später betrat er das Palais des Grafen von Weidburg. Im Salon, in den man ihn führte, drängten sich die Gäste. Die Frauen trugen Kleider in Rosenfarben, die Männer Fräcke. Überall funkelte und blitzte es. Das Licht der zahlreichen Kronleuchter spiegelte sich in den monströsen Steinen, die die Damen um den Hals trugen. Hektor ging am Buffet vorbei. Delikatessen wie Green-Bay-Austern und Hummerscheren türmten sich auf- und nebeneinander. Besonders prachtvoll waren die aus Eis geschnitzten Skulpturen, die zeitgenössischen Statuen wie dem jüngst in Köln errichteten Denkmal Kaiser Friedrich-Wilhelms III. nachempfunden waren. Von des Kaisers Kopf tropfte es unaufhörlich. Hektor schlängelte sich zwischen einer Dame im Tüllkleid und einer ausgemergelten Frau hindurch, die ihn entfernt an Fräulein Cecilie erinnerte. Er entschuldigte sich bei einem Herrn, dem er auf den Fuß getreten war, und stand schließlich direkt neben Gerald Graf von Weidburg. Hektor nutzte die Gelegenheit.

»Ich danke Ihnen für die Einladung, Herr Graf«, machte er ihm seine Aufwartung.

»Und Sie sind noch mal?« Der Graf neigte sein silbergraues Haupt.

»Doktor von Thorwald. Sie waren auf der Pressekonferenz so gütig, mich einzuladen.« Er verbeugte sich.

In dem Gesicht mit der scharf geschnittenen Nase zuckte es kaum sichtbar. »Ja, ich erinnere mich. Der Leichenarzt, nicht wahr? Sie kennen doch Baron zu Staufenfels«, stellte er Hektor den Mann zu seiner Linken vor. »Doktor von Thorwald hat übrigens dazu beigetragen, diesen Roten als Mörder zu enttarnen.«

»Tatsächlich?« Der Baron nippte an seinem Champagner. Sein hellblonder Schnurrbart wurde nass.

»Streng genommen habe ich damit gar nichts zu tun«, erklärte Hektor. »Ich habe lediglich die Leichen untersucht. Der Rest ist Sache der Polizei.«

»Ah«, erwiderte der Baron und es hörte sich an, als habe er damit jegliches Interesse an Hektor verloren. Der Höflichkeit wegen blieb er stehen, sah sich aber bereits suchend im Salon um.

»Eine Frage«, fiel es Hektor ein. »Gehört Ihnen das schwarz glänzende Coupé vor der Tür? Mein Kutscher hat es beim Wenden gestreift, und ich fürchte, der Lack ist etwas verkratzt.«

»Nein«, erwiderte der Baron mit nicht zu übertreffendem Hochmut.

In diesem Augenblick hängte sich die dürre Frau, der Hektor zuvor über den Weg gelaufen war, dem Baron an den Arm.

»Baron zu Staufenfels, was für ein Zufall. Wie schön, Sie zu sehen. Ich bin mit den Goldsteins hier. Ein Wunder, dass die eine Einladung ergattern konnten. Mein Mann ist leider verhindert. Dringende Geschäfte …«

Hektor empfand unweigerlich Sympathie für die Frau, als er sah, wie dem Baron bei ihrem Anblick die Gesichtszüge entgleisten. Der Adlige ließ Hektor mit der Frau einfach stehen.

»Wahrscheinlich hat er jemand Wichtigen gesehen«, versuchte die Dürre das rüde Verhalten zu entschuldigen.

»Wahrscheinlich«, erwiderte Hektor und überlegte, wie er sich aus dieser Unterhaltung möglichst höflich verabschieden konnte.

»Sie müssen wissen, der Baron ist mein zukünftiger Schwiegersohn.« Die Frau lächelte mit ihrem großen Mund. Das Lächeln verunglückte ihr.

»Meinen Glückwunsch.« Sieh an, dachte Hektor, der Baron heiratet in bürgerliche Kreise ein. Die Braut musste ungewöhnlich viel Geld in die Ehe einbringen, anders konnte er sich die unstandesgemäße Verbindung nicht erklären.

»Wir haben den Termin der Hochzeit nach hinten verlegt«, plapperte die Frau, »um alles für eine opulente Feier vorzubereiten.«

Auf Hektor machte sie eher den Eindruck, als könne ihr die Eheschließung gar nicht schnell genug gehen. Er griff nach einem Glas Champagner, das eines der Dienstmädchen auf einem Tablett an ihm vorbeitrug.

Vor ihrer ersten Nacht hatte sie sich unter der Palme in der Friedensstraße einen schönen Ort vorgestellt und nicht diese Penne in alten Baracken, aus morschen Brettern gezimmert und von außen mit Teerleinwand überzogen. Jetzt wusste Ada, dass die Palme alles andere als schön war. Im Sommer bekamen sie keine zehn Pferde dorthin, wo es nach den Mitteln stank, mit denen sie die Hütten gegen Läuse und Flöhe einsprühten. Lieber schlief sie auf den Spreewiesen. Mittlerweile war es jedoch zu kalt dafür. Die Nässe und Kälte trieben sie hierhin, wo sich nur die Allerärmsten ein Stelldichein gaben. Nicht dass es in den Baracken besonders warm gewesen wäre. Die zwei Kanonenöfen konnten nicht viel gegen den Ostwind ausrichten, der zwischen den Spalten im Holz pfiff. Aber es gab Wasserklosetts und einen Wasserhahn, um sich zu säubern.

Ada hatte gelernt, sich so zu waschen, dass sie immer nur einen Arm oder ein Bein der Kälte aussetzte. Sie zog Schuhe und Strümpfe aus, stellte einen Fuß auf den mit Blech ausgeschlagenen Kasten unter dem Hahn und rubbelte zwischen den Zehen. Durch das kalte Wasser wurde ihre Haut rosig. Ihre Fußnägel musste sie auch mal wieder schneiden. Für heute reichte es allerdings, dass sie den Dreck darunter hervorkratzte. Sie zog Schuh und Strumpf wieder an und widmete sich dem linken Fuß. Niemand konnte ihr nachsagen, dass sie nicht reinlich war. Sie lebte zwar auf der Straße, doch sie hatte ihren Stolz. Wenn sie ein paar Münzen erbetteln konnte, gab sie die eher für ein Stück Seife als für Essen aus.

Als Ada fertig war, suchte sie die Bänke im Frauensaal nach einem freien Platz ab. Jede war bereits mit zwei Frauen besetzt. Ein paar Bettlerinnen hatten sich auf den Dielen zusammengerollt. Sie legte sich ebenfalls dorthin, dachte lieber nicht an den Dreck und nahm das von Motten zerfressene Tuch von ihren Schultern als Kopfkissen. Ohne Kissen, ohne Decke und Streu war es hart und unbequem. Von unten war es zudem noch kalt. Sie drehte sich von einer Seite auf die andere. Ständig drückten ihre Hüftknochen und schmerzten.

An Abenden wie diesen verfluchte Ada ihren Stolz. Wenn sie sich doch nur einmal einem Mann hingeben könnte für etwas Geld, ein warmes Bett und ein Essen. Andere Frauen taten es schließlich auch. Sie sprachen ganz ungeniert darüber und erzählten, wie sie an etwas Schönes dachten, während die Kerle über ihnen schnauften. Ada hörte weg, sobald die Sprache auf diese Sünden kam. Manchmal fragte sie sich dennoch, was es ihr denn außer einem knurrenden Magen und Frostbeulen im Winter brachte, dass sie sich so enthaltsam zeigte, obwohl sie bereits das dreißigste Lebensjahr überschritten hatte. Gott stellt mir eine Prüfung, sagte sie sich. Sie musste standhaft bleiben und ihre Ehre ins Jenseits hinüberretten, dann würde ihr die Belohnung garantiert, während die anderen Frauen für ihre Taten in der Hölle schmorten.

Ada stand auf. Hier würde sie kein Auge zumachen. Sie beschloss, in der Bartholomäuskirche für das Seelenheil der anderen zu beten.

»Herr, vergib ihnen, denn sie wissen nicht, was sie tun«, murmelte sie und senkte den Kopf vor dem Regen, als sie auf die Straße hinaustrat. Sich selbst sah sie als Lichtgestalt in den Himmel aufsteigen, wenn der Herr sie rief. Während sie über das Paradies nachdachte, das am Ende ihres gottgefälligen Lebens auf sie wartete, bemerkte sie nur am Rande, dass ihr seit geraumer Zeit eine Kutsche folgte.

Als Cecilie in Dr. von Thorwalds Augen blickte, ließ sie für einen Augenblick das Tablett sinken. Sämtliche Champagnerkelche erlagen der Anziehung der Schwerkraft und stürzten zu Boden. Die Damen in der Nähe stießen entsetzte Schreie aus. Cecilie war froh über die spitzenversetzte Haube, die sie trug. Sie zog sie sich so weit ins Gesicht wie nur möglich, ging in die Knie und versuchte, während sie die Scherben aufsammelte, den Blicken der Schaulustigen nicht mehr als Hinterkopf und Rücken preiszugeben.

Der Konfrontation mit dem Baron war sie zuvor gerade noch entgangen, weil er einem Dienstmädchen keine Beachtung schenkte. Auch er hatte einen Champagnerkelch von ihrem Tablett genommen. Dabei war sein Gesicht ganz nah an dem ihren gewesen, dennoch hatte er sie nicht erkannt. Jetzt aber konnte es passieren, dass er doch auf sie aufmerksam wurde.

Eine Hand griff nach genau der Scherbe, die sie hatte auflesen wollen.

»Fräulein Cecilie, was machen Sie denn hier?« Dr. von Thorwald hatte sich zu ihr gekniet.

»Stehen Sie auf«, sagte sie in dem Bewusstsein, dass nun sämtliche Augen auf sie gerichtet waren.

»Sind Sie Dienstmädchen geworden?«

»Ja«, sagte sie. »Und Sie stehen jetzt besser auf, sonst wirft man mich noch raus.«

Gerade wollte sich der Gerichtsarzt tatsächlich erheben, da hielt er inne. »Moment! Sie haben die Liste der Kutschenbauer gelesen. Sind Sie deshalb hier? Sie ermitteln doch nicht etwa?«

»Ich muss Ihnen etwas erzählen«, gab sie kleinlaut zu. »Aber stehen Sie endlich auf. Uns starren schon alle an!«

»Lassen Sie die Leute ruhig starren! Ich will wissen, was und vor allem wen Sie hier suchen?«

»Ich weiß, wer der Mörder ist«, gestand sie.

Eine tiefe Stimme ertönte. »Gibt es ein Problem?«

Ohne den Kopf zu heben, linste Cecilie nach oben. Der alte Graf war zu ihnen getreten.

»Wir treffen uns vor der Tür«, raunte der Gerichtsarzt ihr zu, bevor er aufstand und sich die Hosenbeine abklopfte. »Alles in Ordnung. Meine Ungeschicklichkeit hat dieses kleine Malheur verursacht, das ich zutiefst bedauere, werter Graf von Weidburg.«

Damit entfernte er sich und nahm die Aufmerksamkeit der Gäste mit. Der Form wegen sammelte Cecilie weitere Scherben ein, bevor sie sich aufrichtete.

»Cecilie?«

Der Klang ihres Namens ließ sie herumfahren. Ihre Mutter stand vor ihr. Fassungslosigkeit war ihr ins Gesicht geschrieben. Cecilie wusste nicht mehr, was sie tun sollte. Sie drehte sich um und hastete zum Ausgang.

»Bleib sofort stehen!« Frau Blum eilte ihrer Tochter nach. Cecilie drückte das Tablett mit den Scherben einem verdutzten Gast in die Hand und schlüpfte durch die Haustür, die der Diener aufhielt.

»Der Dienstbotenausgang befindet sich hinten!«, sagte er, doch sie lief einfach an ihm vorbei.

»Weiß der Baron, dass du hier bist? Wieso trägst du diese Sachen?«, rief ihre Mutter ihr nach.

Cecilie strebte der Straße zu, als Dr. von Thorwald ihr in den Weg trat.

»Was wissen Sie über den Mörder?«

Sie fühlte sich zwischen dem Gerichtsarzt und ihrer Mutter eingekeilt.

»Ich habe etwas an einer der Leichen entdeckt ...«, begann Cecilie hastig, als ihre Mutter sie unterbrach.

»Was hast du mit diesem Mann zu schaffen?«

»Ich kann es dir jetzt nicht erklären, Mama, aber es ist nicht so, wie du denkst! Doktor von Thorwald ...«

»Sie sind Doktor von Thorwald?«, fragte Frau Blum entsetzt. »Sie haben meine Tochter festgehalten, Sie Schuft. Ich werde die Polizei rufen!«

Der Gerichtsarzt sah aus, als könne er sich nicht zwischen Verwirrung und Amüsement entscheiden. Schließlich brach er in Lachen aus.

»Worum geht es?« Baron zu Staufenfels war zu ihnen getreten. Er trug Mantel und Zylinder. Cecilies Aufzug schien ihn ebenso zu befremden wie das Gelächter Dr. von Thorwalds, das er mit einem Kopfschütteln quittierte. »Belästigt dieser Mann Sie?«

Am liebsten hätte sie ihm ihren Verdacht entgegengeschleudert, doch bevor sie irgendetwas sagen konnte, fasste ihre Mutter den Baron am Arm.

»Gut, dass wir Sie treffen, Herr Baron, dann können wir Ihnen endlich den Cousin unserer Tochter vorstellen. Doktor von Thorwald. Er war auch auf der Soiree. Was für ein Zufall, nicht wahr, Cecilie?«

Eindringlich sah Frau Blum ihre Tochter an, so dass diese sich zu nicken genötigt fühlte. Sie wusste nicht, ob der Baron ihrer Mutter die Lüge abkaufte, mit der sie offenbar die Bekanntschaft zwischen Cecilie und Dr. von Thorwald verharmlosen wollte. Wenigstens hatte der Gerichtsarzt aufgehört zu lachen.

»Er ist mir bereits vorgestellt worden. Ich hatte ja keine Ahnung … Aber Sie sprachen von Polizei, gnädige Frau«, merkte der Baron an.

»Mein Cousin arbeitet bei der Polizei«, sprang Cecilie ihr bei. »Also ich meine, für die Polizei.«

»Auch das ist mir bereits bekannt«, sagte der Baron.

»Da ich sehr müde bin, war mein Cousin so freundlich, sich anzubieten, mich nach Hause zu fahren«, behauptete sie.

»Das kann ich doch übernehmen«, schlug der Baron vor.

»Nein, nein, bemühen Sie sich nicht. Sie haben ja offenbar noch etwas vor«, sagte sie mit Blick auf seinen Mantel und Zylinder. Gleichzeitig zog sie den Gerichtsarzt in Richtung Straße.

»Ich werde Ihnen alles erklären, aber bitte kommen Sie mit«, flüsterte sie. Er folgte ihr mit unverhohlener Verwirrung. Cecilie winkte eine Mietdroschke herbei.

»Ich fahre mit!«, rief die Mutter und eilte ihnen nach. Als sie bei der Droschke angekommen war, kletterte sie hinein. »Du läufst mir nicht wieder weg, mein Fräulein«, zischte sie, während sie dem Baron zuwinkte.

Cecilie konnte es nicht verhindern, dass sie nun mit ihrer Mutter und dem Gerichtsarzt in der Kutsche saß.

»Wohin?«, fragte der Kutscher.

Frau Blum nannte ihm ihre Adresse. Cecilie wusste nicht, was sie tun sollte. Vor ihrer Mutter mochte sie nicht von ihrem Verdacht reden, daher saßen sie und Dr. von Thorwald sich schweigend gegenüber, während die Kutsche durch die nächtlichen Straßen ruckelte. Ihr wollte einfach kein Ausweg aus der Situation einfallen. Viel zu schnell waren sie beim Tiergarten angelangt. Cecilies Mutter stieg aus.

»Fahren Sie los!«, rief Cecilie dem Kutscher zu, als sie den Wagenschlag schloss.

»Nichts da! Stehen bleiben!«, mischte sich Dr. von Thorwald ein.

»Aber …«, protestierte Cecilie.

»Nichts aber! Ich bin es leid, dass ich permanent in Verdacht gerate, Ihnen unsittlich gegenüberzutreten. Ihr Vater war schon bei mir; jetzt dieses Erlebnis mit Ihrer Mutter und Ihrem Verlobten.«

»Ich will den Baron nicht heiraten. Er ist der Mörder!«, entfuhr es ihr.

»Aufmachen! Sofort aufmachen!« Von draußen klopfte Frau Blum gegen den Wagenschlag.

»Wie kommen Sie bloß darauf, dass Baron zu Staufenfels der Frauenmörder ist?«, fragte Dr. von Thorwald.

»Er fährt eine schwarz glänzende Kutsche.«

»Wie viele andere auch.«

»Ja, aber an einer der Leichen habe ich ein blondes Haar gefunden, das identisch ist mit dem Haar des Barons«, sagte Cecilie.

»Was ist jetzt?«, wollte der Kutscher wissen.

»Sie haben ein Haar an der Leiche gefunden und mir nichts davon gesagt?« Der Gerichtsarzt wirkte erregt.

»Ich weiß, dass ich einen Fehler gemacht habe. Aber können wir das jetzt bitte für einen Augenblick vergessen? Lassen Sie uns lieber überlegen, was zu tun ist«, presste Cecilie hervor.

»Wie sicher sind Sie, dass das Haar vom Kopf des Barons stammt?«

»Ganz sicher. Ich habe das Haar von der Leiche zusammen mit einem Haar des Barons unters Mikroskop gelegt …«

»Wir müssen sofort zu Kommissar Tiegler. Fahren Sie zum Polizeipräsidium«, rief der Gerichtsarzt.

Diesmal hielt Cecilie den Kutscher zurück. »Das ist keine gute Idee«, wandte sie ein.

»Wieso? Wir zeigen ihm die Haare, damit kann er …«

»Ich habe die Haare nicht mehr.«

»Was haben Sie damit gemacht?«

Es war Cecilie schrecklich peinlich, ihm beichten zu müssen, dass sie die Haare im Streit mit Max Weimar verloren hatte. »Aber ich bin mir ganz sicher, dass der Baron der Mörder ist. Sie müssen mir glauben …«

Sie wollte ihm mehr erzählen, doch ihre Mutter schlug immer vehementer gegen die Tür.

»Steigen Sie aus«, sagte der Gerichtsarzt.

»Wieso glauben Sie mir nicht?«

»Ich glaube Ihnen. Und genau deshalb müssen Sie jetzt zu Ihren Eltern zurückgehen.«

»Wenn ich das tue, muss ich den Baron heiraten. Einen Mörder!« Die Ungeheuerlichkeit dieser Tatsache traf Cecilie mit voller Wucht.

»Nur als seine Verlobte haben Sie die Gelegenheit, mehr über ihn und seine Verbindung zu den toten Frauen herauszufinden«, insistierte Dr. von Thorwald.

Über seine Kaltherzigkeit war Cecilie entsetzt. Der Gerichtsarzt war bereit, sie einem Mörder auszuliefern.

»Sie müssen mir bei den Ermittlungen helfen, Fräulein Cecilie. Ich brauche Sie doch«, bat er.

Sie begriff, dass er recht hatte. Zudem war es ihre Pflicht, nachdem die Beweismittel wegen ihres Fehlers verloren waren.

»Finden Sie etwas über ein schlossähnliches Anwesen heraus, das der Baron besitzt.«

»Mehr können Sie mir nicht darüber sagen?«

»Bedaure. Aber auf dem Weg dorthin verläuft eine Eisenbahnlinie.«

Sie wollte gerade nachfragen, woher der Gerichtsarzt diese Informationen hatte, da schrie ihre Mutter hysterisch los. Cecilie öffnete den Schlag.

»Ich komme ja!«

Sie warf Dr. von Thorwald einen letzten Blick zu. Die Wärme in seinen Augen versetzte ihr einen Stich. Sie hoffte auf ein Wort, mit dem er sie zurückhielte, doch er schwieg.

16

Wenn Hektor an Fräulein Cecilie dachte, roch er ihren Duft nach Lavendel und Schweiß. Er erinnerte sich an den verzweifelten Blick, den sie ihm über die Schulter zugeworfen hatte, als sie auf ihr Elternhaus zuging. Dabei konnte er nur erahnen, wie fürchterlich es für sie sein musste, dem vermeintlichen Mörder gegenüber die Verlobte zu geben. Der Gedanke daran, wie sie Baron zu Staufenfels die Hand zum Kuss reichte, wie seine Hände, die womöglich zuvor einer Frau das Leben genommen hatten, die ihren umschlossen, versetzte Hektor in Unruhe. Er spürte die Verantwortung, die er für Fräulein Cecilie trug, weil er sie dazu aufgefordert hatte, ihm bei den Ermittlungen zu helfen. Dann kam ihm ein Gedanke. Sollte Gitta in dem Baron den Mann erkennen, der die Orgie veranstaltet hatte, bei der Paula verschwunden war, wäre Fräulein Cecilie erlöst.

Er ließ sich umgehend zum Bordell fahren, wo er so lange schellte, bis die Wirtin an der Tür erschien. Die gezückten Geldscheine taten das Nötige, damit sie seinem Verlangen nachgab. Eher verkatert als unwillig folgte Gitta ihm in die Wilhelmstraße, wo der Baron wohnte, wie Hektor über Kommissar Tiegler herausgefunden hatte.

Hektors Vorwand dem Kammerdiener gegenüber, die Dame erwarte ein Kind von dem Baron, ließ die Dirne auflachen und den Diener mit regloser Miene seinen Herrn holen. In einen Morgenmantel gekleidet erschien Baron zu Staufenfels nur wenig später.

»Er ist es«, raunte Gitta Hektor zu.

»Als Vater für den Bastard kommen doch wohl allzu viele in Frage«, sagte der Baron.

»Sie haben recht«, behauptete Hektor. »Entschuldigen Sie vielmals die Störung. Wir haben uns geirrt.«

»Nee, hab ich nicht«, insistierte Gitta, ließ sich aber von Hektor in Richtung Ausgang ziehen. »Das war der Herr, der die Feier veranstaltet hat.«

»Ich weiß. Deshalb gehen wir jetzt auch zur Polizei.«

Gitta war nicht gerade begeistert von seinem Anliegen, dennoch fügte sie sich nach ein wenig gutem Zureden und dem Versprechen, dass Paulas Tod nicht ungesühnt bliebe. Kommissar Tiegler jedoch wollte von dieser Wendung des Falls nicht das Geringste wissen.

»Deshalb haben Sie mich nach der Adresse des Barons gefragt! Der Fall ist abgeschlossen, Doktor von Thorwald. Da werde ich bestimmt nicht den Kopf riskieren, indem ich dem Präsidenten mit diesen Hirngespinsten komme.«

»Der einzige Kopf, der hier riskiert wird, ist doch wohl der des Sozialisten«, gab Hektor zur Antwort.

Nachdem er eingesehen hatte, dass der Kommissar nicht umzustimmen war, ließ er Gitta im Flur warten und ging selbst zum Polizeipräsidenten. Den Assessor, der ihn ohne Termin nicht vorlassen wollte, schob er mit aller Kraft zur Seite und trat ins Amtszimmer. Er würde hoch pokern müssen und womöglich ebenso hoch verlieren. Leider war von Madai nicht allein. Gemeinsam mit Gerald Graf von Weidburg beugte er sich über eine Akte.

»Guten Tag, die Herren«, sagte Hektor. »Ich habe ein wichtiges Anliegen wegen des Frauenmörders.«

»Schon wieder«, erwiderte von Madai genervt. »Wir haben bereits das Geständnis des Täters. Weitere Beweise seiner Schuld sind nebensächlich.«

Dass der Sozialist die Tat zugegeben hatte, verwunderte Hektor nicht. Es wäre nicht das erste Geständnis, das in den Verhörzimmern auf wunderbare Weise zustande kam. Dennoch erschwerte es sein Anliegen ungemein. Er legte seinen Zylinder auf den Schreibtisch. Von Madai hob die Augenbrauen an.

»Ihnen ist bekannt, Herr Präsident«, fing der Gerichtsarzt an, »dass ich ein Mann der Wissenschaft bin. Da ich weiß, dass Menschen selten die Wahrheit sagen … aus den unterschiedlichsten Gründen übrigens, und nicht immer sind es die unehrenhaftesten … deshalb halte ich mich nur an die Fakten. Denn die Wissenschaft lügt nie.«

»Kommen Sie zur Sache.« Von Madai saß mit dem Rücken zum Fenster, hinter dem sich die Spree krümmte.

»Die Sache ist die: Ich habe zahlreiche Beweise dafür«, hier bemühte Hektor sich, seine Stimme angesichts der Lüge nicht zittern zu lassen, »dass ein anderer für die Taten verantwortlich ist. Genauer Baron zu Staufenfels.«

Graf von Weidburg musterte ihn mit unbeweglicher Miene. Er hatte sich gut unter Kontrolle. Von Madai hingegen öffnete den Mund und schloss ihn wieder, als sei er ein Fisch auf dem Trockenen.

»Sie sind wahnsinnig«, stellte der Polizeipräsident fest. »Einfach wahnsinnig! Und jetzt raus!«

»Warten Sie«, mischte sich Graf Gerald ein. »Lassen Sie uns hören, was er vorzubringen hat.«

»Eine Frau, die beinahe zum Opfer des Frauenmörders geworden wäre, Pia Späth, ist in einer Kutsche entführt worden. In einer schwarz glänzenden, um genau zu sein. Eine solche fährt der Baron«, sagte Hektor. »Wenn Sie die Durchsuchung der Kutsche erlauben würden, könnte man sicher feststellen, dass ein Holzsplitter, den wir aus dem Bein der Entführten entfernt haben, von eben der Kutsche des Barons stammt.«

»Unfug!« Der Polizeipräsident sah nicht aus, als wolle er sich noch mehr anhören.

»Pia Späth, sagten Sie?«, fragte Graf Gerald. Auf Hektors Nicken hin fügte er hinzu: »Die Schwester des roten Mörders gibt wirklich keine glaubwürdige Zeugin ab. Selbst wenn der Splitter aus ihrem Bein von der Kutsche des Barons stammen sollte, was ich entschieden bezweifle, läge die Vermutung doch nahe, sie habe sich die Verletzung selbst zugefügt, um von der Schuld ihres Bruders abzulenken, nicht wahr?«

Hektor ging nicht auf den Einwand ein. »Außerdem habe ich die Aussage einer Zeugin, die mit dem ersten Opfer des Frauenmörders bei der Feier des Barons war. Pauline Hinrichs verstarb dort.«

»Mehr haben Sie nicht?«, meinte Graf Gerald. »Die Aussage einer Hure und den angeblichen Beweis der Schwester eines Mörders? Bisschen dürftig, wenn Sie mich fragen.«

»Genug jetzt!«, unterbrach der Präsident. »Der Fall ist abgeschlossen. Halten Sie sich an meine Anweisung oder es wird Ihnen noch leidtun, Doktor von Thorwald!«

Cecilies Gedanken weilten bei dem Gerichtsarzt, während sie sich damit abzulenken versuchte, gemeinsam mit ihrer Mutter die Handtücher ihrer Aussteuer zu zählen. Sie waren von erstklassiger Qualität und mit den ineinanderfließenden Buchstaben »B. & C. z. St.« bestickt.

»Du kannst dich glücklich schätzen, mein Liebes.« Frau Blum fuhr mit der Hand über den flauschigen Stoff, »dass die Hochzeit nun doch zustande kommt. Stell dir mal vor, wie hoch der finanzielle Verlust sonst gewesen wäre.«

Cecilie hörte kaum zu, während ihre Mutter die Sachen auflistete, die im Schrank für den Tag ihrer Vermählung bereitlagen. Schürzen und Hauben für die Dienstmädchen, Tischtücher und

Servietten für vierundzwanzig Personen, dazu kamen Kerzenständer, silbernes Besteck und das Geschirr aus Meißner Porzellan, das eigens mit dem Wappen des Barons in Auftrag gegeben worden war. Stattdessen dachte sie daran, ob Dr. von Thorwald irgendetwas unternehmen würde, um den Baron der Morde zu überführen. Aber was sollte er tun? Nicht umsonst hatte er ihr gesagt, dass sie es sei, die ermitteln musste. Nur was sollte sie tun?

»Die Aussteuern der Prinzessinnen waren nicht prunkvoller als deine. Eure Ehe wird auf einer soliden Basis ruhen«, versprach Cecilies Mutter. »Es ist immer gut, wenn eine Frau sich nicht mit leeren Händen vermählt. Ich habe damals ja den Kaufmannsladen meines Vaters in die Ehe eingebracht. Sonst hätte dein Vater gar nicht den finanziellen Grundstock für seine Fabrik gehabt.«

Cecilie hielt es in der Enge des Salons nicht länger aus. Sie ging vom Fenster zum Tisch zum Kamin und wieder zurück.

»Setz dich hin, ich bekomme noch Kopfschmerzen von deiner Umherflatterei«, fuhr ihre Mutter sie an. »Was bist du nur so nervös?«

Sie setzte sich zu ihr auf das Sofa und griff nach dem dünnen Band auf dem Beistelltisch. Den Roman hatte sie inzwischen durchgelesen. Lady Melusine war eine Mörderin, die für ihre Tat nie ins Gefängnis kam. Cecilie schob das Buch unter den Handtuchstapel.

»Du hast dich doch nicht etwa in diesen Leichenarzt verliebt?«, fragte ihre Mutter plötzlich. »Kind, Liebe hält nicht ewig. Eine passende Verbindung dagegen schon!«

Cecilie antwortete nicht. Sie stand auf und trat erneut ans Fenster. Auf dem Rasen hatte sich Raureif gebildet. Die Grashalme mussten eingezwängt in ihrer Position verharren, bis sich die Luft erwärmte. Sie atmete gegen die Fensterscheibe. Dort, wo der Atem sich niederließ, malte sie mit dem Finger Kreise auf das Glas. Sie wusste nicht, was und wie viel der Gerichtsarzt ihr bedeutete. Es war auch unwichtig, solange sie den Baron nicht als Mörder überführt hatten.

»Besuch, gnädiges Fräulein.« Elsa kam herein.

Cecilie hatte die Türklingel gar nicht bemerkt. Sie ließ den Mull, den sie zur Seite geschoben hatte, vor das Fenster gleiten und drehte sich um. Ihr Blick streifte die Einrichtung des Salons, der ihr einmal so heimelig vorgekommen war mit seinen orientalischen Teppichen, Nippesfigürchen, Familienporträts, den Souvenirs von Reisen, den Ölbildern, Topfpflanzen und Polstermöbeln. Nun empfand sie ihn als vollgestopft mit sinnlosem Ballast.

»Wer ist es denn?«, fragte Frau Blum. Obwohl sie wusste, wie unwahrscheinlich es war, hoffte Cecilie, es sei Dr. von Thorwald mit der Nachricht, dass die Polizei den Baron festgenommen hatte.

»Baron zu Staufenfels«, kündigte Elsa an.

Als Cecilie seinen Namen vernahm, schwindelte es ihr. Gleich würde sie einem mehrfachen Mörder gegenüberstehen und Freude über seine Anwesenheit vortäuschen müssen. Ihre Beine gaben nach und sie klammerte sich an den Flügel. Ihre Mutter legte den Stickrahmen zur Seite, auf dem Blumen für ein weiteres Sofakissen entstanden, und kam zu ihr.

»Nimm Haltung an, Kind.« Sie kniff ihr in die Wangen, dass es schmerzte. »Du kannst froh sein, dass der Herr Baron die Verlobung nach diesem … diesem Vorfall nicht gelöst hat. Auf Knien solltest du vor ihm rutschen.«

Sie pflückte und rupfte an den Schleifen auf dem Kleid ihrer Tochter. Cecilie spürte, wie ihr das Blut aus dem Kopf wich. Unter Nebelschleiern bekam sie mit, wie ihre Mutter sie auf das Sofa setzte. Als der Baron ins Zimmer trat, gelang es ihr nicht, ihrem Gesicht ein Lächeln aufzuzwingen. Er grüßte sie und führte ihre Hand an seine Lippen.

»Ich wollte mich des Wohlergehens meiner lieben Verlobten versichern«, erklärte er.

Unter einem Vorwand zog sich Frau Blum zurück. Cecilie verspürte das dringende Bedürfnis, laut zu schreien, wie es Marianne an manchen Tagen tat. Doch anstelle eines Schreis brachte Cecilie ihre Lippen dazu, sich auf und ab zu bewegen, und produzierte entfernt nach Begeisterung klingende Töne, während der Baron ihr von den Banalitäten seines Lebens erzählte. Über das andere Leben in ihm schwieg er. Immer wieder kam er auf die Hochzeit zu sprechen, die möglichst bald stattfinden sollte. Die ganze Zeit über vermochte Cecilie von ihm nur als Mörder zu denken. Sie fragte sich, was geschähe, sollte es ihr nicht gelingen, den Baron der Taten zu entlarven, bevor die Hochzeit anberaumt war. Sie konnte doch keinen Mörder ehelichen. Es durfte nicht so weit kommen.

»Passt Ihnen die rasche Eheschließung denn nicht?«, fragte der Baron.

»Doch, doch«, behauptete sie.

»Woran denken Sie dann, meine Gnädigste?« Er schien noch immer wegen ihres Besuchs und ihrer dabei geäußerten Weigerung, ihn zu heiraten, misstrauisch zu sein.

»An nichts Besonderes«, log sie und legte ihm eine Hand auf den Arm. Ihre Haut brannte wie Feuer.

»Besitzen Sie eigentlich ein größeres Anwesen?«, fragte sie.

Seine negative Antwort enttäuschte sie.

Im Leichenkeller setzte Hektor das Messer an, um die Nähte an Brust und Bauchdecke aufzutrennen. Wie beiläufig holte er Stroh aus dem Inneren einer weiteren schönen Leiche, die man in den Morgenstunden am Roten Rathaus aufgefunden hatte. Die Perücke hatte er bereits von der Kopfhaut gezogen, die Glasaugen aus den Höhlen geholt und Max zum Reinigen übergeben.

»Stich ins Herz, ausgeblutet, ausgeweidet und präpariert. Die Brüste ebenfalls verstümmelt«, sagte er.

»Seltsame Übereinstimmungen«, merkte der Richter an.

»Meinen Sie denn nicht, es könnte ein Nachahmungstäter gewesen sein?«, fragte Tiegler.

Hektor zog eine Augenbraue hoch. »Der den Stich und den Schnitt an genau der gleichen Stelle ansetzt?« Hektor hielt ihm das Leibchen vor, das er der Toten ausgezogen hatte. »Der die Wäsche im selben Geschäft kauft wie der Mörder der anderen drei Frauen? Ausgeschlossen! Die Polizei hat sich geirrt!«

Der Kommissar war gezwungen, den Fall des Frauenmörders noch einmal aufzurollen. Hektor konnte nicht verhindern, dass ein unpassendes Lächeln auf seinem Gesicht erschien. Er griff nach einer Lupe. »Ich werde jeden Zentimeter nach Haaren absuchen. Vielleicht hat der Täter welche hinterlassen.«

»Aber es könnte doch jemand sein, der die Polizeiakten gelesen hat?« Der Kommissar ließ nicht locker.

Dass er sogar bereit war, einen seiner Kollegen des Mordes zu verdächtigen, löste bei Hektor die Vermutung aus, Tiegler habe Angst vor dem Polizeipräsidenten, den er vom Ergebnis der Sektion unterrichten musste. Tatsächlich wirkte der Kriminalbeamte ungewöhnlich nervös. Stirn und Glatze glänzten vor Schweiß, er rieb die Hände mehrmals über den Stoff seiner Hose.

»Ich werde eine Blutprobe nehmen, doch ich kann Ihnen jetzt schon versichern, wie das Ergebnis lauten wird. Drehen und wenden Sie es, wie Sie wollen«, sagte Hektor erbarmungslos. »Der wahre Täter läuft immer noch frei herum.«

»Was sollen wir denn nun damit anfangen?«, jammerte Tiegler und verzog den Mund wie ein Harlekin.

»Ich kenne den Täter«, antwortete Hektor. »Die Polizei muss endlich einsehen, dass sie den Falschen eingekerkert hat.«

Er reichte Max Weimar sein Werkzeug zum Säubern. Der Assistent starrte ihn mit großen Augen an.

»Ist was, Max?«

»Sie kennen den Mörder?« Wenn der Assistent redete, sah man die fehlenden Zähne in seinem Gebiss.

»Das ist keine deiner Angelegenheiten«, wies Hektor ihn ab.

Max neigte den Kopf und zog sich zurück. Vielleicht hatte er ihn etwas zu harsch abgefertigt, aber es passte ihm gar nicht, Max auch noch mit in die Sache hineinzuziehen. Schlimm genug, dass Fräulein Cecilie knietief im Schlamassel steckte. Er spürte die Gefahr, die sie umgab.

Cecilies Puls raste. Sie setzte sich mit einem Satz im Bett auf. Schweiß stand ihr auf der Stirn. Es klopfte an ihrer Zimmertür. Elsa kam mit einer Tasse heißer Schokolade herein, die sie auf dem Nachttisch absetzte, und schlug das Kissen hinter Cecilies Rücken auf. Anschließend zog sie die Vorhänge von den Fenstern zurück. Draußen war es bereits helllichter Tag.

Am gestrigen Abend war sie versucht gewesen, zu Dr. von Thorwald zu fahren, um mit ihm zu reden und ihm ihre Ängste anzuvertrauen, aber die Vernunft hatte sie davon abgehalten. Wie sehr sie ihre Vernunft nun verfluchte. Sie sehnte sich danach, jemandem zu erzählen, wie zuwider ihr die Tage waren, an denen sie die hingebungswillige Braut spielen musste. Zwar hatte sie es Marianne oben in der Kammer anvertraut, aber sie wusste nicht, ob ihre Schwester sie überhaupt verstand.

Je näher die Hochzeit rückte, umso nervöser wurde sie. Der Baron kam immer öfter, wie um sich zu vergewissern, dass sie nicht weggelaufen war. Noch drei Tage, dann würde sie ihn auf dem Standesamt ehelichen. Ihr blieb nicht mehr viel Zeit, um etwas über sein Treiben herauszufinden. Es brachte nichts, sich ins Bett zurückzuziehen, wenn die Ängste überhandnahmen. Sie stellte die Füße auf den Boden und griff nach der Tasse. Auf dem Kakao hatte sich eine dünne Haut gebildet. Dennoch trank Cecilie davon, in dem Wissen, gestärkt sein zu müssen.

Elsa, die in der Zwischenzeit den Raum verlassen hatte, trat ein und reichte ihr ein Briefchen.

»Der Bote wartet«, sagte sie.

Cecilie riss das Kuvert auf. Es war von Dr. von Thorwald. Ihr Herz klopfte. In strenger, gerader Schrift bat der Gerichtsarzt sie um ein baldiges Treffen.

»Es gibt Neuigkeiten«, schrieb er. Sofort eilte die junge Frau an ihren Toilettentisch, griff zu einem Federhalter, tunkte die Spitze in das Tintenfass und schrieb auf ihrem parfümierten Briefpapier eine Notiz für Dr. von Thorwald. Den Brief gab sie Elsa, damit sie ihn dem Boten überbrachte. In aller Eile ließ Cecilie sich ankleiden und stürmte in den Salon, um ihre Mutter zu einem Spaziergang im Tiergarten zu überreden. Angesichts der überraschend guten Laune ihrer Tochter ließ diese sich nicht lange bitten.

In der Parkanlage streckten die Kastanien und Buchen ihre nackten Äste empor. Jeder Baum war von Steinen eingefasst. Den Rasen durchkreuzten schnurgerade Reit- und Spazierwege, auf denen Ammen in ihren wendischen Trachten Kinderwagen schoben. Cecilie schritt weit aus, ließ die kalte Luft in ihre Lungen strömen und fühlte, wie die Ängste von ihr wichen. Hinter ihr lief keuchend ihre Mutter.

»Wollen wir nicht bald umdrehen?«, fragte sie außer Atem und blieb stehen. In der Ferne kläfften zwei Möpse einem Veloziped nach.

»Wenn du nicht mehr kannst, setz dich auf eine Bank und ruh dich ein bisschen aus. Ich komme gleich zurück«, schlug Cecilie vor.

Noch ehe die Mutter antworten konnte, war sie weitergeeilt. Sie lief zum Rosengarten. In ihrem Antwortschreiben an Dr. von Thorwald hatte sie ihn an diesen Ort gebeten. Im Sommer blühten hier die Rosen in allen Farbabstufungen zwischen Rot, Gelb und Weiß. Nun waren von den Königinnen der Blumen nur mehr amputierte Stümpfe übrig geblieben. Traurig drohend hoben sie die Dornen, als könnten sie damit der Novemberkälte trotzen, die sich über den Park ausgebreitet hatte. Unter einem schmiedeeisernen Rosenbogen stand Dr. von Thorwald. Cecilie eilte auf ihn zu. Er nahm ihre Hände in die seinen. Die Berührung ging ihr durch und durch.

»Ich bin froh, Sie wohlauf zu sehen«, sagte der Gerichtsarzt heiser.

»Was gibt es für eine Neuigkeit?«, fragte Cecilie.

»Eine weitere Leiche. Zugerichtet wie die anderen drei Frauen.«

»Mein Gott! Sieht die Polizei nun ein, dass sie den Falschen verhaftet hat?«

»Ich hoffe es. Ich hoffe es wirklich. Aber noch setzt sie auf einen Nachahmungstäter.«

Cecilie entriss dem Gerichtsarzt ihre Hände. »Wie viele Frauen müssen denn noch sterben?«

»Niemand mehr, das verspreche ich Ihnen. Ich werde alles dafür tun, dass der Baron endlich entlarvt wird. Wenn Sie sich nur von ihm fernhalten!«

»Wie soll ich das denn tun? Die Hochzeit ist in drei Tagen.«

»Sagen Sie das Fest ab.« Dr. von Thorwald sprach das aus, was Cecilie sich die ganze Zeit über gewünscht hatte.

»Das kann ich nicht.«

»Es ist viel zu gefährlich, wenn Sie weiter mit dem Mörder verkehren.«

»Daran hätten Sie denken können, bevor Sie mich dazu gedrängt haben, zu meinen Eltern zurückzukehren. Ich muss jetzt los. Meine Mutter wartet auf mich.« Sie drehte sich um und ging auf die Baumreihe zu.

»Warten Sie!« Dr. von Thorwald kam ihr nach. Er stand vor ihr, schien etwas sagen zu wollen und mit sich zu ringen, doch es kam nichts.

»Adieu«, meinte sie.

»Adieu«, erwiderte er.

Zu Hause schrieb sie eine Nachricht an den Baron. Anschließend nahm sie mit ihrer Mutter im Salon Platz. Das Warten machte sie wahnsinnig.

»Können wir nicht Marianne zu uns herunterholen?«, fiel ihr ein. »Nur für eine Stunde.«

Die Mutter sah entgeistert drein. »Was ist, wenn sie einen Anfall bekommt?«

»Dann bringen wir sie sofort wieder hoch. Bitte, Mama!«

»Na gut, aber zur Visitenzeit ist sie wieder oben. Und kein Wort davon zum Vater.«

Cecilie stand auf, ging um den Tisch herum und umarmte ihre Mutter, die steif sitzen blieb. Frau Blum wollte Elsa schicken, um Marianne zu holen, aber Cecilie tat es selbst.

Es bereitete ihrer Schwester einige Probleme, die Treppe hinunterzusteigen, war sie die Bewegung doch gar nicht mehr gewohnt. Mit offenem Mund betrachtete Marianne alles, als hätte sie die Tapeten, Möbel und Bilder nie zuvor gesehen. Im Salon half Cecilie ihr, sich auf das Sofa zu setzen. Verloren hockte ihre Schwester auf dem roten Samt. Seit über drei Jahren hatte sie ihre Kammer nicht verlassen. Als Marianne ihre Mutter bemerkte, huschte ein Lächeln über ihr Gesicht, das Cecilie daran erinnerte, wie hübsch ihre Schwester einmal gewesen war.

»Mama«, sagte Marianne.

Frau Blum griff nach ihrer Hand und hielt sie fest. Cecilie spürte, dass es durchaus noch Hoffnung für ihre Schwester gab. Wenn sie nur wüsste, was vor vier Jahren mit ihr geschehen war, als die Eltern sie aufs Land geschickt hatten und sie in diesem Zustand, der mit dem Leben so wenig gemein hatte, wiedergekommen war. Sie fragte ihre Mutter danach, die es zunächst mit Ausflüchten probierte, als sie aber beständig weiterforschte, erzählte diese ihr die Version einer Geschichte, von der Cecilie ahnte, dass mehr dahintersteckte. »Deine Schwester hat … wie soll ich es sagen?« Die Mutter quälte sich mit den Worten. »Sie hat sich mit einem Mann eingelassen. Einem verheirateten Mann. So hat er die Konsequenzen nicht getragen, als sich eine Frucht der unseligen Begegnung anbahnte.«

Cecilie betrachtete Marianne. Ihre Schwester war in all den Jahren ihrer Kindheit niemals die Neugierige gewesen, eher die naive Unschuld, immer ängstlich. Es fiel Cecilie schwer, sich vorzustellen, dass Marianne sich mit einem Mann getroffen hatte, ohne dass sie es mitbekam. Sie fragte sich, woher Marianne den Mut dazu genommen hatte.

»Was ist mit dem Kind geschehen?«, erkundigte sie sich.

»Reden wir nicht davon«, sagte ihre Mutter.

»Kind«, brabbelte Marianne. »Kind. Kind. Kind.« Sie erhob die Stimme zu einem klagenden Singsang.

»Siehst du, was du angerichtet hast mit deiner Fragerei!« Frau Blum stand auf, wickelte eine Decke um ihre jüngste Tochter und rief nach Elsa.

»Hat Marianne ihr Kind denn nie mehr gesehen?«, sprach Cecilie ihre furchtbare Vermutung aus.

»Wo denkst du hin? Diese Schande hätte euch beiden jede Aussicht auf eine Heirat zunichtegemacht. Es war das Beste, was wir für euch tun konnten.«

»Das Beste hat Marianne zerstört!« Ihre Schwester hockte so elendig neben ihr, dass es Cecilie schmerzte.

»Aber es hat deinen Ruf gerettet. Wer würde dich denn zur Frau nehmen, wenn bekannt wäre, dass du eine gefallene Schwester hast?«

Bevor Cecilie dazu kam, mehr über die Vergangenheit in Erfahrung zu bringen, klingelte es. Elsa, die auf Geheiß ihrer Herrin dabei war, Marianne vom Sofa hochzuziehen, hielt inne.

»Soll ich zur Tür gehen, Frau Blum?«

»Ja, nein, doch. Cecilie, du nimmst den Besuch in Empfang, ich bringe Marianne nach oben.« Gehetzt zerrte die Kaufmannsfrau an ihrer jüngsten Tochter.

»Warte, bis wir die Treppe hoch sind«, ermahnte sie das Dienstmädchen.

Es klingelte wieder. Gerade als die Mutter mit Marianne auf dem oberen Absatz verschwunden war, riss Elsa die Tür auf. Cecilie, die hinter ihr stand, erblickte den Baron. Er trug einen dunkelgrünen Jagdanzug und Stiefel, die ihm bis zu den Knien reichten.

»Sie haben nach mir rufen lassen?«, sagte er.

Sie verzog den Mund zu einer Grimasse, von der sie hoffte, sie ähnelte entfernt einem Lächeln.

»Ich dachte, wir machen bei dem schönen Wetter eine Fahrt mit Ihrer Kutsche«, schlug sie vor, in der bangen Erwartung, es werde sich eine Gelegenheit ergeben, nach der Absplitterung zu suchen.

»Was für eine wundervolle Idee«, antwortete ihre Mutter, die in der Zwischenzeit heruntergekommen war. Ihre Wangen glühten, ansonsten wirkte sie gefasst wie immer.

»Bedaure. Ich bin bereits optioniert. Graf von Weidburg gibt eine Jagdgesellschaft«, informierte sie der Baron.

Cecilie wollte keinen Tag länger mit der tatenlosen Warterei zubringen. »Wie vortrefflich!«, rief sie. »Ich wollte schon immer an einer Jagd teilnehmen.«

Dem Baron schien kein Einwand gegen ihre Begleitung einzufallen. Ihr hingegen kam plötzlich in den Sinn, dass das abgelegene Jagdschloss der von Weidburgs durchaus der Ort sein konnte, an den er die Frauen gebracht hatte, um sie zu ermorden, auszuweiden und zu präparieren.

»Ich muss mich nur schnell umziehen«, gab sie vor und rannte auf ihr Zimmer. Es blieb ihr gerade mal Zeit für ein paar Worte, die sie mit der Feder zu Papier brachte. Den Brief steckte sie in ein Kuvert und vertraute ihn Elsa an, was ihr sicherer erschien, als ihn einem Boten zu übergeben.

»Wohin soll ich ihn bringen?«, fragte das Mädchen.

Cecilie zögerte mit der Antwort, entschied sich dann aber für das Leichenschauhaus. Dr. von Thorwald würde unter Garantie wie jeden Tag dort sein.

17

Das aufkeimende Stück Blau im Grau des Himmels erschien Elsa wie ein Zeichen. An ihrem freien Nachmittag wollte sie zu Heinrich, um ihm davon zu erzählen, dass sie guter Hoffnung war. Sie zog es vor, nicht daran zu denken, dass er ihre Nachricht nicht gut finden könnte. In ihrer Schürzentasche tastete sie nach dem Umschlag. Fräulein Cecilie hatte ihr nicht gesagt, was in dem Brief stand.

Auf der Luisenstraße fand sie zum Glück gleich den richtigen Eingang. Ein Gestank wie von einem Schlachthof drang aus dem Keller zu ihr hoch. Sie wunderte sich, was das feine Fräulein wohl mit diesem Ort zu schaffen hatte. Wenn sie Cecilie Blum wäre, würde sie nie hierher gehen. Manchmal roch Elsa an den Duftwässern und Kleidern des Fräuleins und stellte sich vor, sie wäre an ihrer Stelle. Dann würde der Heinrich sie auch mit Kind im Bauch heiraten. Aber dann wäre sie die Verlobte von einem Baron. Baronin Elsa. Sie kicherte, während sie die Stufen in den Keller hinabstieg. Das Licht wurde schwächer. Zur Vorsicht griff Elsa nach dem Medaillon an ihrem Hals. Sie hatte es vor Wochen von einer Zigeunerin gekauft. Ein Liebeszauber für Heinrich. Am gleichen Abend noch war er mit ihr in den Hinterhof gegangen. Auf einem Ballen Stroh hatten sie es gemacht. Das Stroh hatte sie die ganze Zeit in den Hintern gepiekst. Trotzdem war es schön gewesen.

Mit dem Medaillon in der Hand betrat sie den ersten Kellerraum. Über Bahren waren Tücher gebreitet, unter denen Sachen lagen, die sie sich nicht ausmalen wollte. Elsa drückte die Tür zum nächsten Raum auf. Hier wurde der Gestank schlimmer. Ein Mensch lag auf einer Bahre. Reglos. Wie tot. Der Bauch klaffte auf. Ein Mann griff gerade in den Leib hinein und holte einen blutigen Klumpen hervor. Elsa wollte schreien. Es ging nicht.

Hinter ihr fiel die Tür mit einem Knall ins Schloss. Der Mann sah auf. Ihr Rücken prallte gegen die Tür. Sie kam nicht hinaus. Der Mann legte den Klumpen ab, griff zu einer Flasche, presste einen Lappen auf die Öffnung und drehte die Flasche um. Dann kam er auf sie zu. Sie wollte ihm ausweichen, sank zu Boden und drehte den Kopf weg. Er packte sie und drückte ihr einen Lappen auf den Mund. Jetzt schrie sie, doch der Stoff erstickte den Schrei. Ihr wurde ganz schummerig. Elsa dachte noch daran, dass nun wohl nichts mehr aus der Hochzeit mit dem Heinrich würde.

Der Herzog, der die verwitwete Lady Melusine geheiratet hatte, bekam heraus, dass sie ihren ersten Mann ermordet hatte. Dennoch übergab er die Mörderin nicht der Polizei, sondern verstieß sie bloß. Fortan verbüßte sie ihre Sünden als Krankenpflegerin und starb auf den letzten Seiten des Romans in Frieden, so dass Herzog Charley erneut heiraten konnte, diesmal eine gute Frau, die seine Liebe verdiente.

Frau Lindemann klappte das Buch zu. Ganz befriedigte der Schluss sie nicht. Sie hatte ein Ende mit Tusch erwartet und nicht eines, das einfach so dahinplätscherte. Dass ein Mörder davonkam, nur weil er adelig war, gefiel ihr nicht. Sie fasste in die Pralinenschachtel. So sehr sie auch zwischen dem Seidenpapier herumtastete, fand sich kein Schokokügelchen mehr. Sie beschloss, Herrn von Thorwald einen Tee zu bringen, mit den Keksen dazu, die er nie aß und die sie nach dem Abräumen mit gutem Gewissen verspeisen konnte.

Als sie an die Bibliothekstür klopfte, saß Herr von Thorwald über einem Buch. Er war vollkommen in sich gekehrt, beinahe abwesend. Sie räusperte sich. Der Doktor sah auf.

»Ach, Sie sind's!« Sogleich versank er wieder in seinem Buch.

Frau Lindemann betrachtete ihn mit Besorgnis. Allein dass er am Tage zu Hause war und nicht im Leichenkeller, verwunderte sie. Er hatte sich verändert. In sein dunkles Haupthaar hatten sich innerhalb weniger Tage graue Strähnen geschlichen und seine Stimmung konnte sie nur noch als gereizt bezeichnen.

Sie stellte ihm das Tablett mit dem Tee und den Keksen hin. Dabei streifte sie den Bücherstapel auf dem Tisch mit dem Ellbogen und die Bücher fielen zu Boden.

»Passen Sie doch auf!«, schrie Herr von Thorwald sie an.

Sie war erschüttert über sein Verhalten.

»Lassen Sie.« Er schubste sie beinahe, als sie sich daranmachen wollte, die Bücher aufzusammeln.

Kopfschüttelnd ging sie aus dem Raum. Und ihm stellte sie noch Kekse hin. Fast könnte man meinen, er habe Kummer. Liebeskummer, schoss es ihr durch den Kopf. Frau Lindemann suchte Halt am Geländer der Treppe. Gott bewahre, bat sie.

Als er wenig später an ihr vorbeischoss und auf ihre Frage, wo er denn hinwolle, nicht antwortete, stand es Frau Lindemann immer deutlicher vor Augen. Der Doktor war in Fräulein Cecilie verliebt. Sicher handelte es sich nur noch um Tage, bis er ihr einen Antrag machte. Dann würde sie die Ruhe ihres Salons ein für alle Mal vergessen können.

Kaum saß Cecilie in der Kutsche des Barons, strich sie mit den Händen über das Holz des Wagenschlags und versuchte eine Absplitterung zu erfühlen. Dabei zog sie sich einen Splitter zu. Eine innere Unruhe ergriff sie, die ihr das Gefühl gab, bald zu platzen. Sie saugte an ihrem Finger. Die Polizei musste die schadhafte Stelle der Kutsche unbedingt mit dem Splitter vergleichen, den sie Pia herausgezogen hatte.

Da die Straße am Königplatz, der vor wenigen Jahren noch eine Sandwüste gewesen war und nun mit angelegten Beeten auftrumpfte, zwischen der Herwarth- und Moltkestraße wegen neuer Bepflasterung gesperrt war, nahmen sie einen Umweg. Als sie die Karlstraße stadtauswärts fuhren, wurde Cecilie noch nervöser. Vielleicht hatte Dr. von Thorwald den Leichenkeller an diesem Sonntag gar nicht aufgesucht, fiel ihr ein, sondern war zu Hause geblieben. In diesem Fall würde ihr Brief ihn nicht erreichen.

»Halten Sie an!«, bat sie.

»Wozu?« Der Baron zwirbelte seinen blonden Schnurrbart.

»Ich muss noch etwas Wichtiges erledigen!«

»Hier? Was ist denn hier?«

»Anhalten!«, rief sie dem Kutscher zu.

Kurz darauf kam die Kutsche zum Stehen. Cecilie raffte den Rock, stieg ab und lief auf die Nummer 33 zu. Sie zog die Klingel. Weil nichts geschah, klopfte sie mit den Fäusten auf das Holz der Tür.

»Ich komm ja schon.« Aus dem Inneren hörte sie die Stimme Frau Lindemanns. Die Haushälterin öffnete mit einem mürrischen Gesichtsausdruck, der sich nicht gerade milderte, als sie Cecilie sah.

»Sie!«

»Ist Dr. von Thorwald da?« Cecilie wollte sich an ihr vorbeidrücken, aber Frau Lindemann versperrte ihr den Weg.

»Der Doktor ist gerade gegangen.« Die Haushälterin verschränkte die Arme vor ihrer großen Brust.

»Wohin?« Cecilies Nervosität steigerte sich.

»Zur Arbeit.«

Das war gut. Im Leichenkeller würde er auf Elsa treffen und

alles erfahren. Sie verließ das Haus und ging zur Kutsche zurück. Den fragenden Gesichtsausdruck des Barons ignorierte sie einfach. Einem Mörder war sie keinerlei Rechenschaft schuldig.

Stumm starrte sie nach draußen. Außerhalb der Berliner Innenstadt waren Hunderte ungepflasterte Straßen neu angelegt, die die Landschaft durchzogen wie Adern den Körper des Menschen. Obwohl die Sonne so plötzlich am Himmel stand, war der Lehm der Straßen durch den Regen noch immer aufgeweicht. Mehr als einmal blieb das Fuhrwerk stecken. Der Baron musste aussteigen, um dem Kutscher dabei zu helfen, sie aus dem Schlamm zu schieben. Dadurch waren die Hosenbeine seines Anzugs mit Dreck verschmiert, was seine Laune keineswegs trübte. Er schwärmte ihr von den Wildschweinen, Hasen und Rehen vor, die ihn erwarteten.

»Das wird ein wahres Abschussfest«, freute er sich.

Die Kutsche holperte so stark, dass Cecilie auf der Bank hin und her geworfen wurde und ständig gegen ihn prallte. Der Körperkontakt widerte sie an. Voller Panik dachte sie an die Hochzeitsnacht, die nun immer mehr in den Bereich des Möglichen rückte. So weit es ging rutschte sie von dem Baron weg und verstieg sich in grauenvolle Bilder ihres baldigen Ehelebens.

Erst ein Tuten riss sie aus ihren schwerfälligen Gedanken. Vor dem Fenster bemerkte sie Gleise und in nicht allzu weiter Ferne das Qualmen einer Lokomotive. Auf einmal versteifte Cecilie sich. Die Eisenbahnlinie in der Umgebung des Schlosses, von der Dr. von Thorwald erzählt hatte! Das Jagdschloss gehörte zwar nicht dem Baron, aber sie war sich auf einmal ganz sicher, dass dies der Ort war, an den er die Frauen brachte, um sie zu töten.

Als das Jagdschloss der von Weidburgs vor ihr auftauchte, war sie überrascht, wie harmlos es wirkte. Die Sonne spiegelte sich in den hohen Fenstern, es hatte einen frischen Anstrich und war reichlich mit Türmchen und Stuck verziert. Blaubarts Schloss, in dessen Mauern Frauen ein fürchterliches Ende beschieden war. Trotz des sonnigen Tages gruselte es Cecilie.

Auf dem Vorplatz nahmen etliche grün gekleidete Männer, eine kläffende Hundemeute und ein paar Frauen sie in Empfang. Für die Damen war ein offener Wagen bereitgestellt worden. Cecilie gab jedoch vor, dass eine Spazierfahrt im Wald ihrer angeschlagenen Gesundheit nicht zuträglich sei. Lieber wolle sie sich in der Nähe des Schlosses die Beine vertreten. Ungerührt holte der Baron seine Gewehre aus dem Koffer der Kutsche, die kurz darauf vom Hof fuhr.

Neben dem Schloss befanden sich die Stallungen. Dort wollte Cecilie als Erstes nachsehen, sobald die Jagdgesellschaft aufgebrochen war. Die Hunde bellten lauter und zogen wie Berserker an den Leinen, die sich die Wildhüter um die Handgelenke geschlungen hatten. Als ein Horn erschallte, half man den Damen auf den Wagen. Die Männer drängten zum Tor. Unter ihnen waren auch der Baron sowie der gedrungene Graf, der auf der Séance vor dem Geist seiner Mutter gewimmert hatte.

Cecilie wartete, bis die Gesellschaft den Zaun des Schlosses umrundet hatte und die erste Baumreihe des Waldes erreichte, der das Schloss in drei Himmelsrichtungen umgab. Das Gebell wurde allmählich leiser. Nun wagte sie sich, das Anwesen zu erforschen.

Die Ställe waren ebenso prunkvoll verziert wie das Schloss. Das Licht reflektierte auf den makellos weißen Außenwänden, dass ihr die Augen schmerzten. Auf dem Boden war schwarzer und weißer Kies gestreut, der unter Cecilies Sohlen knirschte. In der Sonne leuchtete etwas Gelbes zwischen den Steinchen. Sie griff danach und hob es auf. Es war ein Flicken wie von einem Rock, den die einfachen Mädchen trugen.

Zwischen dem Braun des Waldbodens und dem Schwarz der kahlen Bäume blitzte dann und wann ein saftiges Grün hervor, das der Baron unzweifelsfrei den Teilnehmern der Jagdgesellschaft zuordnen konnte. Der Rest des Waldes schien jeglicher Vitalität beraubt. Bislang hatte er noch keinen der Böcke, Füchse, Keiler, Fasane oder Hasen erspäht, die eigens für die Jagd von den Helfern zusammengetrieben worden waren.

Eigentlich ist es nicht sehr männlich-schneidig, diese vereinfachte Art des Jagens zu betreiben, dachte der Baron. Aber es blieb ihm nichts anderes übrig, seit das adelige Jagdprivileg abgeschafft worden war und jeder gemeine Bauer schießen durfte, was ihm vor die Flinte lief.

Neben ihm ging mit langsamen Schritten der alte Graf von Weidburg über den feuchten Boden, sorgsam darauf bedacht, den Wurzeln und Ästen auszuweichen. Hinter ihnen stolperte Graf Alexius vorwärts, dessen Sohlen bei jedem zweiten Schritt ein Knirschen und Knacken verursachten, das weithin für sensible Tierohren zu hören sein musste. Kein Wunder, dass sie noch nichts erjagt hatten. Der Baron hätte den Tölpel gerne abgehängt, doch dabei würde er auch den alten Grafen verlieren. Und dessen Gewogenheit durfte er nicht riskieren. Nicht nachdem sein Vorschlag, den Roten mit falschen Beweisen zu beschuldigen, schiefgelaufen war. Er hatte nicht ahnen können, welch wichtige Rolle das Geschäft spielte, in dem die Wäschestücke gekauft worden waren.

Mit wachsamem Blick achtete er auf Bruch und Tritt, auf einen abgebrochenen Zweig oder einen Fußabdruck, den das Wild hinterlassen haben könnte. Auf einmal erspähte er ein Reh. Seine Gedanken wandten sich von allem ab und ausschließlich der Beute zu, die vor ihm hersprang, als warte sie nur darauf, von ihm erlegt zu werden. Das Reh knabberte an der Rinde eines Baumes und drehte ihm dabei sein weißes Hinterteil zu. Mit angehaltenem Atem schlich er ein paar Meter weiter nach links. Das Tier schien ihn nicht zu wittern. Die Flanke befand sich direkt vor ihm. Er sah das braun glänzende Fell und die kleinen Höcker. Die perfekte Position für den Abschuss. Der Baron hob sein Gewehr, kniff ein Auge zu und spannte den Hahn des Perkussionsschlosses.

Bevor er abdrücken konnte, scheuchte ein Geräusch das Tier auf und das Reh sprang davon. Wütend drehte sich der Baron zu Graf Alexius um. Er sah noch, wie dieser zwischen den Baumreihen entlanglief.

Im Keller roch es süßlicher als sonst. Hektor blähte die Nasenflügel. Ein undefinierbarer Geruch hing in der Luft, da die Toten in ihren verschiedenen Verwesungsstadien ihre Duftmarke in den Räumen hinterließen. Sein Assistent hievte gerade einen Leichensack auf die Schulter.

»Neues Material?«, fragte er ihn.

»Falsch angeliefert. Ich bring's zum Bestatter zurück.«

Durch die offene Tür beobachtete Hektor, wie Max mit dem Sack Stufe für Stufe die Treppe hinaufstieg. Er entledigte sich seines Fracks, den er an den Haken neben seinem Schreibtisch hängte, band sich eine saubere Schürze um, krempelte die Ärmel seines Hemdes hoch und schob die erste Leiche des Tages zu Studienzwecken heran.

Während er die Bauch- und Brusthöhlen öffnete, musste er an Fräulein Cecilie denken. Im Tiergarten hatte er sie nicht gehen lassen wollen, aber er hatte sie auch nicht zurückhalten können. Die einzige Möglichkeit hätte darin bestanden, ihr sein Innerstes zu offenbaren wie bei einer Organentnahme, seine Gefühle bloßzulegen, gleich der Speiseröhre, die er gerade durchschnitt. Das hatte er nicht vermocht. Er schluckte. Sein gesamter Rachenraum fühlte sich auf einmal so pelzig an, wie die Mundhöhle und Zunge des Toten aussahen, die er mit zwei Schnitten längs der Unterkiefer von rechts nach links freilegte. Als Nächstes holte er die Zunge unterhalb des Unterkiefers hervor und trennte Gaumensegel und Speiseröhre von der Wirbelsäule, indem er die Zunge immer weiter herabzog.

Seit er acht Jahre alt war, hatte er mit beachtlicher Konsequenz gelernt, Gefühle und Träume zu unterdrücken, die ihresgleichen suchte. Wie sonst hätte er den Tod seiner gesamten Familie überleben und die Zeit im Waisenhaus überstehen können, in der Misshandlungen durch Erzieher und ältere Zöglinge so alltäglich waren wie das Gebet am Morgen und Abend?

Er hatte es sich zur Aufgabe gemacht, den Tod in all seinen Facetten kennenzulernen, vor allem den gewaltsamen Tod. Selbstverständlich brannte in ihm nicht mehr das Fieber der Aufklärung wie zu seinen Studentenzeiten. Je älter er wurde, desto klarer stand es ihm vor Augen, wie lächerlich gering die Möglichkeit war, den Grund für das Auslöschen seiner Familie herauszufinden. Stattdessen arbeitete er an den vielen unbekannten Opfern die Schuld ab, überlebt zu haben.

Doch so viele Schädeldecken er auch durchtrennte, seine Schuld wurde nicht geringer. Er lebte damit wie ein Einbeiniger mit einem Holzbein, ohne das er sich nicht fortbewegen konnte, das jedoch immer ein Fremdkörper blieb.

Hektor nahm das Herz aus der Bauchhöhle. Er hatte seines für so empfindungslos wie das der Toten gehalten, bis Fräulein Cecilie es wieder zum Schlagen gebracht hatte. Gefühlvoll war er geworden. Umso schwerer wütete wieder das Gift der Schuld in seinen Adern.

Die Messerspitze glitt in die Herzmasse, die er in ihrer natürlichen horizontalen Lage in zwei Hälften zu teilen beabsichtigte. Dabei zitterte er und führte die Hand nicht so sicher wie sonst. Das Organ entglitt ihm und fiel zu Boden, wo es über die Kacheln rollte. Die Profanität des Bildes entging Hektor nicht. Er bückte sich nach dem Herz, dabei sah er unter dem Sektionstisch in einer Blutlache einen Briefumschlag liegen und fischte danach.

Er war aus fliederfarbenem Büttenpapier. Mit dem Skalpell schlitzte Hektor den Umschlag auf. Trotz des Leichengestanks um ihn herum nahm er eine Nuance von Maiglöckchen wahr. Das zusammengefaltete Papier darin hatte sich rötlich verfärbt. Die Tintenschrift war verwischt, aber das Briefpapier war das gleiche, auf dem ihm Fräulein Cecilie am Morgen geantwortet hatte.

18

Bis auf eine Box, in der mehrere Strohballen lagerten, waren die Stallungen leer. Spinnweben an den Futtertrögen und der gefegte Boden verrieten, dass hier schon länger kein Pferd mehr gestanden hatte.

Cecilie ging um das Gebäude herum. Auf der Rückseite entdeckte sie eine Holztür, fast unsichtbar verborgen hinter einem Gebüsch. Sie schob den Riegel beiseite und zog die Tür auf. Feuchte Kälte schlug ihr aus dem Inneren entgegen. Eine bemooste Steintreppe führte nach unten. Cecilie tastete sich mit einer Hand an der Wand Stufe für Stufe hinab. Es wurde immer kälter. Endlich hatte sie es geschafft. Sie stand vor einer weiteren Tür, die unverriegelt war, wie sie im schwachen Lichtschein, der von oben die Treppe herunterfiel, erkennen konnte. Sie stieß sie auf und streckte die Hand aus. Ihre Fingerspitzen fühlten Eis. Lauter Eismassen. Rasch schloss sie die Tür wieder, stieg die Treppe hinauf und ging auf das Schloss zu.

Die Halle, in die Cecilie durch die Fenster spähte, wirkte nicht, als habe sie seit dem Sommer jemand betreten. Dann bemerkte sie Fußspuren, die durch den Staub auf den Fliesen und dem Teppich führten, und sie begriff, dass das, was der Mörder mit den Frauen tat, hier drin geschah.

Alles in ihr schrie, es nicht zu tun, dennoch probierte Cecilie nach der verschlossenen Eingangstür sämtliche weitere Türen aus, die ins Schloss führten. Bei einer Hintertür hatte sie schließlich Erfolg. Sie betrat einen Gang und warf einen Blick in die

Räume, die links und rechts davon lagen. Offensichtlich der Gesindetrakt. Nichts Verdächtiges war zu sehen. Sie suchte so lange, bis sie auf die Tür zur Eingangshalle stieß. Dabei achtete sie darauf, den Fußspuren im Staub keine neuen hinzuzufügen. Sie trat nur dorthin, wo zuvor schon jemand gegangen war. Es bereitete ihr keine Mühen, denn die zahlreichen Spuren führten in beide Richtungen.

An die Wände der Halle waren Jagdszenen gemalt. Ein Bär fletschte die Zähne gegen die Betrachter, Wölfe jagten im Rudel, Keiler drohten mit ihren Hauern und ein Hirsch röhrte lautlos. Über den Bildern waren mächtige Hirschgeweihe auf geschnitzten Holzbrettern in Doppelreihen montiert. Ausgestopfte Vögel, Marder, Eichhörnchen und Kaninchen standen dicht an dicht auf rundumlaufenden Konsolen. Dazwischen ragte die breite Treppe ins obere Stockwerk hinauf.

Cecilie setzte einen Fuß auf die erste Stufe und zog den anderen nach. Plötzlich fühlte sie sich beobachtet. Blitzschnell drehte sie sich um und blickte geradewegs in die Augen eines Wiesels, das den Rücken zum Buckel geformt hatte. Eine Sekunde lang glaubte sie, das Tier lebe noch, dann bemerkte sie, dass es kunstvoll präpariert worden war. Mit dem Fingernagel klopfte sie gegen die braunen Äuglein. Sie waren aus Glas.

Etwas knallte. Cecilie fuhr zusammen. Erst nach und nach erinnerte sie sich an die Jagdgesellschaft im Wald.

»Geh zurück«, redete sie sich gut zu. »Such die anderen. Keiner wird merken, dass du hier gewesen bist.« Aber ihre Füße gehorchten ihr nicht und stiegen immer höher.

Im oberen Stockwerk gab es zahlreiche Zimmer, die Cecilie alle durchsuchte. Manche waren so groß wie Säle, andere deutlich kleiner. Über die Möbel waren Hussen gebreitet, die Teppiche lagen aufgerollt an den Seiten. Leere Vasen standen auf den Kommoden und Kaminsimsen verteilt. Sie betrat das nächste

Zimmer. Ein gerafter Himmel hing über dem Bett, das neben dem Nachttisch als einziges Möbelstück nicht abgedeckt war. Dellen in der rosafarbenen Decke ließen Cecilie vermuten, dass dort jemand vor nicht allzu langer Zeit gelegen hatte. Sie öffnete die Schublade des Nachttischchens, in der sich ein Hornkamm, Schminke, Puder und Quasten befanden. Intime Toilettenartikel einer Frau. Sie schob die Schublade wieder zu.

Mit aller Intensität schien die Sonne ins Zimmer und überzog das Interieur mit einem goldenen Schimmer. Cecilie sah dem Staub zu, der in den Strahlen tanzte. Plötzlich vernahm sie das Rollen von Wagenrädern. Sie eilte hinter den Vorhang und blickte aus dem Fenster. Im Hof stand die schwarz glänzende Kutsche des Barons. Aus ihrer Perspektive konnte Cecilie nur erkennen, wie zwei Gestalten etwas aus dem Inneren hoben.

Elsa erwachte mit einem Schrecken und befürchtete, ihren Arbeitsbeginn verschlafen zu haben. Sicher hatte Frau Blum nach ihr gerufen, um sie wieder herumzuschikanieren. Elsa wollte die Bettdecke zur Seite stoßen, schaffte es aber nicht, so sehr sie es auch versuchte. Sie musste sich darin verheddert haben, deshalb fing sie an, um sich zu schlagen. Es gelang ihr nicht, sich zu befreien. Dann spürte sie einen Tritt. Und noch einen. Sie krümmte sich unter der Decke zusammen, schlang die Arme um den Leib und versuchte, das Leben in ihr zu schützen. Endlich hörten die Tritte auf. Elsa atmete heftig. Aus Vorsicht verhielt sie sich mucksmäuschenstill.

Es war dämmrig und stickig um sie herum. Nach und nach legte sich der dumpfe Zustand in ihrem Kopf. Sie begriff, dass sie in einem Sack steckte, der mit ihr auf den Boden plumpste. Sie schlug sich den Hüftknochen auf, dennoch wagte sie keinen Muckser. Sonst trat der Kerl sie wieder. Um sie herum wurde es heller als zuvor. Fast war es ihr, als schiene die Sonne durch das

Leinen ihres Gefängnisses. Sie hörte es zudem knallen, es klang wie Gewehrschüsse.

Elsa verstand, dass sie nicht mehr in Berlin sein konnte, dafür war die Kutschfahrt zu lang gewesen. Nie zuvor hatte sie die Stadt verlassen. Sie war dort geboren und war immer davon ausgegangen, auch dort zu sterben. Als sie ans Sterben dachte, hörte sie zwei Männerstimmen. Die eine kannte sie aus dem Leichenkeller. Es war der Mann, der das Herz aus dem Menschen geholt hatte. Die andere Stimme klang irgendwie seltsam. Der Mann war offensichtlich gewohnt zu befehlen. Aber da lag auch eine gewisse Unbeholfenheit in seinen Worten.

Sie bekam Angst. Lautlos bewegte sie die Lippen und bat Heinrich, sie zu retten. Sogleich schalt sie sich eine dumme Gans. Heinrich wusste ja gar nicht, wo sie war. Sicher dachte er, sie habe ihn versetzt, und aus war es mit dem Heiraten. Es gab nur einen Menschen, der wusste, wo sie zuletzt gewesen war. Stumm flehte sie Fräulein Cecilie an, ihr zu helfen.

Einer der beiden Männer blieb bei der Kutsche, während der andere den Sack, der Cecilie an einen Leichensack erinnerte, auf das Schloss zutrug. Als er näher kam, erkannte Cecilie Max Weimar. Deutlich trat ihr vor Augen, dass der Assistent mit dem Baron gemeinsame Sache machen musste. Sie erinnerte sich daran, wie er bei der Identifizierung von Bertas Leiche überstürzt verschwunden war. So oft hatte er sich seltsam benommen, wenn es um die schönen Toten ging. Landwehr und Pia, die ihn hätten wiedererkennen können, war er ausgewichen.

Ihr Herz raste. Sie beschloss, sich zu verstecken. Die Tür, die sie willkürlich öffnete, führte in ein Ankleidezimmer. Hinter den Kleidungsstücken, die dort hingen, würde sie sich gut verbergen können. Cecilie schloss die Tür und besah sich die Kleider genauer. Sie gehörten allesamt einer Frau. Die Schnitte waren vor über fünfzehn Jahren modern gewesen, inzwischen aber vollkommen aus der Mode geraten. Cecilie hielt sich eines der Kleider vor. Es musste von einer schmalen Frau stammen, kleiner als sie selbst, wenn auch genauso flachbrüstig. Ihr fielen die abgetrennten und verkleinerten Brüste der Frauen ein, die mit groben Stichen wieder an die Körper genäht worden waren.

Zusammen mit der abgestandenen Luft im Ankleidezimmer und dem durchdringenden Geruch nach Mottenpulver wurde Cecilie übel. Sie wollte hinaus aus dem engen Raum und drückte die Türklinke herunter, als sie Schritte vernahm. Sofort versteckte sie sich hinter einem langen Wintermantel. Nach einer Weile betrat jemand das Ankleidezimmer. Sie duckte sich tiefer in ihr Versteck, wagte es kaum zu atmen. Die Person wühlte in den Kleidern herum. Bügel schlugen aneinander. Stoff raschelte. Der Pelz kitzelte Cecilie im Gesicht. Um nicht zu niesen, konzentrierte sie sich auf das, was sie herausgefunden hatte. Max Weimar schien den Baron mit den Frauen zu versorgen. Die Erkenntnis, dass er soeben ein neues Opfer angeliefert hatte, traf Cecilie mit aller Wucht.

Als der Eindringling das Ankleidezimmer endlich wieder verließ, atmete sie wie ein Taucher, der für Minuten die Luft angehalten hatte. Sie wartete, bis von draußen nichts mehr zu hören war, erst dann verließ sie ihr Versteck. Am besten wäre es, wenn sie sich aus dem Schloss schlich und die Jagdgesellschaft alarmierte. Vielleicht hatte sich mittlerweile auch der Gerichtsarzt eingefunden. Auf Zehenspitzen durchquerte sie das Schlafzimmer, dabei fiel ihr Blick auf die Bettdecke. Zuvor hatte dort nichts gelegen. Nun befanden sich ein Kleid, ein Korsett, ein Leibchen, eine Unterhose, Strümpfe, Schuhe, alles in Weiß, und eine blonde Perücke darauf. Sie hob das Leibchen auf. Das Etikett verriet ihr, dass es von Moden Haas stammte.

Ein Geräusch veranlasste Cecilie, es auf das Bett zurückfallen zu lassen. Vorsichtig betrat sie den Flur. Erneut hörte sie etwas und schlüpfte schnell in ein angrenzendes Zimmer. Es war ein Salon. Über dem Kamin hing ein Gemälde. Eine Frau in einem weißen Kleid mit langen blonden Haaren sah sie aus hellblauen Augen unverwandt an.

In diesem Augenblick schrie jemand. Das nächste Opfer des Frauenmörders lebte noch! Cecilie konnte sich nicht entscheiden zwischen dem Bedürfnis davonzulaufen und dem Drang, einen weiteren Mord zu verhindern. Wenn sie jetzt davonrannte, würde die Frau sicher umgebracht. Wenn sie jedoch dablieb, geriet sie womöglich selbst in Gefahr.

Sie beschloss, erst die Lage zu sondieren, bevor sie Hilfe holte, und ging zurück in den Flur. Vorsichtig spähte sie durch die offenen Türen, bis sie zu einem Raum kam, in dem mehrere Tücher rund um einen Tisch ausgebreitet waren. Auf dem Tisch lag eine nackte, gefesselte Frau. Als sie den Kopf hob und einen weiteren Schrei ausstieß, erkannte Cecilie Elsa. In Sekundenschnelle schoss es ihr durch den Kopf, dass sie selbst das arme Mädchen an Max Weimar ausgeliefert hatte. Wahrscheinlich hatte Dr. von Thorwald ihre Nachricht nie erhalten. Sie betrachtete den dunkelhaarigen Mann, der mit dem Rücken zu ihr stand. Es war nicht der Baron.

Das Weib schrie schon wieder. Wie er diese Laute hasste.

»Sei still, du hässliches Ding«, fuhr er die Frau an. Er beäugte ihren Körper, dessen Nacktheit er als abstoßend empfand. Bald würde er ihn verschönern, ihn kleiden und das Werk, das die Natur schlecht begonnen hatte, in Perfektion vollenden. Diejenigen, die ihn für einen Schwächling hielten, ahnten nicht, zu welchen Künsten er in der Lage war. Sie würden staunen. Alle.

Doch vorerst musste ihm das Staunen des unvollkommenen Weibes reichen. Die allererste war gutes Ausgangsmaterial gewesen, an das die nächsten nicht im Entferntesten herankamen. Bei dieser hier waren die Brüste klein, so dass sie sicher gut in das Leibchen passten. Die letzten Körper waren von fleischigen Klumpen verunstaltet gewesen. Er hatte sie zurechtschneiden müssen. Bei diesem Leib bereiteten ihm eher die Beine Probleme. Dass sie zu stämmig waren, machte ihm nichts, darüber fiel der Saum des Kleides, aber sie waren eindeutig zu lang.

»Das verdirbt alles!«, erklärte er dem Weib.

Er würde nicht daran vorbeikommen, zu sägen. Eine schmutzige Angelegenheit, wenn auch unvermeidbar. Als er aus dem Zimmer ging, fing das Weib an zu wimmern.

»Helfen Sie mir, bitte helfen Sie mir«, jammerte sie. Die nervende Stimme gemahnte ihn daran, mit den Vorbereitungen zu beginnen. Sie konnte ausbluten, während er die Säge holte, so riskierte er nicht, dass sie schrie, wenn die Jagdgesellschaft zurückkam.

Sobald er sie getötet und ausgenommen hatte, würde das anfangen, was ihm Freude bereitete. Die mühsame Arbeit zuvor zählte dann nicht mehr. Wichtig waren nur die Momente, wenn er mit dem Kamm durch die Haare fuhr und sie teilte, wie er es früher gemacht hatte.

Seine Mutter hatte auf dem Bett gelegen, an die Decke gestarrt und sich von ihm die Haare kämmen lassen. Unendlich kostbar waren diese Momente gewesen, an jeden einzelnen konnte er sich erinnern. Bis auf das eine Mal, als er sich im Ankleidezimmer versteckt hatte, um durch das Schlüsselloch zu beobachten, wie sie sich an- und auskleidete, schminkte und kämmte. Etwas anderes tat sie nie. Immer nur anziehen, ausziehen, schminken und kämmen. Das eine Mal hatte ihn die Zofe erwischt. Sein Vater nannte ihn daraufhin abartig und pervers. Er hatte ihn hart dafür bestraft.

In Erinnerung an den Augenblick, als er seinen geliebten

Hund vor sich gehabt hatte, zitterte er am ganzen Körper. Noch immer spürte er die Waffe in der Hand. Er hatte es nicht über sich gebracht, abzudrücken, daher war sein Vater hinter ihn getreten und hatte seinen Finger um den Abzug gekrümmt.

Er zwang sich zur Konzentration auf das Wesentliche und griff nach dem Messer, das er dicht unter der linken Brust ansetzte. Um zwischen die Rippen in das Herz zu stoßen, musste er genau treffen. Viel Arbeit und Sorgfalt für die kurzen Momente des Glücks. Die Körper fingen so schnell an, gotterbärmlich zu stinken.

19

Hinter den Dächern färbte die untergehende Sonne den Himmel rosarot wie eine Glückwunschpostkarte. Die anheimelnde Stimmung versetzte Hektor in noch größere Unruhe. Zu Hause hatte er Fräulein Cecilie nicht angetroffen, und ihre Eltern wollten ihm nicht sagen, wo er sie finden konnte. Zwar hatte sich Frau Blum verplappert, dass das Fräulein mit dem Baron unterwegs war, doch selbst als er sie beschwor, ihre Tochter vor einer drohenden Gefahr zu schützen, mochte sie nichts davon wissen.

Nun stürmte er die Treppenstufen zu seinem Haus in der geringen Hoffnung hoch, Fräulein Cecilie habe ihm eine weitere Nachricht hinterlassen. Als Frau Lindemann in den Flur trat, bestürmte er sie mit der Frage, ob sie etwas über das Fräulein wisse. Ihr Zögern brachte ihn schier um den Verstand.

»Nein«, sagte sie endlich. »Wieso sollte ich?«

Er drehte sich auf dem Absatz um.

»Ist denn irgendetwas Wichtiges?«, erkundigte sich die Haushälterin.

Hektor hatte keine Zeit für eine Antwort und hastete die Treppen wieder hinunter.

»So warten Sie doch«, rief Frau Lindemann ihm nach. »Kommissar Tiegler ist zu Besuch.«

Der Kriminalbeamte stand auf, als er die Bibliothek betrat, und hielt ihm einen Stoß Papiere hin.

»Die Abschriften der Giftbücher sämtlicher Apotheken«, erklärte er.

»Fräulein Cecilie ist in Gefahr. Wir müssen herausfinden, wohin sie mit Baron zu Staufenfels gefahren ist.«

»Von dem Baron geht keine Gefahr aus«, versicherte Tiegler. »Sein Name ist in den Giftbüchern nicht verzeichnet.«

»Dann hat er das Chloroform eben von jemand anderem kaufen lassen«, tat Hektor den Einwand ab.

»Nein, ich habe eine andere Entdeckung gemacht. Mir ist noch nicht klar, was sie bedeutet, aber …«

Hektor nahm ihm die Listen aus der Hand. Die Seite, die obenauf lag, verzeichnete vor allem Ärzte der Charité, die größere Mengen Chloroform gekauft hatten. Ganz unten stieß er auf seinen Namen. Angeblich hatte er regelmäßig Chloroform besorgt.

»Kommen Sie mit!«, rief er dem Kriminalbeamten zu. Auf der Straße verschluckte der Lärm der Pferdehufe einer sich nähernden Mietdroschke Tieglers Einwände. In der Mitte der Fahrbahn schwenkte Hektor die Arme. Die Kutsche hielt an.

»Mach Platz«, fuhr ihn der Kutscher an.

»Ich muss auf der Stelle nach Wedding«, erklärte Hektor.

»Bin schon belegt.«

Als der Gerichtsarzt mit einem Bündel Geldscheine wedelte, zeigte der Mann sich bereit, die Fahrgäste hinauszuwerfen, die viel zu überrascht waren, um zu protestieren. Hektor nahm dort Platz, wo sie zuvor gesessen hatten, Tiegler kletterte neben ihn.

Er musste sofort zu Max. Nur er konnte das Chloroform auf seinen Namen gekauft haben, ohne dass der Apotheker misstrauisch geworden war.

Während Hektor sich mögliche Szenarien der Gefahr ausmalte, in der Fräulein Cecilie sich befinden mochte, bemerkte er in Wedding eine schwarz glänzende Kutsche, die er jedoch nicht weiter beachtete. Erst als sie etliche Meter weitergefahren waren, drehte er sich danach um. Die Kutsche hatte angehalten. Ein

Mann stieg aus, der Hektor an seinen Assistenten erinnerte. Er stieß Tiegler an und sie sprangen ab.

Je tiefer die Sonne sank, umso dunkler wurde die Straße. Max verschmolz mehr und mehr mit dem Schatten, den die Häuserfronten warfen, dennoch ließ Hektor ihn keinen Moment aus den Augen. Ein Laternenanzünder entflammte die Straßenbeleuchtung. Sie schlugen einen Bogen um ihn. Der Gerichtsarzt sah gerade noch, wie Max im Eingang eines heruntergekommenen Hauses verschwand. Von zehn zählte er herunter, drückte die Tür auf und trat in den Flur. Der Kriminalbeamte war dicht hinter ihm. Er lauschte. Schritte auf der Treppe, eine Tür wurde aufgeschlossen und fiel zu. Hektor klopfte an eine Wohnung im Erdgeschoss.

»Ich möchte zu Max Weimar.«

»Vierter Stock, rechts«, sagte eine Frau.

Oben angelangt drückte Hektor die Klinke herunter. Es war nicht abgeschlossen. Er trat ein, Tiegler ebenfalls. Max saß in der Küche am Tisch und kaute an einem Kanten Brot. Auf dem Herd stand ein Topf. Es roch nach Kohlsuppe. Überrascht blickte der Assistent auf.

»Doktor von Thorwald, Sie hier?«

»Wo ist sie?« Hektor packte ihn am Kragen und riss ihn vom Stuhl hoch.

»Wer? Wen meinen Sie?«, stammelte Max.

Hektor holte aus und schlug ihm mit der Faust ins Gesicht. »Wo steckt Fräulein Cecilie?«, fuhr er ihn an.

»Ich habe keine Ahnung«, beteuerte der Assistent.

»Lüg mich nicht an. Ich habe ihren Brief im Keller gefunden.«

»Was für einen Brief?« Max sah tatsächlich nicht so aus, als wüsste er etwas darüber. Aber Hektor erinnerte sich an den Leichensack, den der Assistent aus dem Keller getragen hatte. Er schlug ihn abermals mit voller Wucht.

»Wenn ich mit dir fertig bin, du kleines Aas, wirst du nicht mehr wissen, wer die Frau ist, die dich aus ihrem Schoß ausgespien hat. Wo hast du den Sack hingebracht?«

»Ich …«, stammelte er.

Hektor versetzte ihm einen solchen Hieb auf die Nase, dass das Blut nur so hervorspritzte. Tiegler hielt ihn nicht davon ab.

»Glaub nicht, dass dein Baron dich schützen wird, du Wurm!«

»Welcher Baron?«, entfuhr es Max. Die verblüffte Reaktion war offensichtlich nicht gespielt.

Hektor hatte das Gefühl, es in seinem Kopf ticken zu hören. »Ich weiß nicht, auf wessen Protektion du setzt, Max, aber ich schwöre dir, dass es nichts bringen wird. Ich werde dich nämlich jetzt Kommissar Tiegler übergeben wegen Mordes an vier Frauen. Du wirst den Kopf verlieren, falls sie dich im Gefängnis nicht vorher abmurksen.«

Max' Augen weiteten sich. »Sie wollen mich wegen Mord drankriegen?«

»Du hast den Frauen aufgelauert, sie mit Chloroform betäubt und in die Kutsche verfrachtet«, stellte Hektor fest.

»Aber ich bin nicht der Mörder«, beteuerte der Assistent.

»Nein, der Mörder ist der Baron.«

»Wie kommen Sie denn darauf?« Max wirkte ehrlich überrascht.

Hektor begriff nicht recht. Offenbar hatten sie die ganze Zeit über den Falschen als Mörder verdächtigt.

Als der Mann das Messer ansetzte, vermochte Cecilie nicht länger zu zaudern. Sie stieß die Tür auf und stürzte sich auf seine Hand, woraufhin er das Messer sofort fallen ließ. Es schlitterte über den Boden. Noch bevor der Mann begriffen zu haben schien, was vor sich ging, versuchte Cecilie, ihn von dem Tisch mit dem blutenden Mädchen wegzuziehen. Nun holte er mit der Faust aus und schlug ihr mitten ins Gesicht, so dass sie seinen

Arm losließ und nach hinten taumelte. Sie prallte mit dem Rücken gegen einen Kaminsims. Der Mann drehte sich um. Es war Alexius Graf von Weidburg.

»Warum sisisind Sie nicht beibeim Baron?«

Sie sparte sich eine Antwort, als sie neben ihrer Schulter eine Vase bemerkte.

»Sie«, sagte der Graf, während er sich ihr näherte, »haben beibeibeinahe die perfekte Figur, wenn Sie auch etwawas zuzuzu groß sind.«

Cecilie griff nach der Vase auf dem Sims und schleuderte sie nach ihm. Der Graf duckte sich rechtzeitig. Das Gefäß sauste knapp über seinen Kopf hinweg und zerbarst an der nächsten Wand. Porzellanscherben verteilten sich über das Parkett. In wenigen Schritten war Graf Alexius bei ihr, packte sie am Arm und drehte ihn auf den Rücken. Sie schrie. Ihr Schrei bekam ein Echo, auch Elsa hatte zu schreien begonnen.

»Still!«, keuchte der Graf. »Seid still.«

Weil ihr die Luft wegblieb, verstummte Cecilie. Mit vornübergebeugtem Oberkörper stand sie da, das Korsett schnitt ihr ins Fleisch. Schwarze Punkte flimmerten vor ihren Augen. Dann schwanden ihr die Sinne.

Die Stadt breitete sich epidemieartig aus. Das letzte Mal, als Hektor dienstlich nach Pankow gerufen worden war, um die Leiche eines Pfarrers zu untersuchen, den man nackt auf dem Dorfplatz gefunden hatte, hatte es die meisten der Straßen noch gar nicht gegeben. Dort, wo sich jetzt mehrstöckige Häuser in den Himmel streckten, hatten windschiefe Bauernkaten auf Sanddünen gekauert. Inzwischen waren von der alten Landstraße nur mehr ein paar verlorene Pappeln übrig. Auf der noch nicht fertiggestellten neuen Straße lagen Porzellanscherben, verrostetes Eisen und alte Schuhe herum.

Hektor musterte Max, der zwischen ihm und Tiegler eingekeilt auf der Bank saß. Nie im Leben wäre er darauf gekommen, dass der Bursche nur deshalb bei ihm im Leichenkeller angefangen hatte, um für seinen Jugendfreund Ferdinand Dittrich menschliche Herzen zu besorgen.

»Wie um alles in der Welt seid ihr darauf verfallen?«, fragte der Gerichtsarzt.

»Ferdinand hatte zuvor in München Séancen abgehalten und den Leuten dort Rinderherzen als Menschenherzen verkauft.« Max zeigte beim Lachen seine fehlenden Zähne. »Aber die Leute haben den Betrug schnell bemerkt. Deshalb hat er das Ganze hier in Berlin gleich anders aufziehen wollen. Er hat Ihre Stellenanzeige im *Berliner Tageblatt* gelesen, und weil er schon als Meister gearbeitet hat, musste ich halt ran. Bei den Sektionen habe ich dann mal das ein oder andere Herz nicht zurück in die Leiche getan, wenn ich sie zunähen sollte.«

»Warum habt ihr Adam bei mir einbrechen lassen?«

»Als ich das mit dem kuriosen Schrank von Doktor Sartorius mitbekommen hab, den Sie ersteigert hatten, wusste ich, dass es Ärger gibt.«

»Und wieso hast du Ferdinand Dittrich ermordet?«

»Er hat mir keine Wahl gelassen. Hat nicht geglaubt, dass Sie ihm wirklich auf die Schliche kommen würden. Ich hab ihm gesagt, er soll abhauen. Wollte er aber nicht. Wenn Sie ihn gekriegt hätten, wär auch ich dran gewesen. Ich geh nicht ins Gefängnis, wo lauter Verbrecher sind.«

»Doch«, mischte sich Tiegler ein. »Genau dahin werden wir dich bringen, weil du nämlich selbst ein Verbrecher bist.«

Von der nackten Erde der Felder stoben Krähen auf, sobald die Mietdroschke daran vorbeifuhr.

»Wie bist du mit dem jungen Graf von Weidburg in Kontakt gekommen?«, fragte Hektor, der kaum stillzusitzen vermochte.

»Er hat irgendwie bei einer Séance mitgekriegt, dass ich Ferdinand die Herzen geliefert hab, die er dort verkauft hat. Er muss mir gefolgt sein. Denn auf einmal stand er vor mir und hat von mir verlangt, ich soll eine Tote verschwinden lassen«, sagte Max.

»Wieso hast du sie nicht in die Spree geworfen, sondern am Reichstag hinterlegt, wo sie zwangsläufig Aufruhr erregen musste?«

»Das war ein riesiger Fehler«, gab der Assistent zu. »Ich dachte, ich könnte den Grafen damit erpressen.«

»Aber?«, hakte Hektor nach.

»Damit hab ich so tief dringehangen, dass Graf Alexius von mir verlangt hat, ihm weitere Frauen zu besorgen. Er hat gedroht, mich als Mörder dastehen zu lassen, wenn ich nicht mache, was er will.«

Hektor war dazu verdammt, auf seinem Hinterteil abzuwarten, bis sie das Ziel erreicht hatten. Seine Aufregung steigerte sich, als hinter einer Baumgruppe in der Ferne das Schloss auftauchte.

»Schneller«, rief er dem Kutscher zu, der mit einer stoischen Ruhe auf dem Bock saß. »Ich zahl dir fünf Mark extra, wenn du die Pferde antreibst.«

»Behalt ma deene Penunzen, du Jroßkotz. Ick mach ma doch die Jaule nüscht malad bei den Boden«, schrie der Kutscher ihm zu.

Daraufhin beugte sich Tiegler in Richtung des Kutschbocks. »Pass mal auf, mein Freund. Wenn du nicht den Rest deines Lebens von morgens früh bis abends spät von der Polizei kontrolliert werden willst, ob mit deinen Papieren auch alles seine Ordnung hat, dann sorgst du besser dafür, dass deine lahmen Gäule Feuer unterm Hintern bekommen.«

Das saß. Die Peitsche des Kutschers pfiff durch die Luft und in wenigen Minuten erreichten sie das Jagdschloss. Das Tor war verschlossen und kein Mensch zu sehen. Sie rüttelten und riefen. Hektor sah an dem Zaun empor, der eiserne Spitzen hatte.

»Machen Sie mir eine Räuberleiter«, forderte er Kommissar Tiegler auf.

Der Kriminalbeamte faltete die Hände ineinander und half Hektor, sich an den Stangen hochzuhangeln. Er hob ein Bein über die Spitzen, stützte es auf der anderen Seite ab und zog das zweite Bein nach. Dabei tat es einen Ratsch. Sein Hosenbein riss, er verfing sich im Zaun und stürzte ab. Bei der unsanften Landung hörte er Schüsse und wütendes Gebell. Intuitiv duckte er sich in einen Haufen fauliges Laub. Hektor wünschte sich, dass Fräulein Cecilie noch lebte, doch seine Hoffnung war mehr als gering.

Als Cecilie zu sich kam, beugte sich der Graf gerade über sie und fesselte ihr die Arme. Sie entriss sie ihm und fuhr ihm mit den Fingernägeln durchs Gesicht. Instinktiv schlug er die Hände davor, so dass sie für den Bruchteil einer Sekunde die Gelegenheit bekam, sich ihm zu entwinden und sich aufzusetzen. Dabei bemerkte sie, dass ihre Füße bereits gefesselt waren. Es war unmöglich für sie, auf die Beine zu kommen. Schon packte Graf Alexius sie an den Haaren und zog sie zu sich heran. Sie wehrte sich heftig, trat nach ihm. Ineinander verkeilt wälzten sie sich zwischen den Porzellanscherben. Cecilie spürte, wie die scharfen Bruchstellen ihr in die Haut schnitten.

Sie kämpfte, aber der Entschlossenheit des Grafen hatte sie immer weniger entgegenzusetzen. Es gelang ihm, sie mit dem Gesicht auf den Boden zu drücken, dann hievte er sich auf ihren Rücken und schlang ihr einen Arm um den Hals. Heiß spürte sie seinen Atem im Nacken. Er begann ihr die Luft abzudrücken. Vergebens versuchte sie, sich aufzubäumen. Zu schwer lag Graf Alexius auf ihr, presste sie mit seinem Gewicht nach unten.

Cecilie gab sich keinen Illusionen hin. Deutlich stand ihr vor Augen, dass er ein Mörder war, der auch sie nicht zu verschonen gedachte. Schon war sie geneigt, sich ihrem Schicksal zu ergeben, da fiel ihr bereits getrübter Blick auf das Messer, das sie dem Grafen aus der Hand geschlagen hatte. Es lag nur wenige Zentimeter von ihr entfernt. Sie streckte die Fingerspitzen danach aus, bekam es aber nicht zu fassen. Nun stemmte sie die Füße auf den Boden und versuchte, sich auf diese Weise vorwärts zu bewegen. Die Anstrengung verschlang das letzte bisschen ihrer Kraft. Millimeterweise kam sie voran und noch immer hatte sie das Messer nicht erreicht. Der Graf presste ihr weiter die Luft ab.

Da öffnete sie den Mund und schlug ihm die Zähne in den Arm. Es war keine tiefe Wunde, doch es reichte, dass Graf Alexius für einen Augenblick den Griff lockerte. Sie drückte sich nach vorne, zog das Messer an sich heran, nahm es fest in die Hand und stach blindlings zu. Cecilie wusste nicht, wo und wie schwer sie ihn getroffen hatte. Wieder stach sie zu, spürte, dass sie auf Widerstand traf, und hieb erneut zu. Der Graf ließ von ihr ab. Als sie sich umdrehte, sah sie, dass er sich den Hals hielt. Zwischen seinen Fingern quoll Blut hervor. Sie blickte zu dem Tisch hinüber, auf dem Elsa lag. Das Mädchen hatte keinen Ton mehr von sich gegeben und war bleich wie eine Leiche.

Cecilie musste ihr helfen. Wenn sie das jedoch tat, konnte der Mörder entkommen. Der Graf taumelte aus dem Zimmer. Sie zögerte einen Moment, bevor sie vom Boden aufstand und zum Tisch eilte. Elsa hatte viel Blut verloren. Es quoll aus der Stichwunde in ihrer Herzgegend. Cecilie riss eines der Tücher von einem Sessel und presste es so fest auf die Wunde, dass ihre Adern auf dem Handrücken hervortraten.

Alexius durchströmte ein Gefühl der Wärme und Geborgenheit, als er sich auf das Bett seiner Mutter legte. Er glaubte, den durchdringenden moschusartigen Duft seines Hundes riechen zu können. Es waren diese Momente, nach denen er sich sehnte. Sie hatten aufgehört, als sein Vater ihm befohlen hatte, Rex zu erschießen, und als kurz darauf auch seine Mutter verstorben war. Die Momente hatte er wiederherstellen können, indem er die Frauen nach ihrem Abbild gestaltet hatte, um eins mit ihr zu sein.

Sie würden nie zurückkehren können, jetzt wo alles vorbei war und man herausgefunden hatte, was er tat. Man würde ihn wegsperren. Dabei hatte ihm das Schicksal doch den Weg gewiesen. Die erste Tote war ihm durch Zufall in die Hände geraten. Bei einer ausschweifenden Feier, die Baron zu Staufenfels im Jagdschloss gab, hatte dieser einer Dirne eine Überdosis verabreicht, an der sie gestorben war. Daraufhin hatte der schneidige Baron, der sich wer weiß was darauf einbildete, erfolgreich in Frankreich gekämpft zu haben, ausgerechnet ihn, den Schwächling, auf Knien angefleht, ihm zu helfen. Alexius hatte die Tote kurzerhand in seine Kutsche verfrachtet. Auch wenn er von kleinem Wuchs war, verfügte er über große Kräfte. Sie unterschätzten ihn alle.

Die Tote war nackt gewesen. Er hatte nicht gewusst, was er mit ihr tun sollte. In der Kutsche war ihm ihr langes blondes Haar aufgefallen, das dem seiner Mutter so sehr glich. Die blauen Augen waren nach oben verdreht gewesen, wie die seiner Mutter, wenn sie auf dem Bett gelegen und an die Decke gestarrt hatte. Deshalb hatte er sie nicht entsorgt, sondern sie in den Eiskeller geschafft. Nachher, als der Baron und die übrig gebliebenen Gäste weg waren, hatte er sie zu sich ins Schloss geholt. Er hatte sie präpariert, wie er es in der französischen Kriegsgefangenschaft gelernt hatte, auch wenn ihm die Zusammensetzung der Konservierungsflüssigkeit nicht mehr ganz geläufig war.

Ihre Nacktheit mit den Narben und dem Geschlecht missfiel ihm, deshalb hatte er im Ankleidezimmer nach Strümpfen, Schuhen, Leibchen und Korsett gesucht. Die Wäsche passte vortrefflich. Nachher, als sie genauso dalag wie seine Mutter, war er auf die Idee gekommen, ihr das Kleid anzuziehen. Alles war perfekt gewesen. Er hatte sie geschminkt und gekämmt. Immer wieder gekämmt, bis er den Gestank nicht mehr hatte verdrängen können, der nach ein paar Tagen von ihr ausging und die schönen Momente vertrieb. Es war weitaus schwieriger, einen Menschen zu konservieren als ein Tier. Die chemische Lösung und die Kälte des Eises hatten nicht ausgereicht. Er hatte ihr das weiße Kleid seiner Mutter wieder ausgezogen, doch er brachte es nicht über sich, den verwesenden Körper freizulegen. Deshalb ließ er ihr die Unterwäsche an.

Alexius hatte erst vorgehabt, die Leiche im Wald zu verscharren, aber bei der nächsten Jagdgesellschaft hätten die Hunde sie sicher aufgespürt. Die Nähe zum Schloss wäre zu verdächtig gewesen. Also hatte er sie wieder in den Eiskeller geschafft und dort liegen lassen. Bei einer der Séancen, an denen er regelmäßig teilnahm, bekam er mit, wer den Meister mit den Herzen belieferte, die sie alle verzehrten. Nur er nicht. Zu oft hatte er Tiere aufgeschnitten und die Innereien herausgeholt, die bald zu stinken anfingen. Menschen, die so etwas aßen, widerten ihn an.

Er war dem Mann gefolgt, denn wer an menschliche Herzen herankam, der konnte unter Garantie auch Tote verschwinden lassen. Geld hatte er ihm geboten, das dieser Kerl annahm, ohne Fragen zu stellen. Doch dann hatte der Schuft versucht, ihn zu erpressen.

Sein Vater, der Polizeipräsident, die ganze Stadt war in Aufruhr gewesen. Auch wenn er niemandem sagen konnte, dass er es war, hatte er alles still beobachtet und die Momente genossen. Die Tote und der Aufruhr hatten eine Gefräßigkeit in ihm geweckt, weswegen er nach immer neuen Frauen begehrte. Er hatte nach dem Geschäft gesucht, in dem seine Mutter ihre Wäsche gekauft hatte, einem alten Traditionsbetrieb. Der Mann hatte ihm weitere Frauen besorgen müssen. Lebend, damit sie so frisch wie nur möglich waren und länger hielten. Dafür hatte ihm Alexius die schwarze Kutsche zur Verfügung gestellt, die er ansonsten dem Baron überließ. Eine kleine Absicherung, falls jemand die Kutsche eines Tages mit den toten Frauen in Verbindung bringen sollte. Der Baron hatte ihn für einen Tölpel gehalten, dabei gehörte alles zu seinem Plan. Alexius musste über seine Weitsicht grinsen.

Das einzig Schwierige war das Töten gewesen. Er mochte es nicht. Jedes Mal hatte er dabei an seinen Hund Rex gedacht.

Der Frauenmörder, nach dem man fahndete, jagte seinem Vater Angst ein. Alexius hätte ihm am liebsten erzählt, wessen Taten er da so sehr fürchtete. Endlich würde er es erfahren.

20

Cecilie begriff, dass sie Elsa verlieren würde. Sie konnte ihr nicht mehr helfen, zu wenig wusste sie über die medizinischen Vorgänge, um die schwere Verletzung zu versorgen. Tränen liefen ihr über die Wangen. Sie konnte das Mädchen nicht um Verzeihung bitten, fühlte sich viel zu schuldig an ihrem Zustand, der dem Tod näher als dem Leben war. Als die Tür sich auftat, blickte sie nicht auf. Es war ihr egal, wenn Graf Alexius zurückkehrte, um auch sie zu töten. Sie hatte nichts anderes verdient.

»Sie sind ja verletzt!«, rief eine Stimme, die sie nur zu gut kannte.

Dr. von Thorwald stürzte auf sie zu. Cecilie war unendlich erleichtert.

»Kümmern Sie sich bitte um Elsa«, bat sie ihn. »Sie stirbt sonst.«

»Machen Sie Licht«, befahl er ihr.

Sie rannte los, lief durch die Zimmer, fand eine Petroleumlampe und kehrte zu Elsa und dem Gerichtsarzt zurück. Rasch zündete er die Lampe an und richtete den Lichtkegel auf die Verletzung.

»Die Wunde ist tief, aber die Klinge ist an einer Rippe abgeprallt. Das Herz scheint nicht getroffen zu sein«, sagte er.

Hoffnung keimte in Cecilie auf.

»Holen Sie Alkohol!«, kommandierte Dr. von Thorwald.

Sie verließ ihn erneut, jagte durch das Schloss, entdeckte den Alkohol und kehrte zurück. Neben dem Gerichtsarzt standen Baron zu Staufenfels und der alte Graf von Weidburg.

»Was geht hier vor?«

»Wer ist die Frau?«, verlangte der Baron zu wissen.

»Elsa«, rief Cecilie voller Verzweiflung. »Graf Alexius wollte sie töten.«

»Wovon redet sie?«, wunderte sich Graf Gerald.

»Ihr Sohn hat die vier Frauen ausgeweidet und präpariert«, erklärte ihm Dr. von Thorwald.

Der Graf lachte auf. »Wen wollen Sie eigentlich noch alles verdächtigen?«, höhnte er. »Erst Baron zu Staufenfels, jetzt Alexius. Wer soll der Nächste sein? Am Ende bin gar ich's gewesen.«

Hundegebell erklang und wenig später lautes Rufen. Cecilie blickte zur Tür und sah dann wieder zu Dr. von Thorwald, der Elsas Wunde mit dem Alkohol auswusch und ihr einen notdürftigen Verband anlegte.

»Herr Graf!« Ein Mann stürmte völlig außer Atem herein. »Kommen Sie schnell. Ihr Sohn …«

Der Fremde rannte aus dem Zimmer. Graf von Weidburg und Baron zu Staufenfels folgten ihm. Cecilie wollte herausfinden, was mit Graf Alexius passiert war, entschied sich aber, bei Elsa zu bleiben. In diesem Augenblick kam Kommissar Tiegler herein. Er erzählte, dass er Max Weimar gefesselt ins Gefängnis habe bringen lassen. Daraufhin veranlasste Dr. von Thorwald alles für Elsas Transport in die Charité.

Erst als das Mädchen in einer Kutsche verstaut war, ging Cecilie ins Schloss zurück. Mittlerweile war es vollkommen illuminiert. Sie lief den breiten Flur hinunter, während das Hundegebell lauter wurde. Dr. von Thorwald folgte ihr. Dann trat sie in das Schlafzimmer, in dem sie zuvor schon einmal gewesen war. Neben dem Bett saß ein Jagdhund und kläffte. Darauf lag Graf Alexius. Auf der Höhe seines Kopfes war alles voller Blut.

Dr. von Thorwald fühlte seinen Puls. »Er ist tot«, sagte er schließlich.

Cecilie spürte, wie sich eine Wolke über sie legte, in ihre Ohren und Augen eindrang und sie alles nur noch gedämpft wahrnahm. Sie ging nach draußen, setzte sich auf eine Treppenstufe und schlug die Hände vors Gesicht. Sie erinnerte sich daran, wie sie Graf Alexius bei der Séance kennengelernt hatte. Welch unscheinbaren Eindruck hatte er damals auf sie gemacht. Er war wie sein eigener Schatten gewesen. Man nahm ihn wahr, ohne auf ihn zu achten. Jetzt würden seine Taten vielen Menschen zu denken geben.

Er schien die Frauen zum Ebenbild seiner Mutter gemacht zu haben, so als habe er der Toten einen Platz in der Welt zurückzugeben versucht. Es blieb ihr unerklärlich, wie er die Frauen hatte töten können. Man tötete, weil man hasste oder zu sehr liebte, aber doch nicht, um sich eine Puppe zu erschaffen, die einen für ein paar Augenblicke an jemand anderen erinnerte. Graf Alexius musste von Wahnsinn zerfressen sein.

Als sie das dachte, erschrak sie. War Marianne in ihrer Verwirrtheit etwa auch zu solch schrecklichen Taten fähig? War ihr eigenes Verschulden eines Todes bereits der Keim zur Verrücktheit?

Jemand trat hinter sie und setzte sich ebenfalls. Es war Dr. von Thorwald.

»Er ist an meinen Messerstichen gestorben«, sagte Cecilie.

»Er war ein Mörder«, erwiderte der Gerichtsarzt. »Sie haben Elsas Leben gerettet.«

Aber egal was er sagte, sie hatte einen Menschen getötet. Es spielte keine Rolle, wer er gewesen war und was er getan hatte. Sie war nicht viel besser als er. Sie war eine Mörderin.

»Kommen Sie«, forderte Dr. von Thorwald sie auf. »Ich bringe Sie jetzt nach Hause.«

»Das werden Sie nicht tun«, ertönte die Stimme von Baron zu Staufenfels. »Meine Verlobte fährt selbstverständlich mit mir.«

Die ganze Zeit über hatte sie den Baron als Mörder verdächtigt, ihn zu Unrecht des Schlimmsten angeklagt, dessen ein

Mensch fähig sein konnte. Dabei hatte sie nun einen anderen Menschen getötet. Angst erfüllte sie, der Verrücktheit anheimzufallen, die von ihrer Schwester Besitz ergriffen hatte. Sie ließ zu, dass der Baron sie am Arm packte und sie nach draußen führte.

Der Kaufmannsladen lag nicht in seinem Revier. Carl kannte die Hollmannstraße dennoch besser als seine eigene Wohnstube. Er ging an dem Muschelhandel Gazzolo vorbei, der das größte Angebot der Stadt an Goldfischen, Schildkröten und Tropfsteinen hatte. Auf jeden der Pflastersteine hatte Carl bereits etliche Male die Füße gesetzt, in jedem Hauseingang hatte er unzählig oft gestanden und Ausschau gehalten. Seit einem Jahr versuchte er, so oft wie möglich einen Blick auf Jenny zu erhaschen. Ihr Mann führte den Laden ihres Vaters weiter. Sie lebten in der Wohnung über dem Ladenlokal. Hin und wieder sah er sie hinter den Fenstern auf und ab gehen, manchmal kam sie mit ihren Kindern die Straße entlang. Jedes Mal versetzte ihr Anblick ihm einen schmerzhaften Stich.

Sie war seine erste Liebe gewesen und bis vor kurzem auch seine einzige. Mit achtzehn Jahren hatten sie sich ineinander verliebt, er, der Sohn eines Maurergehilfen, sie, die Tochter eines Kaufmanns. Sie trafen sich heimlich, tauschten Zärtlichkeiten und erste intime Erfahrungen aus.

Als ihr Vater sie im Lager des Ladens erwischte, hatte Carl bei ihm um Jennys Hand angehalten. Doch der Kaufmann wollte etwas Besseres für seine Tochter. Aus diesem Grund verpflichtete sich Carl für zwölf Jahre bei der Armee. Durch Beförderungen hoffte er, eines Tages eine Familie unterhalten zu können. Jenny versprach, auf ihn zu warten. Zwei Jahre von den zwölfen schrieben sie sich glühende Liebesbriefe. Irgendwann antwortete Jenny dann nicht mehr. Bei seinen Heimataufenthalten wies man ihn an der Tür ihres Elternhauses ab. Immer hieß es, sie sei krank. Er bekam sie nicht mehr zu Gesicht. Zwei Jahre später unterrichtete ihn seine Schwester in einem mitfühlenden Brief, dass Jenny inzwischen mit dem Gehilfen ihres Vaters verheiratet sei.

Carl hielt das Bild eines gebrochenen Herzens für übertrieben romantisch, doch genau so hatte es sich angefühlt, als er die Nachricht erhielt. Seitdem empfand er den Dienst in der Armee als sinnlos. Er kämpfte gegen Frankreich und sah so viele seiner Kameraden fallen, bis er das Soldatentum verabscheute. Die letzten acht der zwölf Dienstjahre absolvierte er nur mit dem Gedanken an seine Entlassung.

Solange er an Jennys Treue geglaubt hatte, lebte Carl in der Armee enthaltsam. Als er jedoch von ihrem Treuebruch erfuhr, begann er seinen ganzen Sold an die Dirnen zu verschwenden. Er schickte nichts mehr nach Hause zu Mutter und Schwester, sondern verhurte jeden einzelnen Pfennig. Erst seit seiner Entlassung war er verantwortungsvoller geworden, hatte endlich dafür gesorgt, dass seine Mutter und Schwester aus dem miefigen Kellerloch in eine Zweizimmerwohnung umziehen konnten.

Tagsüber verrichtete er seinen Dienst, abends trank er mit Kollegen ein Bier in der Wirtschaft, spielte Billard und ging anschließend allein nach Hause. Bei allem, was er tat, fühlte er sich unvollständig. Bislang hatte er gedacht, dass der Teil, der ihm fehlte, Jenny sei.

Carl drückte die Tür auf. Hinter dem Tresen stand Jenny und füllte aus einem Sack Bohnen in eine Papiertüte. Es raschelte. Eine Kundin ließ anschreiben und ging.

»Was wünschen Sie?« Jenny wandte sich an ihn. An den Klang ihrer Stimme konnte er sich nicht mehr erinnern. Er stand ihr unmittelbar gegenüber. Nur von einem Ladentresen getrennt. Aus dieser Nähe hatte er sie seit dreizehn Jahren nicht mehr gesehen. Er blickte ihr in die Augen. Sie waren noch genauso wie die, in die er sich als Jüngling versenkt hatte. Er lächelte. Sie erwiderte sein Lächeln mit unpersönlicher Miene. Offenbar erkannte sie ihn nicht. Aus dem Lagerraum kam ein Mann, der sich neben Jenny stellte.

»Ist etwas passiert, Konstabler?«, fragte er.

»Ja«, antwortete Carl, nickte ihnen zu und ging.

Er überquerte den Spittelmarkt. Eine Marktfrau schüttete ein Fischfass aus. Das stinkende Wasser ergoss sich zu seinen Füßen. Er eilte an den Ständen und Trögen vorbei zum Fluss. In der Mitte der Grünstraßenbrücke blieb er stehen. Unter ihm fuhr ein Kahn mit umgeklapptem Masten entlang. Er wartete, bis er vorbeigeschwommen war, dann warf er das Bündel Liebesbriefe, das er all die Jahre wie einen Schatz gehortet hatte, auf dem Schlachtfeld dicht an sein Herz gepresst und des Nachts unter sein Kopfkissen geschoben, in das braune Wasser der Spree. Carl sah zu, wie die trägen Massen das Papier umschlangen.

Aus den Schornsteinen der Ackerstraße stieg Rauch auf, der nach verbranntem Torf roch, und schob sich vor die Sonne, die an diesem Tag unerwartet zu scheinen begonnen hatte. Vor der Tür des 59. Polizeireviers fasste Carl zum wiederholten Mal in seine Jackentasche. Der Gegenstand war noch da. Seine Uniform hatte er in der Dienststube bereits gegen zivile Kleidung getauscht, weil Pia es nicht schätzte, wenn er in Blau kam. Damit würde er leben müssen. Der Ring, den er beim Pfandleiher entdeckt hatte, war teuer, doch diese Frau war es ihm wert.

Er betrat die Höfe, in denen Kinder Bockspringen und Nachlaufen spielten.

»Kartoffeln, Kartoffeln, Kartoffeln!«, brüllte ein Gemüseverkäufer. Dabei zog er das o besonders lang, als wolle er die romantische Stimmung vertreiben, in der sich Carl befand. Der junge Polizist lachte über ihn, selbst als der Mann seinen Handkarren wendete und ihm in die Hacken fuhr. Er tippte sich an den Hut und lief weiter.

An eine Mauer gelehnt wickelte ein Kind ein Bonbon aus. Achtlos segelte das Papier zu Boden. Es ist befreiend, dachte Carl, den alten Groll abzuwerfen wie dieses Bonbonpapier. Mit einem Mal fiel ihm ein, dass er die ganze Zeit davon ausging, Pia werde seinen Ring annehmen. Auf einmal schob sich die Möglichkeit, sie könne ablehnen, in seine Gedanken wie der Rauch vor die Sonne. Er ging langsamer. Was würde er tun, wenn sie ihn abwies? Das darf nicht passieren, bat er stumm.

Auf dem vierten Hof kam ihm Pia entgegen. Sie war nicht allein. Zwei Kollegen in blauer Uniform, die nicht von Carls Revier stammten, führten sie zwischen sich. Die Kinder hörten auf Bockspringen zu spielen und liefen johlend neben der Gruppe her. Carl suchte Pias Augen. Verzweifelt blickte sie ihn an.

»Was wirft man ihr vor?«, fragte er einen der Polizisten. Er vermutete, dass man Flugblätter bei ihr gefunden hatte.

»Geh zur Seite, Mann.« Der Blaue schob ihn weg.

»Ich bin auch Polizist.« Er ging neben dem Kollegen her. »Carl Landwehr vom 59. Revier.«

»Sie ist eine Rote«, erwiderte der Mann daraufhin.

»Was haben Sie mit ihr vor?«

»Der kleine Belagerungszustand ist ausgerufen worden. Sie wird zusammen mit ihrem Bruder und anderen roten Gesellen aus Berlin ausgewiesen!« Die Uniformierten schlossen den Kreis um Pia so dicht, dass Carl ihr nicht einmal mehr die Hand geben konnte.

21

Vor der Tür zur Amtsstube des Polizeipräsidenten traf Hektor auf Kommissar Tiegler.

»Sie auch?«, fragte der Kriminalbeamte.

»Scheint sehr ernst zu sein, wenn er mich rufen lässt«, erwiderte Hektor.

»Allerdings. Stellen Sie sich bloß nicht quer, sonst …«

Der Assessor unterbrach sie, als er Hektor bat, ihm zu folgen. Im Büro von Madais traf er außerdem noch Baron zu Staufenfels an, dessen Anwesenheit ihn verwirrte.

»Ich muss Sie beglückwünschen«, sagte von Madai und stützte beide Hände auf die gemaserte Tischplatte. Für Hektor klang der Glückwunsch wie eine Drohung. »Sie haben recht behalten mit Ihrer Vermutung, dass der Sozialist nicht der Frauenmörder ist. Ihnen, und Kommissar Tiegler natürlich, ist es zu verdanken, dass wir den richtigen Frauenmörder dingfest machen konnten.«

Der Polizeipräsident bot ihm über den Tisch hinweg die Hand an. Hektor hielt inne.

»Max Weimar ist nicht der Mörder, sondern nur der Helfershelfer, das wissen Sie ganz genau. Es war Graf Alexius.«

Die Backen von Madais blähten sich auf. Er ließ die ausgestreckte Hand auf den Tisch fallen, dass es klatschte.

»Graf von Weidburg ist ein enger Freund, der gerade einen schweren Schicksalsschlag zu verkraften hat. Sein einziger Sohn hat sich das Leben genommen. Wir wollen ihn in der ohnehin schweren Zeit der Trauer nicht noch zusätzlich belasten, indem wir unhaltbare Vorwürfe gegen seinen Sohn erheben, nicht wahr!«

Was der Polizeipräsident sagte, klang sehr rigoros und endgültig.

»Welche Beweise wollen Sie denn gegen Max Weimar erbringen?«, erkundigte sich Hektor. »Er hat die Frauen entführt, mehr nicht.«

»Er hat sie betäubt, entführt, ausgenommen, präpariert und anschließend als Leichen wieder in der Stadt ausgesetzt. Der Kutscher, der die Mädchen zum Jagdschloss brachte, wird alles bezeugen.«

Hektor wusste, was das bedeutete. Sie hatten dem Kutscher offensichtlich einen Handel angeboten: Wenn er Max belastete, konnte er selbst mit Milde rechnen. Der Gerichtsarzt sparte sich die Fragen danach, wie Max Zugang zum Jagdschloss erhalten haben oder an die Kutsche herangekommen sein sollte. Von Madai würde vor Gericht sicher eine brauchbare Erklärung liefern. Zur Not legten sie sich die Beweise eben so zurecht, dass sie die Unwahrheit zur Wahrheit erhoben.

»Aber die Aussagen Fräulein Cecilies und Elsas«, warf er ein.

Von Madai zog eine Augenbraue hoch. »Das Bürgersfräulein ist, nun ja, sagen wir mal, ein wenig hysterisch. Überspannte Nerven haben vor Gericht wenig Bestand. Und ein Dienstmädchen, noch dazu halb betäubt, gibt keine glaubwürdige Zeugin ab.« Zufrieden lehnte sich von Madai in seinem Sessel zurück. Er faltete die Hände vor dem Bauch und gähnte, so dass Hektor seine Porzellanzähne weit hinten in der Mundhöhle schimmern sah.

»Was bringen Sie gegen meine Zeugenaussage vor?«, fragte er kämpferisch.

»Gar nichts. Von Ihnen wird es keine Aussage geben«, erklärte von Madai lapidar. »Ihnen wird mit Sicherheit nicht daran gelegen sein, Ihren Dienst bei der Charité gegen einen Posten als Landarzt einzutauschen.«

Hektor begriff, dass der Polizeipräsident ihn erpressen wollte. Kein Wort an die Öffentlichkeit über den Grafensohn als Mörder, sonst hatte er lange genug als Gerichtsarzt und als Dozent an der Universität gearbeitet. Man hatte ihm einen Maulkorb verpasst. Selbst wenn er von der Wahrheit berichtete, würde die Presse sie nicht drucken, da die kritischen Zeitungen unter Verbot und Zensur litten. Er war zum Schweigen verurteilt. Was brachte es überhaupt, seine Entlassung zu riskieren? Der Mörder war tot. Und bei Max, der des Mordes angeklagt war, handelte es sich beileibe um keinen Unschuldigen. Er hatte die Frauen dem Täter ausgeliefert und dabei ihren Tod in Kauf genommen.

»Dann habe ich Sie zu beglückwünschen, Herr von Madai«, sprach Hektor. »Sie haben den Ruf Ihrer Klasse gerettet. Und dafür scheinen Ihnen ja alle Mittel recht zu sein.«

»Was erlauben Sie sich!« Der Baron baute sich vor ihm auf, packte ihn am Arm.

»Halten Sie sich da raus!«, fuhr der Gerichtsarzt ihn an, voller Wut auf den Mann, dem Verlobten von Fräulein Cecilie, den er genau deshalb verabscheute, auch wenn er kein Mörder war. Er schlug den Arm zur Seite.

»Ich fordere Satisfaktion«, rief der Baron.

»Nicht doch«, mischte sich von Madai ein. »Sie wollen sicher nicht Ihren Hochzeitstag verderben.«

Mit feindseligem Blick bedachte der Baron Hektor, den es angesichts der Bedeutung des Tages wie ein elektrischer Stromstoß durchfuhr.

Kaum war der Gerichtsarzt aus der Amtsstube gegangen, wandte sich Baron zu Staufenfels an Präsident von Madai.

»Meinen Sie wirklich, dass Tiegler und von Thorwald den Mund halten werden?«

»In der Tat, das meine ich.« Der Polizeipräsident redete in einem Tonfall mit ihm, den er nur als herablassend bezeichnen konnte.

»Wäre es nicht besser, Sie würden die beiden vorsorglich entlassen? Ihnen mangelhafte Arbeit unterstellen oder dergleichen?«, schlug der Baron vor. »Wenn ihr Ruf erst einmal ruiniert ist, wird niemand ihnen so schnell Glauben schenken, falls sie doch noch mit ihrem Wissen an die Öffentlichkeit gehen.«

»Sie wagen es, mir zu sagen, was ich tun soll? Wer ist denn auf diese schwachsinnige Idee verfallen, dem Roten falsche Beweise unterzujubeln?«

Angesichts der Vorwürfe, die ihm der Polizeipräsident entgegenschleuderte, duckte sich der Baron. »Ich dachte …«, setzte er zu seiner Verteidigung an.

»Sie sollen nicht denken. Tun Sie mir das nicht an.« Der Zeigefinger von Madais war auf ihn gerichtet. »Keine Ahnung, was Graf von Weidburg in Ihnen gesehen hat und wie um Himmels willen er auf die Idee verfallen ist, Sie in die Angelegenheit einzubeziehen, aber es war eine der unglückseligsten Fehlentscheidungen, die ich mir vorstellen kann.«

Baron zu Staufenfels spürte, dass dies seine letzte Unterredung mit dem Polizeipräsidenten sein würde, wenn es ihm nicht gelänge, seine Unschuld an dem Fehlschlagen des Plans herauszustreichen. Mit den Fingern glättete er seinen Schnurrbart, dann machte er einen Schritt auf sein Gegenüber zu.

»Ich verstehe Ihren Unmut, werter Herr Polizeipräsident, aber war es nicht der Leiter Ihrer Politischen Abteilung, der den Spitzel beauftragt hat, das Leibchen und die anderen Sachen in der Wohnung Späths zu verstecken?«

»Auf Ihren Einfall hin!«

»Das stimmt. Jedoch wäre es die Aufgabe Ihres Mannes gewesen, die Akte der Kriminalabteilung besser zu studieren. Hätte er dies getan, wäre ihm aufgefallen, dass die Wäsche aus einem speziellen Geschäft stammte.« Er sah nicht ein, wieso nur er als Versager dastehen sollte.

Von Madai war rot im Gesicht geworden. Schwer atmend rief er seinen Assessor herbei. Bevor dieser die Tür aufdrücken und in den Raum treten konnte, stellte sich Baron zu Staufenfels davor.

»Was soll das?«, ereiferte sich der Polizeipräsident. »Die Unterredung ist für mich beendet.«

Draußen rüttelte der Assessor vergebens an der Klinke.

»Aber für mich noch nicht«, rief der Baron. Er suchte nach einem Ausweg. Wenn er sich derart wegschicken ließ, würde er höchstwahrscheinlich die Gunst des alten Grafen verlieren. Ausgerechnet jetzt, wo dieser nach dem Tod seines einzigen Sohnes einen neuen Erben für sein Vermögen bräuchte. Der Einfall, sich dem Grafen für eine Adoption anzubieten, war ihm am Morgen erst gekommen. Er verlieh seiner Stimme einen bittenden Ausdruck.

»Sie haben doch beschlossen, dem Sozialisten die Frauenmorde anzuhängen. Zusammen mit Graf von Weidburg natürlich. Ich bin ja sozusagen erst später dazugestoßen. Sie müssen zugeben, dass es nicht recht ist, mir allein das Scheitern anzuhängen.«

»Ich gebe gar nichts zu. Leben Sie wohl!« Der Polizeipräsident drehte ihm den Rücken zu.

Doch Baron zu Staufenfels war noch nicht bereit aufzugeben. Vor allem ließ er sich nicht wie ein Schuljunge behandeln. »Vielleicht können Sie den Gerichtsarzt und Ihren Kommissar einschüchtern. Mich aber nicht«, sagte er. »Wenn Sie sich meiner Diskretion versichern wollen, müssen Sie schon etwas entgegenkommender sein.«

Noch immer drückte er mit seinem Körper gegen die Tür, die der Assessor nur für wenige Zentimeter aufbekam.

»Soll ich Hilfe holen, Herr Präsident?«, fragte dieser von draußen.

»Nicht nötig«, erwiderte der Angesprochene. »Mit diesem billigen Erpresser werde ich auch alleine fertig.« Er stützte sich mit beiden Händen auf die Schreibtischplatte. »Treten Sie mir nie wieder unter die Augen, Baron. Verschwinden Sie am besten gleich aus der Stadt, denn wenn ich auch nur einen falschen Ton von Ihnen höre, werde ich dafür sorgen, dass Sie wegen Majestätsbeleidigung für Jahre in den Knast wandern. Haben wir uns verstanden?«

Der Baron bekam einen gehörigen Schrecken. Von Madai sah nicht aus, als spaße er. Er wusste, wozu die Politische Polizei fähig war, hatte es in den letzten Tagen selbst hautnah mitbekommen.

Ohne ein weiteres Wort riss er die Tür auf, an deren Klinke noch immer der Assessor hing, der nun in den Raum stolperte, während der Baron an ihm vorbeirauschte. Er hastete den Flur entlang. Seine Schritte wurden immer schneller. Ihm war daran gelegen, so weit wie möglich vom Polizeipräsidenten und seinen Handlangern wegzukommen, sich ihrem langen Arm zu entziehen. Zu seiner Erleichterung fand in wenigen Stunden die Hochzeit statt. Damit würde er über die finanziellen Mittel verfügen, die es ihm ermöglichten, einen längerfristigen Aufenthalt in einem Kurort anzutreten.

Mit den Fingernägeln kratzte sie sich die Haut an den Armen blutig. Die Wanzen, die sich in dem Strohsack versteckten, der ihr als Bettstelle diente, hatten Pias Körper zerbissen. Das Jucken war unerträglich. Sie wünschte sich raus aus ihrem Körper und aus der Zelle, in der sie abgeschnitten von allen Informationen hockte. Durch das winzige vergitterte Fenster sah sie nur Bruchstücke vom Himmel, der am Tag blau erstrahlte und in der Nacht die Sterne funkeln ließ.

Sie wusste nicht, was mit Hermann passiert war, noch hatte sie eine Ahnung, was genau mit ihr geschehen sollte. Die Polizisten hatten von Ausweisung geredet. Pia versuchte, ihren Verstand zusammenzunehmen, um über ihre Situation nachzudenken. Wann immer sie das tat, fiel ihr Landwehr ein. Sie rief ihn sich in Erinnerung mit seinem markanten Gesicht und der voluminösen Stimme. Er war ihr so nah gekommen, seit sie ihn kannte, und nun war er auf einmal unerreichbar weit weg. Sie hatte nicht einmal die Gelegenheit gehabt, ihm Lebewohl zu sagen.

Auf dem Gang näherten sich Schritte. Das war der Gefängniswärter, der ihr die Grützsuppe zum Frühstück brachte. Dieselbe verklumpte Brühe wie jeden Morgen, gegen die ihr Magen rebellierte und die sie dennoch hinunterwürgen musste, wollte sie den Rest des unendlich langen Tages nicht von Hungerkrämpfen gekrümmt auf dem Wanzenbett verbringen. Ihr blieb keine Wahl. In keiner Beziehung. Tränen schossen ihr in die Augen.

Um vom Wärter nicht beim Weinen beobachtet zu werden, drehte sie sich zur Wand, auf der andere Frauen, die vor ihr in diesem Gemäuer gefangen gehalten worden waren, unzählige Kritzeleien hinterlassen hatten. Mit den Fingern fuhr sie über ein eingeritztes Herz, das von Pfeilen durchbohrt war und blutete. Liebeskummer wegen eines Polizisten. Das war nicht richtig. Sie hätte es nicht zulassen dürfen, dass sich der Handlanger des Klassenfeindes in ihr Herz schlich.

Der Wärter war an das Gitter herangetreten, das die Zelle von dem Flur trennte. Pia erwartete, dass er ihr den Blechnapf durch die Stäbe hindurch zuschob. Sie wandte sich um. Der Mann, der sie durch das Gitter ansah, war nicht der Wärter. Es war Landwehr. Obwohl er seine Uniform trug, hielt es sie nicht davon ab, zu ihm zu stürzen. Wer konnte wissen, ob sie ihn jemals wiedersehen würde. Sie reichte ihm die Hände. Er ergriff sie.

»Pia«, sagte er. Bisher hatte er sie immer nur als Fräulein Späth angeredet.

»Carl«, erwiderte sie und drückte mit diesem einen Wort alles aus, was sie für ihn empfand.

»Es gibt Neuigkeiten«, erzählte Carl, den sie nun nicht mehr Landwehr nennen mochte. »Hermann ist unschuldig.«

»Das wusste ich immer.«

»Man hat ihm die Beweise untergejubelt.«

»Man?« Trotz der Freude, ihn bei sich zu haben, konnte sie die Bitterkeit über das, was die Polizei ihrem Bruder angetan hatte, nicht unterdrücken.

»Wie vermutet war's euer Genosse Gustav. Im Auftrag der Politischen.«

»Was?« Pia dachte mit Schmerz und Wut an den Mann, der ihr das Flugblatt vorgelesen hatte.

»Hör zu«, sagte Carl, »darum geht es jetzt nicht mehr. Dein Bruder und du, ihr werdet morgen aus Preußen gewiesen.«

Dass Hermann lebte, war eine gute Nachricht für Pia, die dennoch von Trauer begleitet wurde. Es war besiegelt, dass sie Carl nicht wieder begegnen würde. Vielleicht wäre es besser gewesen, er wäre nicht gekommen. Nie wieder konnte sie vergessen, mit welch innigem Blick er sie betrachtete, mit welcher Zuneigung er ihre Hände in den seinen hielt.

»Du wirst mir fehlen«, presste sie hervor.

Er führte ihre Hände an die Lippen und küsste ihre Fingerspitzen. Sie weinte wieder. Diesmal versteckte sie ihre Tränen nicht.

»Ich komme mit dir. Wir treffen uns, wohin auch immer du ausgewiesen wirst, wenn du es willst«, sagte Carl. Ungläubig sah sie ihn an. Er räusperte sich. »Das heißt, wenn du mich willst?«

Es war keine Frage, bei der sie über die Antwort nachdenken musste. Er war bereit, ihr, der Roten, zu folgen, ihr Schicksal des

Ausgestoßenseins mit ihr zu teilen. Pia wollte ihn an sich drücken, doch die Gitterstäbe waren ihr im Weg.

»Morgen«, antwortete sie nun und fühlte eine Leichtigkeit in sich aufsteigen. Das musste Glück sein.

»Morgen«, wiederholte Carl und es war ein Versprechen.

In Korsett und Turnüre stand Cecilie in der Mitte ihres Zimmers. Ihre Füße wurden in einen Unterrock gestellt, den die Schneiderin hochzog und in der Taille festband. Ihre Mutter hielt derweil das Brautkleid.

»Jetzt die Arme in die Luft strecken«, kommandierte sie.

Cecilie tat wie ihr geheißen. Während ihr Kopf in den Unmengen an elfenbeinfarbenem Seidentaft verschwand, dachte sie an all die Frauen und Mädchen, die nicht so viel Glück gehabt hatten wie Elsa und die dem Grafen nicht entkommen waren. Eigentlich hätte sie Erleichterung über den glimpflichen Ausgang empfinden müssen, aber in ihr war eine unfassbare Leere. Alle erwarteten von ihr, dass sie den Baron heiratete. Das war das Normale. In den Leichenkeller zu gehen, war verrückt. Sie war nicht wie Marianne. Sie war nicht verrückt. Sie würde sich ganz normal benehmen, auch wenn es bedeutete, einen Mann zu ehelichen, den sie nicht liebte.

Das Brautkleid war übergestreift. Die Schneiderin knöpfte den Kragen und die Bündchen zu, so dass sie eng anlagen. Cecilie ließ sich die Stiefel anziehen und hielt still, als die Schneiderin den filigranen Brautschleier an ihrem Kopf befestigte. Jemand klopfte an die Tür.

»Beeilung!«, trieb der Vater sie an. »Baron zu Staufenfels wartet schon.«

In diesem Moment musste sie an Dr. von Thorwald denken und an das Vertrauen, das sie in kürzester Zeit zu ihm gefasst hatte. Sie erinnerte sich, wie sie ihm abgetrotzt hatte, im Leichenkeller zu arbeiten. Obwohl er es ihr nicht zugetraut hatte, hielt sie dennoch durch. Sie wusste, dass sie damit seinen Respekt gewonnen hatte. Er hatte zwar über ihren Wunsch zu studieren geschmunzelt, aber er hatte ihr auch von dem Frauenstudium in Zürich erzählt. Wenn er sie ernst nahm, konnte sie doch nicht wirklich verrückt sein.

»Endlich lächelst du mal, mein Kind«, flüsterte ihre Mutter ihr zu. »Es sah schon aus, als ob du zu deiner eigenen Beerdigung gehen müsstest!«

Cecilie riss am Schleier.

»Was tust du da?«, rief Frau Blum aus.

Es ziepte, als die Haarnadeln sich lösten, mit denen der Schleier befestigt war. Sie drückte ihn ihrer Mutter in die Hand, raffte ihr Kleid und trat aus der Tür, die ihr Vater soeben geöffnet hatte.

»Was hast du vor?«, fragte er, als sie ihn streifte.

»Ich werde nicht heiraten. Nicht den Baron und auch sonst niemanden. Ich werde Medizin studieren.«

Sie hastete die Treppe hinunter.

»Das Geld dafür werde ich mir selbst verdienen, und wenn ich genug beisammenhabe, gehe ich nach Zürich«, rief sie über die Schulter und rannte so schnell, wie es das voluminöse Kleid zuließ.

Unten wartete der Baron. Sie nahm nur noch wahr, wie er sich nach ihr umdrehte, als sie ohne ein Wort an ihm vorbeilief.

Ihr Puls raste, als sie die Treppenstufen zum Leichenkeller hinabstieg. Beinahe empfand sie den Geruch, der ihr entgegenschlug, als angenehm.

Dr. von Thorwald betrachtete eine Leiche, die bereits leicht aufgedunsen war, als sie eintrat. Er blickte auf.

»Was machen Sie denn hier?«, fragte der Gerichtsarzt nach einer Weile.

»Arbeiten. Was dachten Sie?« Sie zog eine Nadel aus ihrem Haardutt und steckte damit den Saum ihres weißen Kleides hoch. Anschließend füllte sie einen Eimer mit Wasser, gab Chlor hinzu und tauchte den Schrubber ein.

»Ihr Gatte hat nichts dagegen?« Dr. von Thorwalds Stimme klang gepresst.

»Ich weiß nicht, von wem Sie reden.« Sie glaubte, ein Lächeln auf seinem Gesicht auszumachen, und konnte sich ein eigenes nicht verkneifen. Mit dem Schrubber wischte sie über die eingetrockneten Flecken.

»Wie geht es Elsa?«, erkundigte sich Dr. von Thorwald.

»Sie hat sich von ihrer Verletzung und dem Schock beinahe vollends erholt.« Cecilie stützte sich auf den Schrubber. »Allerdings ist sie guter Hoffnung, falls man das so sagen kann. Meine Mutter sieht sich schon nach einem neuen Mädchen um.«

»Heiratet der Vater des Kindes Elsa?«

»Das wird nicht möglich sein.«

»Falls sie eine neue Stellung braucht, kann sie gerne bei mir vorstellig werden. Auch mit Kind«, sagte er. Cecilie betrachtete ihn.

»Wissen Sie, dass Sie ein außergewöhnlicher Mann sind, Doktor von Thorwald?«

»Wenn das ein Dankeschön sein soll, weil ich Elsa beschäftigen will, so glauben Sie mir, dass ich aus reiner Selbstsucht handele. Ich bin nur zu froh, wenn Frau Lindemann ihre Aufmerksamkeit auf jemand anderen richten muss. Und ein Kind wird sicher einen Großteil ihrer Zeit beanspruchen.«

Sie warf den Kopf in den Nacken und lachte.

»Ich wollte Sie etwas fragen«, meinte er daraufhin. Im Licht der Gaslampe leuchteten seine Lippen.

»Machen Sie das nicht schon die ganze Zeit?«

»Würden Sie meine …«

»Ich wäre Ihnen sehr verbunden, wenn ich mit meiner Arbeit

weitermachen könnte«, unterbrach ihn Cecilie. Sie begann, angestrengt mit dem Schrubber hin und her zu fahren, selbst an den Stellen auf den Fliesen, die bereits sauber waren. Sie wusste nicht, was sie mehr fürchtete, dass er seine Frage aussprach oder schwieg.

Er räusperte sich. »Nur wenn Sie meine Assistentin werden.«

»Das wollten Sie mich fragen?« Sie beendete ihr sinnloses Tun.

Der Gerichtsarzt streckte ihr über den Tisch die Hand entgegen. »Schlagen Sie ein.«

Sie zögerte und spürte eine leise Enttäuschung, die im selben Moment von einer tiefen Erleichterung abgelöst wurde. Cecilie griff nach seiner Hand und lächelte ebenfalls.

»Ja, ich will!«

»Was stehen Sie dann noch hier rum?«, fuhr er sie an. »Reichen Sie mir die Knochensäge.«

Sie tat wie ihr geheißen, doch als sie ihm das Werkzeug gab, ließ sie nicht los.

»Ist noch was?«, wollte er wissen.

»Dann bekomme ich aber auch mehr Lohn!«

Diesen Roman verdanke ich folgenden Personen:

Ich danke …

Andrea Wildgruber für das mir entgegengebrachte Vertrauen.

Angela Troni für die konstruktive Kritik, ohne die die Geschichte niemals in dieser Form vorläge.

Gisa Klönne für ihre schwesterliche Solidarität.

Almuth Heuner für den Hinweis auf Eufemia von Adlersfeld-Ballestrem.

Christoph Kuckelkorn für Informationen bezüglich der Präparation von Leichen.

Dr. Kerstin Stoppenbach für die Korrektur der medizinischen Begriffe.

Meiner Mutter für die Schreibzeit, die sie mir durch ihre Babysitterdienste ermöglicht hat.

Die Sektionsszenen des Romans entsprechen dem damaligen Wissensstand und basieren überwiegend auf Johann Ludwig Caspars »Practisches Handbuch der gerichtlichen Medizin«, überarbeitet von Dr. Carl Liman, Berlin 1871, sowie Rudolf Virchows Abhandlung »Die Sections-Technik im Leichenhause des Charité-Krankenhauses, mit besonderer Rücksicht auf gerichtsärztliche Praxis«, Berlin 1893.

Sehr hilfreich, um mir ein Bild über die Straßen und Wege Berlins im Jahr 1878 zu machen, war die Website www.alt-berlin.info von Mirko Tamkus.

Oliver Pötzsch

Die Henkerstochter

Historischer Kriminalroman

Originalausgabe

ISBN 978-3-548-26852-1
www.ullstein-buchverlage.de

Kurz nach dem Dreißigjährigen Krieg wird in der bayerischen Stadt Schongau ein sterbender Junge aus dem Lech gezogen. Eine Tätowierung deutet auf Hexenwerk hin, und sofort beschuldigen die Schongauer die Hebamme des Ortes. Der Henker Jakob Kuisl soll ihr unter Folter ein Geständnis entlocken, doch er ist überzeugt: die alte Frau ist unschuldig. Unterstützt von seiner Tochter Magdalena und dem jungen Stadtmedicus macht er sich auf die Suche nach dem Täter.

UB469

ullstein